思源

本故事純屬虛構，如有雷同，純屬巧合！

目次

夢

一種人生最初、最美的情感，它存在著，它消失了！

第一篇

一

　　陳敬深現在來濱海大學報到了，這是一所在南方過了氣的重點大學。大學裡的工作和生活很是清閒，除了那少得可憐的幾節課，幾乎不需要做什麼。在這所普通的重點大學裡，人們打發閒置時間的方式有很多，若要說獨特，那就要數在傍晚這個時候，多數人都會選擇在學校裡的三個體育場揮汗如雨。當然，除了這裡，人流傳動的地方就數一個被稱為「墮落街」的地方。至於為什麼叫「墮落街」，名字的起源已無從知曉。或許就是因為那裡可以賣著各種吃食，是一個能不斷引起人各種「欲望」的地方吧！不過，這個地方通常是情侶約會與大眾聚

餐的場所，那些單身的人平時很少過來問津。至於為什麼，估計是怕多一份心靈上的刺激。

學校的三個體育場被這裡的師生簡稱它們為一田、二田、三田，一聽就知道是根據建造的時間先後而定的。傍晚時分，這三個田徑場就成了在這裡讀書學生的主要活動場地。不過，這常常會給新來的學生和老師帶上一點點小麻煩。比如說陳敬深剛到濱海大學的時候，聽到別人喊什麼一田二田三田，都讓他以為是學校裡的耕地。因為在他的老家，這個一田二田三田就是稻田的代名詞。不過，農民出身的他卻對田地沒有太多的記憶。這並不是他不熱愛農村，而是在他有記憶以來，就一直在學校這個環境裡一天一天的長大。學校，造成了他與農村的隔絕，也形成了他少年、青年記憶的大部。

在濱海大學中，二田是最好的體育場，因為它有綠色草坪和五彩塑膠跑道，所以它最能吸引人。每當下午熱氣慢慢退去，陽光由明轉暗，只要是天公作美不下暴雨，總是有很多少男少女來光顧它，即使有時只有一片漆黑。為什麼說是漆黑，因為這個看似華麗的操場卻從來也沒有人想過給它裝幾盞燈，不過，這似乎更有人情味。青春荷爾蒙刺激下的學生們，在很多時候是不喜歡燈光的。而只有把大學真正當成學習場所的人，才會那麼的追求燈光，渴望燈光。

晚上來二田的人，多數是過來跑步的。你能看到各種各樣的人，有的赤裸著上身，一圈一圈的快跑；有的拿著手機，步伐緩慢的從你身邊輕輕掠過。對這些人，幾乎百分之九十的人是單身貴族。當然，也不乏有情侶和老師參與其中，他們或手牽著手，或拿著手機，不說

話，就那麼靜靜的向前慢走。對於晚上來到二田的情侶，多是感情還處在萌芽的狀態，因為那些「老夫老妻」經常光顧的場所是「情人坡」，因為那地方山高林密。

在濱海大學，二田不是情侶約會的好場所，情侶們更喜歡秀山上的情人坡、夫妻塔和文化廣場。白天，他們就可以在秀山裡找一個幽靜地方，在攝像頭的前面大膽的擁吻；晚上，他們去文化廣場，在它四周的草坪上找一個石凳坐下，拿出剛買來的瓜子、豆干、奶茶，有時候還有切成一塊一塊的西瓜。兩個人故意用兩根吸管喝一同杯奶茶，咬同一塊西瓜，間或的打打鬧鬧，在單身貴族的眼中幸福的存在著。

陳敬深就是天天看著別人幸福的單身貴族中的一員。對於他來講，如此打發每天的閒置時間，似乎成了他每天要艱難完成的任務。去二田消磨時間已經成了他的習慣。他習慣這種沒有目的地，沒有方向的走路方式。不用著急，也沒有人催。就那麼一個人，慢慢的向前走。時而抬頭看看天上的星星，時而看看過往的行人，時而深思於一個偶然的想法。這種感覺，讓他覺得很好。

最近他總是頻繁接到家裡打來的電話，而主題永遠都是：「兒子，你這麼大了，什麼時候帶個女朋友回家來啊？」陳敬深的母親對這個在「婚姻上不爭氣」的兒子總帶些微怒。女朋友？對陳敬深而言，是既遙遠又近在咫尺的名詞，以至於成為他現在最難解決的艱鉅任務。女朋友對於將步入中年的八○後來說，它總是充滿了回憶和無奈。哪一個男孩兒在青春期沒有自己喜歡的女孩呢？又有哪個男孩兒

沒暗戀過一個女孩呢？在初中的時候，陳敬深曾一度暗戀班中任團支書的鄰村女孩，於是那些假借學習委員的頭銜安排「工作」，在「假公濟私」中滿足他暗中喜歡的需求的回憶，今天還不時的出現在眼前。

戲劇性的是，這個被暗戀的女孩後來卻也愛上了這個一直暗戀她的男孩。不過對於年少的陳敬深卻突然不知道如何去面對這天降的驚喜。在痛苦和糾結中，他以一種非正常的方式結束了自己的第一段青春記憶。這段回憶讓陳敬深真正發現自己在愛情面前是那麼的脆弱和不堪一擊。

對初中的「覺悟」使高中的他已經不再膽小，但蠻幹又缺乏理性卻成了他那一代人的主題。高中的他是叛逆的。對暴力的崇拜讓他在「校園黑社會」的陰影中度過了高一。在社會殘酷的教育下，他又在沒有白天與黑夜中度過了高二與高三的學習生涯。直到高中畢業，他才反思自己原來是在渾渾噩噩中度過了高中三年。教室、食堂、宿舍、廁所，和一個被認為「好學生」的名字，成為他唯一的記憶。

對於高中的他，青春的荷爾蒙已經取代了初中時單純的愛情。所以對於他而言，似乎已經沒有喜歡過哪個女孩。不過他清楚的知道有一個女孩喜歡自己，只是荷爾蒙的躁動和「戀愛的學生不是好學生」的觀念的糾結中，他最終選擇了後者。

二

對青年時代的回憶讓他不自覺的偷偷笑出來，在這所充滿寂寞的

南方大學裡，能有一段啼笑皆非的回憶，是過去留給現在的一個不錯的遺產。陳敬深想到了自己現在的生活，遠離了家鄉，遠離了家人與熟悉的朋友，孤身一個人來到這個陌生的城市工作，常常因自己的寂寞而感到淒涼。是啊，一人的生活，怎麼能不伴隨著淒涼呢？在當下這個時空裡，除了自己的身體和那個床上的被褥是熟悉的，而其他一切都顯得那麼陌生。

在這所學校裡，如果說有一個人可以算得上是陳敬深的朋友的話，那就只有王蒙了，他住在離陳敬深不遠的另一棟教工宿舍樓裡。不過，兩個人的性格幾乎完全不一樣。陳敬深喜靜，哲學的專業訓練讓他總是很少說話。而王蒙好動，他口中每天都有說不完的話。要說兩個人有什麼相同的愛好，那可能就是評論書裡的新思想了。王蒙的閱讀量很大，每次兩個人發生「爭論」，他都能引出一大堆陳敬深聽都沒聽過的「先人遺跡」，並且能準確告訴你那些話的出處及在哪本書的哪幾頁。陳敬深有時真不得不佩服他的記憶力。憑藉他的這個本事，他常常會獲得了很多年輕女孩的芳心，這是讓陳敬深羨慕的。

不過，在這個競爭殘酷的社會中，在濱海大學裡有才華的年輕老師，可不只王蒙一個。論才華，同年進來的十個年輕人誰都不差。口若懸河的本事是上課的基本功，有深度有內容是入圍的基本條件。這樣的眾多的才子佳人歡聚一堂，有時候讓系部例會就成了學術交流會。這些搞思想出身的人，大腦總是比其他人活躍很多。他們總能說出一大堆別人從來都沒聽過的名人，還一一說出他們的思想與寫過的書。他們總有說不完的經典語錄和世事評論，似乎想用他們的「口

才」證明了他們的實力。當然，在老教師看來，這群「孩子」不知天高地厚，但院長似乎對這群「孩子」很是愛戴，並沒有扼殺他們思想的活力。

當然，院長的寬容是有理由的。在今年人文學院招聘的這十個年輕人中，每個人的履歷，每個人背景，都不可能是一張白紙。無論是橫向課題和縱向課題，無論是省級課題還是市級課題，甚至一些國家級課題，這群年輕人都有主持與參加的經歷。這是濱海大學裡的那些老教授們望塵莫及的。每個年輕人背後都有強大的導師背景，這也就造就了他們堪稱是各個領域的精英。應聘到濱海大學裡的人，幾乎都是經過層層篩選，百裡挑一選出來的。如果沒有兩把刷子，是不可能出現在這裡工作的。

相比他們，陳敬深就顯得遜色了很多，他清楚自己的研究生生涯並沒有花費太多心思。所以他一般是不怎麼介入到這種討論中來。他確實也不太懂那些人在說些什麼，更不喜歡這種類似爭吵式的討論。而且，他這幾年確實沒有讀幾本像樣的書。這讓他在這群人中間，顯得是那麼的另類、不合群。讀研和畢業後的工作，都沒有給他機會再讀那些深奧的書。

研究生期間生活，對他來說是一段艱苦的回憶，這恐怕是所有窮苦孩子在求學過程中的共同命運。對於窮苦的孩子來講，精力永遠不可能只集中到學習這一個方面上來。每天當別人早出晚歸進駐圖書館的時候，他卻只能每天定點給輔導班上課，以賺取自己這個月的生活費和本科期間欠下的助學貸款。

父母窮盡一切家財讓陳敬深讀完了四年本科，卻再也沒有能力讓他讀完整個研究生。可心中不甘的他寧是硬著頭皮，把研究生三年給啃了下來。這其中的艱辛，只有他一個人知道。為此，書讀得少，讓他在同師門的其他人面前顯得那麼的不上進，致使導師對他這種情況也存有不滿。但是，這又有什麼辦法呢？導師幫學幫不了窮，最後也只能默認他這種求學方式。

陳敬深清晰記得自己發表第一篇文章的事，由於出不起版面費，而遲遲不敢答應雜誌社發表。最後在一個好心的師姐幫助下，他才第一次從鉛字裡看見自己的名字。三年的打工生活，讓陳敬深的求研之路異常艱辛，也使他最痛恨的事發生在自己的身上，那就是「水博士、水碩士」的稱呼。相比同師門的人，他的確是「水」了點。不過，慶幸的事，這一切畢竟已經過去了。

然而，事情總是福禍相依。三年的研究生雖然沒有讓陳敬深在學術上有更高的造詣，但三年的輔導班卻讓他在教書上如火純青，加上他在公司裡幾年裡所混就出來的老成，讓面試他的林院長眼前一亮，力排眾議的將他留了下來。

今年學院擴招的老師，能搞科研的人不少，但是能上好課、能做好事的人並不太多。陳敬深無疑是滿足了學院在這方面的需求。長久的社會磨礪，讓陳敬深在院部接待和公文寫作方面較他人略勝一籌。林院長不拘一格的錄取方式，讓陳敬深得到了這一次機會。這也是陳敬深能進來濱海大學的原因之一。

不過，書讀得少確實讓陳敬深有很強的自卑感，他有時感覺自己

就像是火星上派到這個學校的訪客，他常常不明白別人在講的是什麼，也不知道他們口中的那些名人是哪裡人，什麼時期的。他知道的只是考研時書本裡和研究生課堂上的那一些知識，雖然當初曾慶幸自己勉強過了每門課的考試和畢業論文，但現在這種慶幸早已消失得久遠。

教學生活的乏味、同事的排擠，讓陳敬深常常感受到內心的空虛。越是這樣，他就越是想念那個已經離去的她。如果當初不發生那次意外，他們現在應該就在學校的二田裡壓著馬路，或是在秀山上秀著恩愛。而現在，一切都離預想的相差了十萬八千里。她現在做什麼呢？過得好不好，是不是和那個男孩兒結婚了呢？真想給她打個電話啊。陳敬深下意識的摸了摸自己的手機。

「還是算了吧。」陳敬深自言自語道。

回憶似滔滔洪水，迎面襲來。

三

四年前，研究生畢業後的陳敬深在廣州一家外貿公司裡面找到了一個做球類設計開發工程師的工作。工資按當時的標準，在當地不高也不低，但在老家人看來，那可是一筆可觀的收入。這是他有生以來，第一次告別貧窮。

當然，擺脫貧窮的不只是他一個人。這兩年國家政策的扶持，父親外出打工的收入也明顯提高。母親在家裡收拾幾畝薄田，加上農業稅的減免和惠農補貼，日子算是過得去。相比陳敬深讀書時的日子，

現在可以說已經進入到小康水平了。

家裡的事情沒有什麼可以讓陳敬深擔憂的，他除了每個月向家裡匯一些錢，剩下的陳敬深就自己存了下來。這家外貿公司是包吃住的，平時大家都穿統一的工作服。所以每個月的工資，除了偶爾在週末和同事們去改善一下伙食，也沒別的開銷。那時候是他最幸福的時候了，陳敬深心裡總是在想，「遭了幾十年的罪，終於熬出頭了。」但是，在公司裡唯一讓人不舒服的是，就是一年四季忙得不可開交，在這裡上班的人，每天都像趕火車一樣，來去匆匆，生怕錯過他們人生的那趟列車。

每天的上班鈴聲一響，所有的人就像上滿了發條的鐘擺，不停的擺動。工作時是非常緊張的。特別是陳敬深所在的開發部門。整個生產車間所有的作業流程都是他們這個部門做出來的，如果有一點的差錯，損失何止百萬。就拿上週隔壁桌的 Jack 做的 PFC，在烤箱溫度一欄，誤把四十五度寫成五十五度，加上新來的工人沒有太多的工作經驗，把幾百碼的皮料全部烤焦，害得部門經理張玲在總經理辦公室被罵了一整天。

這次部門會議上，Jack 嚇得大氣都不敢出一下。張玲經理雖然沒有罵人，但每一句話說出來，都像剝了別人一層皮一樣。會議開得不亞於闖進了黑司判官的閻羅殿。Jack 被扣了當月全部的績效，那可是五千多元的銀子啊，就這麼一個失誤，全沒了。當然，陳敬深知道，張經理還是有在保護自己的屬下，換了別的部門，Jack 早就換了一個單位。幾萬元的損失，可是個小數字。

外貿公司裡是很少有休息時間的。當然這不是說陳敬深所在的公司不按國家的法令行事，公司之所以私自加班，確實是忙不過來。這一年世界盃即將舉行，訂單如雪片一樣向公司飛來。陳敬深所在的公司又是以體育產品為主，所以一趕上奧運會、世界盃這些特殊年份，全公司的人都必須像打了雞血，十二小時的釘在崗位上。當然，作為補償，公司開出的工資是十分喜人的，這也就是為什麼這麼累，大家都沒有怨言。

而在這緊張的生活中，出差對於部門的每一個人來說，那簡直等於一次額外的休假。因為你可以有一段時間不用再面對鋪滿辦公桌的報表與文件、總是響不停的電話，和老闆總是沒有規律的突然傳喚。相比之下，出差時在火車上的安靜對於這些忙碌的工作來講，那無疑是一種享受。而且，在出差的過程，出差者總可以假公濟私一下，為自己的朋友與親人帶一兩件衣服與禮物，自己也可以吃一吃異地的小吃，看一看異地的風景。更重要的是，出差花的錢多不是來自自己的腰包，只要不花得過分，老闆一般是不會追究這些小錢的。所以，部門的每個人都渴求有這樣的美差降臨在自己的頭上。每一次只要有人得到這份殊榮，那他一定來引來一片的嫉妒與羨慕。人都是這樣。

同其他人一樣，陳敬深也渴望它能在不經意之間降臨在自己身上。這每天打雞血的生活，已經讓他身心疲憊。不過，在記憶中除了一次老闆大發慈悲的帶了全體開發部門成員的人去深圳「考察」了一次以外，在大腦中再也找不出什麼出差的痕跡。深圳，這個離廣州只需要兩個小時的地方，是陳敬深和同他一年進來員工進入這家公司後

唯一一次的出差目的地。有時想想陳敬深都覺得無奈。

不過，美夢有時候真的能在祈盼中成真吧。

這一天，張經理突然讓陳敬深去她的辦公室。

「小陳啊。」張經理示意陳敬深坐在她側面的沙發上。

「是這樣。剛才老闆來電話，說我們在濱海分廠那邊的系統出了點問題。技術部這些天在忙那個新系統的升級，一時也走不開。這樣，你跑一趟，幫那邊解決一下。有什麼問題嗎？」張經理問道。

「沒有。」陳敬深當然會說沒有了。這對他來講，是個天大的喜事。對於公司裡的新人，出差的機會和天上掉餡餅的機率差不多。

「我一個人去嗎？」陳敬深問道。

「你一個人去。沒問題的話，你就回去準備一下，明天動身。對了，你去財務處和小王說一下，讓她給你訂一下往返的車票。那，沒事了，你出去吧。」張經理永遠是冷冷幾句話。不過今天這些話卻讓陳敬深心裡暖暖的。

陳敬深不清楚為什麼張經理讓自己去濱海處理這件事，這本來應該是技術部的事。這個美差來的似乎有點讓人不敢相信，平時，這種美差是不可能落到新人身上，可卻真實的發生了。

陳敬深想：「管他呢，有出差的機會，就是讓人興奮的事。」他的嘴角不經意的露出了笑容。

陳敬深一回到辦公桌，旁邊的 Jack 就湊了過來。「唉，Kevin，派你出公差吧？」

陳敬深狐疑的看著他，「你怎麼知道的？」

「唉，上次，老闆讓我交報表，我看到他拿著你的照片和張經理講話，好像是說什麼他有一個與你年紀相仿的女兒，還沒對象。張經理說你人不錯，想給你們保媒，準備讓你們在濱海見一面。張經理和老闆說讓你去那邊見一下。他女兒在浙江分廠做技術總監，你小子是走桃花運了。」Jack輕描淡寫的說道。

「你別瞎說，怎麼可能？」陳敬深說道。

「你小子可別得了便宜還賣乖。怎麼不可能，你看看咱們部門，除了你，都是孩子他爸了。不是你還能是誰呢？唉，年輕就是好啊。」Jack回到自己的辦公桌，繼續和電腦奮戰。

陳敬深這才知道事情的緣由，老闆是想認他做個準女婿，才讓他出這次差，然後……。

四

生活總是在不經意中發生一些偏折，而其中年輕和婚姻有時候就成為發生改變的資本。今天的陳敬深才算真正的理解這句話的含義。對於這次出差，不管它的目的是什麼，能有一段時間離開這緊張的辦公室，也是件讓人高興的事。緊張的空氣，讓每天的他都想逃離這個吵鬧的工作車間。

「小陳啊，你過來一下。」張經理又來辦公室喊了他一下。

「馬上來。」

陳敬深放下手中的報表，向經理辦公室走去。

「這樣啊，你今天下午去市裡的土特產店買幾樣東西，給那邊的

生產車間的張主任帶過去，錢呢，你回來我再給你。下午呢，你就不用來了。一會兒，你去小王那兒辦一個請假手續。票已經買好了，你去財務處小王那裡拿一下。記住，穿得正式一點！」張經理重點叮囑了最後一句話。

這個「穿得正式一點」，或許有別的意思，但，這不是陳敬深要考慮的事情。他的大腦現在都已經被出差的喜悅弄得無法正常的思考，至於 Jack 講的對與不對，已經不是重要的事了。現在，帶個什麼禮物呢？陳敬深邊想邊回到自己的辦公桌。

生活總是喜歡給人很多意外的驚喜，而這驚喜到來的時候，又是那麼讓人心動。對於一個初出大學校門的人來說，他們的生活中充滿了機會，也同樣充滿了挑戰，關鍵就看你能不能把握住生活給予的一次次眷戀。愛情，往往不是這些人最主要的追求，事業有成才是他們現在最需要做到的事。

現實的生活告訴這些剛剛步入社會的孩子們一個無情的法則，那就是「錢」這種在大學裡最常被批判的東西，它在生活裡卻是多麼的重要。它似乎已經成為人是否成功的唯一標準。回想起自己在大學課堂大批特批「拜金主義」，再看看真實中的自己，突然發現是過去的自己在罵現在的自己，人生就是這麼充滿戲劇性。

繁重的工作和緊張的氣息，常常讓陳敬深喘不過氣來。然而，這還不是最讓他難受的。工作中的頻繁出錯，讓他對自己懊惱不止。雖然張經理比較照顧他這個新來的年輕人，並沒有像對待老員工那樣以很難聽的語言刺激著這些公司裡的「小鮮肉」，然而那冰冷的臉已經

讓這些新來的員工恐懼不止。人，在能力不足的時候，一次小小的錯誤都讓自己驚恐萬分，因為，你不知道有沒有機會讓老闆「再給你一次機會」，你的「再一次機會」的成本只有靠老闆的心情和自己的好運。

出差，在公司裡面幾乎就等於是公費旅遊，這永遠是領導們的專利。而作為下屬，只有陪同領導的時候你才有機會。相比之下，單獨的出差那可是公司的最高福利。當這種幸運降臨的時候，每個公司裡的人都大概清楚這「福利」背後的隱含意義是什麼。

「Kevin，有希望啊。」Jack 對著旁邊的人詭異的一笑。

第二天一早，陳敬深便早早的趕到了火車站。在經過了喧囂的進站、等待、剪票的程序後，他終於坐在了自己的座位上。火車開始一路北行，在有節奏的前進聲音中，陳敬深享受著旅行帶來的安逸。面對那個曾經熟悉而陌生的城市，他的思緒慢慢的飛揚起來。

濱海，對於陳敬深來說是個既熟悉又陌生的地方。研究所畢業的前兩個月，他也曾去那裡找過工作的。在他看來，濱海就是一個說大不大，說小不小的沿海城市。不過，它靠近海邊，風景相對比較不錯。在這裡，生活是比較滋潤。但，從這個城市裡的生活節奏來看，它註定不是一個能有很大發展空間的地方。不過，對於那個時候的陳敬深來說，能找到一份工作，對他來說已經是迫在眉睫的事，哪裡還會想到發展不發展的事。在等著吃飯的肚子面前，那些都是可以忽略的因素。

當初之所以選擇濱海，是因為有一個和他感情較好的師兄當時已經在濱海找到了一個落腳的地方，這對於他這個北方人來說，無疑不會太過恐慌。一個人來南方這座小城找工作，身旁能有一個熟悉的人，有一個被安排好的住房，有一些每天出現的招聘資訊，這，已經是很不錯了。

　　那時候，他帶著那為數不多的兩千塊錢，奔波於城市的各個角落。每天沿著城市的各個角落，一個接著一個的，帶著自己的簡歷上了一輛公車，又下了一輛公車；進了一所單位，出了一所單位；留下一份簡歷，再準備下一份簡歷。他不知道自己作了多少次自我介紹，談了多少次工作規劃，吃了多少頓路邊小攤。在西裝與豆漿油條之間，上演著求職者與社會的不和諧。

　　白天的奔波，夜晚的等待，黎明的早起，這是當時他最普通的生活規律；希望與絕望總是每天在他的大腦裡徘徊。「今天自己表現得不錯，嗯，有希望。」和「你很優秀，但可能不太適合我們公司。」幾乎都是交替出現在每天的大腦裡和電話中。陳敬深和許多求職者一樣，祈盼上天能有一次不經意的眷戀，然而濱海這座城市並沒有給他機會。

　　陳敬深清晰記得那天應徵這份工作時的面試場景，招聘的地點在濱海機場附近，他終於轉完了三輛公車，花了兩個小時到達了目的地。然而，從面試考官冰冷的臉上，他再一次看到了絕望。從公司走出來之後，上天似乎在為他的又一次失敗而哭泣，瓢潑的大雨向這個失敗的年輕人襲來。淋濕的身體再次令他拷問自己的心靈，自己是否

真的屬於這個地方。他決定離開這裡，回到學校。

當他帶著疲憊的心再次移進出租房，電話鈴聲突然打破了夜晚的寧靜。電話那邊傳來一個女孩的聲音：

「你好，這是東升貿易有限公司，請問你是陳敬深先生嗎？」

「你好，是我。」

「是這樣，陳敬深先生。今天我們公司通過了你的面試申請，想再次和你確認一下。」

「好的，妳說吧。」陳敬深有力無氣的說道。他對這份突然到來的驚喜已經失去了強烈反應的心態。

「如果你被本公司錄取，你願意服從本公司的調派嗎？」電話那邊問道。

「這個，我願意。」

「那好，陳先生，如果公司把你派到廣東總廠，你願意嗎？」

「可以啊。」陳敬深繼續有力無氣的回答著。

「那好，陳先生。你對住房和工資有什麼特別要求嗎？」

「沒有。只是，工資不要少於兩千就行。」

「那不會。陳先生，既然這樣，你明天最好能來公司的人事處簽一下合同。」

「好的，謝謝你。」

「不用謝，祝您生活愉快。」電話在幾聲嘟嘟聲中掛斷。

也就是這樣，陳敬深在當時的茫然中，獲得了他現在的工作。現在想想，這都是兩年前的事了。

五

　　當昏睡的陳敬深慢慢的醒來，火車已經開始緩緩的停在湖南的一個車站上，他透過玻璃向窗外望了望，看到月臺上赫然寫著「株洲站」三個字。在窗外這些熙熙攘攘的人群中，或是拿著大包小包準備上車的人，或是拿著大包小包準備下車的人；那車門附近的地方，幾個憋了很久的煙民在月臺上狠狠吸了幾口；那些拿著票進到車廂裡找座位的人，東張西望的尋找著票面的位置。株洲站是東西南北的交通樞紐，它體現著火車站獨有的繁華。

　　列車緩緩的開動起來，這時從車廂的另一頭走過來一個女孩。同其他人一樣，在東張西望一陣後，最後在陳敬深對面的那個空位置上坐了下來。女孩長相清秀，有著一個算不上美但也不算醜的大眾臉。她一身學生裝扮，行李只有一個書包，這看起來簡單了些。從她的裝束看上去，不像那種背包客或「驢友」，因為她的穿著已經說明了這一切。

　　她坐下來後，將那個書包緊緊的抱在懷裡，給人的感覺就像是隨時都有人要過來搶走它。然而，和她的這一份緊張舉動不同的是，她的眼神卻靜靜的望著窗外。

　　出於天生的敏感，突然間不知道為什麼，陳敬深感受到她和其他旅客的異樣。不過，要說哪些不一樣，卻一時也說不出來。

　　陳敬深不經意的在心裡對自己笑笑說：「你這人就是天生的敏感吧。」

　　如果不是工作壓力那麼大，出差絕不是一件舒服的事。坐過長途

車的人都有那種體驗。特別是趕上春節前後，那待在火車上的日子真是生不如死。首先是一票難求的心理恐慌，這種恐懼不亞於失去一份工作。即使你弄到一張票，上車下車也絕非易事。而且出公差，公司只會給部門經理級別的人買臥鋪，而像他這樣的小員工，也只能去坐這個十幾小時的硬座。這種煎熬，是任何坐過長途車的人都體會過的艱辛。但，面對著高強度的工作壓力，陳敬深把這次旅行看成是享受，至少，沒有了無休無止的電話和數不清的訂單。

陳敬深終於明白這個女孩和別人有哪裡不同，那就是她沒有行李而只有一個書包。這在他無數的旅行中，是不多見的。對於一個女孩來講，至少是要有一個旅行箱，或者是幾個裝著衣服的紙袋。可是面前的這個女孩，什麼都沒有。看她那個書包，也不像能裝什麼衣服，它太小了。這能不奇怪嗎？

最開始，陳敬深認為她或許只是坐過幾站，在江西的某一個城市下車。如果只有一兩個小時，確實是沒有買吃的必要，這在火車上是常有的事。不過不知為什麼，陳敬深的直覺告訴他好像事情沒有那麼簡單。依稀記得她在上車時，票面上寫的到站地是濱海，那可是離株洲要花費十二個小時的車程啊。陳敬深無意中對這個女孩上了心。

坐長途車的人都喜歡閒聊，因為這會讓大家忘掉旅行中那些無聊的時間，讓這並不舒服的長途旅行顯得不那麼苦澀。聊天可以達到一種自我催眠的目的，會讓你在不知不覺中忘掉旅途中的寂寞與陌生。因此，在火車的每一節硬坐車廂內，無論多晚，你總是可以聽到說話聲。這是旅行的人們獨有的消遣模式。

在無目的懷的閒談中，陳敬深得知這個女孩是去讀大學的。她今天高考考上了濱海大學，她現在就是去那裡報到的。濱海大學曾經是一所非常好大學，俗稱南方的小清華。它曾經是很多年輕學子的心中夢寐的求學殿堂。然而，八九年的學潮運動使這所本來平靜的重點大學捲入了政治的風波，許多老師在政治上的「錯誤」使他們開始逃離這所百年名校。最後，這所大學在政治與政策的雙重作用下，成為了一名不知名的重點本科院校。不過，在老一輩人看來，能考到這所學校的，也都還是精英。它也仍然是一些人的夢想，然而它也只是一些人的夢想罷了。

車開了一段時間，特別是過了兩頓飯的時間，陳敬深很快就意識到一個問題，那就是車開了幾個小時了，別人幾乎都從包裡拿出一些吃食在消磨時間，補償自己旅途中身體的付出，而女孩卻一動不動。車廂裡早已充滿了各種速食麵的味道，來回走動餐車一遍遍的提醒大家，午餐的時候到了，晚餐的時候到了。

「怎麼，你不吃飯嗎？」陳敬深輕輕的對著女孩問道。

「我不餓。」女孩淡淡的回答，眼睛依舊望著窗外，儘管此時那裡已經漆黑一片。

陳敬深感覺到了什麼，沒有接著問下去。他知道，面前的女孩是在掩飾什麼，她不可能不餓。只是她那小小的書包裡，估計是沒有什麼東西可吃。火車都開出四個小時，那賣盒飯的小貨車已經來返四五次，時間已經到了下午七點多。想想女孩上車的時候，這已經過去五個小時了。陳敬深隱稀明白了什麼。

陳敬深突然覺得這個女孩好熟悉，仔細一想，這不就像當年的自己嗎？他突然想起自己剛上大學的時候，就和眼前這個女孩一樣，一個人坐著火車，來到那個自己只在書上看到的城市報到。當時由於沒有經驗，沒有準備什麼吃的，本來想在火車上買一點，沒想到那高昂的價格嚇得他再也沒敢問第二句。他就是這樣從家裡一直餓到了學校。下車時，他感覺自己餓得都要虛脫了。窮人家的孩子上大學，總會體會到不一樣的艱辛。不用說，眼前這個女孩，估計也是窮苦孩子出身。女孩就是另一個「陳敬深」。對於有著相同命運的人，陳敬深難免會產生濃烈的同情。

陳敬深雖然已經不在是當年那個為了吃飯而發愁的學生，但內心的隱痛還是時時影響著他。他突然覺得，自己要幫幫眼前這個女孩。但怎麼幫呢？

他是窮苦出身，他知道窮苦孩子比家境好一些的孩子更有自尊心，你如果刺傷了他們的自尊心，他們就寧可餓死，也不會接受別人的施捨；還有，窮苦孩子出遠門，他們的防備心比正常人都要重，因為他們能失去的東西太少了，太過殷勤，反而適得其返。如何讓面前這個女孩接受幫助，又不要嚇到她，又不能傷她的自尊心，這，確實不是一件容易做到的事。況且，一向內向靦腆的陳敬深，雖然已在現實的浪潮中磨礪了兩年，但對一個陌生的女孩，這，還是一個不小的挑戰。但，他決定去試一試。他不想再讓「過去的那個他」再在自己的眼前出現。

六

陳敬深看了看坐在對面的女孩，將手裡的一個未開封的麵包遞了過去。

「我這有一些多餘的吃的，你吃點吧！」陳敬深投去善意的眼光。

女孩驚愕了一下，轉過頭看看陳敬深。

「不，不用，謝謝。」女孩淡淡的回應道。

陳敬深半開玩笑的說道：「這是不是怕我這個麵包裡有毒啊，你看，火車上這麼多人，你就放心吧！我做不了什麼壞事的！」

「我不餓，真的不餓，謝謝你啊。」女孩推托著說。

「都四、五個小時了，怎麼能不餓呢。拿著。」陳敬深將一個麵包和香腸塞到她手裡。沒有給女孩再次拒絕的機會。

女孩一時沒有反應過來，一下子愣在那裡。

陳敬深拿起桌子下自己的那個裝食物的袋子，裝出一臉無奈的樣子，對著女孩說：「你看，這麼多，我一個人也吃不完。上車前本來已經買了，可是我朋友又給我買了這麼多。你要能幫我吃點，省得我下車還得帶著它們。沉啊！」

看得出來，女孩決絕的手勢與饑餓的喉嚨在這一刻糾結起來。陳敬深明白她心裡想的是什麼，就又把一包吃食和礦泉水硬是塞到她手裡。

「你看，這包我還沒動。」並笑笑說：「吃吧！沒毒的！」

人，有時候會無端的提防別人，不管他有多面善；人，有時候也

會突然相信別人，不管他做了什麼。女孩顯然被陳敬深的這樣舉動驚到了，可是不知道為什麼，她突然相信了對方這個看起來比自己大不了多少的男人。

「那，謝謝了。」女孩慢慢的將麵包放在桌子上，仍舊看著窗外。

陳敬深明白女孩是不好意思在他面前吃自己送過去的東西。於是，他對女孩說：「我還有一個同事在隔壁車廂，我過去看他一下，我這東西你幫我看一下。」陳敬深指了指一個裝著幾件衣服的皮包，接著說道：「那麻煩你了。」說完，陳敬深站起身，向另一個車廂走去。

女孩看到陳敬深的身影離開，又看了看桌子上的麵包，將它們拿起來，大口的咀嚼著。

其實陳敬深哪裡有什麼同事，他只是不想讓女孩感到尷尬而主動離開而已。在車間通道裡他看到女孩狼吞虎嚥的樣子，不知道為什麼，看到女孩這個吃相，心裡有一股說不出來的親切感。這相同的場景似乎在什麼地方發生過。仔細一想，不免笑了笑，這，不就是以前的自己嗎？在那個缺衣少吃的大學裡，在每天的「白菜豆腐」中夾雜著一次同學聚餐，他，幾乎就是這個吃相。上天真是有意安排，讓同類人總是在各種環境下不期而遇。

看得出來，女孩是真餓得不行了，看到她那個樣子，陳敬深知道她絕不只是一頓沒有吃飯這麼簡單。陳敬深在車道間轉了一個多小時，估計女孩已經吃得差不多了，才走回來，坐在了自己的位置上。

這時，鄰座的阿姨從包裡拿出來一包瓜子，往桌子上一放，

「來，大家吃。小姑娘，來，你吃。」陳敬深象徵性的抓了一把瓜子放在手裡，雖然他平時不太喜歡在火車上吃這類東西，因為吃了就要喝水，喝了水就必須去廁所，硬座車的廁所可是一個稀缺資源，但，他知道他現在必須吃一口。

女孩鄰座的另一個女孩也拿出小番茄，放在桌子上讓大家分著吃。似乎，大家都明白了什麼，似乎為了幫助，他們都忽略了家長「在火車上不能吃陌生人給的東西」的教誨。也許這就是人性吧，如果你看到別人的真誠，如果你看到了信任，你還會以不信任的態度來估量別人嗎？人，就是這樣，我們對陌生人表示敵意，是因為我們不瞭解。可是一旦我們能看到陌生人的真誠，他們就成為了我們的熟人，即使我們連他們的名字叫什麼也不知道。一個真誠的眼神，就會讓你放下戒備的心。

當女孩吃完那個麵包後，車裡的六個人開始聊起天來。這種話題一般都是從「你去哪啊？做什麼工作」開始，然而沿著一方提供的訊息展開他們那沒有主題的聊天事業。在這暫時靜止的空間裡，語言的溝通也會讓時間靜止下來。

生活就是這樣，你也許不曾認為自己是什麼好人，但是，總有一個時刻你會做出一些自己也不明白的善事。也許，這就是先哲們認為的人心本善吧。

第二篇

一

　　沒有目的的閒聊，有時候會傳達出很多有用的訊息。這火車上的閒聊，由於對方共存時間的短暫，更能讓人打開心扉。因為，你沒有必要為一個除這次火車上，以後永不見面的人顧忌得太多。下了車，大家從此天各一方，如果真的還能見面，那將是人間多大的緣分啊。

　　女孩在眾人多的關心下，終於含著淚說出了她沒有帶吃食的緣由。

　　女孩家裡面非常窮，窮到什麼程度，這個大家不得而知，但可以確認一點的是，這種窮的程度讓家裡人無法湊齊女孩讀大學的學費。今年高考結果，女孩是班級裡為數不多的考上重點大學的，然而，不同於其他正常家庭的喜悅，在接到通知書後，女孩的家裡人是堅決不同意讓她繼續讀下去。

　　家裡人覺得，能讓女孩讀個高中，就已經很不錯了，她應該同村裡的其他女孩一樣，去廣州、東莞或深圳打工，這才應該是她的路，這也是絕大多數湖南農村女孩的命運。陳敬深在廣州就見過不少這樣的事，也見怪不怪。要知道，湖南農村的家長對教育的重視程度並不是那麼強，往往認為金錢才是衡量一切的標準，書讀得再多也不能當錢花。再說，一個女娃娃，就是讀再多書，長大後也是別人家的人，她又不是兒子。

　　重男輕女的思維，不是能隨時代的改變而一下子消失得無影無蹤

的，它還有自己生長的土壤，特別是在農村那是一片沃土。家裡情況不好的一般都早早讓孩子出門打工。北京、上海、廣州、深圳就成為這些農村女孩改變命運的出路。如果幸運的話，在打工中，能遇到一個自己心愛的人，早早的把婚結了，也少了家裡的一份負擔。

這不同於中國北方，北方由於地廣人稀，家裡人常常喜歡把子女留在家裡，讓他們在自家的土地上辛勞一生。溫和的生活節奏鑄就了北方人那種安於現狀的生存方式。當然，讀書在北方相對比較重視，如果家裡面的孩子要想讀書，並能有心讀下去，即使在農村，父母是會全力支持，這就是所謂北方話裡的「砸鍋賣鐵也供你讀大學」。至於為什麼這樣，這也可能是和這個地區沒有打工氣氛的社會大背景有關吧。村裡面沒有人走出去，當然也不會讓年輕人產生走出去的願望。

湖南人就不一樣，他們的骨子裡就有一種「闖」的精神，不然，毛澤東、劉少奇、彭德懷、齊白石、曾國藩等就不會都出來湖南。這也許是由於湖南的氣候與地理位置決定的吧。就比如說長沙歷來就是的兵家必爭之地，八百里洞庭湖又是魚米之鄉。加之夏天的暴熱，和冬天的嚴寒，是一個磨練人意志的好地方。曾有人發表感慨，如果一個人在湖南生活過一段時間，這裡或許會成為他一生中最好的學校。而坐在對面的這個女孩身上就充分體現了湖南人的這種性格。

女孩就是想去讀大學，她不想同村裡的其他女孩一樣，打工、賺錢，結婚，給人家生孩子，這一輩子就這樣過了。她不希望像她們母親一輩人或姐姐那一代人的那樣生活，男人在外面打拚，老婆孩子在

家裡留守，成為那個「九九三八六一」部隊（就是指老人、婦女和孩子）中的一員。她渴望有不一樣的生活，她渴望的不是那種守著老人、孩子和麻將過一輩子，圍著鍋台與灰塵過一輩子的生活。她渴望在大學校園裡那種書生意氣，揮斥方遒的大學生活。她不想過那種永遠都和別人談論別家男人長短，豬圈裡豬生幾個豬仔，和鄰居婦人們聊那些了無邊際的「閒話」。她認為自己應該在大學的圖書館裡，傾聽先哲們的教誨，忘我於書海之中；她認為她應該成為她表哥口中的那樣，在大學社團裡張揚自我的，發揮自己領導與組織才能；她認為自己應該過那種漫步於綠化操場，看著一群男孩在場上踢足球，偶爾也可以吸引一兩個男孩回頭看她的目光。而這一些，不能因為貧窮而讓它們永遠存在夢中。

於是，她倔強的和家裡人說：「我一分錢都不要你們的，只要你們讓我走，讓我去上學。」

她想好了，在說出這句話很久以前就想好了，上大學後，她爭取助學金和獎學金，她想憑自己的努力是可以做到的。她會去做兼職，農村的孩子誰沒受過苦，這她不怕；她也聽表哥說大學裡有什麼助學貸款，如果有，她一定爭取。就算沒有，她就算給老師跪下，也要乞求留在那個地方。日後勞動再一點一點的來償還。她已經在心中把自己的未來勾勒好了。

家裡人自然不能理解這個倔強女孩的心，他們覺得，女孩已經讀完高中，應該懂事一點，幫著家裡盡一份力。小兒子馬上就要上初中了，家裡哪裡都需要錢。如果女孩能去打工，不但家裡的負擔能少一

些，而且也能幫著補貼家用。在他們看來，家裡能夠供她讀完高中已經是仁至義盡了。

相比同村的女孩中，她是唯一上過初中，唯一上過高中的，她怎麼就那麼不懂事，還要上什麼大學。聽說那地方是高消費，家裡哪裡有錢供她要幾千塊的學費。如果家裡條件允許，哪個家長不希望自己的孩子風風光光的去讀書，給家裡光宗耀祖，問題是，家裡真的沒有什麼錢了，總不能為了她上學，日子就不過了吧。再說，一個女孩子，就是上了大學又怎麼樣呢？將來還不是一樣要嫁人。早嫁晚嫁都一樣，上什麼學呢！鄰居的妹陀（湖南方言，指女孩）嫁到了本村的一個後生，日子不是過得挺好嗎？女人啊，這一生不就是找個好男人，嫁了，生幾個仔，安心過日子嗎。和同村的那些妹陀一起出去打工，不是挺好的事嗎？如果在打工的時候還能遇到一個好的男人，這簡直是祖上有德了。

父親沒有好氣的說：「你走吧！反正家裡沒錢。」

二

女孩父母想的也是實在。貧苦家裡的孩子，學什麼城裡人，讀哪門子書呢？人這一輩子，怎麼過不是過，怎麼就讀書能出息人，幹別的就不行。一個女孩子家家的，早晚不都是人家的堂客（老婆），讀那麼多書有啥毛用。再說，家裡的實際情況她又是不清楚。這個小妹陀怎麼就不能替家裡想一想。這是女孩父親想不通的事。他一輩子沒上過什麼學，日子也是這樣過著。

全家的反對並沒有打消女孩上大學的心。堅強與倔強的性格讓她不願意為眼下的苦難低頭。她想起了那個上大學的表哥，不知道這個小時候的玩伴能不能給她指點迷津。

女孩偷偷的給表哥打了一個電話。表哥在電話裡痛斥了這種農村的舊思想。但他知道，他在姑媽與姑丈面前是沒有說話權利的，他只能用屬於自己的方式來幫助女孩。

女孩表哥給她郵寄了五百塊錢，幫助她偷偷的逃出家裡。一個從來沒有出過縣城的女孩，竟在表哥的慫恿下，只給家裡留了一張紙條，就一個人跑到株洲火車站，買了一張去濱海的火車票。對她來講，這個在通知書上如此明確的城市，對她來講是那麼的陌生。她不知道要坐多久的車，也不知道路上會遇到些什麼。帶著身上僅剩的三百多元錢，她決定出去闖一闖，大不了，要飯回來。

她不敢拿剩下的錢買吃的，身上只有不到四百元，她捨不得在路上全用掉，這可是她第一次出這麼遠的門啊。農村的孩子，餓幾頓又算得了什麼呢。為了自己的夢，為了改變自己的命運，她覺得這樣的犧牲，是值得的。

聽到女孩慢慢的講述，鄰座的阿姨默默的流下眼淚來。

「孩子，好樣的。阿姨支持你。」說著，她從懷裡拿出二百塊錢，塞到了女孩的手裡。

「不，不，我不能要你的錢」。

「讓你拿著你就拿著。」鄰座阿姨說道。「我家的孩子啊，要是有一半的讓人省心，我就知足了。孩子，別灰心，事情總是有解決辦法

的。來，阿姨給你留個電話，你要是有什麼苦難啊，就給阿姨電話。」說著，鄰座的阿姨將一個寫著電話的紙條遞給了女孩。

鄰座的阿姨下車時，就將自己所有的吃食都留給了女孩。周圍的其他旅客見狀後，也在下車的時候，將他們的吃食留了下來。

「我走了，你們慢慢坐啊。這幾包吃的，我沒動過，你們慢慢吃，再見。」這似乎成了大家下車的一個標準說辭。

或許這正是上天的安排，陳敬深就出這麼一次差，卻遇到了這樣的事。在他的印象中，這樣的故事橋段只會出現在電影或小說裡，沒想到現實中卻真實的存在著。其實想想，現實有時候比電影還充滿生動的環節。

人的一生，不就是一部大的小說嗎，我們在其中，體味著屬於我們自己的悲歡離合。上演著屬於我們自己的劇情。在有些時候，這要比小說還要精彩。當真實的故事發生在我們身邊的時候，無論它的情節有多麼的平淡，依然是感人的。相反，故事，如何編得有多好，都不如生活本身來得精彩。或許這就是人生，故事不也都是源於生活而高於生活。而每個人的生活，其實就是一個故事。只是讀的人只有他自己而已。

火車上的人越來越少，鄰座的就剩下女孩自己，而陳敬深這邊，也就剩下他一個人。陳敬深覺得應該適當的幫這個女孩一把。畢竟自己現在是一個衣食無憂，收入可觀的人。

三

　　火車慢慢駛入濱海火車站，由於距離濱海大學的開學時間還有一週多，這個車站並沒有看到熙熙攘攘的學生潮。月臺上不算冷清，也不像大站那樣有很多的人。陳敬深和女孩一起下了車。向出站口走去。

　　「沒來過濱海吧？」陳敬深問道。

　　「嗯。」女孩點了一下頭。

　　「那你跟我走吧，我要去的地方就在濱海大學附近，也能給你帶個路。」陳敬深說道。

　　女孩沒有拒絕，默默的跟在陳敬深後面。單純而沒有處世經驗的女孩沒什麼提防，可能火車上的交往已經讓她相信了這個給她麵包的陳敬深。人的複雜會讓人少受騙，而人的簡單卻常常引來意外的垂憐。所以古人常說，難得糊塗，說得就是這個意思。

　　陳敬深和女孩一起搭乘前往濱海大學的五一二路公車，當車輪轉動後，熟悉的風景引起了陳敬深那些曾經令他痛苦的回憶。一路上，女孩像個小貓一樣緊跟在陳敬深身旁，對於她來說，這可能是她除了株洲外，見過的最大城市了。大城市的新鮮讓她興奮，同時也更讓她感到恐懼。

　　她慶幸旁邊有一個較為熟悉的人，至少相對於其他人，這個人更能給她安全感。在一個陌生的城市裡，能遇到一張比較熟悉的臉，那是多麼幸運啊。

　　「聽他的安排吧。這世界上其實也沒有那麼多的壞人，與其相信

所有的人是壞的，不如相信他們是好的。」女孩想著，她此時也只能這樣想。

陳敬深覺得，濱海大學可能是這座城市中，最讓人感覺到舒服的地方了。陳敬深曾在兩年前的求職過程中路過這所大學，但並沒有走進去看看。而當他再次來到了這裡時，面對那安靜祥和的校園，他突然間有一種說不上的親切感。可能，這裡就是他一直想要的理想的生活環境。

不過，今天他來這裡，可不是欣賞美景的和陶冶情操的。他有更重要的事情要去做。

上過大學的人，都熟悉了那一套入學流程。可是面對著第一次來到大學的人來講，那一切都是非知的探索。

「把你的通知書拿給我。」陳敬深對著女孩說。女孩從她那有些破舊的書包裡，將通知書拿出來給他。

陳敬深看著通知書上報到地點寫著：「逸夫教學樓三〇二室」，便對女孩說：「在逸夫教學樓，我們找個人問問。」

女孩點點頭。

陳敬深攔住一個女孩，問了具體的方向和行走路線，就帶著女孩一起向北走去。

由於離開學時間還有一週，學校裡的人並不多，偶爾一兩個騎自行車的人從身邊走過。以至於使整個校園顯得格外安靜。

陳敬深帶著女孩到了接待處，看到那裡只有兩個學生模樣的人守著。不過，他們看到陳敬深倆走過來，似乎沒有太過留心。可能是陳

敬深的公事包和女孩的小書包沒法讓人相信他們是來報到的新生。上過大學的人都知道，新生報到，哪個不是大包小包，恨不能把整個家都搬了。他們的行李也太少了，況且，現在離開學還有一週，來的人畢竟很少。

看到接待處的人不理睬，陳敬深主動上前問道：「請問，這是新生報到處嗎？」

「是啊，同學，你們是來報到的嗎？」其中一個同學轉過身來。

「她是。」陳敬深指了指女孩。

「那，你們先填一下表吧，拿著這個單子，按照上面說的，去辦理入學手續。」

陳敬深從那個學生模樣的接待員手裡接過單子。

陳敬深和女孩快速的掃了一眼入學程序，便再次問道，「不好意思啊，再問您一下，宿舍在哪邊？」

「逸夫樓後面，哦，化學系的在左手邊第三棟。你到那邊一樓找宿管阿姨，她會安排你住哪一間。」

「謝謝你們啊。」陳敬深彎了下腰表示感謝，便帶著女孩走了出來。

「第一項，體檢。」陳敬深抬頭看了一下，「那我們先去校醫院吧。進來的時候我看到了，離校門口不遠。」

女孩沒說什麼，點了點頭，就跟著陳敬深去校醫院。抽血、化驗、量身高體重，那種走形式的體檢，陳敬深帶著女孩樓上樓下走了一遍，直到那張體檢單上所有的空白處都有文字和紅紅的印章，他們

才從醫院出來。

　　……

　　「第七項，辦理入住，我們現在去宿舍吧。」女孩和陳敬深繞了一個大彎來到宿舍。在宿管阿姨那裡登了記，拿了房間鑰匙，就推門進到房間裡。

　　令他們沒想到的事，宿舍已經來了兩個同學，她們看到有新同學進來，都站起來。這讓陳敬深有些吃驚，畢竟一個男人進入女生宿舍，都還是讓他那薄薄的臉皮有點焦躁不安，已慢慢泛紅起來。

　　「我叫王曉霞。」其中一個女孩走過來做自我介紹。

　　「我叫陳啟夢。」另一個女孩也過來說道。

　　「你們好，我叫周蘭欣，」女孩說道。陳敬深這時才知道女孩的真實名字。

　　「你好，你還沒有領被褥吧，去一樓左邊領。」王曉霞提醒道。

　　「還有被褥可以拿？」周蘭欣心裡暗暗的想道，「會不會花很多錢啊？」

　　「謝謝啊。那，蘭欣，你先陪她們坐會兒，我去取。」陳敬深放下公事包，說道。

　　「不用，不用，我自己去拿吧。」周蘭欣回應說。

　　「新同學見面，你們好好聊聊。」陳敬深說著，拿著報到單，向樓下走去。

　　在一樓一個暗暗的樓道裡，陳敬深看到只有一個房間是亮著燈，便向那裡走去。

「你好，同志，是在這裡取被褥嗎？」陳敬深問道。

「哪個系的？」一個四十多歲的女人沒有精神的問道。

「化學系，周蘭欣。」陳敬深答道。

「報到單給我看看。」

陳敬深將報到單遞了過去。

「你這還沒有交學費啊，沒交學費怎麼領，這樣，你去校門口建行那邊交完學費，再過來好不好？」

「不好意思啊，同志，我們家裡有點困難，要辦助學貸款，一時可能交不上學費，你看，能不能通融一下。」

「這樣啊，那這樣吧，你先把被褥錢交了，學費的事，開學你們再找輔導員說。」

「好好好，多少錢？」陳敬深問道。

「一百五十。」

陳敬深抱著被褥走上樓來。幾個女孩此時已經熟悉起來。

四

「蘭欣，哪個是你的床？」陳敬深問道。

「是這張，在我旁邊。」王曉霞搶著答道。

陳敬深將行李打開鋪好，兩個女孩也在一邊幫忙，反而讓周蘭欣覺得沒自己什麼事了。

「這些學校裡發的被罩和床單，你有時間自己去洗一洗，學校發的，多少有點不太衛生。這兩天你先將就一下，至少有一個睡的地

方。」陳敬深邊鋪床鋪邊說著。

「這樣，你們繼續聊，我出去一下。」陳敬深說著又向外走去。周蘭欣看著他離開的背影，一時間不知道說什麼，默默的聽著身旁的兩個女孩說話。

「總算是到了地方，總算是有一個安全可住的地方了。雖然，不知道接下來會面對什麼，但至少到現在，心總算是可以踏實下來了」。周蘭欣想著。這時，她看到報到單下面壓著一張收據，她把它抽出來看了一下，看到被褥欄的後面，在收款數目那裡寫著「一百五十元」。她突然感到頭腦一涼。

「怎麼會這麼多啊。」她不經意的說了出來。

「什麼，你說什麼？」旁邊的王曉霞問道。

「沒，沒什麼。」周蘭欣回答著說。

周蘭欣怎麼也沒想到，路上會遇到這麼多好心人，她也沒有想到自己來報到會這麼順利。這一切的一切，都有如神助，順利的讓自己都不敢想像。可是，她哪裡知道，這一切的順利並不是什麼神的暗中資助，而是陳敬深的忙裡忙外。

在周蘭欣若有如思的時候，陳敬深已經走出宿舍樓，打聽著找到了學校裡面的超市。他推著購物車，將新生入學所需要的衣架、牙膏牙刷、臉盆毛巾、拖鞋肥皂、沐浴露洗髮精一一買全，付完款的他慢慢的向周蘭欣的宿舍走去。

當陳敬深拎著兩大包的生活用品再次出現在周蘭欣的宿舍時，蘭欣驚訝的說不出話來。

「這些，都是你在學校裡必須用的。大部分都給你買全了。至於有的東西，我不太方便給你買，你自己去樓下的超市買一下。」陳敬深說著。

周蘭欣被陳敬深這一舉動再次驚得不知道說什麼好。她從來沒想過，這個只在火車上和她偶遇的陌生人，會為她做這些。她的下意識反應就是趕快從書包裡拿錢還給面前這個人。

當她把錢拿出來的時候，卻看到陳敬深直直的盯著她。

「收回去。」陳敬深沉沉的說道。

周蘭欣愣愣的硬是沒敢把錢遞過來。

「你們兩個吃飯了嗎？一起去樓下吃點飯吧。」陳敬深轉過頭來對著另外兩個女孩說。

「吃過了。你們去吃吧。」陳啟夢說道。

「走，去樓下吃飯。」陳敬深淡淡的說。

「我，就不去了。床上還有很多吃的。」周蘭欣指了指床。

「那是你晚上吃的，現在下來。」陳敬深沒有給她反駁的機會。

陳敬深並沒有把周蘭欣帶進那個喧囂的食堂，而是在旁邊一個小餐廳裡點了幾個炒菜。

「吃吧，多吃點。這兩天，估計你在火車上也沒吃什麼東西。」陳敬深說道。

周蘭欣看了看這一桌的飯菜，倔強的她不經意間鼻子一酸，眼淚從眼角流了下來。

陳敬深並沒有伸手去安慰她，只是平靜的說道：「在學校，要學

會自己照顧好自己，來，多吃點」。陳敬深不停的給周蘭欣夾菜。

周蘭欣此時真切的感受到：人這一輩子可能是不幸的，而在不幸的人生中，卻總會有許多的幸運。她不知道面前這個男人為什麼要對自己那麼好，她也不想知道為什麼。感動，正是她此時最想表達的情感。

兩天的火車，確實讓這個湖南的農村女孩體味到了人間的真情。曾經過去的苦難，在這些幸運面前，是多麼的不值一提。上天還是公平的，它奪走你一些東西，必定也會在別的地方還給你另一些東西，這構成了人世間的和諧。

周蘭欣此時想的，就是如何好好的完成學業，來報答這些好心人。她的每一滴淚水，混同每一粒米飯，都融進她幸福的心裡。她覺得自己應該更有信心在這個大學裡生存下去。

「今天找個時間，給家裡打個電話，報個平安。他們雖然不同意你來上大學，但畢竟還是你的親生父母，心裡還是會惦記你的。別讓他們擔心。」陳敬深淡淡的說道，又拿起筷子，將桌上的四季豆夾到周蘭欣的碗裡。

周蘭欣點了點頭，依然靜靜的吃著。

夜色將至的時候，陳敬深站了起來，走到服務台付了錢，帶著周蘭欣走了出來。

陳敬深從兜裡拿出一張紙條，寫上了自己辦公室的電話，然後說道：「我呢，就不陪你回去了。我這有五百塊錢，你先拿著，不夠的話，給我電話。」說著，連著五百塊錢一起遞給了周蘭欣。

「這……，我不能再要你的錢，真的。」周蘭欣推托著。

「拿著。」陳敬深語氣慎重的說，似乎有點小生氣。「就當借我的，等以後你有了，再還我。」陳敬深說著，把錢往周蘭欣懷裡一塞，根本就不給她拒絕的權利。「對了，你學費的事，我幫你和你學校的老師說過了，開學時候你找一下輔導員，辦個助學貸款就是了。我能幫你的，也就只有這麼多了。」說完，陳敬深準備離開。

當陳敬深轉身要離去的時候，突然聽到周蘭欣叫他：「能告訴我你叫什麼名字嗎？」

「陳敬深。」陳敬深回過頭來，對周蘭欣說。「回去吧，有事，給我電話。」便頭也不回的向校門口走去。他不知道自己為什麼要這麼做，他只知道他此時必須這麼做。

周蘭欣傻傻的站在那裡，連句謝謝也忘了說。她不知道如何和這個逐漸離去的人說些什麼。兩個人從相見，相識，到離別，好像還不足二十四小時。她對這個名叫陳敬深的男人一無所知。對於他是做什麼的，為什麼會乘這趟火車，又為什麼為自己安排好一切，她也不知道為什麼。她就這麼傻站著，直到那個背影的消失。

陳敬深不知道自己為什麼會給周蘭欣留電話，他也不知道自己會不會再和這個女孩見面。或許，在他這次離開以後，再也不會回到這個曾經讓他傷心的城市。不過，潛意識中他還是把電話留給了周蘭欣。他也不知道他為什麼要給她留錢，他留得那樣坦然，就像留給自己的弟弟妹妹一樣。或者在他的心裡，他早已把她當作自己的妹妹了

吧。不，可能不是，他是把她當成了他的過去，他可能希望通過幫助她，而讓過去的自己感到好受些。這可能就是所謂的同命相連，心有靈犀吧。或許，這一切其實就是一個生活中的強者在做的一件善事，一件發自內心的善舉，一個從未想過回報的善的行為。其實，人有時，不都是這個樣子嗎！

五

　　周蘭欣慢慢的走回宿舍。這一路上，她想了很多，卻又不知道自己在想些什麼。她不知道如何給父母打電話報平安，會不會電話一打起來，迎來的就是劈頭蓋臉的一通罵。她不知道自己接下來的生活該怎麼進行下去，雖然表哥、陳敬深和車上的好心人給了她一些錢，但畢竟這是杯水車薪。

　　不過，現在最讓她為難的，就是如何告訴家人自己的行蹤這個問題。自己偷偷跑出來，家人一定是急壞了。可是，現在給家裡打電話，她實在是沒有那個膽量。想來想去，她決定還是先給表哥打個電話，讓舅舅和舅媽和家裡人說，這樣相對會好一些。想到這裡，她開始找公共電話亭。

　　濱海大學實在是太大了，走來走去，就不知道自己走到哪裡了。這座遍布樹木的學校，現在給她帶來的，不是什麼美景，而是那數不盡的困惑。她好不容易在一個小賣部找到一個公共電話亭。

　　「阿姨，打電話，多少錢一分鐘？」周蘭欣問。

「打哪裡？」

「湖南。」周蘭欣操著不太濃重的湖南口音，看來是沒有給人帶來太多理解上的疑惑。

「省外的三毛。」

「那好，我打一個電話。」周蘭欣說道。

「自己撥吧。」

周蘭欣撥通了那個熟悉的號碼。

「表哥，是我，蘭欣。」

……

「我現在在濱海呢，在濱海大學。」

……

「嗯，都挺好的。你放心了。」

……

「不用不用，我這錢夠花。你不用給我打錢了。」

……

「嗯，都安排好了。住下了。你別擔心了。哦，對了表哥，我這次偷跑出來，我不敢給家裡打電話，你能不能幫我給家裡打一個，我怕我爸罵我。」

……

「那，太謝謝表哥了。」

……

「嗯，我會注意的，你別擔心了。那，我不和你多聊了，等我這

邊都弄完了，再給你打。對了，你電話要打鄰居我二叔家的，電話號碼舅媽那裡有。謝謝表哥了。」

……

「再見。」

放下了電話，周蘭欣的心裡總算是平靜了很多。從今天起，她要開始好好的享受她的大學生活。從此之後，她可以以一個城市人的身分，來規劃自己未來人生。

宿舍裡的兩個女孩正在吃西瓜，看到周蘭欣進來，陳啟夢拿著一片西瓜遞了上來。

「你哥走了？」陳啟夢問道。

「哦，他不是我哥。」周蘭欣答道。

「那，是你男朋友？」陳啟夢狐疑的問道。

「不，不是。」周蘭欣的臉上紅了起來。

「那，他是？」陳啟夢的好奇心被調動起來。

「他，其實，我也不知道他是誰。」周蘭欣話一出，兩個女孩頓時愣在那裡。

周蘭欣默默的坐在自己的床鋪上，沉思起來。

兩個女孩對望了一眼，也沒有繼續說什麼。宿舍裡也安靜了下來。

六

陳敬深按照記憶裡的地址，很快的就找到了濱海分公司，那個曾

經給他第一次出差的地方。經過門衛簡單的詢問，他被帶到了分管分公司的王總那裡。

「小陳啊，來，坐坐坐。路上辛苦了吧。」王總站起來，招呼著陳敬深坐在沙發上。

「不辛苦不辛苦，這是應該的。王總，張經理讓我過來處理系統的事，那我現在……」陳敬深想先解決工作的問題。

「這個不忙。事情可以慢慢做，不急的。小李，倒杯水進來。」王總向辦公室外面一個女孩喊道。

「小陳啊，你先住下安頓安頓，工作的事，明天再說。來，喝水。」王總很是熱情。

「謝謝王總。」陳敬深沒有想到王總會如此的平易近人。在他的思維裡，所有的總經理級別的，都是那種趾高氣昂，耀武揚威的樣子。像王總這樣，還真是不多。

「小陳，你哪裡人啊？」王總點上一支菸，問道。

「黑龍江的。」

「哦，東北的。那來這邊，生活習慣嗎？」王總似乎對陳敬深很是關心。

「來了兩年多了，多少習慣了。」

「家裡幾個孩子啊？」王總接著問道。

「就我一個。父母年輕的時候趕上計劃生育，就沒多要。」陳敬深回應著。

「一個孩子好，一個孩子好，沒什麼負擔。」

陳敬深沒有說話，靜靜的喝著水。

「準備在南方安家嗎？」王總吸了一口煙。

「嗯，挺喜歡這邊的，氣候比家裡那邊好一點，冬天沒那麼冷。」陳敬深沒有正面回答他。

「嗯，還是我們南方好。東北太冷了。我聽說冬天有零下二十多度。」王總接著說道。

「其實，也沒有想像那麼冷。」陳敬深回應著。

正說著，小李秘書走了進來。

「王總，這有兩份文件，需要您簽字。」

「放那吧。」王總說道。

陳敬深借故站了起來。「那王總，既然您忙，那我就先不打擾了。」

「也好。那小李啊，你帶小陳出去，給他安排一個好一點的房間。」王總對進來的女孩說道。

「那王總，您看安排在周博士旁邊那間套房可以嗎？」小李請示著。

「行啊，你來安排吧。小陳可是我們總公司派來的，你可別招待不周。」王總笑笑說。

陳敬深連忙說：「不會的，不會的。」

「那，陳技術員，您跟我走吧。」小李秘書說道。

「別那麼叫，叫我小陳就行。」陳敬深走出了王總的辦公室。

待陳敬深安排妥當之後，他靜靜的躺在房間裡，想起今天的待遇並對比起曾經的落魄，不覺有點感慨人生。兩年前來到濱海，在一個要吃沒吃，要住沒吃的城市裡漂流著，而現在，卻享受著高級技術員的待遇，人生真是琢磨不定。當年，要不是這家公司錄用了自己，自己現在說不定還不知道在哪座城市繼續飄離呢。想想當年的困境，突然覺得鼻子酸酸的。

　　人這一生就是有很多變數。如果當年不來這裡應聘，如果當年沒有去廣州總公司，如果當年沒有來濱海，今天的一切都不復存在。現在，分公司以高級技術員的規格接待了他，這是兩年的他做夢也想不到的事情。他一個文科生，在自己的摸爬打拚中，終於在總公司站穩了腳跟。又由於他的用心，他很快就在開發部門遊刃有餘；又由於他的心靈手巧，他迅速的成為辦公室裡解決電腦問題的高手，一般的網路技術員解決不了的問題，他上手幾乎都能搞定，無疑，他成了這方面的「專家」。

　　幾次公司的電腦培訓，他都以優異的成績讓那些電腦專業的技術員們對他讚賞有加。在他身上說明了一個道理：專業與工作，其實關係不大，關鍵還是後天的努力。他也打破了文科生不能從事網路維修的神話。他常對自己說，只要是技術的東西，是個人都能學得會，就看你有沒有那個決心。技術不是科學，它不需要學院式的培養。技術也是一個用心的結果。他成功了。他的成功不僅是工作上的，因為，正因為他這份靈巧，他被老闆看中，想招他當上門女婿。但，就不知道他的命裡，有沒有這個緣分。

第三篇

一

　　人總是要認命，你是什麼樣的人，就決定了你將走什麼樣的路，過什麼樣的生活。這就是人的命，不認命不行。作為一個窮苦出身的陳敬深，生活的奔波讓他失去了浪漫的情懷，這無疑使他失去了俘虜女孩的資本。工作的緊張和生活的勞累，使他在女孩面前出現時，總表現出少有的木訥。

　　老闆的女兒見到陳敬深第一眼，第一印象是不錯的。這個男孩，乾乾淨淨的，做事也較為麻利。然而，在王總安排的一次酒席上，陳敬深的表現卻讓這個女孩大為失望。沒有經歷過什麼「大場面」的陳敬深，在各個經理中，表現是那麼另類與滑稽。特別是在稍後的舞會上，他竟然連一支舞都不會跳。這明顯是個與上流社會生活格格不入的人，讓老闆的女兒有些失望。這樣的人，怎麼能做自己的老公呢？

　　陳敬深來的時候，就聽 Jack 說過要把他給董事長當女婿的事，但，他自己心知肚明，自己一個農村出來的，怎麼能攀得上那麼大的高枝。當他在不經意間看到老闆女兒的眼神，他更加確認了這一點。

　　中國有句俗話，叫作門當戶對，醜小鴨是配不上白天鵝的，除非它本身就是白天鵝。他和那個美麗的而又儀表大方的老闆的千金，注定不是一路人。人呢，應該貴有自知之明。不管自己的頂頭上司怎麼想，這都不過是他們的一廂情願。人家是鳳凰，而自己只是一個隨時可能被開除的公雞，怎麼可能跑到一個「窩」裡去。在社會上這兩年

的磨練，讓陳敬深深知這一點。

　　不出所料。在「相親」結束的第二天，陳敬深便被叫去處理所謂的系統問題。明眼的陳敬深一眼就看得出來，這個系統問題只是員工的一個錯誤操作導致的系統Lag，只需稍做一個系統恢復就可以解決。這種問題實際上是用不著總公司派人來的。但他知道，既然派他來了，就一定有派他來的理由。

　　陳敬深不知道老闆千金對他的「判決結果」是什麼，只是當天下午接到了張經理打來的電話，讓他明天坐早一點的車回廣州去。他就已經明白了一切，也覺得自己早該回去了，在這裡繼續待下去，只會讓自己更加的尷尬。濱海之行至此應該告一段落了。

　　返程的火車出奇的平靜，長長的車廂裡沒有幾個人。除了空空的車廂，和來時沒有什麼兩樣。在火車再次路過株洲的時候，陳敬深不免向外面看了看。他不知道那個名叫周蘭欣的女孩現在怎麼樣了。不過，既然當初「做好事」就沒想過回報，那麼人家怎麼樣，又和自己有什麼關係呢？這似乎不是自己應該操心的問題。陳敬深糾結的想著。

　　一回到公司，所有的訂單又鋪面而來。陳敬深又像上了油的機器，飛快的運轉自己的腦神經。時間過得是平靜而又緊張，白天上班，晚上睡覺，成了陳敬深不變的生活規則。偶爾一兩次加班，也成了生活的調味品。對於沒有家庭的人來說，加班不加班，只是待的地方不一樣，除此之外沒有什麼區別。

　　外貿公司的工作是快節奏的，而這快節奏的生活帶來的繁重的工

作，也顧不得讓陳敬深想一些別的事情。每天都是聯繫客戶，進貨和管理大量的 PFC。應付客戶公司的突擊檢查，和生產線上的員工操作規範，有時候也針對新款量產一遍一遍的講給工人如何操作才能產生最少的次品。

面對這樣每天高節奏的工作，陳敬深不免會發出這樣的感慨：「工作啊工作，我們在工作中找到了自我，也在工作中失去了自我。雖然說勞動是自我的一種實現方式，但我們在自我實現中迷失了自我。這可能是每一個在大城市工作的人最真實的心理寫照。他們每天只看到自己的銀行卡裡的數字在往上漲，卻沒有時間挪用它們來滿足自己空虛的心。偶爾一次的同事聚會，也讓這群被工作麻木的人們，只會把目光伸向 KTV 和滿足男人生理需求的地方。然後，就是再工作。即使假日，或是晚上，有時候也要工作。這工作，是單身男人消除寂寞的方式，也是已經男人養家糊口的基本模式。每個人都討厭工作，但如果說哪一天他們失去了這份工作，那將是他最痛苦的時候。馬克思老人家在《資本論》預言裡的魔咒，至今還沒有得到解除。

公司的高管們會時常給下面的員工帶來一些恩惠。當然這些恩惠也僅限於辦公室這些所謂的白領。而這些有錢的老闆所謂的恩惠不過是把大家帶到一個相對豪華的海邊浴場，吃吃燒烤，洗洗海水浴。對於這些辦公室裡的工作機器來講，這已經是很好的。至少有一天，他們不用因那些白色紙上的黑色文字讓自己忙得不可開交。不過這樣的恩惠，自陳敬深來公司這兩年裡，只進行過兩次。

公司裡促使大家把自己當機器，就是年終發一次年終獎金，這時

員工們多多少少會得到比平時高很多的工資，雖然和那些所謂的經理級別的人相比，還不如人家一個尾數。兩年下來，這種生活多多少少讓陳敬深對公司式的生活產生了一點厭倦。可是，他只是一個研究生的學歷，除了厭倦，他還能改變什麼呢？

　　最近這段日子，由於世界盃的開賽，訂單比以往多了許多。讓本來就忙得不可開交的開發部門，又貢獻出這段日子的休息日。公司用高額的加班費剝奪了大家的雙休日和晚上，開始了沒有休息的運轉。

　　這燈火「普照」的公司，讓每個人清楚的知道自己離下班時間仍有一大段距離。電腦鍵盤的敲打聲，空調的嗚嗚聲，間或的開門聲，成為開發部在這些夜晚裡的主旋律。每個人麻木的打著幾乎一樣的電話，說著一樣的臺詞，倉庫、黏合處、裁斷處、印刷廠、結合部、包裝部，這些出現在電話裡的高頻詞彙，讓這些麻木的神經或是亢奮，或是低沉。

　　日子就這樣時鬆時緊的又過了一年半。

二

　　九月的一天，張經理來到陳敬深的辦公室裡。

　　「小陳，你過來一下。」張經理突然喊了陳敬深一下。

　　「你把手頭的工作放一下，和我出去見個客戶。」張經理說道。

　　「好，我收拾一下馬上就過來。」陳敬深匆匆走到辦公桌前，稍微整理了一下雜亂的桌子，拿著公事包就跑了出來。

　　張經理走在前面，陳敬深一直跟著走到樓下，進了一輛寶馬轎

車。陳敬深一頭霧水的不知道自己要去哪裡，去做什麼。他想：「反正，領導讓自己去做什麼，就跟著做什麼唄。」

車子停在一家豪華酒店的門口。陳敬深匆忙先下車，打開了張經理右側的車門。張經理對司機說了幾句什麼，就下車向裡面走去。他尾隨著來到一個豪華的包廂。一開門，裡面的人就都站了起來，張經理開始忙著和裡面的人寒暄。陳敬深就靜靜的跟在她的後面，除了偶爾張經理介紹的時候，他象徵性的伸出右手，除此之外他就像木頭人一樣。

賓主分別落座後，陳敬深突然發現，這裡除了張經理，還有一張面孔他是熟悉的，是那位濱海分廠任技術總監的老闆女兒。不過，他也只能笑笑的以示禮貌，卻沒敢過去和她打招呼，畢竟不是一個級別的，免得自己尷尬。

餐桌上的寒暄與敬酒，在這些經理級別的人看來，是太正常不過了。可是對於像陳敬深這種處於基層的小職員，未免有點不適應。不過既然來了，也得打腫臉充胖子，不能表現得太過丟人。當一個身穿高檔西服的男人向陳敬深敬酒時，陳敬深忙端起酒杯。這時張經理突然對他說：「小陳啊，一會兒有事讓你辦，今天你就別喝了。」張經理又笑臉的對著那個胖子說：「李總，我一會兒讓小陳辦事，怕他喝酒誤事，來，這杯我敬你。」

「張總很能體賢下屬啊，好好好，來，我敬你。」李總笑笑說。

這吵鬧的飯局吃了將近三個小時，各位大佬們方有離場的意思。張經理從兜裡拿出一把車鑰匙，說道：「小陳啊，你讓酒店的服務

員，去車庫把我的車提出來。」

陳敬深答應了一聲，就走了出去。令他感到詫異的是，本來有司機，為什麼讓他做這個事，而且又不是自己開車過來。不過，領導發話，他也只遵從。

「服務員。」陳敬深向一個服務生喊道。

「有什麼可以幫您？」服務生走過來，問道。

「這是 29 號包廂張經理的車，你幫忙把它提出來。」陳敬深說道。

「好的，您稍等。」服務員說著，拿起鑰匙就走了出去。不一會兒，一輛銀色的寶馬車出現在大堂前的門口。

人群熙熙攘攘的從 29 號包廂裡都走了出來，陸續上了門口停的各色豪車，消失在夜空之中。張經理和兩個人一起走了出來。

「趙董，來，您和令嬡坐我的車。」張經理說著，快走幾步，去開那輛銀色寶馬的車門。

「小張啊，這怎麼好意思呢，司機一會兒就到了。」趙董寒暄道。

「您看您還和我客氣。小陳，去開車。」張經理對陳敬深說道。陳敬深現在明白了不讓他喝酒的原因了。

車飛馳在往城郊的道路上。

「小張，這位小伙子是？」趙董問道。

「我們公司的開發，小陳。」張經理答道。

「嗯，小伙子不錯，年輕有為啊。」

「趙董，您過獎了。」陳敬深邊開車，邊謙虛著說。

「婉容啊，你看你回國這幾年，一直在濱海那邊給我幫忙，也沒在廣州玩玩。明天，讓張總部門的這個小伙子帶你四處轉轉，你看，怎麼樣？」趙董對身旁的年輕女孩說道。

「爸，你看你，我一回家，你就把我往外趕，你怕我擾了你的好事啊？」趙婉容說道

「這孩子，怎麼這樣說話呢。小張，你別見笑，這孩子被我慣壞了。」

「不會不會，這說明我們大小姐聰明伶俐著呢。那，明天讓小陳開車帶你四處轉轉，你也難得回來一次。」張經理附和說道。

「小張啊，我向你借人，沒給你添麻煩吧。」趙董說。

「您是我老闆，我巴結您還來不及，怎麼能說麻煩呢。」張經理笑著說道。「那小陳，你明天把手頭上的事稍稍處理一下，明天陪趙小姐玩一天。」

「嗯，知道了。」陳敬深答道。

趙婉容轉過頭來對陳敬深說，「那明天就麻煩你了」。

「應該的，應該的。」陳敬深一邊看著路，一邊說道。他，是沒有拒絕的權利的。

車子緩緩的在外郊一座獨棟別墅前停了下來，趙董和女孩陸續下了車。在簡單的告別後，陳敬深驅車將張總送回住處，正當他想將車鑰匙交還給張經理的時候，張經理這時突然說道：

「車你就先開著，明天去趙董那接一下大小姐，別太早，九點半

左右到就行。如果要加油或過路費，你把票據收好，回來我給你報。明天辦事機靈點。」說完，張總慢慢的走進了電梯。

這是第一次陳敬深開著寶馬車回家。不過，寶馬車的香氣，並沒有讓陳敬深覺得它提高了自己身價。相反，這車開得讓他覺得有非常不自然。那麼貴的車，萬一刮了碰了，他這個月的工資就別想要了。不過，老闆的意思他不敢駁回，也只能「痛苦的享受著」。這是他來公司唯一一次不用打車回公司。當保安打開公司的大門，鄭重的給他敬一個禮後，他不免有些想笑。他將車慢慢的停到公司的停車線上。開始慢慢的徒步走回出租屋。

回道宿舍的陳敬深，不知不覺中突然想起了趙婉容，他慢慢的陷入到沉思之中：

「她長得清新豔麗，是每個男人都喜歡的類型。特別是她脫掉那一身工作裝，更增加了許多女人的魅力。她行為得體，優雅自如的富家千金，不由得讓陳敬深心中有一種說不出來的美意。他隱約還記得去年去濱海時 Jack 的話，讓他感到美滋滋的。明天去哪裡呢？……」此時他的大腦裡都是那個美豔的趙婉容，哪裡還有什麼計畫。間或的美夢帶著他不知不覺中進入了夢鄉。

第二天，陳敬深如約的將車停在了趙董的別墅前面，他輕按門鈴，裡面的保姆阿姨走了出來。說明來意後，保姆讓他坐在沙發上，自己走上樓去叫大小姐。一會兒，趙婉容從二樓緩緩的走了下來。

「過來了？」趙婉容問道。

「嗯，那，趙小姐，我們什麼時候出發？」陳敬深問道。

「你先稍坐一下。我去去就來。」說完，趙婉容向另一個房間裡走去。

……

車子行使在環城的公路上，「大小姐，我們先去哪裡啊？」陳敬深問道。

「去萬達廣場吧。我去挑幾件衣服。對了，你以後別叫我趙小姐，叫我趙總監吧。」趙婉容說道。

「好。知道了。」陳敬深突然生出一種說不出來的距離感。

「我好像在哪裡見過你？看著你很眼熟。」趙婉容問道。

「您貴人多忘事，去年八月份的時候，我去過一次濱海。」陳敬深回答說。

「哦，是這樣。」趙小姐的臉突然有一點紅。緊張的工作，讓她幾乎忘了這個父親曾為他挑的「女婿」。而現在再仔細看看，確實是當初那個人。趙婉容清晰的記得這個人的木訥，那個在職場上的愣頭小伙子。不過，有了這麼一層關係，倒讓她覺得有些不自在。不知道為什麼，她突然覺得這一切好像又是父親安排好了的。不過，在她的心裡，這個人確實不適合當人的老公。過往的感情生活，讓她的心裡再也無法正常的接受一個男人進駐到自己的生活中來。

不過不知道為什麼，她對眼前這個倒也不反感。特別是他的這身裝束，看起來還比較整齊乾淨，估計是精心打扮過了。至少在這一方面，他還是懂得如何尊重人的。

陳敬深靜靜的開著車，一時間也不知道要說些什麼。剛才稱謂上

的尷尬，讓他對接下來的「旅程」感到有些不自在。他覺得自己最好不要再多說什麼，只隨時在等這個大小姐發出行動指令，他照辦就行。而且，坐在後排的趙婉容也似乎沒有要說話的意思，汽車就默默的向前奔跑著。

三

　　購物、逛街、看電影，這似乎永遠都是女孩子的最愛。不管你是豪門子弟，還是尋常百姓，這都是女人最大的快樂。不同的是，尋常人家逛的店多是「平易近人」的路邊攤，而這些豪門子弟，光看他們逛的店裡的商品價格，足以讓你脆弱的神經發生激烈的震盪。陳敬深看著趙婉容的每一次悠揚的刷卡，都感覺自己的工資是那麼的可憐，他的神經也在那一瞬間就煙飛雲散了。人，真的是有等級的。你可以在大學不承認，但在商場裡，它是真實的存在。

　　商場的遊歷、美容院的等待、海邊的守護，這就是陳敬深這一天的主要工作。他現在真切的明白了電視劇那句陪好領導就是做好工作那句話的真正含義。不過不同的，他還兼了一份護花使者的身份。年輕，讓他得到了別人無法得到的美差，也讓他在心裡深刻的知道，男人，有時候也要給別人當花瓶。

　　如果說自己是花瓶，那趙婉容無疑就是這瓶中最漂亮的花。這個集美貌、財富和權力於一身的女孩，加上她的溫柔婉約，使她無論出現在哪裡，都會成為所有男人的大眾情人。陳敬深真切的能感受到來自別人的羨慕嫉妒恨，雖然在整個過程中，他只是一個司機加導遊。

上次的濱海之行，今天的單獨相處，讓陳敬深的自卑感油然上升。面前的這個女孩似乎已經占盡了人生的一切美好，況且已經用自己的實力成為公司的技術總監。而相比之下的自己呢，不過是開發部門的一個小小的開發工程師，兩個人的差距實在是太大了。兩個人在一起，就是中國古代那個俗話的現實版本：鮮花插在了牛糞上。而自己無疑就是那種被人唾棄的牛糞。

　　天色較晚，陳敬深開車將趙婉容送回家。路上，種種思緒再次湧上陳敬深的心頭，他想到：「人，貴有自知之明。對於坐在後面的女孩，自己喜歡歸喜歡，卻不會是自己盤子裡的菜。因為兩個人分明就是兩個世界裡的人。白雪公主注定要和白馬王子在一起，是不可能看上七個小矮人其中的一個的，而現在的自己，就像那些不起眼的小矮人，只能成為白雪公主的護衛者，時刻準備把她交給王子，然後看著人家幸福的生活在一起。這就應該是他的命。他真不明白張經理為什麼要把他們撮合在一起……」

　　第二天，陳敬深回到了公司後，張經理將陳敬深叫到了自己的辦公室。

　　「小陳啊，來，坐坐坐，這兩天陪趙董的千金，陪得怎麼樣啊？」說著，她將一杯水放在陳敬深面前的茶几上。

　　「還好，她沒說什麼不妥。如果有什麼做得不周的，您批評。」陳敬深想站起來接受領導訓斥。

　　「坐坐坐，別緊張，我就隨便問問。喝水。」

張經理這一句隨便問問，讓陳敬深心裡倒是更加緊張起來。因為他知道，在公司裡，沒有哪個經理有時間和你閒聊天，這話背後一定有另一層含義，或是為接下來的話做鋪墊。陳敬深默默的等著。

　　「你覺得趙小姐這人怎麼樣？」張經理突然問道。

　　「嗯？挺好，挺好的。」

　　「那，怎麼個好法？」張經理問道。

　　「經理，這我可說不好。人漂亮，又是趙董的女兒，這……經理，你問這是？」

　　「噢！我沒記錯是你八二年的吧。」張經理沒有直接回答陳敬深。

　　「是。」

　　「小陳啊，那我就直接和你說了吧。趙董呢，想讓我在咱們公司給他找一個女婿，人家也不要求什麼，就是人老實，學歷高一點。你呢，是我們公司唯一的研究生，這兩年表現不錯，我覺得你們挺合適的。你看，你要不要考慮考慮？」張經理試探的問道

　　「張經理，這，這怎樣合適？我一個打工的，人家是千金，這……」陳敬深想說什麼，又把話收了回來，他知道，如果自己現在馬上說拒絕的話，那可能會給領導帶來很壞的感覺。。

　　「這些不是你考慮的問題，關鍵看你喜歡不喜歡，趙董就這麼一個女兒，以後這個家業早晚也是趙小姐的。如果你能和她走在一起，那你以後的日子，你還愁嗎？小陳啊，我是過來人，可能比你更清楚這個社會。一個人如果沒有一個靠山，你再努力也是不行的。這兩天

讓你陪趙小姐，就是讓你們多接觸接觸。昨天呢，趙董電話過來，是想聽聽你的意思。不過呢，這種事也不能勉強，如果你真的不願意，那也就別放在心上。我們這也是為了你好，你懂嗎？」張經理突然開始語重心長起來。

張經理的語重心長讓陳敬深極為不適應，自己與趙婉容的差別昨天已經想得清清楚楚，他一時間不知道說什麼好，隨口說道：

「我知道，我懂。可是我就怕……」

「你這孩子，怕什麼啊。行就行，不行就不行，哪那麼為難？」張經理似乎有些急躁。

「那我，先接觸一下看看吧。」陳敬深打了一手折中牌。

「這不就結了。那你這些天，忙完手頭上的事，就多去趙董家走走。車呢，你暫時就用我那輛。趁著趙小姐這幾天在廣州，你好好表現表現。」張經理這幾天表現得異常的慷慨。

「謝謝張經理，讓您費心了。」陳敬深說完，站起身走了出去。

從今天的談話中，陳敬深從張經理那裡得到了趙董的意思，這讓陳敬深自卑的心稍微有了一點轉變。他幻想著，也許這就是上天對他的一次眷顧，鹹魚翻身。

在張經理的撮合下，陳敬深這些天並沒有去公司，而是每天九點半準時到達趙董樓下，帶著這個可能是未來新娘的趙婉容在廣州一座大都市裡穿梭。廣州的燈紅酒綠，也正是在這幾天的行程中，才讓陳敬深感覺到了它們的存在。

逛街、游泳、作美容，偶爾的一兩次高爾夫，讓這個鄉下來的打

工仔真正的體味了城市人的生活。在永遠裝著新衣服的後備箱，在永遠光鮮靚麗的趙小姐，在這個不屬於他卻被他掌控的寶馬車，讓他一時間忘了自己是誰。

　　而趙婉容對他的態度，永遠是那麼不慍不火，每一句話中都透著禮貌。這讓陳敬深在這位漂亮的富家小姐面前，卻永遠像是少了半頭。他必須注意自己的每一句話，甚至每一個動作。似乎這幾天，不是張經理給他安排接觸的機會，而是領受了一項必須辦好的任務。

四

　　當陳敬深再次緩緩的將車停在趙董樓下，將買好的大包小包拎著上樓。這時候，發現趙董此時正坐在沙發上看電視。

　　「小陳來了。」趙董主動打了招呼。

　　「趙董好。」陳敬深將東西交給保姆阿姨，準備離開。

　　「小陳啊，你晚上有事沒有啊？」趙董問道。

　　「沒，沒事。趙董有事，您吩咐？」陳敬深不知道他要做什麼。

　　「沒什麼事，來，坐坐坐。既然沒事，你就留下一起吃個便飯嗎？我讓保姆準備一下，今天就在家裡吃。」趙董突然站起來說。

　　「這，這怎麼好意思。我……」陳敬深推托道。

　　「小陳啊，沒事沒事，你別拘束。到家啊，就把這當家裡啊。」趙董向著廚房喊道：「張嫂啊，今天家裡有客人，多做幾個菜」。

　　陳敬深尷尬的坐在沙發上，環視著這個富麗堂皇的獨棟別墅。

晚飯上，趙小姐一身簡裝，坐在陳敬深的對面。優雅的姿態和那長髮飄飄，讓陳敬深第一次從另一個側面看到了趙小姐的美。趙董在飯局上的話不多，就那麼靜靜的吃著，顯得那麼的從容。這不得不讓陳敬深想起了一句話：一個時代，十幾年就可以造就一個暴發戶，卻很難造就一個紳士。

　　這句話讓陳敬深在今天的飯局上，體會得更深。沒有餐桌上吵吵鬧鬧的對話，沒有那種帶有特殊含義的敬酒，沒有寒暄的給人夾菜，也沒有炫耀的高級菜餚。一切都是那麼平平常常。這才是真正有錢人過的生活。不過，在俗世間生活慣的陳敬深，此時卻有一點點不適應。人嘛，就是這樣，平時總批判自己的生活太俗，可是突然讓你高雅起來，你卻會有強烈不適應。理想與現實，終不是一個東西。

　　飯前飯後，這個家裡是沒有什麼交談。用過茶點，趙小姐象徵性的在大廳裡陪坐了一會兒，就借個機會上樓去了。而趙董，也在那裡一邊默默的看著報紙，一邊招呼著陳敬深喝著茶水。陳敬深覺得，他得離開了。

　　從趙董家裡出來，夜色已經很深。驅車向公司的方向前進，風讓陳敬深感到一陣陣清涼。將車停穩，陳敬深走回了屬於他的現實的出租屋。簡陋的家具與狹小的空間，似乎讓他覺得自己穿越了一下時空。

　　洗完澡的陳敬深靜靜的躺在床上，這時，電話突然響起來了。

　　「您好，請問，您是陳敬深嗎？」

　　「喂，你好。請問你是？」

「我是，我是周蘭欣。」

「周蘭欣？」陳敬深一時間想不起來電話那邊那個人是誰。

「您可能不記得我了，我就是那個在火車上和您相遇的那個女孩兒。」

這句話將陳敬深的沉睡的記憶的大門打開。他記得是有這麼一件事。不過，那已經是去年七、八月份的事了。這一晃，時間都過去一年了。

自從去年八月的那次邂逅之後，緊張的工作讓陳敬深每天都忙得不可開交。世界盃的到來讓每次的出貨日子都繃得很緊，而且時常會出現點小的品質問題，特別是在去年九月到今天三月這半年中。趕貨，本來就讓工人的身體嚴重透支，造成這種出錯是情有可原的。可是客戶並不會這麼想，他們只想要合格的產品。通常客戶打電話反映到公司裡來，開發部就必須馬上給出解決方案，不然就可能釀成更大的損失。這事後的「救火工作」讓本來忙碌的開發部門更沒有了休息時間。

緊張的工作環境讓陳敬深將周蘭欣一時忘在了腦後，每天的電腦電話就足以耗費他全部的腦細胞。最近這一段時間來，雖然訂單少了很多，時間也不似以前那麼緊張，但，趙婉容的事卻又成為他人生的另一道難題。

他以為周蘭欣已經將他忘了，所以他也沒有打算再去打擾這個女孩。自那次離開濱海，他再也沒有機會踏上那個土地。偶爾一兩次無聊的時候，他會想起這個在火車上幫助過的女孩，但那也只是一閃而

過。畢竟人在這個世界上，相遇的人太多，而能留下記憶的，也就是那幾十人。

今天周蘭欣打電話過來，真正的給了他一個驚喜的意外。不知道為什麼，一想起這個女孩，心中就有一種說不出來的親切感。

「蘭欣，好久不見了，你還好嗎？」

「挺好的。」

「都快一年沒見了，在大學裡過得怎麼樣？」

「一整年了。挺好的。」

「怎麼想起來給我打電話了？我還以為……」陳敬深笑了笑說。

「本來，一直就想給您打個電話，可，一直也沒有什麼時間。今天路過電話廳，就給您撥一個，您沒怪我吧。」

「能和你商量個事嗎？」陳敬深說道。

「您說。」

「能不用『您』這個詞嗎？我有那麼老嗎？」陳敬深笑笑說。

「好吧，我習慣了。」周蘭欣也笑了笑。

「家裡人還好吧。你那次出走，家裡人沒怪你吧？」陳敬深問道。

「我爸開始生了我一個月的氣，後來，也就沒有說什麼了。我媽還好，就是身體不行了。走路有時候不太方便。你呢？工作順利嗎？」周蘭欣問道。

「我挺好的。」陳敬深頓了頓說。「今年的學費怎麼解決了？」

「不知道呢。去年的助學貸款沒有批下來。說手續不全。當時我

爸還在氣頭上，貧困證明晚開了一個月，郵到的時候，已經過了時間。今年，不知道能不能評上。這幾天，我也正為這事犯愁呢。」

「先別急，事情總有解決的辦法。生活費還有嗎？」陳敬深問道。

「開學的時候，我表哥給我郵了五百，暫時還夠。」

「那怎麼能夠呢。現在五百塊錢哪裡算是錢啊。」陳敬深說。

「是啊，不過，還能怎麼辦呢？家裡就是那個情況，我也只能這樣了。」

「別急，凡事慢慢來。對了，你那邊有聯繫你的電話嗎？上次你給的號碼，不知道為什麼打不通。」陳敬深編了一個謊言。

「沒有。我們宿舍沒有裝電話。我今年換宿舍了，我調到了八人寢，這個住宿費會少一點。不過，要打電話，就得出來。」周蘭欣平靜的說道。

「是這樣啊。那這樣，你有什麼事，隨時打電話給我。事情總會有解決的辦法的。」

「嗯，我知道。不早了，那我就先回去了。你注意休息，別太累了。」周蘭欣關切的說道。

「知道了。」

掛斷了周蘭欣的電話。陳敬深靜靜的望著天花板，陷入了沉思之中。

五

趙婉容要返回濱海去了。這一天，陳敬深早早的來到了趙董家。趙小姐還是那麼不熱不冷的表情，這讓陳敬深真的感覺自己就是一個司機。倒是趙董對他有幾分溫熱，讓他在這個高冷的家庭中，不至於顯得特別尷尬。

白雲機場依然是那麼熱鬧，這裡好像永遠都不缺出行的人。陳敬深替趙小姐辦理了一切登記手續，在趙小姐的一句謝謝中，結束了他們這幾天被安排的邂逅。在這幾天如夢似真的陪伴中，讓陳敬深感覺一種對生活新的企盼，但不知道為什麼，總是有一個聲音在告誡他不可陷得太深。

理性時常提醒他：人，永遠不可能只是感情的產物。沒有一樣的平臺，是不可能有一樣的交集的。即使在他人眼中，你們是如何的郎才女貌。

陳敬深是真切的理解這一句話。他記得在高中的時候，班裡的班花成為所有男孩愛慕的對象，她收到的情書幾乎每天都可以裝滿垃圾桶，卻沒見過她對誰動過心。不知道為什麼，這個班花卻對陳敬深表現出不一樣的熱情。這一度讓青春萌動的他徹夜難眠。然而，當女孩對他的若即若離令他神魂顛倒的時候，卻發現這個班花和另一個男同學早上從市裡的一家賓館走出來。他突然感到五雷轟頂，呆呆的站在路邊。當他的好朋友詢問他和班花相處得怎麼樣的時候，他的臉是呆滯的。在別人眼中，他是多麼幸運能得到班花的青睞，而只有他自己知道自己看到了什麼。後來，他知道班花之所以對他表示好感，是因

為他比較老實，她想轉移老師對她男朋友的注意力，所以就故意做戲給老師和其他別的同學看。一個小小年紀的高中女孩，能有如此的心機，讓陳敬深感覺背後發涼。

這幾天的情形，讓陳敬深覺和高中的時候沒有什麼兩樣，不同的是，趙婉容從來沒有表現出熱情，而是一直冷冰冰的存在著。

陳敬深將寶馬車停在了公司的停車坪上，將鑰匙還給了張經理，便回到自己的辦公桌前。

Jack 看到他坐了下來，湊過前來問，「唉，Kevin，什麼時候請我們吃喜糖啊？」

「去你的。八字還沒有一撇呢，吃哪門子喜糖啊。」陳敬深說道。

「都陪人家四、五天了，還沒定下來，你小子是不是身體有毛病啊？」Jack 笑道。

「再胡說我醃了你。」陳敬深伸出食指與中指，坐出要剪 Jack 下體的姿勢。

Jack 突然壓低聲音說：「公司裡都在傳，說你要成為趙董的乘龍快婿。他可是我們公司的大股東。你小子夠有福的了。」

「有福沒福，只有天知道。別瞎扯了，快幹活吧。」陳敬深說道。Jack 將這一週內他處理的訂單放在陳敬深的辦公桌上，又回去忙自己的事了。

接下來的兩週裡，陳敬深必須把這週擱下的事給補上，雖然他離開這段時間 Jack 幫他做了一些，但畢竟有一些要他自己處理。公司

裡幾乎是一個蘿蔔一個坑，是不會養閒人的。況且，有些方案，也只有他最清楚。有時候客戶，也只能是他親自去辦。他只能白天聯繫客戶，晚上在公司加班整理方案和PFC。日子又在緊鑼密鼓中展開了。

趙婉容的事在忙碌中慢慢的被淡忘，每天回到宿舍後自己痠痛的脖子，讓他明白自己又過了一天。這些天累得他連澡都不想去洗，可是酸臭的身體又不能不讓他把自己推進洗澡間。當熱水從噴頭流下來的時候，他真想就在這噴頭下好好的睡上一覺。

這些天他總是做夢，各種夢境交織出現。不是客戶驗貨不過關退貨，就是老媽在電話那一頭又再催促自己趕快成家立業；不是趙婉容那冷冷的表情，就是張經理那似笑還非的「關切」。每天清晨起來，他時常不知道自己是在夢境，還是在現實之中。

不過，每天早上在公司刷卡大廳裡的那個滴滴聲，告訴他這就是真的現實。夢裡，是不需要打卡上班的。

六

這兩週的加班已經成了陳敬深的家常便飯，這一天，夜晚的辦公室裡還是只剩下他一個人。快九點的時候，電話突然響起來。

「在這個時候，能有誰給我打電話呢？」陳敬深想著。

對於這些他們這些在公司裡做事的人來說，一般不到十點就已經睡下了，晚上的電話並不多，除了加班之外，誰還願意這麼晚給同事打電話呢？這個時間，要不已經在老婆的溫柔香裡入了夢境，要不就是陪著女朋友逛逛這繁華的廣州城。而只有像陳敬深這樣的單身漢才

徹夜難眠。

「你好，請問你是？」陳敬深問道。

「是我，周蘭欣。」電話那邊說道。

「這麼晚了，還沒睡？」陳敬深問道。

「嗯，大學一般都沒有這麼早睡的。應該，沒打擾你休息吧。」周蘭欣說。

「沒，沒有，我還沒下班呢！」陳敬深答道。

「還沒下班，你們工作這麼晚啊？」周蘭欣關切的問道。

「沒有，前階段積攢些事情，有些東西做不完，自己過來加加班。你打電話給我，有事嗎？」陳敬深關切的問道。

「沒，沒事。就是心裡有點悶，想找人聊聊。」周蘭欣聲音低了下來。

「噢。這樣啊。」陳敬深說。

「那你忙，我就不打擾你了。」周蘭欣有掛斷電話的意思。

「別掛。你一定有事吧，是不是學費的事？」陳敬深突然問道。

電話那邊默不作聲。

「我猜應該就是學費的事了。說說吧，看我能不能幫點忙。」陳敬深說完，聽到電話那邊有嗚咽的聲音。「蘭欣，你哭了。」

周蘭欣半帶哭腔的說道：「學校說，今年的學費如果不按時交上，可能就讓我退學。我實在是沒有辦法了。」

「別哭，別哭。」陳敬深安慰道。「你爸媽是怎麼講的？」

「他們本來就不同意我來讀這個大學，根本就不會給我想辦法。

而且家裡確實也沒有什麼辦法。弟弟妹妹都要上學。」周蘭欣哭訴道。「我心裡實在是煩得很，又不知道和誰說，就想到你了。只想和你聊聊天，我心裡實在壓抑得不行。」眼淚從周蘭欣臉上不停的流了下來。

「這樣啊，那學費要多少錢？」陳敬深問道。

「3500 一年，住宿要 600 元。」周蘭欣哭著說。

陳敬深想了想，說：「這樣，你別急，這錢要不我先借給你，你先把今年的交上。這樣，你把你的詳細地址給我。」

「不用了，不用了。我只是心中煩悶，想和你說說。只說說就好，我已經欠你很多了，真的不用了。」周蘭欣急促的說。

「就算我借給你的，錢以後還給我，你給我郵寄一張借條過來不就行了嗎？我給你記上，到時候啊，連本帶利一起還我。這樣不就行了。好了，別說那麼多了，快把地址給我吧。」陳敬深說道。

陳敬深不知道為什麼自己會對周蘭欣那麼關心，第二天一大早，他就去郵局，給周蘭欣打了五千錢。在匯款說明上，陳敬深寫道：「4100 是給你交學費和住宿費，其它的，留作你的生活費。」

五千塊錢，這可是一筆不小的開支，相當於當時農民全家一年的收入。以當時的購買力來講，這五千塊錢可是農村幾頭大牲畜的錢。而面對這本就有去無回的買賣，陳敬深卻那麼坦然的將錢「借」了出來，這是他以後也沒怎麼想通的，可是，他就真的那麼做了。

在以後的日子裡，每當他回想起這件事，他也不明白自己為什麼

當初會這樣做，他給自己找的理由很多，比如說因為他是單身，家裡暫時還不需要什麼錢，又沒有愛情和家庭的羈絆，他可以去獻出這份愛心。比如說因為他本身不喜歡吃，不喜歡穿，錢暫時沒有什麼用武之地；比如說他早已經在心底裡愛上了這個苦命的女孩，這算是為愛做的犧牲。比如說，因為他愛心氾濫，良心大發，發揮了他高尚的品德。

可是他知道他的所有「比如說」不過是自欺欺人，只是想為自己的行為找到一個藉口和理由。這些人在事後諸葛亮時為事情編出的理由，可信不可信，就看你自己的心情了。

不管因為什麼，事情就這麼做了，而且在一個沒有可以說服別人的理由下，做了。

生活中付出的愛心和付出的愛情一樣，有時候是找不到理由的。如果一定要給自己一個說得過去的理由，那有可能他已經把周蘭欣當成另一個自己，一個存在於另一個時空的陳敬深。

自從這件事以後，周蘭欣給陳敬深的電話多了起來。慢慢的，陳敬深在電話裡，聽到了一種不一樣的味道。不過這味道是什麼，陳敬深一時也說不清楚。不過他能感覺得到，這五千塊錢讓他們之間的關係確實也開始不一樣了。

這可能就是生活，你一次突發的善舉，可以換回一個不一樣的人生。誰知道呢。都說人生如戲，但戲怎麼能真的和人生相比呢。

第四篇

一

愛情是什麼？它可能是男女不經意回眸中那一次碰撞的火花；它可能是日久生情時那陳釀的老酒；它可能是因種種原因生死離別的悲觀場面；它更可能是婚姻裡不慍不火的柴米油鹽。自古以來，對愛情的定義數不勝數，而真正體味愛情的也大有人在。然而，這些愛情的故事裡，幾乎都充斥著這樣的元素，就是弱者承受苦難時，強者一方挺身而出。雖然方式大不相同，但行為總是一樣。

在周蘭欣的幾次危機中，陳敬深總是以救世主的身分出現在她的生活中。無論是火車上的麵包，學校裡的宿舍，還是大二的學費，每次當周蘭欣絕望的時候，陳敬深都沒有讓她失望。她已經在心底裡默默的將這個男人當成她未來的終身伴侶。

女孩子對婚姻的奢求很多，但卻會為一個滿足也放棄所有的曾經的願望。她們有時候要得更是簡單，比如說安全感和關愛。周蘭欣也不例外，在她危機的時候，陳敬深給了她安全感；在她孤立無援的時候，陳敬深給了她關愛。她常常在想，如果她畢業的時候，他還沒有結婚，她就一定要嫁給他。特別是在陳敬深將她的學費郵寄過來的時候，她在心裡就已經下了這個決定。

陳敬深當然不知道周蘭欣心裡想著什麼，他這麼做也不過把它當成一件善事，或是對「過去自己的一種現代救贖」。在他心裡，他開始只把周蘭欣當成和自己年少時一樣苦命的人，他覺得幫助她就是在

幫助過去的自己。慢慢的，他在內心裡逐漸把周蘭欣當成自己的妹妹，這樣，再對她做什麼，心裡也算有個託辭。可是他忘了，這世界上，本來哥哥妹妹就有很多說不清的事，不過，這段日子他可沒有心情想那麼多。繁忙的生活讓他的大腦細胞都用來應付各種訂單上了。

不過，敏感的陳敬深還是從日後的電話中，聽出了一些不一樣的感覺。自從他給周蘭欣寄去了學費，他發現周蘭欣在以後給他的電話中，語氣似乎變得怪怪的。而且，這電話也比以前勤了許多。特別是最近這段日子，幾乎是一週一次，有時候會一週兩次。這讓繁忙的他多少有點不適應，特別是在忙量產和製作 PFC 時。最近幾次，他甚至想過不去理睬這「過多的騷擾」，可是最後還是接了起來。

慢慢的，他從最早的不適應，到慢慢接受，到有些許期待，到一週沒電話，就覺得生活裡少了什麼似的。他與周蘭欣的愛情火花就在或長或短的電話聲中慢慢的生長。

從陳敬深情竇初開，到他研究生畢業，他幾乎沒有成功追過女孩的先例。當然，沒追求也不知道如何被追。記得大學時，他在舍友的慫恿下，對一個暗戀的女孩展開了攻勢。可是一直當乖孩子的他卻不懂怎麼約人家拍拖，事情一直就沒有什麼進展。

一日，他的一個朋友給他出招，讓他去約那個女孩爬山，這樣可以塑造兩個人獨自在一起的場景。他的朋友說：

「等到周圍只剩下你們兩個人的時候，你突然去吻那個女孩。如果她不反抗，就說明你們可以在一起；如果她上來甩你一巴掌，就表示她和你不合適，你還是趁早放棄吧。」

陳敬深狐疑的問那個男孩，「那她，會和我去爬山嗎？」

那個男孩解釋說：「如果她不和你一起去，就是對你有提防心，你趁早死心。愛情表面上看來的男追女，實際是女孩的欲擒故縱。如果女孩不給你機會，你也早點死心為好。」

陳敬深想想有些道理，就如法實施。

令陳敬深喜出望外的是，那個被暗戀的女孩居然答應了爬山之事。在接下來的星期天早晨，兩個人就一前一後的走在學校附近的妙音山上。滿懷目的的陳敬深一路上緊張的不知道該說什麼，如何實施那個決定性的一吻，讓他顯得有點不知所措。不巧的是，這一日上天似乎是不想給他機會，整條上山的路，遊客來往不絕，這最終讓陳敬深和女孩一直爬到了山頂。

長久不運動的陳敬深到達山頂後，陷入氣喘吁吁和深度缺氧的眩暈中。而就在他這種渾渾暈暈的狀態時，山頂上就只剩他們兩個人。他暈暈沉沉的決定實施那個計畫，可是一想到接下來要做什麼，他的心就飛速的跳動，似乎一不小心就要飛出胸口。陳敬深勉強的定了定心，做出一副視死如歸的樣子。

「死就死吧。與其不做後悔，還不如做了後悔。」陳敬深下定決定實施他的「一吻計畫」。

他默默的站在女孩的身後，輕輕的拍了拍女孩的右肩。當女孩茫然的將頭剛轉過來的時候，他抱著女孩的頭就吻了下去。女孩被陳敬深這一舉動著實驚了一下，重重的打了陳敬深幾拳，卻發現根本逃脫不開，索性就沒有繼續反抗下去。吻著女孩的陳敬深心中竊喜，因為

按照舍友的理論，女孩的不反抗就是默許同意。

可是令他沒有想到的事，當他放開女孩，女孩並沒有像電視劇裡演的那樣給他一巴掌，而是大聲說了一句話：

「你嚇死我了。」

就頭也不回，快速的向山下走去。這一下讓陳敬深弄得一頭霧水。傻傻的站在那裡，他不知道這樣的結果是成功了，還是失敗了。他突然覺得自己應該向女孩懺悔，也為自己剛才的魯莽行為而後悔。當初怎麼就信了舍友的話了呢。然而，事已晚矣，他現在能做的，就是跟在女孩的後面，安全的把女孩送回學校。在日後找個機會，親自向女孩道個歉。令他再次沒想到的是，那個女孩並沒有給他這個機會。等他到宿舍後，他已經打不通女孩的電話，QQ 已經被女孩拉黑。他的第一次愛情，就在自己的衝動中，消失了。

那件事過了以後，陳敬深特別害怕再見到那個女孩。他沒課的時候就一個人待在宿舍裡，或者在校園裡找一個沒人的角落，靜靜的坐在那裡。他覺得自己確實嚇到了那個女孩，同時他也嚇到了自己。他終於明白到，愛情這東西，不是人人都能擁有，更不是大學裡每個人都能擁有的。特別是像他這樣一個窮學生，生活都捉襟見肘，還奢望起愛情，確實有些自不量力，害人害己。他決定大學裡再也不去想什麼愛情之類的事了。

那個時候，大學裡流行「五個『一』工程」，那什麼是「五個『一』工程」呢？答案就是：追一個女孩子，甩一個女孩子，真實處一個女朋友，拿一次學校獎學金，再在考試中掛一次科。這似乎成了

那個時候大學男生的必修課。而對於陳敬深來說，追那個被嚇到的女孩，和大二的時候拿了一個校級獎學金，算是實現兩個了。這在他們的宿舍中，算是比較少了。而其餘的同學，幾乎都拿滿了四個，也就是除了獎學金，其它的都占全了。

對於陳敬深這個家境貧寒的學子，他深知大學對他意味著什麼。他無疑成了那個時期有名的學霸。只可惜這個學霸有時候也會犯糊塗，學別人談什麼戀愛，最終讓自己陷入深重的自卑之中。這種自卑，讓他在大學四年和研究生三年，都沒有敢主動再去追求女孩子。這確實讓人覺得匪夷所思。

當這些久別的回憶再一次被陳敬深翻將出來，他常常陷入沉思之中。

二

趙婉容回到濱海後就杳無音訊。這對陳敬深來說是意料之中的事情。張經理起初還打聽他與趙婉容的感情進展，後來也慢慢的失去了興趣。前些日子，Jack 去濱海分廠出差，看到趙婉容和一個四十多歲的男人有說有笑，關係很不一般。他一回來，就將這事一字不漏的告訴了陳敬深。而陳敬深對這也沒有絲毫的反應，就像是聽別人的八卦新聞一樣，這讓 Jack 大為不解。

天與地的距離，是真實存在的。醜小鴨變成白天鵝，是因為它本身就是天鵝；而灰姑娘的故事，是因為她是一個漂亮的女人而不是一個男人。陳敬深既無出色的相貌，又不太解風情，怎麼能俘獲老闆女

兒的芳心呢？他不知道那些頭頭們當初頭腦裡是怎麼想的，不過，也許他們心中有自己的打算吧，只是自己的道行太淺，猜不透吧。

是啊，領導的意圖，怎麼能讓你一個入行幾年的新人猜到呢。對於趙婉容，那是一個嫻淑能幹而又漂亮的女孩，她之所以沒結婚，一定是擇偶條件很高。這不奇怪，人家家境那麼好，條件高點也算正常。

不過，自從趙婉容從廣州走後最初的一段時間，張經理還是給了他幾次額外恩惠。他也就默默的享受這隨時可能消失的恩澤。在以後的日子裡，張經理的態度不像以前那樣溫熱，這一點陳敬深從她的態度裡就能覺察得出來。這也從側面說明，趙婉容與自己徹底沒有了關係。

每個世俗的人都曾幻想找一個比自己有錢的人談一場浪漫的愛情，然後在今後的日子裡一帆風順，並在自己的努力下，家庭由一般轉為富有，最後讓男方或女方的家人承認自己初沒有選錯人。這樣，經過自己的努力，無論在工作上，還是在對外身分上，都能顯示出一種體面。可是，命運總是不以希望的方式安排。它給了你機會，但總在你最有希望的時候給你絕望的答案。

當然，陳敬深就經歷過無數這樣的希望和絕望。小的時候，母親因某些事沒有兌現諾言，隻身一人回到外婆家，這曾讓兒時的陳敬深哭得死去活來。可是後來，這種事多了，他慢慢的找到了排解的方法：就是繼續大聲的哭，哭累了也就睏了，睏了也就睡著了，睡醒了也就不那麼難受了。較大一點的他，表現出比同齡孩子不一樣的成

熟，慢慢的理解了希望和絕望是一個事的兩個方面。

　　他甚至有時候會想，人就是不應該有希望，沒有希望的存在，每一次恩惠就是意外的驚喜。就如去年的美差，不就是在沒有希望下得到的嗎？而如果有了希望的渴望，卻得到了絕望的存在。這不是更會讓人產生痛苦。因為，痛苦總是喜歡以這種方式出現。

　　希望與絕望的接連存在，讓陳敬深常常懷疑人生，特別是那些過年過節的祝福語中。比如什麼十全十美，什麼永遠快樂永遠開心，什麼福如東海長流水，壽比南山不老松。這明顯是對自己和他人的未來寄於希望，而現實往往造就的是絕望。

　　當然，理智的當代人已經不相信這些祝福語得以實現的真實性，只想把它當作一種祝福的表達，一種在那個場合該說出來的事。他們都沒有對未來抱太大的希望，自然也就少了許多的絕望。

　　陳敬深常常在想：人到底應該怎麼活著才能過得舒服一點？作為一個普通的平凡人，他所考慮的就是別讓自己的生活走進死胡同。能舒服的活著，本身就不易。所以，越長大，他就越能理解生活的意義。他不需要田園風光的閒情逸致，也不需要感歎人生千姿百態的豪情。人只要以最平凡的心，來接受現實給予的一切，無論它是好是壞，就不會深陷在希望與絕望的漩渦中。

　　想到這一點，陳敬深慢慢的覺得，火車上遇到的那個苦苦求學的女孩更讓他感到存在的真實。自己與她才是一個世界裡的人。找一個類似這樣的女孩過自己的下半生，才是一個完滿的結局。而像趙婉容，她只能成為他心中的一個夢。生活是講究「門當戶對」的，而不

僅僅只是婚姻。

在這將近半年的交往中，陳敬深慢慢的對周蘭欣產生了感情。對於這個從農村來的女孩，正因為她對生活也不會有太多的祈求，這才是他世界裡的「門當戶對」。

有時候，陳敬深就覺得那個名叫周蘭欣的女孩可能就是他未來的妻子，也正因為這麼想，他才發現自己願意為這個女孩花光自己身上所有的錢，而無怨無悔的付出。他有時覺得，人的這一輩子，能真心找到一個讓你為她花光自己所有積蓄的、正確的人，縱使失去一切，那也是幸福的。陳敬深享受著這份幸福，而周蘭欣也在體味著這份幸福。

一天晚上，周蘭欣又打來電話。

「你在幹嘛呢？」周蘭欣說道。

「沒幹嘛，在床上躺著呢。你呢？」陳敬深看著出租屋的天花板說。

「剛下完晚自習，在圖書館回宿舍的路上。看到了電話，就給你打一個。」周蘭欣溫柔的說道。

「哦，那麼勤奮啊。別累壞了身子啊。」陳敬深關切的說。

「不會的。對了，我可以叫你敬深嗎？」周蘭欣試探著問道。

「當然可以了。想怎麼叫，你就怎麼叫吧，反正，我也大不了你幾歲。」陳敬深笑了笑。

「那，敬深。」周蘭欣頓了頓，接著說，「最近，有個男孩一直在追求我。」

「噢？有人追求，那是好事。那你是怎麼想的？」陳敬深的注意力一下子提了起來，慢慢的說。

「我不喜歡他，就直接告訴他我有男朋友了。」周蘭欣說道。

「那你男朋友是誰啊？」陳敬深笑笑的問道。

「我和他說，是你。」周蘭欣頓了一下，接著說，「其實，當你送我來學校的時候，就有人問你是誰，我當時沒說，後來，被問急了，我就說你是我男朋友。」周蘭欣臉略微泛紅。

「哈哈。」陳敬深笑了笑，「說我也好。讓我給你當個擋箭牌，把那些什麼蜂兒，蝶啊，都擋在外面去。」

「那，你是怎麼想的？」周蘭欣突然問道。

陳敬深一時間不知道如何回答這個問題。

「你有時間的時候，能來看看我嗎？我，我有點想見見你。」周蘭欣說完，臉紅彤彤的。

「哦，那我看看，有時間的話，我就過去一趟。那，不早了，你早點回去吧。」陳敬深說完，大腦飛速運轉，卻一片空白。

「嗯。」周蘭欣掛斷了電話，向宿舍走去。

電話那邊傳來嘟嘟聲，但陳敬深的心再也無法平靜。

三

自那天掛斷電話之後，陳敬深的心再也無法平靜下來。平時工作忙起來倒也沒有覺得什麼，可是一到了週六、週日，大把的閒暇時間讓他坐臥不寧。對於自己到底要不要去濱海見周蘭欣，他實在是拿不

定主意。

　　煩躁的心，讓陳敬深再也無法待在出租屋內。在漫無目的的閒逛中，不知不覺的走到了華南師範大學。這是一所在他見了一次面後就一輩子也忘不了的地方，不知道為什麼，第一次到訪，就讓他深深的愛上了這個地方。他常常在有時間的時候，就一個人坐公車來到華師大的校園裡走走。他特別喜歡校園裡的一個公園，溫暖的溫帶海洋性氣候，加上大學的寧靜，和那些讀書和朗誦的學子們，構成了這個地方唯美的風景。

　　陳敬深曾經幻想著等自己老了，就在華師大校園裡面買一套房子，度過自己的餘生。不過對於一個北方人來講，這種想法也只能是想想，父母還是一直希望他落葉歸根，當初來到廣州，陳敬深就是瞞著父母來的。雖然父母的開明，又加上他的年輕，沒有表現出過多的阻止，但希望他回北方的想法一直深縶在老人心中。用陳敬深母親的話說，「讓他闖吧，等他闖累了，自然就回來了。人啊，就得落葉歸根，這是老理兒。」

　　這所位在廣州南部的大學，雖然談不上是什麼有名的院校，卻讓陳敬深對它情有獨鍾。在廣州這座大都市，能找到一塊讓自己的心靈安靜下來的地方確實不易。對於周蘭欣發出的愛情邀請，讓陳敬深一時間不知道如何是好？見與不見，都是一個兩難的選擇。靜寂的心一旦煩躁，就再也無法再回到它的最初狀態了。

　　陳敬深終於下了決心，決定去濱海走一次。不管以後會發生什麼，他也要再看看那個闊別兩年的火車女孩。陳敬深向公司撒了一個

謊，請準了一週假之後，就踏上了北去的火車。這一路，他的心似翻江倒海，不得平靜。煩躁的心讓他實在沒有辦法一直靜靜的坐在座位上，而是反覆的站起來走到車門口，然後依著車窗，看著鐵路兩邊向後跑去的樹。此時的他既希望火車跑得快一點，又希望它不要太快。矛盾的他不知道自己接下來將會面對什麼，無盡的思緒纏繞著這個再次青春萌動的年輕人。

當火車再一次停靠在濱海這座對陳敬深而言既陌生與熟悉的城市，卻給他另一種說不出的感覺。這次來畢竟不同以往，他的心總是在繼續前進還是轉身回去之間徘徊。不管怎麼選擇，都讓他感到十分艱難。當去濱海大學的公車已經停靠在濱海大學站的時候，他不得不和一群學生一同下了車，這時，他已經斷了自己所有的回頭路。夜色也正悄悄上了枝頭。

周蘭欣並不知道今天陳敬深會來，吃過晚餐的她早已來到了圖書館。她喜歡那種在圖書館裡靜靜讀書的感覺。對於得來不易的大學生活，讓她倍感珍惜。所以她不像其他的同學一樣，把吃喝玩樂當成自己大學的主要追求。也正因這樣，她在班裡時常表現得不太入群。不過溫順的性格和學習委員的頭銜，倒不至於讓大家疏遠她。她和其他同學就是那麼若即若離的存在著。

陳敬深到了濱海大學，一時間也不知道應該去哪裡。他索性在學校附近找了一家小旅館，先將笨重的旅行箱放下，然後拿著一個單肩包就走了出來。

「這個時間，周蘭欣會在哪裡呢？」陳敬深一邊想著，一邊慢慢

的向學校裡面走走。

這時，一座高高的建築物矗立在面前，上面寫著圖書館三個大字。他突然停住了腳步。

「她應該就在這裡。」不知道為什麼，強烈的第六感告訴他這個答案。

陳敬深緩緩的，一步一步的走上圖書館前面的臺階，在靠近圖書館門口的臺階上，坐了下來。夜晚給大學帶來的不單單是寧靜，而有一種說不出來的情趣。這是每一個上過大學的人，都懂得的事情。那路燈照射不到地方正在上演的你儂我儂，使大學永遠斷不了令人嚮往的感情故事。望著面前來來往往的學生，陳敬深想起了自己的大學生活。也就是在幾年前，自己也和這群孩子一樣，每天出入這樣的圖書館。而今天，他已經是這裡的過來人了。

陳敬深的直覺並沒有欺騙他，此時的周蘭欣正坐在圖書館的三樓自習室裡，那裡是這所學校裡的化學專區。周蘭欣每天都要光顧這個地方。正因為周蘭欣對圖書館過度的「殷勤」，曾經讓同學們戲稱她對圖書館產生了「癮」，而這種「癮」讓她每天一次的圖書館成了她的大學中的必修課。當然，很多女孩不明白周蘭欣來圖書館的原因，因為在她們的眼中，圖書館只是最適合學習的地方，但對於周蘭欣而言，圖書館卻具有了另一種功能，那就是避開和其他女孩談「消費」的機會。大學的校園裡，如何花錢，怎麼花錢，買什麼衣服與化妝品，成為了女孩們心中最頻繁的詞彙，可是對於一個來自窮人家的女孩來說，在這種談話中總是讓她略顯尷尬。而在圖書館中，大家似乎

有一種不必言說的平等，名牌衣服與包包在書籍面前，都變得一視同仁。

　　不過，不知道為什麼，今天的周蘭欣有些坐立不安。她好像預感要發生什麼，在三樓的閱覽室裡總是無法集中精力。她不知道今天自己到底怎麼了。煩躁的心讓她慢慢放下書本，走到窗戶邊向外望著。夜晚的濱海大學燈火通明，好一份安靜祥和。

四

　　周蘭欣再也坐不下去，收拾好書包，從圖書館走了出來。此時，坐在圖書館外面的陳敬深隱約看到一個熟悉的身影從自己的身邊走過，雖不太敢確認，直覺卻告訴她面前這個背影就是他要找的那個人。他試著喊了一聲：「周蘭欣。」

　　聽到有人喊自己的名字，周蘭欣下意識的回了一下頭。當她的目光落到一個熟悉的身影上時，驚得她喜上眉梢。

　　「你，你怎麼來了？」周蘭欣按捺住內心的歡喜。

　　陳敬深從臺階上站起來，拍了拍屁股上的灰。「想來了，就來了唄。」

　　兩個人會心的一笑，轉身向前，慢慢的走著。

　　「什麼時候到的？」周蘭欣問道。

　　「七點多。」陳敬深答道。

　　「那，怎麼沒去寢室找我？」周蘭欣問。

　　「我猜你現在應該在這裡。」陳敬深望了望天空，裝作一臉深沉

模樣。

「吃飯了嗎？我帶你去吃飯吧。」周蘭欣說著，將手伸進兜裡去拿飯卡。

「我們找一間奶茶店坐坐吧。」陳敬深示意著不要去食堂。他知道，現在去食堂，已經沒有什麼飯可以吃，再說，他不想讓周蘭欣花錢。面前這個女孩，每一分錢對她來說，都太重要了。

「那就去『墮落街』吧，我來這麼久，還沒怎麼去過那邊呢，我請你吃好吃的。」周蘭欣興奮的說道。

「嗯，好吧。」陳敬深看著周蘭欣說。

一路上，周蘭欣興奮的給陳敬深介紹這學校裡的各種建築物，和那些操場、體育館。平時安靜的她一改文靜的性格，極力的想把自己頭腦裡的一切都倒給眼前的人知道。

快到「墮落街」的時候，突然有一個男孩出現在他們面前，詫異的看著他們倆。

「周蘭欣。」對面的男孩說話了。

周蘭欣抬頭一下，發現眼前的人不是別人，正是這學期一直在追求她的副班長。她眼珠突然一轉，說道：

「你也在這邊啊。給你介紹一下，這是我男朋友，陳敬深。」周蘭欣下意識的挽著陳敬深的胳膊。

幾年社會的磨練，讓陳敬深明白了一點什麼，也配合的伸出右手：「你好。」

對面的男孩子並沒有去握陳敬深的手，瞧了瞧周蘭欣，又看了看

陳敬深，轉身離開了。看得出來，今天的事太出乎他的意外了，他怎麼也沒有想到，自己喜歡一年的人，居然真的有男朋友，他一直以為那個傳言是編造的呢。他心裡此時還接受不了這個事實。

「那個就是追你的男孩吧？」望著男孩離開的背影，陳敬深問道。

「是啊，這個學期天天託人給我送東西，煩死了。跟他說了我和他不合適，可是他就是不相信。」周蘭欣說道。

「那，今天我可占了一個大便宜，當了人家的男朋友。」陳敬深笑笑的說道。

「去你的。」周蘭欣在陳敬深的胸上打了一拳。這一拳，讓兩個人的心更靠近了一些。

在周蘭欣點餐的時候，她準備將自己身上所有的錢都花光來款待這位期待已久的人。當幾盤對於學生來說價格不菲的菜端上桌時，陳敬深明白了周蘭欣的心意。於是，他趁上廁所的時機，悄悄的將飯錢付完，又默默的回到餐桌前。

在陳敬深來此之前，周蘭欣經常徹夜難眠，似乎有很多話要對他說。可是當他就站在自己的面前時，她除了臉上的羞澀，什麼話也說不出來。特別當自己這麼近距離的和陳敬深坐在一起的時候。

「快吃吧。不然就涼了。」周蘭欣半天憋出這樣一句話。

「你多多少少也吃點。」陳敬深說著將剛盛好的米飯放在周蘭欣的面前。晚飯的時間早已經過了，不過面對這麼「豐盛的菜餚」，也確實還有動筷子的欲望。周蘭欣給陳敬深夾了些菜，也陪著吃了起

來。

在這個普遍需要減肥的大學女生中，周蘭欣因每天算計伙食費而從未踏入這個行列，每天的青菜豆腐讓她的體重現在只有不到九十斤，要知道她可有一米六的身高啊。這無疑讓她顯得又瘦又高，成了班裡有名的「衣服架」。當然，這樣唯美的身材也確實給她帶來了一些麻煩，不知道什麼時候，在她周圍出現了一群的追隨者，剛才那個班副只是其中的一員。她曾聽說，這些男孩們私下為她達成各種協定，最後班副用美食和殷勤趕走了所有的競爭者，於是他便成了堂而皇之的唯一追求者。性格溫和的周蘭欣並不想談什麼戀愛，尤其是和這個所謂的班副談戀愛，但她又不想傷害他，卻處處躲開他。實在躲不開，就拉一個女孩一起走，從來不給他表白的機會。即使是這樣，那個任班副的孩子也沒有放棄。各種節日的禮物，各種雨中送傘，各種花式的表白，讓周蘭欣苦不堪言。

雖然班副的一片癡情，但這不是她渴望那種大學生的戀愛生活。貧困的家庭塑造了早熟的性格。讓她更對自己未來的婚姻上心一些，而不是大學裡短暫的風花雪月。她知道，沒有經濟基礎的愛情早晚會凋零，如果說自己真的要談一場戀愛，那這個戀愛的男主角一定不會是學校裡的這些男孩。因為，他們太年輕，只知道如何玩，卻不知道如何生活。

不知道什麼時候，她已經把心交給了那個為她付學費的這個人，這無疑讓陳敬深成為她心中的人生伴侶。一個真心對自己好的人，願意為自己全心付出，又有一份穩定的工作，這才是自己應該找的人

啊。這也就是為什麼，周蘭欣會將自己的心放在了眼前正在吃東西的男人身上。

陳敬深並沒有吃多少東西，而是一直看著對方的周蘭欣，來時的尷尬已經消失得無影無蹤。他突然有好多話想對面前的女孩說，卻又不知道從何說起。他越是想說，就越張不開嘴。索性就用眼前的食物遮掩了他此時的窘態。

當發現陳敬深已經吃飽，周蘭欣慢慢站起身上去服務臺結帳，卻被告知已經付過了。她轉身看看坐在窗口的陳敬深，笑了笑。走過來拿著自己的書包，對陳敬深說：「走吧。」

兩個人一前一後的離開了餐廳，重新走到學校的水泥路上。

「你累不累？要不，我帶你去一個地方。」周蘭欣說道。

「不累。去哪？」陳敬深問道。這時他發現周蘭欣背著的書包，接著說道：「把書包給我吧。」周蘭欣笑了笑，將書包遞給了這個「暖男」。

「我們去二田吧。晚上，那邊有好多人跑步。我以前經常喜歡從圖書館出來，去那裡跑兩圈。」

「那好啊。」陳敬深將書包背在了自己的身上。

濱海大學的第二田徑場並沒有安裝路燈，正因為這樣，它就成了學校裡情侶們約會的場合。在那一節一節的看臺上，總是有那麼一個又一個閃爍著微弱燈光的兩個身影，那是手機發出來的光。而在那已經看不清顏色的跑道上，或三五成群，或一對一對牽手的男女，慢慢的向前走著。這裡，透露出大學獨有的安逸和祥和。

穿著正式服裝和皮鞋，背著一個學生書包的陳敬深，顯然與這個運動的環境多少有點不協調。但，夜晚的漆黑會遮掩這一切，使他不會覺得有多少尷尬。再說，他的心此時已經不在這些小小的細節，只有身邊的女孩不介意，現在穿什麼，都是美的。

他們順著跑道，順時針的一圈一圈的走著，忘記了勞累。時間也就在他們這一圈一圈中，慢慢的逝去。

周蘭欣慢慢的平緩了初見陳敬深時的喜悅。她不像開始的時候那麼興奮的嘰嘰喳喳，又恢復起她文靜的本性，特別是她在不經意間看到陳敬深的側臉，她的心突然跳動得很厲害。這就讓她更說不出什麼了。

陳敬深面對著這個只有兩年前才見過的女孩，現在多多少少感覺有些陌生，雖然周蘭欣並沒有看出什麼。畢竟電話裡和真實的人，是不一樣的感覺。兩年的職場生涯，讓他早以練就了見人說人話，見鬼說鬼話的本事，喜怒不形於色，這是在職場裡生活的基本法則。

兩個人慢慢的都不說話，就這麼時而一左一右，時而一前一後的向前走著。不經意間，陳敬深的右手會碰到周蘭欣的左手，不知道為什麼，這樣的互動卻讓兩個人的心跳再次加速。陳敬深突然有想要牽一下那雙手的衝動，但理智告訴他現在不適合那麼做。

二田裡的人越來越少了，很多人慢慢的退出了這裡，向自己的宿舍走去。

周蘭欣看了看自己手錶，已經到了晚上十點。

五

「十點了。」周蘭欣說道。

「哦，很晚了吧。你們宿舍，什麼時候關門？」陳敬深問道。

「十一點。」周蘭欣回答說。

「那，我送你回去吧。」陳敬深說道。

周蘭欣點了點頭，向北走去。

路過一間超市的時候，陳敬深叫住了她：「唉，你等等，我進去買點東西。」說著，他便向超市走去。

周蘭欣沒有跟著進去，而是在超市外面的桌子前坐了下來。過了一會兒，陳敬深拎著一大袋零食走了出來，對著周蘭欣說：「走吧。」

到了周蘭欣的宿舍樓下的時候，陳敬深將剛買的零食交到周蘭欣的手上，說道：「這些，拿回去給你同宿舍的同學吃，這是大學裡的規矩。」

周蘭欣本來想拒絕，可是一想這麼做似乎不太妥當，兩年前那次因拒絕而導致陳敬深的不悅，她現在還記憶猶新。她知道，有時候接受比拒絕，更會讓人心暖。只好接了過來。

她狐疑的看著陳敬深，說道：「規矩？什麼規矩？」

「你慢慢就會懂了。好了，上去吧。」陳敬深說道。

周蘭欣轉過身去，默默的上樓去了。到樓梯的時候，她突然忘記了自己應該說聲「謝謝」，可不知道為什麼，現在這兩個字，卻不那麼容易說出口。她知道，有的時候，「謝謝」這兩個字，會拉開人與

人之間的距離。而現在的她，怎麼能拉得開呢。特別是在自己喜歡的人面前，「謝」是一個多麼不恰當的表達方式。

陳敬深的出現並沒有逃開周蘭欣宿舍中好事的女孩們的眼睛。當她一開門走進來，倚在陽臺上的陳啟夢就大聲問道：「唉，周蘭欣，樓下那個帥哥是誰啊？」

周蘭欣將那一大包零食放在宿舍那條長長的桌子上，沒有正面去回答她的問題，反而對大家說：「來，這裡有吃的，要吃的就馬上過來。」

宿舍裡一下子就騷動起來。屋裡的幾個女孩一下子聚了過來，在袋子裡翻來翻去。大學宿舍裡的女孩，不管她們在室外有多麼文靜與光鮮，一回到宿舍，本相會暴露的讓所有男孩吃驚。且不說她們那暴露的吊帶睡裙，就看這搶吃搶喝的情景，什麼端莊，什麼文靜，什麼秀外慧中，一切都消失得無影無蹤。

「你們這群餓狼，給我留點。」陽臺上的陳啟夢看到這如狼一般搶食的場景，知道自己再不下手，估計只剩下那些自己不喜歡吃的。

王曉霞湊了過來，坐在周蘭欣的床上，右胳膊搭在周蘭欣的脖子上，笑瞇瞇的說道：「喂，大老婆，老實交代，是不是在外面給我找『小三』了？」

「就給你找『小三了』，怎麼著！」周蘭欣笑笑的說。

「好啊，我這才一天沒照顧到，就給我戴綠帽子。趕快交代，哪個系的？」王曉霞追問著。

「就不告訴你。」周蘭欣得意的說著。

「呦，看不出來嗎！讓我怎麼弄你。」說著，王曉霞雙手向周蘭欣的腋下伸去。兩個女孩鬧成了一團。

「是不是你的火車哥哥來看你了？」一旁的陳啟夢一邊啃著雞爪，一邊說道。

周蘭欣突然愣了一下，笑著說，「不告訴你。」

「切！」陳啟夢撇了她一眼。

「他真的來了？」王曉霞問道。

周蘭欣點了點頭。

「火車哥哥來嘍！」陳啟夢起哄的喊了一聲，惹得大家一通哄笑。

「吃著還堵不上你的嘴。」周蘭欣站起來要去打陳啟夢。宿舍裡的女孩們鬧作一團。

陳敬深當然不知道周蘭欣宿舍現在發生的一切，他默默的走回旅館洗了個澡，就躺下睡了。不知不覺中，天色已經大亮。陳敬深起來洗漱完畢，就走出了旅館。

大學校園裡的清晨，總是透露出那一絲絲清新。在沒有幾個人的甬道上，太陽才剛剛升起。不遠的草地上，晨讀的學子早早的在那裡朗讀著那拗口的英語，聲音時高時低的傳了過來。沒有了公司裡的緊張，一切都顯得那麼的平靜，與陳敬深這些天天與電腦為伍的生活相比，這是多麼羨慕的生活啊。

由於周蘭欣沒有電話，陳敬深只能早早的來到她的宿舍樓下等她。恰巧今天是星期天，陳敬深估計周蘭欣也沒有什麼課，一心想著

帶她出去轉轉，給她買幾件衣服。一個大學女孩，穿的還是那件在火車上穿過的衣服，這多多少少讓人有點看不過去。雖然周蘭欣自己倒沒覺得什麼，對她來講，只要乾淨得體，也就可以了。

當然，陳啟蒙和王曉霞也經常把自己只穿過一兩次的衣服送給她，然而陳啟夢一百二十斤的身材確實讓周蘭欣沒辦法穿著她的衣服出來，而王曉霞只有一米五的身高，這多多少少不太合適。這件穿了兩年的衣服，就一直陪著周蘭欣度過了兩個春秋。

起來洗漱的王曉霞發現了站在樓下的陳敬深，她迅速走到周蘭欣的床邊，對著周蘭欣的耳朵小聲說：「他，在樓下。」

正在穿衣服的周蘭欣趕快跑到陽臺上，看見熟悉的身影站在女生公寓的柵欄門外。她迅速的洗了一把臉，用毛巾使勁在臉上擦了擦，就向門外跑去。身後的王曉霞趕緊提醒道：「蘭欣，你還沒刷牙呢？」可此時的她已經跑到了樓下。

看到周蘭欣出現在女生宿舍樓的門口，陳敬深向前走了幾步。

「這麼早啊？」陳敬深說道。

「你不是更早。」周蘭欣輕輕的說道。

突然，陳敬深發現對面女生宿舍的陽臺上多出幾個腦袋向他們這邊看。周蘭欣順著陳敬深的眼神看去，發現自己宿舍的那幾個女孩都擠到那不足兩平米的陽臺。

「火車哥哥，加油啊。」陳啟夢突然大聲的喝道。

周蘭欣臉一下子紅到了脖根。

「火車哥哥？什麼意思啊？」陳敬深轉過來問周蘭欣。

周蘭欣沒有正面回答：「走，我帶你吃早飯去。」

後面傳來了女孩們的起哄聲。

六

　　陳敬深將周蘭欣帶到了濱海市區，給她挑選了幾件衣服。周蘭欣百般推托，終於還在陳敬深的假怒下勉強接受。

　　「你別再為我花錢了。你本來工資也不多，我不缺這些。」周蘭欣對陳敬深說。

　　「拿著吧。看你一直穿這一身，總得有個換洗的衣服，是吧。大學的女孩，就應該穿得漂漂亮亮的。」陳敬深說道。

　　「其實不用，真的不用。……」周蘭欣還想說什麼，被陳敬深打斷。

　　「餓了吧，走，去吃點東西去。」說著，他帶著周蘭欣向一家西餐廳走去。

　　周蘭欣拉了拉陳敬深的衣角，「還是換個地方，這地方挺貴的。」

　　陳敬深笑笑說，「那我們今天就奢侈一把吧。」他說著，拉著周蘭欣走進了西餐廳。

　　服務員將他們引到一個靠窗的。

　　「你看看要吃點什麼？」陳敬深將菜單打開放在了周蘭欣的面前。

　　看著菜單那些價格不菲的價目，周蘭欣不知道該點些什麼。特別

是牛排，少說幾十，多則上百的，點什麼，也都不便宜。

陳敬深看了看周蘭欣，轉眼向服務員看去：「兩份菲力牛排，八分熟。」然後合上菜單，交給了服務員。

「好，您稍等！」服務員說著，拿起菜單走開了。

「這裡的東西太貴了，我們還是換一家吧。」周蘭欣說道。

「不用了，點都點了。第一次來這種地方吧？」陳敬深問道。

「嗯。」周蘭欣環顧了一下四周。

周蘭欣確實是第一次來到這種地方，在她心裡，這裡是「高大上」的地方，絕不是她這種窮學生能消費的場所。這也是她平生第一次吃到牛排。以前，她也只有在電視劇裡看到過。今天，當電視裡的場景真實的出現在她的眼前時，她多少有點不知所措。

周蘭欣現在的窘境，陳敬深也經歷過。從農村出來的他，也是從來沒有見過真的牛排是什麼樣子。第一次和公司裡的人吃西餐，也是笑話百出，那時候的他還不懂得如何用刀叉將肉分開，而是拿著筷子直接去夾那一大塊的牛排。當他看到同事以怪異的眼神看他的時候，才明白別人吃牛排原來是用刀切。當然，由於不會用力，那一份菲力牛排，確實耗了他不少的力氣。

這份獨有的人生經歷，讓陳敬深清楚的知道周蘭欣會面臨什麼。陳敬深慢慢的將自己盤中的牛排切好，然後將周蘭欣的牛排與自己對換，再將切好的小塊牛排輕輕的放在周蘭欣面前。

「吃吧。用這個。」陳敬深右手晃了晃手裡的叉子。

一股暖流讓周蘭欣體會到面前這個男人的細心。她學著電視裡的

樣子，優雅的吃起她那人生第一次牛排。雖然她日後也吃過很多次，不過，這次，可是她人生中，最美味的一次。

陳敬深將手中的橙汁微微的拿起，「來，我們乾個杯吧。」

浪漫，突然出現在這個承受太多苦難的女孩子身上，讓她那顆久久沉悶的心，此時已經完全化開。她看著眼前這個曾經決定過自己命運的男人，感到一種難有的幸福。她甚至覺得他就是上天安排給他的天使和英雄。就在此刻，她真心想嫁給這個男人，因為自她這麼大以來，從來沒有人對她這麼好過。一個有愛心，有財力，又真心對你好的人，唉，這不就是一般女孩心中那理想的人生伴侶嗎。

陳敬深不知道眼前這個女孩在想什麼。不過從她學出來的優雅的動作裡，他知道她正在享受這一切。陳敬深癡癡的望著前面的女孩，也享受著這一刻的美好。陳敬深突然想起了趙婉容，她那吃東西的樣子才是真正的大方得體。不過，面前的周蘭欣，雖然沒有趙婉容的優雅，也沒有她的美貌與能力，卻透露一種自然而然的素美。這一點真的吸引了他。

不知道為什麼，周蘭欣真切的讓他感受到了一個需要保護的感覺。一個男人，如果可以用自己現有的能力給一個女孩以保護欲，那對他來說，已經夠了。兩顆年輕的心在這浪漫的環境中，已經開始慢慢蕩漾。

從西餐廳出來，陳敬深叫了一輛出租車。周蘭欣剛想阻止，卻被陳敬深擋住。

「今天，聽我的。」陳敬深說道。

這是周蘭欣第一次坐出租車回濱海大學。以前，不論有多少人，她都只能擠公車，搭出租車這種事，實在是太奢侈了。

當車子緩緩停在學校的圖書館時，司機轉過頭來對他們說：「前面過不去了。你們就在這下吧。」

兩個人拿著大包、小包，慢慢的向北走去，那是周蘭欣宿舍的方向。

「我今天晚上就要回去了。」陳敬深說道。

「這麼快？」周蘭欣驚異道。

「嗯，這次我是撒了個謊才跑出來的。不能耽誤太多時間。」陳敬深說道。

「這樣啊。」周蘭欣頓了頓，「那下次，你什麼時候來？」

陳敬深望了望天，說道：「你想我什麼時候來？」

周蘭欣的臉一下子紅到了脖根。

陳敬深笑笑說，「只要我有時間，我一定會過來。」

周蘭欣不知道接下來該說什麼，幸福、害羞、不捨和企盼，都交織在一起了。

「那，我晚上送送你吧。」周蘭欣說。

「你晚上沒事嗎？」陳敬深反問道。

「有事，也得送你啊。」周蘭欣輕輕的說。

傍晚時分，當西邊的晚霞照映濱海大學的時候，陳敬深和周蘭欣走在去校門的路上。兩個人此時都不知該說些什麼，就那麼靜靜的向前走。一個不經意間，周蘭欣的左手碰到了陳敬深的右手，陳敬深趁

機抓住那個送來的機會。

　　兩隻手就在這靜靜的小路上，結合在一起。

第五篇

一

　　濱海之行確認了陳敬深與周蘭欣的戀愛關係。自那以後，兩人的電話由一個月一次，變成一週一次，又變成一天一次。由於周蘭欣宿舍沒有電話，那樓下的公共電話亭就成了她每天都在守候的對象。每天晚上從圖書館回來，要是沒能打通陳敬深的電話，她那個萌動的心就會因此而心神不寧。

　　陳敬深曾經提議給她買支手機，但被她拒絕了。因為手機這種高大上的東西，現在確實不適合她。她和陳敬深說現在班上用手機的，也沒有幾個人，如果她用了，明年申請助學貸款可能就會遇到麻煩。畢竟在大學裡，手機是一個有錢人的象徵。當知道原因，陳敬深沒有堅持。只不過在每個月的匯款中，多出了電話費這一項。

　　時間一轉就又過了一年。這中間，陳敬深總是藉著各種機會跑到濱海去。每次見面時如膠似漆，都讓別人羨慕不已。青春的兩個人雖無什麼海誓山盟，卻已經在這一次次的相處，將心牢牢的綁在了一起。然而，異地戀的煎熬，讓陳敬深慢慢有了換工作的想法。濱海，再也不是他的傷心地，而是他時刻祈盼的地方。

　　在激烈的思想拉据後，陳敬深最終將辭職報告放在了張經理的辦公桌上。張經理不知道這個能幹的小伙子為什麼突然有這種想法，詫異的的看著他。待瞭解情況後，張經理笑了起來。

　　「小陳啊！年輕人的事，我們這些過來人也經歷過。都能理解。

可是，你真的願意放棄廣州去濱海那座小城市。你可知道，這裡的發展前景，可比那邊要強很多啊。」

「張總，我想清楚了，請您批准。」陳敬深果斷的說。

張經理看看陳敬深，說道，「要是只想去濱海，你也沒必要辭職嘛！你這小伙子不錯，我挺欣賞的。正好前兩天濱海的趙經理打來電話說，讓我調一個人過去幫忙組建那邊的開發部，我本來是想讓 Jack 去的。既然你想去濱海，那你去怎麼樣？」

還沒等陳敬深回答，她話鋒一轉：「當然，如果你找到了更好的單位，那我也不勉強。人嘛，總是要往高處走。」

陳敬深本不想辭去工作，他的想法是，在辭掉廣州的工作後，去濱海另謀職業，當然這是一個很冒險的舉動。然而現在既然可以調到濱海分廠，也算達到了他去濱海的目的。他一下子斷了辭去工作的理由。

「那，謝謝張經理，我去濱海。」陳敬深喜出望外的說。

在接下的一周內，陳敬深做了簡短的交接後，便收拾自己的東西，退了出租房，準備離開廣州。臨行前，開發部全體員工在張經理的帶領下，在酒店訂了一間包廂，來給他送行，這讓他很是感動。他知道，在開發部的傳統裡，還沒有哪一個員工在離開的時候可以享受這種待遇呢。

讓他沒有想到的是，在這次送行晚宴中，最高興的卻是 Jack。當聽說公司要調人去濱海的時候，他的內部消息早就得知自己是去濱海的內定人選，這讓他愁得幾天都睡不好覺。畢竟他的老婆孩子都在廣

州，真要跑到濱海那個「窮鄉僻壤」，自己著實是不願意。可是，他又不知道該如何拒絕，正想找個機會和張經理講明自己的意圖，卻沒想到正式派令下發的時候，去濱海卻改成了這個最年輕的陳敬深。

當然，他是不清楚陳敬深去濱海的原因，卻為陳敬深能去那裡而感到高興。這樣，他以前的擔憂現在都成了杞人憂天。他終於不用擔心如何和老闆「談判」。陳敬深一個人的想法改變，有時候往往成全一批人。

兩天後，陳敬深踏上北去的火車，來到了濱海分廠，那個給他第一份工作的地方。

到濱海報到後，接待陳敬深的新任開發部趙經理不是別人，正是一年前來廣州的趙婉容，這確實讓陳敬深有些吃驚。他沒想到的是，才一年不見，這個曾經的趙小姐就由技術總監升為部門經理。

不過，這個新成立的開發部，成員卻少得可憐。在一個狹小的辦公室裡，加上趙婉容和陳敬深，一共六個人。對於那其餘四個，除了一個曾經在別的公司做過兩年業務，其他的都是剛畢業的大學生，這在廣州總廠的開發部裡，是不可能看到的景象。於是，培訓這群新人的任務無疑就落在了陳敬深的身上。

到濱海後，陳敬深只去過一次濱海大學，後來他雖一直想再去濱海大學，卻遲遲抽不出時間。新成立的開發部百廢待興，一切都要從零做起，讓陳敬深無法分身。幾個新人在製作 PFC（工藝製作流程，Process Flow Chart）時總是頻繁出錯，讓生產一線的員工不斷向副總投訴這個新成立的開發部門。趙婉容由於每天都要頂著巨大的壓力，

這些天來臉色很難看。在每週的例會上，她的每一句話都帶著強烈的火氣。曾經的端莊賢慧，在現實的工作面前，已經消失得無影無蹤。

雖然，例會上她對新來的陳敬深還是留有一定情面，並沒有當眾批評過他，可是當她罵其他幾位新人的時候，陳敬深也往往坐坐立不安。這個曾經那麼美麗的女孩，現在每天儼然一副吃人的樣子，讓陳敬深多少有點適應不來。

為了降低新 PFC 的出錯率，除了自己親手參與製作後，他還將他人新作的 PFC 一遍一遍的檢查。待真的確認無誤後，再蓋章發行。他從來沒有像趙婉容那樣罵這幾個徒弟，因為他能體會新人成長道路上的艱辛。

每天晚上沒有固定時間的加班，讓他沒有辦法像以前那樣期待和周蘭欣的通話。即使周蘭欣的電話打來，他也只能草草的說上幾句就忙著掛斷。新部門成立最初的這幾個月裡，開發部的六個人每天都像上緊了發條的彈簧，一到辦公室裡就飛速運轉起來。特別是趙婉容，這個令人羨慕的部門經理，每次都會陪陳敬深加班到最晚。

這週的公司週例會上，開發部第一次沒有受到點名批評，趙婉容的臉上稍微的露出一絲喜色。回到辦公室，她召集大家開會，以不常見的溫和態度將公司週例會的精神傳達下去。最後，她補了一句：

「最近大家辛苦了，晚上我請吃飯，你們選地方。」

下面傳來了一陣歡呼。這可是開發部成立以來，第一次這個趙婉容經理沒有發火，還第一次破天荒的請大家吃飯。

六個年輕人在餐桌上沒有了距離，也沒有了什麼師傅和徒弟的上

下級之分，頻繁的敬酒讓六個人就像多年的好朋友一樣，用痛飲那苦澀的「飲料」方式，來詮釋他們這段期間的艱辛。晚飯過後，六個人又跑到附近的 KTV 大吼起來，他們要將這三個月以來的壓抑，通過那撕心裂肺的吼叫，全發釋放出來。

夜晚的燈光照在寂靜的馬路上。這群喝了很多酒的年輕人，歪歪倒倒的在大馬路上繼續著 KTV 裡的狂歡。陳敬深攔了幾輛出租車，讓這些狂歡了一晚的人回到各自的家。而他，和趙婉容上了同一輛出租車，待把趙婉容安全送回房間後，才回到了自己的宿舍。這是一間公司安排給他的一套臨時單身公寓。

陳敬深隨手拿起電話，發現上面有七個未接來電，打開以後，都是一個相同的陌生號碼。他知道，這一定是周蘭欣打過來的。他錯過了周蘭欣打給他的全部電話，這讓他懊惱不止。此時已經是午夜兩點，想必她已經睡著了。即使沒有睡，這個時候打電話過去也有些不合適，況且，往哪裡打呢？酒意的眩暈讓他沒有辦法思考，就在不知不覺中進入了夢鄉。

二

一夜未眠的周蘭欣不知道為什麼打不通陳敬深的電話，她不知道電話那邊到底是出了什麼事，這著實讓她擔心。她越是這麼想，就越睡不著。恍恍惚惚，已是凌晨五點，天色已經漸漸明朗，她索性從床上爬下來，走到了樓下的電話廳。

清脆的鈴聲驚醒了沉睡的陳敬深。

「喂，你好。」陳敬深睡眼朦朧的問道。

「你怎麼不接我電話啊？」電話那邊傳來了周蘭欣急促的聲音。

大腦昏沉的陳敬深聽出了周蘭欣的聲音，連說，「對不起，對不起，昨天同事聚會，鬧得很晚。本想給你回電，可是又沒有你的電話？所以⋯⋯」。陳敬深下意識的開始做辯解。

「你知道我有多擔心你嗎？」電話那邊傳來了女孩嗚咽的聲音。

陳敬深徹底醒了。「蘭欣，真的對不起，對不起。我下次，下次絕對不敢了。」陳敬深直接坐起來，像一個做錯事的小孩子正等待著原諒。電話那邊的哭聲一直沒有停止。

陳敬深不知道如何去勸慰周蘭欣，就坐在床上靜靜的聽著。昏沉的大腦讓他找不到一句可以安慰人的話。

周蘭欣慢慢的停止了嗚咽，「你什麼時候過來看我啊，你都來濱海三個月了。可⋯⋯」周蘭欣委屈的說。

「對不起，對不起，我最近真的是太忙了。要不，我這週六，我這週六一定去看你。不哭啊。」陳敬深急忙說道。

「真的？」周蘭欣問道。

「我怎麼能騙你呢。不哭了啊，我知道錯了，我保證，一定下不為例。欣，你別哭了，再哭，人都不漂亮了。來，笑一個。」陳敬深說著。

「去你的。那，你不能騙我啊。」周蘭欣略帶撒嬌的說。

聽到那邊停止了哭聲，陳敬深想想自己確實也快有三個多月沒有去濱海大學見周蘭欣了。每天緊張的工作讓他忘記了時間，也忘記了

他來濱海的真正目的。人就是這樣，你往往為了一個目標前進，可是走著走著，就偏移了原來的軌道。

　　轉眼間，時間又過去了兩個月。濱海分廠的開發部總算步上了正規，幾個新人也在陳敬深的帶領下，能獨自的完成自己的任務。這得來不易的輕鬆卻讓陳敬深的內心發生了一定的變化。

　　工作，工作，還是工作，這讓陳敬深多少有點厭煩了這種程式化的公司生活。不知道為什麼，最近周蘭欣打來的電話裡，總是在不經意間有些閃爍其詞，有的事往往說了一半就沒有繼續說下去，好像心裡有什麼事情。每當陳敬深問起的時候，她往往選擇叉開話題，這讓他的心更加厭煩。時間飛逝，他已經在公司裡工作了四個多年頭，儼然已經成了公司的「老人」。不知道為什麼，他最近總是感到焦躁不安，離開這裡的想法每天都在侵襲他的大腦。這顆年輕的心讓他開始渴望有另一種生活。就這樣，他開始在空餘時間，關注起招聘網站。

　　在濱海求職，通常研究生的學歷在公司裡算是一個高學歷，加上他有四年的工作經歷，讓他在同類的公司裡再找到一份工作，並不是一件難事。可是，如果從一家公司跳到另一家公司，這樣的生活其實沒有什麼太大的改變，與其跳槽，和沒跳也沒有什麼兩樣。找什麼樣的工作，也是他最近苦惱的事。最終，他還是漫無目的將自己的簡歷通過 E-mail 發了出去，卻沒有渴望能得到什麼回復。

　　人生就是這麼奇怪，你越是不抱什麼希望，上天就會給你更多的機會。當招聘電話一個個打來，讓他一時間清楚了自己的價值。不過，陳敬深不是在面試前放棄，就是在面試成功以後，告知對方自己

選擇放棄。

一天，陳敬深突然接到一個電話，是濱海大學的人文學院打過來來的，通知他本週六去濱海大學面試。不知道為什麼，他的心微微的有了些顫動。因為那裡，有他想見的人。

對於暫時沒有結果的面試，陳敬深沒有告訴周蘭欣自己來濱海大學找工作的事。他覺得在事情沒有落實之前，可不要給她什麼希望。萬一不成，這希望就會變成絕望，還是等有些眉目再說也好。他甚至想，如果真的面試通過了，那豈不是給周蘭欣最大的禮物嗎？想到這裡，他決定不要告訴周蘭欣這次來濱海大學的目的，而只是和她像往常一時聊天吃飯。不過，這次不知道為什麼，他總覺得周蘭欣有些怪怪的，至於哪裡奇怪，他一時也說不上來。

濱海大學最近幾年都沒有招聘新的老師了。教師梯隊的老齡化現象非常嚴重，如果再不招聘新老師，那麼教師斷層現象就會更加嚴重。對新教師的急缺，讓濱海大學在本次招聘會上，降低了錄取標準，一改以前只招博士和海外學子的苛刻要求。

招聘要求的降低，自然吸引了一大群應屆、已屆的研究生畢業學子。畢竟在大學裡教書，還是一部分人心中的夢想。

面對著與自己同場競技的那些稚嫩的面孔，陳敬深回想起四年前自己求職的種種場景。他沒想到，今天自己又會像四年前一樣，在這裡被人選擇。候考廳裡黑壓壓的一屋子人，都在為待會的試講環節做準備，誰不希望自己能在這個環節多拉些分出來，在面試官那好好表現一下自己。

在眾多求職者中，一個穿西裝的求職者格外吸引了陳敬深的注意力。慢慢的，他發現其他人也在看這個人。當大家都假裝不經意的將目光都放在這個西裝男子身上時，他似乎也覺得自己今天這身裝束，與今天面試這個場合有多麼的不合適。不過現在他沒有別的選擇，只能硬著頭皮穿下去了，等待著面試結束。陳敬深看得出他的緊張與窘態。

四年的職場生涯，養成了陳敬深處世不驚的做事風格，加上這份工作的得到與否並不會讓他有多大的影響，所以讓他在這一群求職者中，顯得出奇的從容不迫，沒有什麼緊張之色。在這群應試者中，是不多見的。

正當他靜靜的想著心事的時候，旁邊一個女孩突然對他說：「你不準備準備嗎？」

「準備什麼？」陳敬深問道。

「教案，PPT 啊。」女孩詫異的看著他。

「還要 PPT 啊？我還以為只要試講一下就好了呢。」陳敬深有一點小吃驚的說道。

「你沒看招聘簡章嗎？」女孩疑惑著說。

「只掃了幾眼。」陳敬深淡淡的說。

「那我勸你還是好好做一個 PPT 吧。」女孩說道。

陳敬深環顧了一下四周，確實見到其他人手中都拿著與教案相關的東西。他忽然想到，原來自己只是隨意投了簡歷，根本就沒有詳細去讀什麼招聘簡章。除了手裡那幾張準備試講的紙文件外，他幾乎就

沒帶什麼。幸好他隨身帶著 U 盤，可以做一下小彌補。可是，這麼短的時間，到哪裡去找電腦呢？

正在他不知道怎麼辦的時候，女孩突然將筆記本電腦推到他面前，「用這個電腦吧，做一個簡單的PPT。」

陳敬深愣愣的看著女孩，接過了電腦，做了一個不到二十頁的簡短課件。

經過這點小插曲，他和女孩算是熟識了。面試結束後，陳敬深與女孩一起走出來。

「今天真謝謝你了。」陳敬深說道。

「沒事。對了，你面試哪個部門的？」女孩問道。

「今天不是都面試人文學院的嗎？」陳敬深反問道。

「看來你是真沒看啊。今天是資訊學院、外語學院、人文學院一起來。」女孩說道。

「那我還真沒仔細看。我面試人文學院的，我叫陳敬深。你呢？」

「蘭藍。外語的。」

三

面試結果在當週的週五就公布出來了，陳敬深對這個結果是不抱希望的，但卻以第二名的成績被濱海大學人文學院錄取。按照錄取要求，在第二天也就是星期六，他要到指定的醫院去做體檢。

當他走到了醫院的候診大廳的時候，突然發現那個穿西裝的男子

也出現在那裡。他看到陳敬深，慢慢的走過來。

「你好。」西裝男子先過來打招呼。

「你好。你也通過了？」陳敬深問道。

「不通過能來這裡嗎。對了，我叫王蒙，你叫什麼？」西裝男子說道。

「陳敬深。」陳敬深回答說。

「你好，你好。」正當他們聊天的時候，蘭藍突然出現在他們的旁邊。

「陳敬深，你好。」蘭藍說著，站在王蒙的旁邊。

「你們認識？」王蒙轉過頭來，看著蘭藍。

「一起面試的，怎麼不認識呢。面試那天你不是提前走了，所以你可能沒多大印象。」

「你們是，男女朋友吧？」陳敬深往他們身上掃了一眼。

「這是我男朋友王蒙，我們都是本校留校的。」蘭藍說道。

「我們剛才見過了。那，我們一起去吧。今天看來人還挺多的。」王蒙說完，三個人一起向二樓走去。

周蘭欣並不知道陳敬深來濱海大學面試的事，這些天她一直在為一件事而愁眉不展。和濱海大學有合作協定的美國一所高校，要選取兩個選調生去美國讀書兩年，畢業後可以拿到雙學位。基於周蘭欣的成績與努力程度，輔導員建議她去申請一下。她本來也沒有抱什麼希望，然而，在最近院裡通知裡，她申請被審核通過，並以明文的方式公布了出來。這就說明，明年四月份她就得起身去美國。

對於她的家庭貧困這個現實情況，學校破例的以全額獎學金作為資助，這對於她一個從農村長大的孩子來說，無疑是天上掉下來的大餡餅。可是，畢竟要一個人在那個只有在地圖上見到過的國家生活兩年，一時間她沒了主意，也不知道如何是好。這就是她這些天苦惱的原因。到底是去，還是不去，讓周蘭欣遲遲下不了決定。

讓周蘭欣下不了決定的，還有陳敬深的原因。她明白，陳敬深是為了她才從繁華的廣州來到這個小小的濱海。如果她這一走，可能兩年之內會很少聯繫，他們的這份感情是否還能維持下去？她真的沒有把握。每天的躊躇反側，讓她不知道如何是好。

答覆院裡的通知日期馬上就要到了，可是她不知道自己該怎麼辦？她也不知道該如何和陳敬深說起這件事，每次都是話到嘴邊，她又將它咽了下去。

兩個內心都裝滿秘密的人，卻又為了彼此，暗暗的隱藏著各自的秘密，這確實對兩個人都是折磨。雖然，都是好事，但是好事放在一起，可能就不一定會有好的結果。

輔導員看到周蘭欣遲遲未上交出國資料，很是心急。他實在不明白這個一直很聽話的女孩現在在想什麼。他無數次找周蘭欣談心，卻也沒有得到什麼正面的回應。

長期的思想角力，最終的理性讓周蘭欣下定決心，這可能是她人生中，最後一次改變命運的機會。巨大的誘惑讓她真的不想放棄。她在極其痛苦的心情下，終於在最後的日期提交了資料。

從院辦公室回來的路上，她突然覺得自己身上輕飄飄的，大腦已

經沒有了意識。她雖然做出了選擇，卻也可能是她最後悔的選擇，可是，她現在又必須這麼做，這就是讓人無奈的人生。她窮過，就會比其他人更加珍惜機會，因為她知道，上天給她機會的次數並不多。她必須牢牢抓住每一次上天可憐的臨幸。

陳敬深默默的回到公司，他並沒有把被濱海大學錄取的消息告知公司其他同事。他知道，按照公司的規定，辭職要提前三個月提出就可以，而現在才十一月份，去濱海大學報到是明年九月份的事，倒也不是很急。他現在最需要做的，就是在臨走之前，在部門裡培養出一兩個接班人。這樣即使他離開，公司也不會太難為他。

而且，雖然他到濱海分廠只有幾個月，但這幾個月內大家同甘共苦，多少也有些感情。自己也應該在離開的時候，把手裡的工作做好交接。想到這裡，他開始留心他手下的幾個年輕人。

在這幾個新人中，小劉是腦子最機靈的一個，學東西快。就是比較馬虎，如果他能克服這個毛病，是最有希望接他班的一個。不過，他不知道小劉有沒有長幹下去的心，如果他心不在此，既使再好的安排也無濟於事。

一天下午，陳敬深留下了小劉，他決定在私下裡找這個小劉聊一聊。

「小劉，晚上有事嗎？」陳敬深問道。

「沒，怎麼了，陳工？」小劉邊收拾東西回答說。

「走，今天我請你吃飯。」陳敬深走到了他身邊，拍著他的肩膀說。

「陳工，怎麼了？什麼好事，想起請我吃飯了？」小劉笑了笑。

「你小子費什麼話，去不去？」陳敬深笑著說。

「有飯吃哪能不去？再說我們陳工好不容易出一次血，得好好宰宰。」小劉笑道。

「你小子。走吧，想去哪吃？」陳敬深問。

「這破地方還能有哪，芙蓉餐廳唄。」小劉說道，拿起手提包就向外走去。

兩個人去到公司外面的芙蓉餐廳。這次，陳敬深破例點了幾瓶啤酒，兩個人一邊吃，一邊聊。言語間，陳敬深幾次試探，卻發現小劉並沒有在公司久幹下去的心，他只是把這裡當作一個過渡的地方。對於這批新來的大學畢業生，他們多是把公司當作自己人生發展中的一個跳板，從沒想過在一個地方穩定的幹上幾年。當陳敬深得知了這一點，逐漸打消了陳敬深想重點培養新人的想法。

重點培養新人的想法打消後，他只能對四個都一樣用心。希望自己能離職的時候，這四個能有一兩個留下來，接替他的位置。

四

自從陳敬深和趙婉容再次見面，又是以這樣獨特的上下級關係存在著，陳敬深就再也沒有想起以前張經理要把趙婉容介紹給他做女朋友的事。而且，今天的趙婉容，已經不是當年的趙小姐，無論從氣勢還是行為上，讓陳敬深無法將眼前這個人與一年前那個坐在他車後座的人聯想在一起。

然而，當陳敬深開始放棄那不切實際的想法時候，趙婉容對陳敬深的態度卻越來越曖昧。她一個人由技術總監升到開發部經理，在別人看來是在公司的高升，而實際上則是「下放」。一個臨時組建的新部門，加上一個新招募的員工，這無疑是在給她出難題。全公司的高管們幾乎都在等著看這個高冷的富二代笑話。

　　公司裡的權力鬥爭不亞於政治鬥爭，無論是開發部還是技術總監，都是許多人一直期望的崗位。可趙婉容一回國，就將這兩個實質崗位拿去，這無疑讓公司的其他高管憤恨。在其他人看來，趙婉容今天的地位完全是因為她是公司趙董的女兒。而她自己本身只是一個年輕的白丁。那些靠年頭熬上來的人自然是不會喜歡這種靠走後門上位的人。無疑趙婉容在暗中成了大家敵視的標靶。雖然大家見面都是樂呵呵的，實際在私底下，趙婉容幾乎沒有一個真正的朋友。

　　大家坐看開發部的笑話，一是如果開發部辦不下去，廣州總公司的人就會來接手，公司的正常運營不會受到什麼影響，他們自然也不會受什麼影響，受損失的只有這個趙小姐；二是如果把趙婉容擠走，那這個這開發部經理的位置自然就空了出來，很多人就自然有了機會。當然，大家敢這麼為難趙婉容，還是因為趙董事長在公司的地位發生一些動盪。公司傳言說他很可能會撤出股份，離開公司。

　　董事會最近的風雨飄搖，讓深在公司裡的趙婉容明白自己父親此時的處境，她知道自己境地的好壞其實就是父親在公司好壞的晴雨錶。自己的表現與否，可能成為其他人要脅父親的把柄，所以她不能有輸的機會。值得慶幸的是，廣州總廠開發部的張經理是趙董一手提

拔起來的，在這方面給了她不少的幫助。這也就是陳敬深來濱海分廠的原因。但，即使這樣，這樣一個攤子，她真的不知道如何應付下來。

陳敬深無疑就是她在最困難時候，給她的最後的保證。每一次開發部的業績，都是她能在公司例會上是否能挺直腰桿說話的資本。而這幾個月來，陳敬深和他的開發團隊沒有讓她失望。無論是在工作上，還是在生活上，陳敬深的細心照顧都悄悄的打動了這個高冷女人的心。

趙婉容經歷過幾次不成功的戀愛，並為此還打過一次胎。這就讓她對男人多以懷疑的態度視之。回國這兩年，趙董感到兒女天天不開心，總是一個人孤單的待在家裡。就尋思想在公司裡給她找一個不錯的男孩，有了愛情，她可能就不那麼消沉。可是，經理級別的多已成家，所以才麻煩張經理看能不能在年輕的後生裡選一兩個出來。當然，就有陳敬深與趙婉容那廣州的幾天經歷。

受傷的女人是最渴望愛的，也是最容易滿足的。一個不經意的攙扶，一次不經意的擋酒，都會讓她心裡覺得熱熱的。在開發部這六個人裡，除了陳敬深，其餘的四個像躲老虎一樣躲著她。而且最近，她從別人口中得知，員工都稱她是「白雪公主的後媽」，漂亮的臉，邪惡的心。這讓她多多少少有些難過。可是，面對著一個全新的部門，沒有點雷霆手段，能行嗎？

只有這個陳敬深還把她當一個女人。每次出去應酬，喝得爛醉如泥的時候，陳敬深都放低身段來給她當司機，把她扶上床，蓋上被

子，然後倒一杯溫水到床頭，再轉身離去。每天醉酒起來，桌子上總有放著牛奶和麵包，而且細心的陳敬深往往用餐巾紙蓋上了杯口，以防灰塵落到杯中。冰冷的心就是在陳敬深這一點一滴的行為中，慢慢消融。

陳敬深每天都在忙著公司裡的各種事務。因為他是老員工，與濱海分廠的其它部門還算熟悉，所以只在涉及到業務上的事，其它部門的人也都只會來找他。他們知道，也只有他，才能以最有效率的方式幫他們解決 PFC 上的事。

周蘭欣最近的電話越來越少了。有的時候，一週也只有一兩通。起初，繁忙的陳敬深並沒有留意，可是時間一長，他突然覺得生活裡好像少了什麼。由於周蘭欣一直沒有電話，他無法直接打電話過去，只能等手裡的工作少一些的時候，自己去一次濱海大學。

可是，每年的十一月份，都是公司裡最忙的季節。每天忙得不可開交，讓他去濱海的想法一直未得到實現。很多時候，等他回到宿舍的時候，已經是午夜了。為了明年離開前給公司培養出幾個合格的新人，他幾乎不再親手做那些 PFC 和量產，而是白天不斷的帶著這四個新人出入在各種生產線上，晚上再修改他們發過來的 PFC。要知道，做 PFC 和改 PFC，當然前者更省力。畢竟他已經在這個部門做了四年了。

他想著，等明年自己到濱海大學報到了，就可以好好的陪周蘭欣一年。如果可以，等她畢業就和她把婚結了。他現在最需要做的，就是多攢一點錢，讓她在婚後過上好日子。她年輕的時候吃了太多的

苦，他不想讓她以後也這麼一直苦著。於是，他每天回到宿舍，都在心裡默默的規劃著他們的未來。

不知道為什麼，最近他一直在想以後結婚的事。比如說在哪裡辦婚禮，婚禮上擺幾桌，請哪些人來。結婚後，他要請幾天假，帶著周蘭欣去雲南去度蜜月，那是他一直想去的地方。自從當年他看了孫儷主演的《一米陽光》，就不可自拔的愛上了那個地方。他也想著帶周蘭欣去一下西安，吃一吃那裡所謂的正宗涼皮。……他每天都沉浸在「規劃未來」的幸福中，慢慢的進入了夢鄉。然而他不知道，命運正悄悄的和他開著玩笑。

五

周蘭欣終於打來電話了，她在電話說，最近想見陳敬深一面，希望他無論如何，都要過去一次。陳敬深不知道她那邊發生了什麼事，正要問個明白，突然小劉跑過來說一個客戶到了，就匆匆的掛了電話。事情辦完後，看了一下明天的排程，發現沒有什麼要緊的事，便將手裡的工作布置了一下，就找趙婉容請了一天的假。他決定明天早上就坐車過去濱海大學。

回到宿舍的陳敬深，早早的洗完澡，躺在床上。可是不知道為什麼，今天怎麼也睡不著。他的右眼皮一直跳個不停，好像有什麼大事要發生一樣。在床上折騰了兩個小時後，他再也躺不下去了，他決定出來走走。

濱海分廠建在濱海市郊區的工業園內，它是濱海市城市規劃最近

幾年引進的項目之一。這個地方離市區有將近六公里的距離，不算遠，也不算太近。連接這裡和市區的，只有一條不算繁忙的國道。這個地方一到晚上，除了國道上的路燈，四周都是一片漆黑。

陳敬深漫無目的的沿著國道一步一步的向濱海市走去。偶爾身旁穿梭的車輛，也讓他感覺夜的寧靜；而夜晚的寧靜，又讓他心裡突然沉靜了很多。他默默的想著自己的心事，不知不覺中，他已經離公司很遠了。抬頭向前望去，他看到了濱海市夜晚的燈光。睡意全無的他，索性繼續走下去。

到了濱海市區，他沒有走大路，而是沿著河邊的江濱路，向市區的另一端走去，那是濱海大學所在的方向。此時應該是下半夜了，一晃眼他已經走到了濱海大學的校門口。天有點朦朦亮了，幾個賣早點的小攤正在路邊收拾著，準備他們一天的生意。他踱步走進學校，一直走到周蘭欣的宿舍下面。一看時間，現在還不到五點，這個時間，學校大部分的人還沒有起床。

他突然想起有一件事忘了辦了，便拿起手機，給公司的小劉發了一條短訊：「Nike 的 PFC，你再改改，辛苦一下。明天上班前發給我吧。」做完這件事，他將手機關上，抬頭望著周蘭欣宿舍的窗戶。

陳啟夢昨天晚上吃了幾塊冰西瓜，又塞了一堆亂七八糟的零食，結果鬧了肚子，讓她在整個晚上折騰了無數遍。剛躺下，又跑起來衝進廁所。在她腿軟的爬起來洗手時，不經意向窗外瞟了一眼，卻發現有一個人正站在樓下。仔細一看，便認出了陳敬深。她捂著肚子走到屋內，來到周蘭欣的床邊，推了推她，小聲說道：「唉，醒醒，你家

的火車哥哥在樓下呢，你要不要去看看？」

睡眼朦朧的周蘭欣被陳啟夢叫起來，聽到她這麼講，半信半疑的坐了起來。

「在哪呢？」周蘭欣說道。

「就在咱們宿舍樓下站著呢。」陳啟夢說完。又捂著肚子鑽進了廁所。

周蘭欣沒想到陳敬深會來得這麼早，一下子從床上爬起來，走到陽臺上，發現樓下真的是陳敬深。她顧不上換衣服，就穿著睡衣，穿著拖鞋就跑了出來。此時陳敬深正站在宿舍的柵欄外面。

「你怎麼這麼早就來了？你怎麼來的？」周蘭欣急切問道。她知道這個時間是不可能有公車的。

「想你了，就來了。」陳敬深淡淡的笑道。

「那你等等我啊，我洗漱一下就下來，等我啊。」周蘭欣跑回到樓裡去。

「去吧。」陳敬深看著跑回去的周蘭欣，笑了笑。

大約十分鐘左右，周蘭欣再次從宿舍裡走出來，她已經換掉了那套睡衣，穿著陳敬深給她買的那套白裙子。她叫開宿舍樓的大門，慢慢的走到陳敬深旁邊：「走吧，帶你去吃早飯。」

清晨的大學校園裡的空氣總是那麼清新，讓人感受這大學的美好。對於這相同的景色，兩個人都各有想法。對於周蘭欣來講，這是她即將離開的地方；對於陳敬深來講，這是他即將要來生活的地方。兩個人的心裡因不同的想法，一路上竟也沒有說什麼話。

看著陳敬深，周蘭欣不知道如何開頭將出國的事向陳敬深說出來；牽著周蘭欣，陳敬深不知道要不要把入職濱海大學的事現在就告訴她。兩個糾結的人慢慢的向前走著，不知不覺中來到了食堂。

快要進門的時候，周蘭欣突然對陳敬深說：「以前都是你請我，那今天，我就請你吃一次吧。」陳敬深想想也不會花多少錢，也就沒有拒絕，逕直跟在周蘭欣的後面。當他看到食堂左側有個衛生間的時候，對周蘭欣說：「你先去找個地方坐下，我去洗把臉。」

陳敬深說完，便向衛生間走去。周蘭欣靜靜的找了一個位置坐下，思索著如何去開那個頭兒。可是，她的大腦此時就像漿糊一樣，總理清不出一個思路來。當陳敬深從衛生間出來的時候，她從書包裡抽出幾張紙遞給他，「擦擦。」接著她又說道，「想吃什麼？」

「你隨便買點什麼吧。包子饅頭都行。」陳敬深邊擦臉邊說道。

周蘭欣起身去買早餐，陳敬深在這邊卻想著要不要今天就告訴她「他的喜訊」。人有的時候，因為太在乎對方，往往很多簡單的事，就變得複雜起來。

周蘭欣還是沒有鼓起勇氣說出自己的心事。

吃完早飯，去哪裡成了兩個人面臨的問題。但對於長久沒有見面的彼此，這已經不是最重要的問題了。此時，只要能和自己喜歡的人在一起就行。

他們在校園的路上慢慢的走著，一夜未睡的陳敬深時不時打著哈欠。

「昨晚沒睡好嗎？」周蘭欣問。

「昨天晚上根本就沒睡。睡不著，就出來走走，後來，就走到這裡來了，天也亮了。」陳敬深說著。

「什麼，你走過來的，那可是二十多里呢。」周蘭欣說。

「能見到你，值了。」陳敬深笑笑說。

「你怎麼也不搭個車，笨啊你。」周蘭欣輕輕的說。

「等想到搭車了，都快走到了。晚上一個人走走，也挺好的。」陳敬深又打了一個哈欠。

「算了，算了，我還是給你先找個旅館，讓你先睡一覺吧。你這樣，挺讓人心疼。」周蘭欣說道。

「你心疼了？」陳敬深壞壞的笑道。周蘭欣撇了他一眼，沒說什麼。

這是周蘭欣第一次帶著男孩來找旅館，多少有點不知道東南西北。以往陳敬深來濱海大學，都是他先找好，這方面從來就沒讓周蘭欣操過心。看著她那種摸不著頭緒的樣子，陳敬深不免笑了笑了。

「算了，還是你跟我走吧。」陳敬深說道，帶著周蘭欣向南走去。

出於農村女孩的羞澀，周蘭欣很少進到旅館裡面來。她聽陳啟夢說過，在旅館裡會聽到她不應該聽到的聲音。就是因為這樣，到旅館裡面，她竟不知道如何去訂房間，愣愣的站在那裡。陳敬深見狀，趕快接過話來。

「老闆，有房嗎？」陳敬深問道。

「單人房還是雙床房？」老闆嗑著瓜子說，打量著面前這兩個年

輕人。

「雙床房吧。」陳敬深接著說道。

旅店的老闆翻了一下抽屜裡的鑰匙，說道，「雙床房沒有了，單人房還有一個。住不住？」

「那，我們可以先看一下房嗎？」陳敬深說。

旅店老板極不情願的從抽屜裡拿出鑰匙，向二樓走去。周蘭欣第一次發現，原來學校周邊的旅館裡面裝修得這麼的「精緻」，和電視裡演的那樣富麗堂皇完全不是一回事。旅店老闆打開一間房，站著門口看著他們。

陳敬深走進去，發現房間還算乾淨，不算太小，也有獨立的衛生間。說道，「那行，老闆，我就要這間，多少錢？」

「住宿 60，押金 40，你來樓下登個記。」說著，旅店老闆向樓下走去。

陳敬深轉過身來對周蘭欣說，「你先在房間裡待會兒，我一會兒就上來。」說道，他向樓下走去。

周蘭欣本來想將陳敬深安排住下後，自己就返回宿舍。可是不知道為什麼，當陳敬深讓她在房間裡坐著的時候，她卻愣在那裡不知道怎麼辦了。一會兒，陳敬深噔噔噔的走上樓來。進屋後將房門關上，並上了鎖。周蘭欣的心一下子緊張起來。

六

周蘭欣不知道旁邊這個男人會不會對自己做那些電視裡的事，到

現在為止，她還沒有被親吻過，雖然她和陳敬深早已經是男女朋友。她也不知道，他會不會對自己做更過分的事，那個鎖門聲，讓她的心提到了嗓子眼。

陳敬深轉過身來，坐在周蘭欣的旁邊。當他的手不經意碰到周蘭欣的時候，他發現她異常緊張。他突然笑笑說：「第一次開房，緊張吧。」

周蘭欣對被他這麼一說，愣了一下。

「你再胡說，那我走了。」說完，周蘭欣做出要走的樣子。

「你就這麼捨得留下我一個人？」陳敬深說著站了起來，拉住周蘭欣的左手。

低著頭的周蘭欣突然看到了陳敬深那雙因長時間走路而落滿灰塵的皮鞋，她的心告訴她，她走不出去了。一個人步行二十里來這裡，她怎麼忍心走出去。

周蘭欣慢慢的坐回到床邊。「敬深，你知道，我是第一次和一個男人單獨在房間裡，所以，我……」

「我明白。我答應你，我不碰你。你看在我走一晚上路的時候，就在這裡陪陪我，和我說說話。」陳敬深淡淡的說著。

周蘭欣沒有說話，靜靜的坐在陳敬深的身旁。這尷尬的地方，突然讓兩個人一句話也說不出來。孤男寡女第一次共處一室，不緊張，那才叫怪呢。他們明顯能聽到各自的心跳聲。他們知道，今天不適合發生什麼。

在周蘭欣的心裡，旁邊的陳敬深不僅是她的男朋友，也是她曾經

的恩人。如果他今天一定要做些什麼，她雖不情願，但還是會給的。只不過那不是因為愛情，而是為了還債。不過，今天她如果真的給了，那，她就會覺得自己再也不欠陳敬深什麼了，從此大家天各一方。

陳敬深何嘗不知道這個道理，所以，他強烈的控制自己的荷爾蒙，在周蘭欣面前保持理性。

「你躺會兒吧。」周蘭欣說道。

「那你呢？」陳敬深問道。

「我就在你旁邊坐著，看著你睡覺。」周蘭欣淡淡的說。

陳敬深慢慢的將身子躺平，臉面對著周蘭欣，他本想說點什麼，可又不知道該說什麼。頭一碰到枕頭，就天昏地轉的去了「另一個世界」。

當聽到陳敬深的鼾聲響起，周蘭欣的心漸漸的放鬆下來。她靜靜的觀察起睡在自己身邊這個人，這個讓自己掛念、不捨，又即將要離開的人。一年的相處中，陳敬深對自己總是進退有度，並沒有像別人的情侶那樣提出什麼過分的要求。她知道，在現在這些大學裡，一個男人能做到這一點，已經是件不容易的事了。談戀愛這一年來，他們除了牽過手，偶爾被陳敬深親過臉頰，他就再也沒有做過在她看來過分的事了。然而，對於一個在社會混了那麼多年的男人來講，能做到這點，更是不易。

沉悶的空氣，使睏意慢慢的向周蘭欣襲來，她緩緩的在陳敬深旁邊躺下。不知不覺中，她也進入了夢鄉。

當陳敬深逐漸的從夢境裡醒來，睜開眼看到的第一件事，就是心愛的人正在自己身邊熟睡著。他情不自禁的湊了過去，親親了周蘭欣的額頭，然後就靜靜的看著這個讓他朝思暮想的女孩。周蘭欣突然發覺有什麼東西動了自己一下，輕輕的睜開眼睛，此時她發現，陳敬深正默默的注視著他。她沒有馬上起來，靜靜的對陳敬深說：「睡醒了。」

　　「嗯。你睡覺的樣子，真好看。」陳敬深說道。

　　周蘭欣沒有說話，笑一笑以作回應。可是就這一笑，讓陳敬深再也把持不住自己，他突然抱著周蘭欣，在她的唇上，重重的吻了下去。

　　周蘭欣被這猝不及防的一吻驚了一下，下意識的她想推開陳敬深，可是她發現這完全是徒勞，索性就放棄了掙扎，任由陳敬深的吻。

　　荷爾蒙影響下的陳敬深，雙手慢慢的向周蘭欣的胸部伸了過去。這對周蘭欣來講，已經嚴重超出了她的底線。她突然用盡全身力氣推開陳敬深，坐在了床上。

　　頭腦發熱的陳敬深突然清醒起來，忙說：「對不起。」然後像一個做錯事的孩子一樣，靜坐在床上等待著審判。

　　周蘭欣沒有看陳敬深，輕輕的說：「沒事。」周蘭欣接著說，「其實，如果你想要，我應該給你。可是，我不想現在就這樣給你，那樣，感覺像是個交易。」周蘭欣轉過身看了看陳敬深。

　　「嗯，你說得對。是我太衝動了。對不起！」陳敬深不安的說

道。

「算了，中午了，我們出去吃點東西吧。」周蘭欣說著，就站了起來。

兩個人一前一後的走出了旅館，在對面一家小餐廳裡坐了下來。剛才的尷尬，讓兩個人並不能恢復往日的隨意，飯吃得很快。陳敬深站起來找老闆結帳，回來的時候，發現周蘭欣已經站在門外。

在小餐廳的門口，他們突然遇到陳啟夢。一番寒暄過後，她告訴周蘭欣，今天上午輔導員有急事找她，讓她盡快去輔導員辦公室一趟，事情看起來很急。

聽到這裡，周蘭欣轉過身來對著陳敬深說：「敬深，我有點急事，你先回旅館好好休息一下，我晚上再過來找你。」說完，周蘭欣和陳啟夢就向校辦公大樓走去。

陳敬深此時已無心在這尷尬的地方待下去。他回到旅館，迅速辦了退房手續，於當天下午就回到了公司。

傍晚時分，趙婉容突然打來電話。

「陳工，你現在在什麼地方？」趙婉容問道。

「我在公司。怎麼了，趙經理？」陳敬深反問道。

「哦，這樣。你晚上如果沒什麼安排，陪我去見一個客戶。你先開我的車過來接我，車停在公司下面的停車場，鑰匙在我辦公桌左邊的抽屜裡。」趙婉容說道。

「好的。大約幾點？」陳敬深問道。

「七點到我家。」趙婉容說完就掛斷了電話。

陳敬深放下了電話，看了看手錶，他發現離七點還有一個多小時，索性先去洗個澡，換換身上這套穿了一天一夜的衣服。待收拾完畢後，他換好衣服準備出門，卻忘了將手機從舊衣服裡拿出來。

第六篇

一

　　周蘭欣一到輔導員辦公室，輔導員就急急忙忙的說：「你可真急死我了！這麼大的事，你這幾天怎麼還能瞎跑呢？」

　　「怎麼了，老師？」周蘭欣緊張的問道。

　　「今天，那個準備資助你出國的張董事長來學校，說要見你一面。這麼大事的，怎麼找你也找不到。你也沒個手機。」

　　「對不起，我真不知道。」周蘭欣小聲的說道。

　　「這樣吧，你先別走，你先把這幾個表格填一下，下午呢，你跑趟市公安局，趕快把護照辦好。下週就要拿你和王子揚的護照去辦簽證，再晚了，就來不及了。這有兩百塊錢，你先拿上。發票拿好，等你回國的時候就能報銷。」

　　「那謝謝老師。」說完，周蘭欣快步走了出去。

　　周蘭欣本以為辦護照是一件非常簡單的事，沒想到在接下來的整個一下午，周蘭欣都在跑這個事。今天在出境辦事處辦護照的人非常多。一個面積並不大的濱海市，沒想到會有這麼多出國的人。等周蘭欣排了兩個小時的隊，將一切辦好，已經是下午五點半左右。她這時才想起旅館裡的陳敬深，不知道他現在有沒有去吃飯。她快跑幾步，趕上回濱海大學那擁擠的公車。

　　此時正是下班的高峰期，車比平時多了許多，公車走走停停，這也讓周蘭欣倍感焦慮。當公車終於停在了濱海大學的校門口，她快走

幾步，直向旅館奔去。

令她沒想到的事，當她敲開那熟悉的房門，開門的則是另一個男人。對面的人以詭異的眼神看著她，讓她茫然而不知所措。她忙賠禮說自己敲錯門了。可是，當門被關上的那一刻，她清清楚楚的記得上午住的就是這個房間號啊！

她迷惑的走下樓來，向旅館老闆問道：「請問，原 308 的客人呢，就是今天早上住進來的那個？」

「他啊，今天中午就退房走了。」旅店老闆邊嗑著瓜子邊說。

「哦，那，謝謝啊。」周蘭欣慢慢的走了出來。她不知道陳敬深為什麼沒有等她，難道，他真的生氣了嗎？

在路過電話廳的時候，她走了進去，撥起那熟悉的號碼。然而，等待她的，是持續的盲音後面，和「你撥打的電話暫時無人接通。」幾通電話撥完後，她放下了話筒。

「他也許真的生氣了。」周蘭欣暗暗的對自己說。

此時陳敬深正和趙婉容在豪江飯店接待一群來自東北的客戶，事情還沒有說上幾句，酒就已經在餐桌上唱了主角。這種公式似的吃喝，總是吃了吐，吐完再吃；或是喝了吐，或吐完再喝。幾千元的酒菜，最後全都送給了垃圾桶和廁所。

車，是這都市中，唯一能讓你逃脫這種折磨的最有效方式。這幾年交管局嚴打，濱海市也正在查市容市貌，酒駕自然也是交警隊巡查的重點，這也無疑讓那些不想喝酒的人，找到了一個堂而皇之的拒絕喝酒的理由。陳敬深，他今天就可以這麼做。

不過，有人慶幸，就一定有人遭殃。陳敬深作為司機可以逃過一劫，趙婉容則不行。餐桌上這些粗獷的漢子夾雜著濃烈的荷爾蒙，他們並沒有對這位美女經理憐香惜玉，反而一輪一輪的敬酒讓她苦於招架。

公司的其他幾個高管有想過來幫助，卻無奈這群東北的客戶今天對這個開發部的趙經理情有獨鍾。陳敬深明顯發現趙婉容喝的已經大大超出了她的酒量，然而他一個小小的工程師又怎能在這些公司大佬面前說些什麼。他默默的吃著碗裡的菜，等待著飯局的結束。

飯後，這幾個東北客戶還沒有就此離開的意思，提議去 KTV 繼續他們的歡聲笑語。當然，作為美女的趙經理是如何不能走開的。KTV 裡音響裡傳出的愛你愛我，和這些老闆們不合身分的窘態，讓陳敬深感到心裡厭惡至極。特別是他看到一個客戶故意想占趙婉容的便宜，而趙經理只能不慍不怒的閃開，更讓他憤怒。這就是公司高管們光鮮背後的齷齪。

不知道過了多久，公司的王經理突然開口提議到，要不要換個地方繼續玩。這些在 KTV 裡的老闆們自然明白接下來要去做什麼，便搖晃著他們那肥胖的身體，一個接著一個的向 KTV 外面走去。看著那些肥胖身軀被一輛輛的賓士車接走，這場晚宴總算結束了。陳敬深看了看時間，現在已經是凌晨一點多了。

陳敬深讓服務生將車從地下車庫提了出來，打開了車的後門。趙婉容一進到車的後座，就暈暈沉沉的睡了起來。陳敬深輕輕的關上了車門，走到前面將車發動，慢慢的駛離了酒店。

夜裡的濱海市，顯得是那麼清涼和寧靜。

昏沉的大腦讓趙婉容在車後面歪歪的側倒著，上衣的扣子早被她撕掉，露出那若隱若現的「女人的美」。大約一個多小時，車已經開到了趙婉容家的樓下。陳敬深慢慢的將車停在趙婉容的地下車庫，打開後車門，想喚起沉睡的她。

「趙經理，趙經理，到了。」陳敬深輕輕的說道。

趙婉容努力睜開朦朧的雙眼，試著慢慢的走下車。可是她腳一沾地，全身就痠軟的無法站立。恰好陳敬深就在旁邊眼疾手快，不然，她非摔個跟頭不可。她今天晚上喝太多酒了。

陳敬深知道，以她現在的狀態，是不可能自己走上樓去的。於是，他一邊拿起她的包，一邊扶著酒醉的趙婉容，鎖了車，慢慢的向電梯走去。

當陳敬深將沉沉的趙小姐放在床上，準備離去的時候，趙婉容突然站了起來，將陳敬深一把拉到了床上。兩張火一樣的吻在這酒醉之時，上演了一副成人畫卷。這是陳敬深來濱海後，第一次在趙婉容家過夜。

二

清晨的陽光照著兩個裸露的身體，提示著夜晚已經過去了。在凌亂的臥室裡，陳敬深慢慢醒來。當他發現睡在自己身邊的趙婉容的時候，不免有一絲悔恨。荷爾蒙這種東西，最能摧毀人的道德底線。

陳敬深慢慢的起身，穿上自己的衣服。從臥室裡慢慢的走了出

來。他從冰箱裡拿出牛奶和麵包，放在了餐桌上。同時他也為自己倒了一杯，一飲而盡。又換了一個杯子，將牛奶倒滿，用餐巾紙蓋在上面，就準備離開。

當他在門口換鞋的時候，趙婉容突然出現在臥室的門口，對他說道：「陳敬深，昨晚的事，忘了它。」

陳敬深轉過頭看了看只披了一件衣服的趙婉容，輕聲回了一句「嗯」，就打開門，離開了。他不知道，他接下來要面對什麼。

周蘭欣整個晚上給陳敬深打了十通電話，都是沒有人接，最後一個電話還是：「您撥打的電話已經關機。」她慢慢的陷入到絕望之中，眼淚從眼角慢慢流了出來。

她以前就聽過，說男人就是下半身的動物，如果你滿足不了他的下半身，那麼也得不到他的愛情。就像在《命運呼叫轉移》裡說的那樣，女人為愛而性，男人為性而愛。性，這個曾經的禁忌，今天真實的讓她體會到它存在的意義。

她決定今天找個時間去見一下陳敬深，可是，陳敬深現在在哪呢？雖然陳敬深濱海快有半年了，可是她只知道公司的名字，卻從來都沒有去過那個地方。不過，她已經管不了那麼多了，今天，她必須去那裡，告訴陳敬深，她還是愛他的，為了他，她願意給出她所有的一切，包括她自己。

由於路途不熟，她輾轉換了幾輛公車。大約坐了兩個小時，周蘭欣終於來到了陳敬深的公司門口。可是，當她要向裡面走進去的時候，卻被保安給攔了下來。

「喂，你好，請問你找誰？」兩個穿保安制服的人把她攔了下來。

「你好，麻煩你一下，我找陳敬深。」周蘭欣囁嚅的說道。

「陳敬深，哪個部門的？」其中一個穿保安制服的人問道。

「我也不知道他是哪個部門的。」周蘭欣答道。

「那對不起，你不說是哪個部門的，我們怎麼給你找。」另一個保安說。

「那可以讓我進去找找嗎？」周蘭欣試探著問道。

「這可不行。公司有規定，陌生人不能入內。姑娘，你還是問清楚是哪個部門的。」說著，保安示意她站在一旁去。

「你說的陳敬深是不是開發部的陳工啊？」旁邊一個穿著工作裝的，推著自行車的人說道。

「對，對，別人是叫他陳工。」周蘭欣好像看到了希望。他心想，不管是不是，先進去再說。

「你是他什麼人，找他什麼事？」保安還不依不饒。

「我是他女朋友。」周蘭欣淡淡的說道。

「那好，你稍等，我打電話確認一下。」說完，保安撥通了開發部的電話。

「喂，給我接一下開發部的陳工。」

……

「陳工你好，我這邊有個女孩，叫什麼……？」保安轉過頭來問周蘭欣，「你叫什麼？」

「我叫周蘭欣。」

「哦，對，叫什麼周蘭欣，您認識嗎？……哦，好，我讓她在這裡等你。」保安掛掉了電話。「陳工說他馬上下來，姑娘你進屋坐。」保安確認了周蘭欣的家屬身份，改變了態度。

坐在辦公室裡的陳敬深沒有想到周蘭欣會找到公司裡來，昨天不是從她那邊回來嗎？他不知道發生了什麼事，就急沖沖的趕到保安室。

「你怎麼來了？」陳敬深向周蘭欣問道。

「你不辭而別，你說我怎麼來了？」周蘭欣有一種要哭的衝動。

陳敬深趕快上前，他可不想讓自己的女朋友在別人面前哭。

「走吧，去我宿舍。」陳敬深拉著周蘭欣走出了保安室，向他的宿舍走去。

「你今天不用上課嗎？」陳敬深問道。

「我請假了。」周蘭欣說道。

實際上，周蘭欣是偷偷跑過來的，這也是這三年來，她第一次蹺課，而且是逃一天的課。

到了陳敬深的宿舍，陳敬深打電腦，對周蘭欣說：「你先在我這裡玩會電腦，我那裡還有事兒需要處理一下。中午我過來叫你吃飯。對了，冰箱裡有吃的，你自己拿。」說完，陳敬深關上門，回了辦公室。

趙婉容今天來得很晚，一到公司後就草草召開了一個週例會。不過，她要說的也不多，多是陳敬深彙報這一週開發部的具體情況，和

有關新品上線的一些注意事項。趙婉容只補充了幾句，就草草的散會了。這其間，趙婉容和陳敬深就像平常一樣，讓他人感覺不到一絲的不同。

中午吃飯前，趙婉容在自己辦公室前的公告欄中，把「在勤」改為「出差」，但她這次並沒有交代大家去哪裡，就收拾東西離開了辦公室。這和以前很不一樣。

小劉湊過來問道：「陳工，我們頭兒今天怎麼了？」

「我哪裡知道，可能是有事吧。」陳敬深輕描淡寫的回復後，慢慢的一個人下了樓。

由於昨天晚上周蘭欣一直沒有打通陳敬深的電話，煩悶的心讓她幾乎一晚上沒睡。遲來的睡意讓她躺在陳敬深的床上一下子就睡著了。陳敬深並沒有馬上叫醒她，而是悄悄的拿著錢包，走出了房間。他在公司周邊的小吃店裡買了兩份炒菜，打包帶了回來。當他再次開門的時候，周蘭欣還在熟睡中。

陳敬深輕輕的碰了碰她的肩，「蘭欣，起來吃飯了。」

周蘭欣朦朧的從床上坐起來，看到陳敬深已經將飯菜放在了桌子上。她站起來，走在了桌子旁邊。不知道為什麼，雖然她連早飯也沒吃就趕了過來，可是現在她一點胃口也沒有。

陳敬深招呼她過來吃一點，她象徵性的動了動筷子，但還是吃不下。

「怎麼了，菜不好吃？」陳敬深問道。

「不餓，吃不下。」周蘭欣說道。

「吃不下就先別吃了，醒一醒神，餓了再吃。你今天就先別回去了，在這裡休息休息。明天我借輛車送你回去。我下午可能還要忙一陣子，等我忙完，帶你到四處轉轉。我來濱海都快半年了，還沒帶你來逛過呢。」陳敬深說著，吃光了餐盒裡的飯菜。

周蘭欣慢慢的點了點頭，向衛生間走去。

三

公司裡總是有做不完的事，陳敬深一到辦公室，各種問題就迎面而來。趙婉容下午不在，開發部的事都要陳敬深一個人親力親為，跑上跑下。最近，幾款新品上線，小劉幾個人都在各個車間跑量產的事，開發部就這「幾條槍」，卻要管著整個濱海分廠，也確實讓人難做。

最近，廣州總廠要過來這邊視察工作，其實大家心裡明白，真正的目的就是要看看這邊的開發部做得怎麼樣。為了應付檢查，前期的準備工作又讓大家忙得不可開交。整整一個下午，大家都是汗流浹背，陳敬深的襯衫被汗水無數次打濕，雖然他們在辦公室開了很大的空調。

不過，讓人欣慰的是，他們終於在下班之前將一切都安排妥當。剩下的一些具體的細節，就等趙婉容來最後敲定。但這不是今天能做的。

疲憊的陳敬深回到宿舍，他發現周蘭欣仍然躺在床上。從她的疲憊樣子，可以看出她應該是一夜未睡。

聽到有人進來，周蘭欣睜開了眼睛。她看到陳敬深輕輕的走過來，溫柔的在自己的額頭上親了一下。

「下班了？」周蘭欣帶著睡意的語氣問。

「嗯，我先洗個澡，一會兒再帶你去吃點東西。餓了沒？」陳敬深說道。

「還沒有。我下午吃了點飯。現在不餓。」

「那你先坐會兒，我一會兒就好。」陳敬深說道。

「嗯。」周蘭欣起來，把床上那亂成一團的被子稍微的整理了一下。不知不覺中，她似乎已經在這張床上睡了一天了。

夜色悄悄的吞沒了整個濱海市。但工廠卻因加班的員工而依舊燈火通明。周蘭欣是第一次來到陳敬深的公司，這裡面的一切對她，都是新鮮的。陳敬深一邊走著一邊給周蘭欣介紹公司裡的各個部門：「這是倉庫，那是鍛造車間，那是印刷廠，那邊是生產線，這些，是產品實驗室，這個呢，是我的辦公室。這麼晚了，就不帶你上去了。……」

他們逛完了廠內，又走到了廠子外面。在濱海這個本來就是個不太發達的地級城市，而工廠又建在郊區，這無疑讓工廠外也沒有什麼可觀的風景。這工廠的外面就只有那一條通向市裡的馬路還有燈光的庇護，其它地方都是一片漆黑。不過，廠子附近那些賣小吃的小店鋪，讓這個寂寞的地方總還充滿著人氣。只不過由於大部分人現在已經下班回家，店鋪裡的人也是稀稀落落，除了小超市和幾個小吃部，也沒有幾家亮著燈。這裡本來離濱海市區就不太遠，生意自然紅火不

了哪裡去。

轉眼間，已經到了晚上九點。陳敬深對著周蘭欣說：「外面涼了，我們回去吧。」

寂靜的宿舍樓裡已經沒有住幾戶人家，陳敬深的開門聲響徹了整個樓道。陳敬深與周蘭欣一前一後的走進了屋內。他習慣性的把門「咯噔」一下反鎖了起來。而這個聲音，突然讓周蘭欣明白，今天晚上應該怎樣度過。

「晚上你睡床吧，我就在這辦公桌上對付一晚。這地方也沒有個旅店，只能將就一晚吧。」陳敬深說道。周蘭欣沒有回答，沒有說同意，也沒有說不同意，她什麼都沒有說，就慢慢的坐在了床上。

「你要洗澡嗎？」陳敬深問道。

周蘭欣依舊沒有給出回答。

「要洗澡的話，我這裡只我的衣服，你看……要不，你就克服克服，明天再……」陳敬深的話還沒有說完，周蘭欣已經站起身來，向衛生間走去。

嘩嘩的水聲從衛生間裡傳了出來。這還是第一次有一個女孩子，在陳敬深的宿舍裡沐浴全身。半個小時後，周蘭欣邊用毛巾擦著頭髮，邊走了出來，坐在床上。

「你也進去洗洗吧。」周蘭欣淡淡的對著陳敬深說。

陳敬深從衣櫃裡拿出換洗衣服，也走進了衛生間。

強烈的下意識已經告訴了他今天晚上可能要發生什麼，因為強烈的荷爾蒙已經讓他的身體產生了劇烈的反應。他不知道自己是怎麼洗

完這個澡的，在擦乾而又未擦乾的身體上，他穿好了衣服走了出來。

周蘭欣將頭箍放在床邊的桌子上，看著陳敬深。陳敬深默默的走過來，坐在了她的身邊。

「今天，我們都睡床上吧。」周蘭欣低著頭說起這句話的時候，臉一直紅到了脖子根。

陳敬深慢慢的站起來，關了宿舍的燈。

當兩個人身上的衣服越來越少，男性的欲望與女性的眼淚，就在這平靜的夜晚交織在一起。初次失身的彷徨，讓周蘭欣突然覺得自己清醒了很多。她把自己給他是無悔的，因為只有當他進入自己的身體時，拿走了她最寶貴的東西時，她才覺得自己償還了自己所有的債。正像其他的貧窮女孩一樣，性成為她報恩的主要途徑。

初夜的痛，和心裡的糾結，就在這靈與肉的交合中，等來了天明。

四

事情有時候很簡單，卻常常做起來很複雜；事情有時候很複雜，卻常常做起來很簡單。這是哲學的辯證法在現實中真實的體現。對於周蘭欣來講，她最想把自己出國留學的事講給心愛的人聽，可是，她無法預測她講出來後會出現什麼後果。

對於陳敬深，他幾次都想把自己入職濱海大學的事講給心愛的人聽，但他覺得現在還不是時候，應該選擇一個好的契機。就這樣，日子在無聲無息中，又過了半年。陳敬深已經將辭呈列印出來，正想著

找一個機會提交上去。

趙婉容在極其艱難的環境中，熬過了這將近一年的時間。在她和整個開發部門的共同努力下，這個新成立的部門終於在公司樹立了威信，開始走上正軌。前一週，她去廣州總廠開會時，總廠的張經理正式提議，讓以後濱海分廠的開發任務都由濱海分廠這邊自己承擔，不用再受制她這個「婆婆」的限制，這一建議最終被董事會採納。

這可是濱海分公司開發部成立以來，第一次以一個獨立的部門單獨存在。這個好消息讓這些天的趙婉容，臉上都是不經意的流露出笑容。她籌畫著，等到五月底，大家手裡的工作暫時沒有那麼緊張的時候，自己出資帶大家去海邊放鬆放鬆，犒勞一下這群和她一起打天下的功臣們。可是讓她萬萬沒有想到的是，她回到濱海不到一週，就在自己的辦公桌上，看到了陳敬深送上來的辭職信。

陳敬深不知道怎麼和趙婉容談辭職的事，可是他現在又到了不得不談的地步。按照公司規定，員工辭職需要提前三個月提出申請，做好交接工作後方可離崗，否則視為辭退。現在已經是提出辭職申請的最後期限了。

這些天來，看到趙婉容心情不錯。陳敬深覺得這就是個機會，於是昨天下班前，將辭呈默默的放在趙婉容的辦公桌上，等待第二天早上再正式提出。

趙婉容沒有想到提出辭職的會是陳敬深，頓時讓她有些吃驚。然而辭職信後面明明就寫著他的名字，讓她不得不相信這個事實。心中的不解和煩悶，一下子湧上心頭。她好想馬上出去把陳敬深叫進來問

個清楚，卻又覺得此時這麼做，多少有點不太合適。她強忍胸中的怒火，等待著整個上午的過去。

中午休息的時候，趙婉容將公司的事情稍做了一下交代後，便對陳敬深說：「陳工，下午陪我去一趟市里。」便轉身回了辦公室。

陳敬深不知道她有沒有看到那封辭呈。他相信她已經看到了，但為什麼沒有找自己聊這件事，他有點摸不著頭緒。

這一次，趙婉容沒有讓陳敬深開車，而是叫公司的司機把他們送到市裡一家咖啡屋。雖然咖啡屋裝潢得很簡單，也不是很大，但是一進屋就能讓你體會到那種說不出來的溫馨。

在窗邊的一個隔斷間內，他們兩個人坐了下來。

陳敬深見此情景，大約明白了今天下午來這裡的目的。

「為什麼想到辭職？」趙婉容問道。

「在公司做久了，想換個環境。」陳敬深淡淡的看著她說。

趙婉容看著窗外，一時不知道說什麼好。

服務員端上了兩杯咖啡，放下一個裝滿奶精和糖的瓷盤，說道：「兩位請慢用。」

趙婉容直接端起咖啡就喝了起來。

「趙經理，糖！」陳敬深提醒她應該把糖放到咖啡中。然而趙婉容並沒有理會他的提醒。

「你的決定，不能改變嗎？」趙婉容像變了一個人一樣，今天的她多少有點像個女人，這讓陳敬深多少有點不適應。

陳敬深不知道如何去回答這句話，他選擇了以沉默來回應這個他

很難回答的問題。

　　兩個人望著窗外，都想從那些流動的車水馬龍，尋找著解決自己無助的答案。

　　店裡悠揚的音樂，使這個安靜的地方更加安靜。陳敬深這時才真正發現，下午的趙婉容早已經脫掉了那個讓人不寒而慄的工作裝，而換成了一套頗具女人味的紅色禮裝。看得出來，她出來時有化妝過。這些舉動對一個平常女人來說再正常不過，而對於一個工作狂式的女強人來講，卻多少說明了她對下午會面的重視。女，為悅己者容嘛。

　　「你離開，是因為上次來找你的那個女孩嗎？」趙婉容突然問道。

　　陳敬深被她這一問，吃了一驚。他明明記得，周蘭欣上次來找他的時候，她分明不在公司，一向不愛八卦的她，怎麼會知道這個消息。

　　陳敬深下意識的點了點頭，算是對她的回答。

　　趙婉容狠狠吞了一口苦咖啡。

　　幾十年的海外生活經歷，和這幾年在公司的職場沉浮，早已讓她這副漂亮的臉龐背後隱藏著一顆與年齡不相符合的心。特別是近一年來，父親在公司的勢力受到排擠，她在盡自己的一切努力來幫助父親擺脫這場危機。數不清的熬夜加班，馬拉松似的餐桌應酬，終於讓她在公司裡闖出一片天下，也為父親重新進入核心層提供了一定的砝碼。

　　這一年來，緊張而痛苦的拚搏，讓這個在西方世界裡長大的女孩

也學會了去廟裡求籤。當她得知那是一個上上籤時，她開心的就像是一個十幾歲的孩子。

這個裝滿竹簡的竹筒裡掉出的，是她對未來的希望。今年年初，開發部拿了一個開門紅。接下來的一個月之內，開發部的工作沒有出現什麼大的紕漏，分廠總經理非常滿意。時常在公司董事會上，為趙婉容說著好話。這讓她覺得自己這半年來的努力沒有白白付出，日子終於不會過得那樣艱難。

可是，陳敬深這一辭職，使這根開發部頂樑柱消失了，她頓時覺得天要塌了下來。她不知道自己接下來該怎麼應付這一切。

可是，堅強的性格是不會讓她說出什麼「軟」話來挽留陳敬深。她經歷了太多，這讓她明白，尊嚴是她剩下的最後資本。

五

「公司的工作，你準備讓誰接替你的位置？」趙婉容一邊問道，一邊向服務員打了一個手勢。

服務員走了過來，「您好，請問有什麼可以幫助到您的？」

「兩杯藍山咖啡。」

「好的，您稍等。」

趙婉容又將目光放在陳敬深的身上。

「四個新人，現在都已經可以上手了，以他們現在的水準，應該沒有什麼問題。那個小劉，可以重點培養一下，不過，這個孩子心不定，得給他吃顆定心丸，那個……」

還沒等陳敬深說完，趙婉容就插話道：「你是不是早就想著離開？」

陳敬深一下子不知道如何來回答這個問題。趙婉容這句直插他的內心，讓他一時不知道該如何回答。

陳敬深像一個做錯了事的小孩子，靜靜的坐在那裡。他不知道接下來，趙婉容還會說出什麼，畢竟那次的一夜情，讓兩個人的關係不再固定在老上級和下級這簡單的關係上面。如果趙婉容以老闆姿態和自己聊辭職問題，他可以毫無決絕的說出自己的決定。但是，當她以一個女人，一個情人的身分出現在陳敬深面前的時候，陳敬深的那句「拒絕」是很難說出口的。所以，有人說，男人征服世界，女人征服男人。可是，這邊的不離職，周蘭欣那邊怎麼辦？自己回濱海到底是為了什麼？陳敬深不得不考慮這個問題。面對趙婉容的苦苦追問，他也只能以沉默應之。

服務員慢慢的端上兩杯新的咖啡，將舊的杯具收走，輕輕的說，「二位請慢用。」

趙婉容看看沉默的陳敬深，沒有繼續再說什麼。手裡的咖啡勺在咖啡杯裡慢慢的畫著圓圈，轉頭看著窗外。她還能再說什麼呢？她已經看出，眼前這個男人，已經用這無聲的反駁，給了她一個她不想要的回答。男人，都是背信棄義的，都是靠不住的。趙婉容像女人一樣給陳敬深貼上各種標籤。現在的她，更像一個女人。

陳敬深明白自己必須堅持下來，不管眼前的趙婉容說什麼，做什麼，他都必須離開。趙婉容只能是他暫時的停靠站，而周蘭欣才是他

的終點站。他內心裡清楚的知道，趙婉容能給他的，永遠只有上級對下屬的恩賜，當然，這有時候也可能包括「性」。這意味著，他們之間即便的關係再親密，也只能在地下，而很難見到陽光。如果哪一天趙婉容沒了心情，他將會被無情的拋棄，即便她現在對自己很依賴；而周蘭欣能給他的，卻是一個真實的家庭。這個從貧苦家庭走出來的女孩，因為情感稀缺，她才會更加珍惜得來不易的感情。而且，農家女少了城市女孩的嬌生慣養，和他才是門當戶對，畢竟自己也是來自鄉下。

男人，雖然被說成是下半身的動物，但他們內心中，更是喜歡「回家」的孩子。他們為心中的家而努力打拚，無怨無悔，就是一種「回家」的渴望的現實表現。不管怎麼說，趙婉容不能給他一個家，而他現在最需要的，就是那個家。這是每一個身在異地的人，最真切的祈盼。

時間一點點的過去，窗外的燈光已經被慢慢的點亮。正在這時，陳敬深的電話突然響了起來。

打來電話的是周蘭欣，陳敬深慢慢的站起來，對趙婉容說：「趙經理，我出去接下電話」，便逕直向門口走去。趙婉容沒有做任何回答，靜靜的用她的咖啡勺在咖啡杯裡畫著她那痛苦的圓。

周蘭欣這次電話打得很短，意思只有一個，就是讓陳敬深在週六週日過去她那裡一下，她有重要的事和他說。當然，她還是沒有告訴陳敬深重要的事是什麼。

當陳敬深再次返回咖啡屋裡的時候，趙婉容已經在吧台前面結帳

了。

　　趙婉容看到陳敬深上來，對他說：「不早了，你先回公司吧。我先有事，就不和你一起走了。」說完，就和陳敬深一前一後走了出來。趙婉容攔了一輛計程車向遠方駛去。望著遠去的車影，陳敬深五味雜陳，有一種說不出來的感覺堵在心口。他上了另一輛計程車。

　　當陳敬深打開房間，一頭就栽進自己的床上。他的大腦亂急了，此刻他感覺天昏地轉，卻又異常十分清醒。疲憊的神經和興奮的大腦，讓他在這種糾結與矛盾中，慢慢的進入了夢鄉。

　　第二天早上，趙婉容換回了她那一身職業裝，還同以往一樣，冷冷的坐到了自己的辦公室裡。開發部小劉看到趙婉容出現在辦公室，趕緊將手裡的資料拿給她簽字。不一會兒，小劉從趙婉容的辦公室裡走出來，在路過陳敬深的辦公桌的時候，遞給他一封未密封的信。陳敬深將它慢慢打開，發現就是自己寫的那封辭職信，不過，在部門領導意見那一欄，已經簽上了「趙婉容」三個字。

　　陳敬深不知道如何形容自己的心情，高興？失落？不知道，反正心裡空盪盪的。他抬頭透過玻璃牆看了看趙婉容的辦公室，一時，不知道說什麼好。他的大腦，此時也沒有給他清晰的指令。

　　約中午時分，濱海大學人事處打過電話來，讓他盡快將人事檔案和戶口調過去。不過戶口可以就職後再辦裡，檔案要盡快。陳敬深決定下午去辦這件事。當他拿著請假條找趙婉容簽字的時候，面無表情的趙婉容看也沒看就簽了下去。他本想說點什麼，可是看到這個場景，他把要說出來的話，又咽了回去。

所有在公司人員的檔案，都放在市人才交流中心。整整一個下午，陳敬深就在這裡排隊，填表，付款。一時忙到快下班，手續才算完全辦完。當陳敬深走出市人才交流中心的辦公大廳，突然想一個人走走。他沒有去坐公車，而是沿著濱海那條靜靜的小河，沒有目的地的走著。

　　調完檔案，他就已經是濱海大學的人。至此之後，他就不再是公司裡的「陳工」，而是「陳老師」。這一個稱呼的轉化，說明他即將開始一個新的人生。夜色慢慢的湧上來了！

六

　　星期五上午，Jack 突然出現在濱海開發部的辦公室裡，讓陳敬深多多少少有點意外。

　　「嗨，Jack。你怎麼來了？」陳敬深打招呼道。

　　「我先去趙經理那，一會兒回來找你。」Jack 沒有正面回答陳敬深的問題。

　　好幾個月沒有見到總公司的人了，一看到故人，陳敬深難免有些興奮。

　　不多時，Jack 從趙婉容辦公室出來，並沒有直接進開發部，而是把陳敬深叫了出來。

　　「聽說你要辭職了？為什麼？」Jack 問道。

　　「想換一個環境。」陳敬深淡淡的說。

　　「你找到了更好的單位了？」Jack 問道。

陳敬深沒有正面回答 Jack 的問題。「總公司派你來，是不是來接替我的位置？」

Jack 茫然的看著前面，說道，「你說呢？」他接著嘆道，「看來這真是命啊，一年前就想讓我來這裡，那時候你小子幫我擋了一槍。你看，我最終還是來了。」

「這也挺好的。」陳敬深說道。

「你是沒家沒業，才會這麼說。我在廣州可是有一大家子人在那邊。我來這邊，至少一年回不去。對了，你到底為什麼非要辭職，女人？」Jack 問道。

「你是有一大家子，我可是還沒家呢！」陳敬深淡淡的說道。

「不是說你和這個趙經理處得挺好的嗎？我當初以為把你調過來，就是為了成全你們的好事，怎麼，鬧掰了？」

「當初那本來就是一個鬧劇，是我們那個頭兒一廂情願。人家一個大小姐，怎麼能看上咱這個打工的。」陳敬深說這句話的時候，心裡微微的有些發涼。他沒有和 Jack 說他在趙婉容家過夜的事。

「也是。咱一個打工的，怎麼能攀上那個高枝。對了，下家單位找到了嗎？」Jack 問道。

「嗯，找到了。就是這邊的濱海大學。」

「行啊你小子，能找到大學裡。我說你小子怎麼面對美人而不動心，原來你小子早就找好了下家。」Jack 重重的拍了陳敬深肩膀一下。

「噓！」陳敬深示意 Jack 說話聲音不要太大，畢竟這還是在公司

裡面。「咱們這話就哪說哪了，我不想讓大家知道。」

「我知道。你知道嗎，我剛才去趙經理那，她也這麼叮囑我的。看來，她對你是挺用心的。」Jack 說道。當聽到 Jack 這一番話，陳敬深多少有點感傷。

「說吧，需要我配合你做什麼，我全力配合。」陳敬深對 Jack 說道。

「下午，帶我走走生產線吧。剩下的，以後再說吧，你不是還有三個月才走嗎。」Jack 說道。

「嗯，那，我中午給你接風，我們出去吃。」陳敬深說道。

「得了。這頓我是宰定你了，誰讓你小子把我放在這火上烤。」兩個人說道，一前一後，回到了開發部。

下午上班的時候，趙婉容從辦公室裡走了出來，向大家介紹了 Jack 這個新同事。她話不多，只是像一般老闆一樣說了幾句場面話，就走回辦公室裡了。整個過程，她沒看陳敬深一眼。

Jack 的到來，讓公司裡那個「謠傳陳敬深要辭職」的消息得到了應證。只是他們不好意思直接向這個帶他們一年的「頭兒」問這個事。要知道，濱海分廠的開發部，可是陳敬深和幾個同事一手建立起來的。他和下面的員工，既是同事，又是師徒，畢竟是有一段感情。但越是這樣，他們就越不好問。人家不想說，何必明知故問呢！

第七篇

一

　　星期六的早上，陳敬深早早的起床，坐著公車趕到了濱海大學。這段時間忙著轉工作的事，讓他也無暇顧及這個城市另一端裡心愛的她。他們已經有三週沒見面了，此刻的陳敬深，真是希望能快點見到那個心愛的人。

　　車子在濱海大學校門口停了下來，陳敬深看了看手錶，已經上午九點多了。他知道，這個時間，周蘭欣一定在圖書館，於是，他逕直向那裡走去。今天的陽光不錯，陳敬深的心情更是不錯。

　　當他走到離圖書館還有幾十米的時候，遠遠的看到圖書館的草坪上坐著一個人，正是他時刻思念的人。他沒有走樓梯，而是走旁邊一條小路，悄悄的繞到周蘭欣的後面，用雙手遮住了她的眼睛。

　　「誰啊？」周蘭欣問道。「別鬧！」

　　「猜猜我是誰啊？」陳敬深像小孩子一樣開著玩笑。

　　周蘭欣聽到熟悉的聲音，淡淡的說道，「放開吧，敬深。」

　　周蘭欣平靜的表情讓陳敬深多少有些失落。

　　「怎麼了，今天不高興？」陳敬深問道。

　　「沒有。」周蘭欣淡淡的說。

　　「那我怎麼感覺你有點不高興？」陳敬深問道。

　　「沒有。剛到吧，吃飯沒？」

　　「你說早飯還是午飯，午飯我可還沒吃，你要請我吃飯嗎？」陳

敬深開玩笑的說道。

　　周蘭欣沒有心情和陳敬深開玩笑。她心裡一直在想，如何把出國的事對陳敬深說出來。簽證早就已經下來了，學校也給出了明確的出國日期，就在下週五，她和化學系另一個男孩一起出去。

　　「敬深，我有話想對你說。」周蘭欣一本正經的說道。

　　「說吧。」陳敬深拍了拍屁股，在周蘭欣身邊坐了下來。

　　正當周蘭欣要說出國的事，陳啟夢突然出現在他們面前。

　　「周蘭欣，輔導員找你，讓你馬上過去他那一趟。」陳啟夢說道。

　　「你們輔導員真有意思，怎麼每次都喜歡週六找你啊？」陳敬深半開玩笑半吃醋的說道。

　　「行了，別鬧了，我先過去一下，一會兒過來陪你。你先在學校裡走走。一會兒，我過來找你。」周蘭欣說完，就向行政樓跑去。

　　周蘭欣走後，陳啟夢轉過身來，對陳敬深說：「我說火車哥哥，要不要我帶你走走啊？」

　　「火車哥哥？」陳敬深詫異的看著陳啟夢。

　　「我們宿舍都這麼叫你。」陳啟夢笑著說道。

　　「哦，這樣啊。」陳敬深淡淡的說道。「那我們找個陰涼地方坐坐吧。」說道，陳敬深站起身來，和陳啟夢一前一後，在學校一個名叫沁園的圓桌前，坐了下來。

　　「唉，火車哥哥，周蘭欣出國，你也同意啊，你就不怕她跑了嗎？」陳啟夢半開玩笑的說道。

「出國？什麼出國？」陳敬深詫異的看著陳啟夢。

「周蘭欣沒和你說過嗎？她要出國兩年，下週就要走了啊。」陳啟夢說道。

「下週？」陳敬深詫異的問道。

「對啊，下週，全校的人都知道了。名單學校已經公佈在網上了。她沒和你說？」陳啟夢詫異的看著陳敬深。

「可能還沒來得及說吧！」陳敬深自言自語道。

陳啟夢突然發現自己好像說錯了話，連忙站起身來，「我還有事，就先走了。她一會兒就回來了。」說完，陳啟夢灰溜溜的逃走了。留下陳敬深一個人，陷入到沉思之中。

出國，對一對情侶意味著什麼，這點陳敬深是再清楚不過的了。記得本科的時候，一個最好的朋友就出了國，結果她和他男朋友不到兩個月就各奔東西了。這樣的例子，陳敬深在讀大學的時候，沒少聽說。況且，周蘭欣今天還沒有對自己說，這就意味著，他們這段感情快走到了盡頭。陳敬深不敢再想下去，因為再想下去，他的大腦就會超負荷運轉。他為了周蘭欣來到了濱海，又為了她辭掉了原來的工作。當他終於覺得可以在她身邊照顧她的時候，她卻要走了。上天真的喜歡開玩笑。只不過這玩笑，來得太過突然。

二

周蘭欣從行政樓出來，並沒有在圖書館前找到陳敬深。她估計陳敬深不會走遠，索性就向後面走去，果然，在沁園的石桌上，她發現

了正在沉思的陳敬深。

「你在這裡啊，找了你半天。」周蘭欣說道。

「哦。」這下輪到陳敬深面無表情。

「怎麼了？」周蘭欣問道。

「沒什麼。」陳敬深等著周蘭欣自己親口告訴他出國的事情。

「那我們走走吧。」周蘭欣提議道。

「去哪裡？」陳敬深問道。

「秀山上有一個亭子，我們去那裡吧。」周蘭欣指的秀山，是指濱海大學裡唯一那座被包圍在裡面的小山丘。雖然它並不是很大，卻成了濱海大學無數情侶談論愛情的聖地。而今天，它可能是離別之地。

五月的濱海大學，天氣已經微微的泛熱，這種泛熱，讓陳敬深在不知不覺中脫下了自己的外套。

上午十點，濱海大學的學子們不是還懶在床上，就是在市區挑選他們心愛的商品，這時的秀山，看不到幾個人。一路上，兩個各懷心事的人，都靜靜的走著，似乎都感覺到了什麼。

當他們靜靜的坐在秀山的亭子裡時，周蘭欣終於開口說話了。

「敬深，有一件事，很久了，一直想和你說。……」

周蘭欣話剛開了個頭，陳敬深就接過話來。

「你想說出國的事吧？」陳敬深淡淡的說道。

「你怎麼知道？」周蘭欣詫異的看著陳敬深。

「不是全校都知道了嗎？就我最後一個知道。」陳敬深淡淡的

說。

「對不起，敬深，我不是有意瞞你，我是……」

「什麼時候走？」陳敬深打斷了周蘭欣的話。

「下週。」

「下週幾？」

「週五。」

「哦。這樣。」

周蘭欣還想說些什麼，可是現在的她是一句話也說不出來。而陳敬深則陷入到一種無法言說的痛苦中。

陳敬深想：「人啊，就不該太一廂情願，也不要總是想著給別人什麼驚喜，因為上天總是在你想給別人驚喜的同時，也給了你驚喜，只不過，這種驚喜有時候是你不想要的。」

處於極大苦痛之中的他努力克制自己的情緒，他知道，事情既然已經無法挽回，現在說什麼也沒有用了。他不知道自己如何面對這眼前的一切。

周蘭欣哭了。她想過說出來情況很糟，卻沒有想到，事情會演變成現在這個樣子。

她哭著說，「敬深，如果你不讓我走，我就不走。」

陳敬深狠狠的咬著嘴唇，眼睛直直的盯著地面，頭也沒抬，慢慢的說：

「這是好事。別說在濱海大學，就是在清華北大，這也是很難遇到的好事。這千載難逢的機會，怎麼能不去呢！」

陳敬深似乎正用盡全身的力氣在說這些話。這從他嘴裡說出來的每一個字，都讓他感到無比痛心。

　　「那，既然這樣，我也和你說一件事吧，再不說，估計以後也沒有機會了。」陳敬深看著前面的樹說道，「我辭職了。」

　　「辭職了？為什麼？」周蘭欣問道。

　　「我換了一個工作。」陳敬深淡淡的說道。「我去年參加了你們學校的教師招考，被錄取了。下個學期就來你們學校上班。對，就這週，來這裡的檔案關係剛剛辦好。本來想給你一個驚喜，現在看來，不用了。」

　　周蘭欣沒有說話，靜靜的聽著。

　　「知道我為什麼放棄那幹了幾年的工作來這裡嗎？我就是想這樣能離你近一點，大四的時候可以陪你一年。」陳敬深的眼淚流了下來。

　　看到陳敬深的淚，周蘭欣再也忍不住了，她緊緊的抱著陳敬深，哭著說：「敬深，我錯了，我錯了，我真的錯了！」

　　陳敬深木訥的坐在那裡，什麼也沒說，什麼也不想說。

　　當陳敬深的淚水慢慢流乾，心，也慢慢的堅強起來。他站起來，對周蘭欣說，「走，我帶你去吃頓好的。」

　　中午這頓飯，無論做得多麼豐盛，但吃起來都必然是苦澀的，這可能是他們自從認識以後，吃得最為痛苦的一頓飯。不過，這就像過日子一樣，無論再怎麼痛苦，也要把它吃完。吃完午飯，陳敬深想坐車回去，被周蘭欣攔住，說道，「今天，就住在這裡吧，求你了。」

陳敬深不知道自己留在這裡剩下的意義是什麼，可是他也實在不知道如何去拒絕這可能是最後的請求。這一次，周蘭欣主動的去找了間旅館，用自己的身份證登記，並和陳敬深一起進了房間。

這要是以前，陳敬深早就熱情的將周蘭欣推倒，而今天，他確實沒有那個心情，只靜靜的躺在床上，而周蘭欣也陪著他躺在旁邊，誰都沒有說話。慢慢的，周蘭欣進入了夢鄉。而陳敬深，卻怎麼也睡不著。整整的一個下午，陳敬深想了好多，情緒也平靜了很多。他，畢竟已經是一個男人了，對生活苦難的抵抗力，要強於旁人。

四

生活總是給人以希望，又給你以絕望。它讓你在希望中體會到歡心雀躍，又會讓你在絕望中不知所措。喜劇與悲劇，不過是一瞬間的轉換。笑與淚，總是用獨有的魅力來詮釋著自己當下的意義。

本是一場喜劇，現在卻變成了悲劇，這是陳敬深做夢也沒有想到的事情。為了能和自己心愛的人在一起，他放棄了廣州大城市的生活，轉而來到濱海這個不知名的三線城市；又為了自己心愛的人，他辭去了大有發展的濱海分公司的開發工程師的工作，轉行做了一名默默無名的老師。以他對濱海分廠開發部的奠基性作用，兩三年內升個主任、經理什麼的，應該不是什麼問題。他的資歷與能力，已經在這個分廠得到了大家的認同。

但就是為了愛情，他放棄了自己所有的過去，一切歸零，在一個全新的世界裡重新開始。他不為別的，只為每天都可以看到「親

人」，只為以後可以好好照顧心愛的人。然落花有意，流水終歸無情。世事的難料，讓他把自己逼到了一條不能回頭的傷心之路。他沒有恨，只有一種面對生活的無奈。至於如何從這個無奈走出來，他，不知道。

他不知道自己是怎麼回到公司的。當車子將這顆受傷的心放在路邊的時候，他慢慢的向公司裡走去。他知道，他只有一個晚上的療傷時間，因為緊張的公司環境裡，沒有人會為你的情緒而有任何改變。個人在公司裡是多麼渺小啊，渺小到你的缺失，永遠不可能是決定性的存在。

六月份快要到了，這段時間的訂單不是太多，但有很多新品上線。Jack 雖業務較強，但內心的牴觸讓他並不能全心投入工作。而對小劉等其他幾個人，雖說將近一年的工作，但總是會在工作中出現一點小紕漏，其中最要命的就是 PFC 裡的用料比例常常會寫錯。一線的生產經理這幾天來到開發部，不斷的向趙婉容反映了這些事。

不知道為什麼，趙婉容這幾天的態度很是強硬，那個生產經理沒說幾句就被灰溜溜的頂了出來。當然，開發部這幾個新人也沒有逃過被罵的命運。一時間，整個開發部失去了往日的活力。一個脾氣火爆，一個沉悶不言，一個應付了事，一些戰戰兢兢。開發部就像被施了魔咒，整天死氣沉沉。

陳敬深作為開發部的頂樑柱，他的消沉，給這個新成立一年的部門確實帶來不小的打擊。可是無論他怎麼告誡自己不要把情緒帶到工作裡面來，他還是無法做到。

周蘭欣出國的日子越來越近了。時間由五天，四天，三天，兩天，就要變成一天了。在星期四的晚上，沉悶的陳敬深坐在公司路燈下的馬路沿上，無限的思緒讓他的大腦一片混沌。這寂靜的公司除了保安偶爾過來巡邏一下，幾乎看不到什麼人。

Jack 從不遠處走過來，看到坐在地上的陳敬深，便過來跟他打了聲招呼。

「嗨，Kevin，怎麼了？」

「沒，坐會兒。」

「你一定有事。我這幾天就發現你不對勁。」

「沒事，真的沒事。」陳敬深說道。

Jack 沒有再問下去，也沒有離開，而是在陳敬深旁邊坐了下來。「剛才我去你房間，發現裡面是空的，我就知道你一定在外面。」

「怎麼，找我有事。」陳敬深問道。

「事倒是沒事，找你喝酒去。這他媽鬼地方，一到晚上就靜得嚇人。走！」Jack 說道。

陳敬深站起來拍拍身上的土，問道，「去哪啊？」

「外面找個燒烤店，隨便吃點。」Jack 說著，向大門口走去。

兩個失意的男人，在濱海分公司外面的燒烤店前一瓶一瓶的灌著啤酒。這兩個平時在酒桌上「偷奸耍滑」的兩個人，今天可沒虧待自己的肚子。當一個個空瓶被丟在了桌子旁邊，Jack 的苦水就像長江洩洪一樣，一個勁的倒了出來。什麼工作不得意，老闆不重視，什麼老婆愛攀比，孩子不聽話等等。面前的陳敬深，此時就成了他宣洩所有

不滿的傾訴對象。

　　而一肚子苦水的陳敬深，卻越想說點什麼，就越說不出來，只能用一瓶一瓶的酒，宣示著他內心的淒涼。手機在陳敬深的兜裡一直在閃爍，可是這嘈雜的酒聲也只能讓它默默的在那裡閃光。

　　周蘭欣撥了陳敬深十多通電話，卻依然沒有人聽。淚，在她的臉上，慢慢的流了下來。她多希望自己能在臨走之前，再見一見這個心愛的人啊。可是，電話那邊卻遲遲沒有回應。她借陳啟夢的手機給陳敬深發了一條短信，告訴了自己出發的時間與機場。她希望能在自己離開的時候，陳敬深會出現。

五

　　酒醉的陳敬深與 Jack 互相攙扶，大聲叫喊著回到了各自的宿舍，一改那平常道貌岸然的形象。一路的喊，一路的吐，告訴這個世界對他們有多麼的不公。

　　當陳敬深想起手機的時候，已經是凌晨兩點。一條騷擾短訊使陳敬深從夢裡醒來，他同時也看到了周蘭欣發的那條短訊。沉悶的他再也沒有睡意，一絲不掛的站在陽臺上，望著遠處黑黑的群山，眼淚流了起來。他哭得是那麼的淒慘，那麼的聲淚俱下，想把他所有委屈，在這個寂靜的夜裡都宣洩了出來。他試著撥了一下陳啟夢的手機，聽筒裡傳出：「您撥打的電話已經關機。」他無助的倚靠在陽臺的牆角上，赤裸裸的癱坐在地上。

　　周蘭欣紅著眼睛，雙手抱膝的坐在床上，收拾好的行李已經擺在

了寢室的地上。明天，她就要去一個自己從來沒有去過的地方，一個小時候只在電視上見過的地方，她是興奮和痛苦的；明天，她就要與現在擁有的一切告別，她的大學、她的室友，和那她曾經的恩人，今天是男朋友的陳敬深。而在這些最難讓她割捨的，就是與陳敬深這一年多的感情。這可是她的初戀。

理科的思維告訴她，當她離開國門的那一刻起，她與陳敬深就不會再有什麼未來。兩個不同世界的人，是不可能再有相逢的機會。但就是因為這樣，她是多麼的不願離開這個心愛的人啊。沒有他，就沒有現在的自己和現在機遇。沒有他，自己已經早就嫁人生子，成為一個天天聊著八卦的農村婦女。多少次在自己的緊急關頭，就是這個曾經素不相識的人一次一次的化解了自己的危機；當自己的感情出現波折時，又是他走進了自己的生活，讓她體會到一個女人應有的感情。她曾想過，這輩子就他這一個男人了，她曾無數次做過這樣的夢，穿著潔白的婚紗和他一起走進婚姻的殿堂，迎接大家的祝福。然而這一切，就在一次出國的機會面前，消失得無影無蹤。

她不能放棄，雖然在很多人眼裡，她自私，她沒良心。可是，生活不只是道德的堆砌，而是柴米油鹽的結合。周蘭欣深深的知道，兒女情長與未來的生活比起來，她一定要選擇後者。貧苦的少年生活經歷，讓她再也不想去過那樣的生活，她必須緊緊抓住每一個能改變自己命運的機會，她的恐懼讓她更加理性。

就這樣，兩顆年輕的心，在這個寂靜的心裡，慢慢的等到了天亮。當東方出現的光亮將這個沉睡的宿舍照滿的時候，周蘭欣慢慢的

從床上下來，站在了陽臺上。她要盡力將這她生活過三年的地方，都深深的記在心裡。濱海大學，我曾經的夢。

輔導員和幾個同學，開了一輛商務車停在了女生宿舍的門口。王曉霞與陳啟夢和另一個女孩一起幫著把周蘭欣的東西搬到了車上，大家互相擁抱分別，淚水成了幾個女孩分別的儀式。

當車子飛馳在去機場的高速路上，周蘭欣的思緒飛出了窗外。她不知道陳敬深有沒有看到短訊，她不知道他今天會不會來，也不知道她會不會在臨走前見到他一面。她不知道！

當車子緩緩的停到機場的候機室前，幾個男孩子幫著把行李搬到取票大廳，接著大家圍坐在一起，七嘴八舌，暢聊著他們生活的樂事。

期盼的身影並沒有出現，周蘭欣的心裡有些落寞。輔導員張老師不停的向她灌輸著在國外的注意事項，就像離家前父母做的那樣。這是一個讓他欣賞的學生，他為她能走到這一步而感到自豪。

「張老師，能把你的手機借我一下嗎？」周蘭欣打斷了輔導員張老師的話。

「沒問題啊。給你。」張老師將手機交到了周蘭欣的手上。

「對不起！」周蘭欣說著，走到了一邊。

當她撥起那個熟悉的號碼時，一個熟悉的鈴聲在不遠處響了起來。熟悉的身影出現在她的視野之中。興奮的周蘭欣真的想衝過去好好抱著這個她不願捨棄的人，但，在這麼多的學生與老師面前，理智的她並沒有那麼做。

「你來了。」壓抑住興奮的周蘭欣慢慢的說道。

「嗯。」陳敬深淡淡的說。

「我同學都在那邊，我們過去吧。」周蘭欣說著，向輔導員那邊走去。

陳敬深多想能和周蘭欣單獨待一會兒，可是周蘭欣沒有給他這個機會。於是，他成了眾多送行人中，最不引人注目的那一個人。

送行的同學的七嘴八舌，而陳敬深卻獨自一個人坐在角落一隅，顯得格外尷尬。在這次他傷心欲絕的送別中，注定要讓他一個人享受更多的孤獨。輔導員張老師還有他那沒有說完的注意事項，讓周蘭欣只能停留在老師與同學們的周圍。

當登機的廣播響起的時候，周蘭欣急忙拖著行李，準備通過安檢。這時，她突然想起了剛剛那個坐在角落裡的人，只不過，此時那個地方早已經沒有了那個熟悉的身影。眼淚一下子從周蘭欣的眼裡流了下來。

看到流淚的周蘭欣，不明緣由的送行的同學中，尤其是幾個女孩們也紛紛落下淚來。在分別的相擁下，只有周蘭欣明白自己在哭什麼。

在候機廳裡，周蘭欣不停的後悔剛才為什麼就沒有關心一下陳敬深的感受。原本應該是只屬於他們兩個人的分別，卻因為一群熱心的同學和老師，而留下了她一生的遺憾。

周蘭欣帶著她的遺憾，和陳敬深那哀怨的眼神，就這麼走了。為了自己的未來，周蘭欣用理智為自己做出了選擇。然而，這可能是她

人生最為錯誤的一次選擇吧。

　　到美國後，她發現國外的生活並沒有她想像中的那麼美好，一個人在國外，特別是一個窮苦的女孩子，她承受了別人無法想像的艱辛。

　　只不過，上天似乎是在她最艱難的時候又一次伸出了援助之手。一年後，她在國外的大學裡遇到了一個湖南的同鄉。這個在異國相聚的男孩給了她很多幫助，在慢慢接觸中，兩個人陷入了愛河，並在一年後結婚。他們的愛情是那麼的平淡，但卻真實的存在於這個世界之上。

六

　　陳敬深如期的完成工作交接，離開了濱海分公司，來到了濱海大學。他在這裡開始了他新的人生旅程。

　　在新就職的這一年中，他過得並不順心。對於一個跨界過來教書的人，他的教法常常得不到領導的承認，特別是幾次的新教師比武大賽上，他總是以最後幾名出線，讓他的系主任很不高興。他甚至一度懷疑自己當時面試時的眼光。

　　由一個在公司裡風風光光的「陳工」，變成一個無人知曉的「陳老師」。他在一步步的轉變中，體味著新生活帶來的那些艱辛。

　　說也奇怪，周蘭欣走後，他再也沒有見過與她同宿舍的那幾個女孩們。大四的學生幾乎沒有幾人會待在學校裡，畢竟找工作才是他們當下最需要解決的問題。在一個人的時候，陳敬深常常想起和周蘭欣

的那段感情，他不知道自己在這個感情裡，哪些是對，哪些是錯。也許生活本身就是沒有對錯。

他有時候會想，如果當初他硬是留下周蘭欣，而不讓她出國。也許，她可能真的為了他留下來。不過，那然後呢？

周蘭欣的那句話常常迴響在他的腦海裡：「陳敬深，如果你不要我走，我就不走。」可是，如果事情果真是這個樣子，他又如何能承擔起這句話帶來的壓力呢。他不能！

陳敬深是軟弱的，也是脆弱的。他渴望愛情的滋潤，渴望擺脫寂寞的孤獨。然而現實卻常常讓他無法如願以償。陳敬深有時候會很迷信緣分，認為屬於他的緣分一定會到來，而現實的苦難告訴他，它來過，但它又走了。這真印證了那句話：人啊，在現實的社會中，總是追求美好的未來，卻常常迷失於當下。

周蘭欣走後的整整一年，無盡的痛苦是他生活的全部內容。他常常悲觀的看待自己的生活，常常思索為什麼會走到今天這個地步。他好想結婚，卻不知道該和誰結；他好想結束孤單，卻不知道如何結束。

每天面對著那些鮮活的面容，卻不能成為心裡的陽光。課堂上悲劇的抒情，常常引出一些學子而為之流淚。沒有人知道這個新來的老師為什麼會如此的悲觀，如此的傷感，很多學生在課後常常給他留QQ資訊，希望能把他從傷感的生活中拉出來。

Jack 最近買了一輛車，時常會來濱海大學坐坐。也算是他在這座城市能見到為數不多的故人。趙婉容調離了開發部，回到廣州總廠繼

續任技術總監。Jack 正式成為了濱海分公司開發部的經理，對他也算是一種告慰。

新同事王蒙和她女朋友蘭藍就住在他的隔壁那一棟，由於王蒙和他在同一個學院，兩家的關係一直相對處得不錯。也正因為這樣，陳敬深成了王蒙家的常客，而王蒙也從來沒把陳敬深當外人。每當蘭藍的閨蜜來濱海的時候，王蒙就自然的搬著被子，住在了陳敬深宿舍的沙發上。而每次一來，他也像回自己家一樣，將一些啤酒飲料放在陳敬深的冰箱裡。這裡也是他和蘭藍吵架後的避難所。

看到陳敬深總是一個人，蘭藍曾為他做起了紅娘，將自己的閨蜜介紹給陳敬深。見面後，兩個人雖然對對方並沒有表現出多少的好感，但彼此的眼神告訴別人，他們並不討厭對方，於是有了相處的基礎。

在日後的交往中，陳敬深的工作讓女孩很是滿意。畢竟在濱海這座三線城市，能在大學裡教書，是一個很體面的職業。女孩家是濱海本地，但工作卻在二百公里外的省城。來回雖不算麻煩，但畢竟是兩地相隔。

相處一段時間後，女孩將陳敬深帶回家見了父母。女孩母親對女兒這個男朋友很是滿意，可是女孩的父親對陳敬深的職業卻不太喜歡。在他眼裡，一個教書的，能有什麼出息。但久經世事的他並沒有在陳敬深面前表現出來，而是在陳敬深走後，第一個提出了反對的意見。

女孩家一向是父親做主，如果他不同意，她和陳敬深就很難走到

一起。蘭藍為了她和陳敬深的事，沒少往女孩家裡跑，但一談到陳敬深的問題時，就被女孩的父親冷言給頂了回去：「你還沒有結婚，你懂什麼。」幾句話弄得蘭藍再也不想去這個閨蜜家。

最後，女孩終於說服父親，然而父親卻給出了一個苛刻的條件：「在濱海買一個三室一廳，彩禮十萬，行的話，我就不管了。」

當女孩找到陳敬深，將父親的條件說出來的時候，本來還未完全從周蘭欣陰影裡走出來的他完全絕望了這段感情。女孩最終為父親和男朋友之間的矛盾，選擇放棄這段感情。

在和陳敬深分手的第二個月，女孩就和另一個男人領了結婚證。

夜晚一陣涼風襲來，打斷了陳敬深的回憶，他慢慢的站起身來，再一次陷入悲傷之中。眼前的場景是多麼的熟悉，卻總讓他感到那麼陌生。這個來過無數次的二田，這一年裡，卻只有他一個人形單影隻。周蘭欣，你現在究竟過得怎麼樣？

回眸

人的一生不過就是通過對過去的追溯，才一步一步的走向未來。思源，是我們的生活方式。

第一篇

一

　　經過一年苦苦的折磨，陳敬深每天都有一種說不出來的傷感。同事們最近都在商量去香港、澳門，以消磨他們這半年多的煩悶。可是他卻沒有太多興趣，對於失戀一年的陳敬深來說，他更想去一個他沒有去過的地方。

　　中國的東部他已經用火車票「量」了一遍，還未踏足的就只有西北地方。他對目前生活和工作的這個城市感覺到厭倦，能暫時離開一段時間，對他來說也是好事。

　　「西北，這個廣袤的地方，到底哪裡才是我下一個落腳地呢？」陳敬深想著，走近了火車站。看著售票廳裡的紅色標識

板，他一臉的茫然。現在正值八月，天氣炎熱異常，出外遠行的人並不是太多，加上返校的學生流還沒有開始，各班列車的車票都很充足。幾乎每班列車都有顯示有餘票。

「去一個沒有人知道的地方吧。看看有沒有什麼陌生的地名。」陳敬深思忖著。他努力的在標識板上的尋找著。

「青松。」一個陌生的名字映入眼簾。

「沒想到還有叫這個名字的地方啊，看來這地方應該有很多松樹才是。查查它在哪裡。」陳敬深邊自言自語說，邊拿出自己的手機，搜索了一下，「青松，位於中國青海省境內，是一個全國十大貧苦縣之一……。」

「就去這裡吧」。陳敬深打定主意到。

他其實就是想去一個沒有人聽說過的地方，好好的放鬆一下。大城市的喧囂讓他本來煩躁的心更加難受。不知道聽誰說過，看到比自己更悲慘的人或事，就能改變心情擺脫悲傷的念頭。也許這個不知名的縣城，可以讓自己從自己悲觀的情緒中走出來。

他去窗口買了一張火車票，踏上了旅程。一進入車廂，他終於明白了自己去的地方將會是什麼樣子。這破舊的綠皮車，足以告訴他乘坐這班列車的人的家庭背景。放眼望去整個車廂裡幾乎都是民工裝束，每個人都大包小包的行李，全然看不到筆記型電腦和旅行箱，最多的就是各種編織袋和樣式各異的包裹。它們大都看起來比較破舊，有的還人為的縫上了幾針，顯然這包在他們的手裡，都已經有一定的年頭兒。

陳敬深無暇多想，找到自己的座位坐下。讓他感到慶幸的，是座位靠著窗戶，可以很方便的眺望窗外的風景，這個愛好未曾改變。他幾乎沒有帶什麼行李，隨身的只有一個小包，這也讓他與這節車廂的人看起來極不協調。

　　火車緩緩開動，向著一個陳敬深從未知道的地方行駛。車廂內的吵鬧聲一浪蓋過一浪，孩子哭，大人吵，列車員的叫賣，形成了火車上獨有的列車文化。陳敬深將小包抱在懷中，閉上了雙眼，他只想在這片喧鬧聲中找到片刻的寂靜。

　　經過了兩個晝夜的喧鬧，在太陽剛過正午的時候，列車終於停在了青松火車站。陳敬深緩緩的走出車廂，一下月臺，才恍然明白這個青松是實至名歸的貧苦縣。單看這個火車站，既小又破，料想這個地方也不會繁華到哪裡去。聽火車上的人說，這趟列車之所以在這裡停靠，是因為前面有一段鐵路是單軌，很多列車要在這裡錯車，所以在列車的停靠站表裡多出了這麼一個小站。

　　和陳敬深一起在這裡下車的人並不多，而月臺上也幾乎沒有幾個人。出站口的地方，有幾輛叫喊的摩托車計程車司機，在呼喚著可能存在的顧客。

　　陳敬深沒有目的的走出火車站，眼前的風景就像一個七、八十年代的縣城，感覺像是坐著時間機器穿越了時空。不過，沒有城市的繁華，剛好是一個讓人心情平靜的好地方。他突然覺得，要散心，這裡可能真的就是他應該要來的地方。想到這裡，他慢慢的向前走去。

　　初到一個新地方，最先要解決的事，就是找一個可以吃飯的地

方。兩天的火車旅行，陳敬深幾乎沒有吃到什麼東西。那車廂裡飄散的速食麵的味道，讓常年在火車上奔波的陳敬深倒足了胃口。

二

　　這座名叫青松的城市，與其叫做城，還不如叫一個鎮更加適合。整個城只有以火車站為中心的東西南北兩條大街，除了這兩條大街上一些零星的店鋪外，就剩下一些破落的房屋。街上的人並不是很多，包括那些賣水果、賣針頭線腦的小貨車，也是稀稀落落的。走在大街上，街道兩邊的服裝店沒有大城市裡音響的喧囂，安靜了許多，當然，顧客也沒有大城市那麼絡繹不絕。行走在這樣的街道上，陳敬深覺得自己回到了八０年代。

　　「先找個地方住下來吧。」陳敬深對自己說。

　　他沿著主街一直向前走去，在東西方向這條街走了一個來回，卻也沒有發現一家旅店。這隱約讓陳敬深有這種感覺：來這個縣城的外地人很少，旅店都開不起來。這樣找下去也不是辦法，索性在馬路上攔住一個人問了一下。從那個人蹩腳的普通話裡，陳敬深得知在縣廣場附近有一個招待所，於是向那奔去。

　　到了那個所謂的廣場，陳敬深才發現，這裡與其說是廣場，不如說是一塊一兩畝地的空地。最中間種了幾棵樹，圍著樹用紅磚砌了一個圓形臺階。廣場四周用磚砌了一個路沿，以使和其它地區隔開。除

此之外，沒有什麼特別的。招待所就在廣場的東側，偌大的招牌很是醒目，與其它的地方顯得那麼不協調，因此並不是很難找。陳敬深向那裡走去。一進屋，發現前台只有一張破舊的桌子，卻沒有人。

「有人嗎？」陳敬深試著向裡面喊道。

「來了，來了。」一個胖女人從裡面走了出來。「住店啊？」

「嗯，有房間嗎？」陳敬深問道。

「有。你要住多少錢的？」胖女人問道。

「都有多少錢的啊？」陳敬深掃視了四周。

「單間十元一天，帶廁所的十五元。兩人間的二十元。」胖女人邊說邊用手指了指她旁邊的那個寫著價位的牌子。

「那來十五的吧。」陳敬深第一次聽說有這麼便宜的旅店。

「住幾天啊？」胖女人問道。

「先預訂一週吧。」陳敬深說著，從小包裡拿出錢包，他剛要拿身分證，卻見胖女人向裡面喊了一句，「小紅，帶客人看一下房間。」說完，就轉身走向裡屋去了。

接著，裡面出來一個十八、九歲的女孩，拿著鑰匙，帶著陳敬深往樓上走去。陳敬深跟在她的後面，來到了二樓。女孩打開了一間面對廣場的房間。

「你看看這間行嗎？」這個名叫小紅的女孩問道。

「可以，挺不錯的。」陳敬深打量了一下這個房間，簡單而乾淨。屋裡有一台破舊的電視機、一個破舊的衣櫃，和一張鋪著白白床單的床。

「那您看可以的話，一會兒下樓繳一下房錢。開水一會兒給您送過來，您要有什麼事，可以叫我。我就住在一樓。還有，您晚上要是出去的話，和我說一聲，我們這裡晚上沒有什麼人，鎖門早。」女孩說道。

「嗯，謝謝。」陳敬深說道。

「那您休息。」女孩說著退出了房間，隨手將門帶上。

陳敬深沒有想到在這樣破舊的縣城裡，這個招待所會如此的乾淨，這是他感到最欣慰的事了。不過，唯一讓他覺得不滿意的，就是廁所裡沒有熱水器。不過，時值八月，就算涼水也不會太涼。這已經比陳敬深在火車上的預料好多了。至少這裡比較乾淨、整潔。

三

一會兒，女孩兒提了一壺開水和一雙拖鞋，放在陳敬深面前。她又出去拿了幾個茶杯放在屋裡的桌子上。很顯然，這間房間已經很久都沒有人住過。不然，不會這麼麻煩。

「先生，您從哪裡來啊？」女孩紅著臉問道。

「南方，離這有點遠。」陳敬深答到。

「來這裡辦事嗎？」女孩邊放茶杯邊問道。

「嗯。」陳敬深答道。「你們店裡好像沒有多少人啊？」陳敬深追問了一句。

「是啊，縣城本來就小。年輕的都出去打工了，剩下的人也沒有幾個人會來這裡。要是趕上個集市，倒是能見到一些人。可您來的不巧，昨天集市就散了。下一個集，要三天之後呢。」小紅說完，站在屋裡，並沒有馬上離開。看來，她是想和陳敬深聊聊天。

「噢，這樣啊！」陳敬深回應道。「你們旅館好像也沒有什麼人來住啊？」陳敬深指了指乾淨的床鋪，示意小紅坐下。

「唉，都是七里八鄉的，走路半天就到家了，誰會來這裡住呢。我們這地方窮，住店的本來就不多。聽老闆娘說，開這間店鋪，主要是招待省裡面來的一些人，政府投了點錢，才一直開到現在。平時，根本就沒有什麼人來。」女孩剛要繼續說，樓下突然傳來了胖女人的聲音。

「小紅，你能不能快點啊，那些床單還沒有洗呢。」

女孩應了一聲，「老闆娘叫我了，我先下去了。您先休息。」女孩說著就退出了房外。

樓下又傳來了胖女人的聲音，「你看著點店，我出去一會兒。」

陳敬深一個人靜靜的坐在床上，沒有去開電視機。坐了一會兒後，睏意不知不覺中襲來。兩天的旅途奔波，讓他很快就進入了夢想。不知道過了多久，陳敬深慢慢的從夢中醒來。此時，夜色慢慢的送走了天空中的夕陽，廣場的人零零落落的都散去了。

陳敬深站起身來，走到了窗邊，向外面望去。廣場的夜晚太安靜了，沒有大叔大媽們的廣場舞，也沒有引誘小孩子玩耍的兒童小樂

園，甚至連出來散步的人都看不到。除了那破舊又昏黃的老路燈，和路燈下幾個匆匆來去的人影，什麼都沒有。似乎這個城市的每個人都蜷縮在家裡，只為等待著明天黎明的到來。

門外突然傳來了敲門聲，驚醒了沉思中的陳敬深。

「先生，您在嗎？」門外傳來一個年輕女孩的聲音。

「在，什麼事？」陳敬深回過神來問道。

「我來給您換一瓶開水。」

陳敬深打開門，叫門的人不是別人，正是中午帶他進來的小紅。小紅不緊不慢的放下水壺，並沒有做出要離開的樣子。

「這小店一年也來不了幾個住宿的，先生您怎麼會來我們這裡啊？」小紅開始沒話找話，看樣子是想找人聊聊天。

陳敬深沒有正面回答，「噢，你的衣服洗完了？」

「早洗完了。這幾天也沒幾個人。昨天有三個來這裡住了一晚，天一亮就走了。也沒有什麼要洗的。」小紅說著向外看了看，然而嘴撇了一下說，「其實老闆娘就是不想讓我歇著。我一歇著她就難受。」

陳敬深笑了笑，他示意小紅坐下。

「你多大了？」陳敬深問道。

「十八了，過了年就十九了。要是我爸讓我讀書，今年就考大學了。」小紅說道。

「怎麼，你沒有讀書嗎？」陳敬深問道。

「這窮地方，女孩子一般都不讓讀什麼書的。讀完初中，完成九

年義務教育，家裡就不供我們了。他們說，女孩子，早晚是人家的人，讀那麼多書，沒用。」小紅說道。「都是老封建，沒看電視嗎，現在養老的可都是女兒啊，真不知道他是怎麼想的。」小紅自言自語嘟囔了幾句。

「小紅，小紅……」樓下傳來了那個胖女人的聲音。

「唉，又叫我了，那我先下去了。唉，我歇一會兒都不行，她就是見不得我歇著。」小紅嘟囔著就出去了。……

四

小紅出去後，陳敬深帶著一身的疲憊，又陷入了夢鄉。刺人的陽光照進屋內，把熟睡的陳敬深從夢裡叫醒。想不到西部平野，這太陽有如此之大。陳敬深拿起手機一看，時間已經快到中午了。

「這一覺睡得可夠沉的。」陳敬深自言自語的說著。伸了伸懶腰，索性站在窗口，望著窗外的景色。其實，窗外除了那個廣場，還能有什麼景色。突然他看到廣場中央有一群人圍著一個人，不知道在幹什麼，吵吵鬧鬧的樣子。本來他沒有太過在意，但那群人持續的待了一個多小時。強烈的好奇心促使他打算下樓去看個究竟，正好遇上從樓下走上來的小紅。

陳敬深問她：「廣場那邊怎麼了？那麼多人，挺熱鬧的。」

小紅向窗外看了一眼，淡淡的說，「那裡啊，在賣女兒呢。」

「賣女兒？什麼意思？」陳敬深覺得好奇，新中國建國快五十多年了，又不是舊社會，怎麼出來個賣兒賣女。他越想越覺得好奇。

小紅歎了口氣，說道，「你有所不知。你看到人群中的那個女的了嗎？她是我同學她媽。我青松一中的同學呢，叫蘭清，是我們班上學習最好的一個了。今年高考，她考了536分，重點大學啊。只是她家太窮，上不起。不知道誰給她媽出了這麼一個餿主意。她媽這幾天就天天來這裡。你看，就是那個圓圈裡的那個女的。想想她們也夠苦命的，兩個人相依為命，她媽又那麼剛強，一直沒嫁，就一個人帶著蘭清過。」

　　小紅頓了頓，接著說道：「536分，在我們這裡那可是狀元。清華北大不敢說，別的學校都應該能上吧。我聽我同學說，今年輕松縣她是考最高的。老師也挺看重她的。只可惜她家沒有錢，上不了大學。她媽就想了這麼一個招兒，說要給她找個女婿，只要能供她女兒上大學，年紀差不多，就訂婚。這不是胡鬧嘛！」

　　「不過，她家也確實沒有別的辦法了。我們這窮地方，能有什麼辦法呢！」小紅無奈的搖搖頭。放下水壺，把昨天的水壺帶走，就下樓去了。

　　聽小紅說完，陳敬深的好奇心一下子被勾了起來。他的老家也算是窮的，但從來也沒有出過這樣的事。這件事對陳敬深而言簡直是聞所未聞。類似的情景，他記得以前只可能在小說裡、電視裡見過，現實生活還真沒見過呢。現在，事情就真真的發生在眼前。可能嗎？

　　陳敬深將信將疑的走下樓，他想，「雖然來的時候，一直聽說青松縣很窮，可也不會窮到這麼離譜的地部吧。再說，現在大學都有助學貸款，何必如此呢。唉，不管它，先下去看看再說。」

陳敬深慢慢的向廣場走去，來到了那個人群之外。他向裡看，人群中確實蹲著一個中年婦女，樣子好像有五、六十歲。衣服破舊，真的和電視裡舊社會裡的人差不多。在她旁邊，放著一個牌子，上面寫著幾句沒什麼文采的話：「徵婚啟示，各位鄉親，我女兒蘭清考上重點大學，可是沒有錢念書。如果哪位鄉親有兒子與我女兒年紀差不多的，只要能供我女兒上大學，我就把女兒嫁給她。」在牌子上還掛了一張十八、九歲女孩的照片，想必這就是那個被「賣」的女兒。

　　人們圍在周圍議論紛紛，卻沒有人上前說什麼。可能對於他們來說，這也是奇事一件。改革開放這麼久了，還有這種賣兒賣女的事。當然，很多人心裡也會這麼想：「不會是騙子吧，現在騙子可多了。說不定這就是來騙錢的。」人群來來去去，卻始終保持著那個圓圈。陳敬深在外面看了一會兒，心裡也在琢磨，「應該是騙子吧，這種事在南方見得多了。唉，這年頭，騙子什麼招兒都使，賣女兒也使。不管她，先找個地方吃點東西去。」想著，他向一群賣包子的地方走去。

　　陳敬深無聊走過了幾條街市。不過說是街市，還不如說是村中的小賣鋪集合體。無論是主街還是小巷，都找不到一家像樣的店鋪。有的地方，就像農村集市一樣，隨便在地方鋪一塊布，上面零零碎碎的放一些要賣的東西。轉來轉去，除了一些烤地瓜、賣瓜子的、不然就是一些賣地攤衣服的。那個款式與濱海市裡的相比，簡直就不是一個

時代的人。

　　無意中，他發現自己的正前方有一所學校，走過去一看，在大門右側上面寫著「青松一中」。似乎這個名字在哪裡聽過，卻一直想不起來。

　　陳敬深知道，一般一個縣城的一中，都是最好的學校。可是眼前這所學校，卻讓他大跌眼鏡。破舊的土牆、長長的平房教室，加上幾個不成樣子的籃球架和一個長滿荒草的操場，構成了這個學校的景致。現在是放假時節，學校裡並沒有人看守，大門上那個長滿鐵銹的大鎖，把大門鎖得很結實，但小門卻一直開著。校園裡空盪盪的，沒有一個人影。

　　不知道為什麼，陳敬深素來對學校有一種特別的感情。看到四下無人，便索性進去逛逛。

　　在前行了四、五十米後，發現了一個破舊的大門，也就是那個長房子教室的入口。在這個大門的兩側有兩塊黑板，其中一塊黑板寫著：熱烈慶祝我校蘭清同學榮獲青松縣高考狀元，總分 536 分。另一塊黑板寫著其他過一本線和二本線學生的名字，字跡很工整。從黑板上那被日曬與風吹雨淋下已經黑裡泛黃的字體來看，這顯然寫了有好一段時間。陳敬深突然想起了廣場上那個「賣女兒的阿姨」。

　　「看來，廣場上的事是真的了。小紅的話，也沒有錯。可是我就是不理解了，她們為什麼不去找找學校，拉個贊助也好啊。實在不行，找找政府，孩子考了那麼高的分數，政府不可能不管啊。唉，可

能是農村人，想法沒有那麼多。農村，誤人啊。」陳敬深想著，不由得將自己塵封已久的記憶又翻湧出來。

　　求學時陳敬深也是一個窮困孩子。家裡人口多，父母親都是地道的農民，除了那一畝二分地，也沒有其它的來錢管道。那時候，農村孩子十家入學，九家輟學，他之所以一直念到大學，念到碩士畢業，是因為他從小就是班裡的第一，家裡覺得出這樣的孩子不容易，因此省吃儉用的把他送入高中。在高中，他最清晰的記憶就是，在他與母親的無數次給校領導與民政局的領導們「下跪」後，他們才同意減免學費，他也才有機會熬到考上大學。而他的大學第一年的學費，他也清晰的記得，是鄉里人東借西湊弄來的。他還記得，他大一第一個半年，四個月的時間裡，包括他所有的衣食住行，還有他來往學校與家裡的汽車票，只花了八百多塊錢。

　　往事雖已久遠，陳敬深一直想把它忘掉，但沒想到今天的事情，卻又讓他想起這些事。

　　陳敬深不知道自己是怎麼走出校園的，不知不覺中他又回到廣場上。天色也漸漸暗了下來，廣場上的人也少了許多。人圈已經漸漸散去，只留下那一個苦命的母親仍面無表情的坐在那裡。是啊，面對「巨額的學費」，一個窮困的沒有文化單身母親，除了能做出這麼荒唐的事，還能做什麼呢？陳敬深從內心中能理解她。

　　陳敬深慢慢的向這位母親走來，並在她旁邊坐了下來。一時間，

陳敬深不知道該從哪裡說起，可是他又覺得自己有話要說。他是有話要說的。

「大嬸。孩子考哪裡了？」陳敬深問道。

女人緩緩的抬起頭來。「還沒有報呢，孩子班主任說，分數出來之後才能報，可是無論報哪裡，俺都上不起啊。」女人說著說著，就又哭了起來。陳敬深看得出來，她今天哭得已經不是第一次了。

「大嬸別哭，大嬸別哭啊。孩子考得這麼好，你就沒找找學校，讓學校想想辦法。」陳敬深接著說道。

「找了找了，學校說他們也困難，讓找政府，政府又說讓我們弄什麼助學貸款，我們哪裡貸得起款啊。俺一個賣紅薯的，哪裡有錢還啊。大兄弟，你是不知道啊，這孩子跟了我，算是遭了死罪了。」女人邊哭邊說。

餘下的話是伴著哭聲說的，說她如何艱難，如何把孩子一步步供上高中，孩子是如何如何的爭氣，考了這麼高的分。自己又是如何如何的無能，沒有能力供孩子上大學。

陳敬深本想和她解釋助學貸款並沒有她所想的那麼可怕，可是見到女人都已經哭成一個淚人了，他又不知道該如何向她解釋。很顯然，對於一個農村人來講，貸款就和過去的高利貸差不多，她又怎會信自己的解釋嗎？自己是從農村出來的，太瞭解農村人了。陳敬深默默的聽著女人一遍一遍的哭訴。好似面前的人，就是他曾經的母親。

現在想想，自己當年上高中的時候，母親不也是這麼一直哭道來，哭道去的，把自己送進大學的嗎。這般情景和當年的自己母親所做的，太像了。

太陽已經完全落下去了。陳敬深扶起女人，幫著她收拾東西。對女人說：「大嬸，你家住在哪啊，我明天去你家看看，說不定我能幫上點忙。你看行嗎？」

女人這時才仔細的打量了他一下，剛才只顧著哭，也沒有看看眼前人。她見眼前這個二十多歲的男子，穿著很是講究，聽口音也不是本地人。她心裡想或許有一絲希望，便說道：「大兄弟，俺家就在前面那個廢鐵廠旁邊住；大兄弟，給你添麻煩了。」說完，她站起身來，慢慢的消失在夜幕中。陳敬深回到招待所，心情久久無法平靜。

五

天空在極不情願的情況下又拉開了帷幕。陳敬深從床上慢慢的睜開眼睛，卻無意起床。昨天一晚上那些久遠的回憶，讓他在床上不停的翻來覆去。女人的事讓他一次次的回想起自己高中時受到的不公正待遇，也讓他一次次在深層的記憶中調出那一幕幕流淚的畫面。今天，有一個和他當初一樣命苦的女孩，在其母親看似滑稽而幾近荒唐的舉動中，苦苦的求學著。陳敬深明白，現在女孩一定百感交集，心中的那個大學夢會一直在她身邊揮之不去，可是家境的慘澹又讓她萌生輟學的念頭。女孩一定會這麼想的，因為當年的他就是這個樣子。

不知道為什麼，他突然想起了周蘭欣。

陳敬深覺得自己應該做點什麼，至少現在的他，衣食無憂，工作不錯。收入雖不算太高，但也算是小康之家。老家由於得到了國家的土地補貼，日子這幾年過得不錯。每戶人家基本上都有房有車，而像什麼電腦、熱水器、冰箱、網絡等現代化的家用電器，都已經成了老家人最平常的家居擺設。除此之後，讓陳敬深覺得可笑的事，農村竟用起了自來水，使家裡原有的水井，變成了擺設。

他們明明知道每天要交幾百塊錢的水費，可是誰又能阻止他們呢，誰讓老家富了呢，富得連十萬以下的車都看不在眼裡。比老家對比，眼前的情景，又讓陳敬深瞬時感覺到自己回到了七十年代，況且這裡是縣城，不是農村。陳敬深都不敢想像如果是農村會是個什麼樣子。他不得不感慨，中國，真大啊。

陳敬深洗漱完畢，去叫了下服務員小紅。

「這附近有建設銀行嗎？」陳敬深問道。

「有。穿過這個廣場向前走兩個街口，就有一個。」小紅說。

「哦。對了，你昨天說的你那個同學叫蘭什麼，對，蘭清的同學，家住在哪裡，你知道嗎？」陳敬深接著問道。

「這個我知道。我們倆以前經常玩在一起。你要去看她家嗎？」小紅疑惑的看看陳敬深。

陳敬深沒有說什麼，點了一下頭。

「那正好，老闆娘讓我出去買菜。你跟我走吧。」小紅說著，進廚房拿出一個布袋，沖著裡面喊了一嗓子：「那老闆娘，我出去了。」

屋裡傳出「嗯」的一聲。小紅便和陳敬深走出了招待所。

女人今天沒有出來，不知道是在等陳敬深，還是出門的時間沒到。陳敬深不去想它，也不知道該想什麼，反正大腦此時是沒有閒著。

陳敬深從建設銀行取出四千塊錢，拿出一千放在上衣裡兜，其它的直接放在褲兜裡。小紅帶著陳敬深穿過一個破舊的鐵廠，然後在一個破舊得隨時可能倒塌的房前停了下來。

「這就是了，你進去吧。我就不進去了。」小紅說完就要走，表情有些奇怪。但是，又不知道她是什麼意思。陳敬深沒有多作思考，就轉身去敲了一下房門。

「有人嗎？」陳敬深問道。

過了片刻，房門打開，裡面走出一個女人，正是昨天在廣場上「徵婚」的那個母親。

「是你啊，快進裡面坐。蘭清，有客人來了，你去燒點水。」女人招呼著陳敬深，走進了那昏暗狹小的房間。

六

陳敬深在一個土炕上側著屁股坐了下來。他打量了一下這個屋裡，長不過七米，寬不過五米。一副小炕成了屋裡的主要地方。一台破舊的電視機可能是這屋裡唯一的現代化設備，還有一張北方特有的飯桌，放在炕上的西牆邊。

屋裡光線很昏暗，陳敬深只見裡面有一個女孩從炕上爬起來，和

他打了個照面就出去了。想必這就是母親口中的那個蘭清，那個高考狀元。

「孩子報哪裡了？」陳敬深沒話找話的問。

「還沒填呢。老師昨天晚上來說，這孩子完全可以上個重點大學。可是你知道，俺一個農村婦女，哪裡知道有什麼學校。讓孩子自己看著辦吧。」女人說道。

「那學費呢，還是沒有著落嗎？」陳敬深問道。

「可不是嗎。大兄弟不怕你笑話，我是實在沒招兒了，才想起走這一步。這孩子虛歲才十九歲，要是我有一分能耐，也不會去幹那丟人現眼的事兒。」女人說著說著，又哭起來。「俺知道，孩子大了，也要臉面兒，俺出去幹這事，給孩子丟臉啊。可是，俺不這麼做，又能咋辦呢？」清新的早晨，又斷斷續續的傳出女人陣陣哭聲。

女孩聽到屋裡母親的哭聲，走進屋來，站在門口，雙手緊握著門框，也慢慢的掉眼淚。陳敬深默默的坐著，眼前這悲慘母親訴說著她和孩子的苦難。這場景太熟悉了，似乎哭泣的正是自己的母親，而站在門邊的，就是當年的自己。

慢慢的，女人的哭聲停了下來，說道，「讓您見笑了。」

「沒事。」陳敬深心裡有了盤算。「這樣吧，大嬸，咱先給孩子定個學校吧。你看孩子這個分數，上個重點大學沒有什麼問題。你剛才不是說了嗎，孩子的老師也這麼說。我知道一所學校，還算可以，你不妨讓孩子報一下。這個學校有助學金，以你家的這種情況，是很容易申請到。哦，助學金的意思就是學校會給孩子一部分錢，免費的，

不需要還的。你看，讓咱這孩子報一下這個大學？」陳敬深說道。

「大兄弟，這學校叫啥名啊？」女人似乎看到了希望，急切的問道。

「濱海大學」。陳敬深平靜的說。

「濱海大學，我知道。」在門旁的女孩說了話。「昨天老師來，也讓我報這所大學。她說這個學校很好，是全國的重點大學，如果我報的話，被錄取的可能性很大。」女孩說著，看了一眼陳敬深，突然停住不說了。

陳敬深也看了女孩一眼，對母親說道，「我覺得咱孩子上這所大學應該可以。」轉而對女孩說道。「你想讀什麼專業？」

「我……？還沒想好。我是學文科的，應該讀文吧。」女孩聲音越說越小。

「這樣吧，這個學校最好的專業是英語系，你報一下這個專業的。但報的時候，你也寫上服從「調劑」啊。這個學校的英語系很熱門，這樣做，保險點。」陳敬深很專業的說道。

女孩「嗯」了一下，算是做了回答。

陳敬深轉過來對母親說，「大嬸，我家就是濱海的，住的地方離這個大學並不遠，如果孩子以後能有機會考到那裡，你們有事就給我電話。」陳敬深說著遞上一個寫著手機號碼的紙條。

「這要讓我說什麼才好呢。」母親千恩萬謝。

陳敬深站起身來，手緩緩的從褲兜裡把那三千塊錢拿出來。「大嬸，這是三千塊錢，先給孩子上學用吧，你們再借點，這大一上學期

的生活費就有了。學費嗎，進去學校後就趕緊辦個助學貸款，這貸款等孩子畢業還就行了，利息很低，你不要怕。這樣的話，就應該沒有什麼問題了。現在國家政策好，對貧困學生挺支持的。」陳敬深邊說邊把錢放在炕上。

「這……？大兄弟，你讓我說什麼好。」女人的眼淚再一次流了出來。

「蘭清，快給恩人跪下啊，這是大恩人啊。」女人說道。

「別別別，可別！大嬸你可別這樣子啊。如果孩子以後能去那邊讀書，有什麼困難，你就給我電話。我也是窮人孩子出身，你給我跪，不是折我的壽嗎？」陳敬深攔著女人，真的怕她給自己跪下來。女孩依舊在門邊傻傻的站著。眼睛盯著這個進屋來的陌生人。陳敬深留下錢後，便走了出去。

陳敬深從女人家走了出來後，心裡五味雜陳。女孩母親流淚的臉，和那個女孩的不知所措，讓他心裡感到百感交集。陳敬深不由得感嘆，對於窮苦人來說，生活裡總是有太多的無奈。

回到招待所的陳敬深，早已經沒有散心的想法。他突然決定回到濱海，那個讓他傷心而又不得不回的地方。下午，他去火車站買了一張返回濱海的火車票，就於第二天清晨退了房，踏上了返程的火車。

第二篇
▰▰▰▰

一

　　時光匆匆，一個多月過去了。陳敬深不知道青松的那個女孩是否已經考上了大學，還是放棄上大學去打工了。陳敬深的手機，不管白天還是夜晚，一直處於開機狀態。只是，女孩和她母親卻一直沒有打電話過來。再過兩天，濱海大學就要開學了。

　　教研室主任打來電話說，讓陳敬深今年接大一新生的課，準備上《馬克思主義基本原理概論》這門課。陳敬深知道，這又是大學的公共課。在學校裡，除非是學哲學專業的人，否則是沒有幾個人喜歡這門課的。一是這門課的內容確實有點枯燥乏味，二是在今天這個拜金主義橫流的社會中，又有誰會對一個不能賺錢的知識感興趣呢。

　　陳敬深知道，他作為學校的年輕教師，系裡是不會把哲學專業的專業課分給他來教的，最好的情況就是帶一下思想政治教育的哲學課，否則就無課可教。即使是這樣，他也不能教那些教課表現比較好專業學生的課，比如說中文，思政、化學，他只能教一些別人都不願上的課。比如說體育、藝術和音樂。對於政治公共課來說，本來內容就讓學生頭疼，加上這個這三大專業的學生歷來都是重技術而輕理論，更別提他這個思政課了。

　　學生不來聽課是太平常不過的事了，大多時候一個二百多人的教室，下面也只來了一百多人。平時老教師傳授的點名法寶，也只會讓那常蹺課的一百人，痛苦的等待時機，然後找個藉口溜出去。這情形

讓陳敬深懊惱不已。不過，學生私下跟他反應，他的課算是好的了，有的課，三百多人，也只有二十幾人聽課。學生還告訴他要習慣這種方式，這就是大學。是啊，這就是大學，國家花重金培養的大學和大學生們。這是陳敬深來濱海大學前從未想到的事。

陳敬深開始準備新學年的教案，他走進書房裡。面對前書房裡那一堆堆的書籍，陳敬深突然覺得自己好無奈。哲學，這個母親不愛，父親不疼的專業，一直在大學面臨被取消的危險，就如陳敬深本人一樣。

對生活的悲觀態度一直左右著他，這倒不是他不想樂觀的活著。只是，每當他樂觀的告訴自己，「從今天起，我要開開心心的，凡事往好處想，學會一下阿Q的精神勝利法。」然而，接下來發生的事情卻總是讓他撕心裂肺。每一次快樂換來的，是更大的悲傷與無奈。

於是，陳敬深常常無奈的對自己說，「也許，我天生就不該是樂觀的人。」他認為，悲觀雖然能讓他愁眉不展，但是悲觀的思維卻再也不會給他太大的人生刺激。逃避現實的生活思維鑄就了對於追求平穩生活的他，這是現在需要的。

教研室王主任告訴他，大一新生已經陸續開始報到了。由於軍訓，他的課被安排到十月中旬，負責中文系一班二班、新聞系和英語系一班二班的公共課，這是陳敬深沒有想到的。第一次帶這麼好的專業，讓他對系裡的大發慈悲感恩戴德。不過，學期第一個系部例會上，老教師告訴了他端倪：這幾個專業開課較晚，只有他這個新人上

才能滿課時量，如果是老教師，每個人在年終可能要被倒扣，才如此分配。聽了老教師的講解，陳敬深再一次明白，原來每一塊餡餅，都有它來的理由。

在各個學校，英語系與中文系可能不是最主要的專業，但一定是人數最多的專業。這兩個幾乎是對立的學科，每年吸引著成千上萬的莘莘學子。

蘭清的母親來電話了。

「喂，是恩人嗎？」電話那端傳來了一個陌生女人的聲音。

「哦，是蘭清媽媽吧。你好，你好。」陳敬深回答著。

「你也好啊。那個，告訴你一個好消息，俺那孩子被那個濱海大學錄了。英什麼專業，你看看我，剛才還記得的，現在又忘了。你等等。」電話那些出現了翻東西的聲音。「對，是英語專業，孩子馬上就要去那邊了。」

「那恭喜恭喜啊。孩子能考過來，挺不錯的。那孩子什麼時候動身，到時候我有時間，我去接孩子一下。」陳敬深說著。

「就今兒個晚上，十點多的車。八號上午十一點能到濱海吧。孩子到那邊，也沒個親人，您就費心了，恩人，你看，又給你添麻煩了。」蘭清媽媽說道。

「你老可別這麼說，折我的陽壽。別恩人恩人的叫著，我就是幫了點小忙。孩子能來，我們都挺高興的，不是嗎。給孩子準備準備點路上吃的東西吧。挺遠的，得坐兩天兩夜的車呢。」

「哎，俺知道了。那恩人，孩子到你那邊，就麻煩你了。」蘭清媽媽說道。

「不麻煩不麻煩。」陳敬深寒暄著！

⋯⋯

電話掛掉後。陳敬深腦子不斷閃現在青松時所見到的一切。那個在昏暗光線看，那個靠著門站著的女孩，他內心裡只有一個模糊的影像。說實話，陳敬深此時還真不知道那個叫蘭清的女孩到底長什麼樣子。當初去蘭清家的時候，他迎著光，蘭清可以很清楚的看到他，可是他要想看清門口的蘭清，就不那麼容易了。加上蘭清一直躲在那個最暗的門框內，所以，他不知道八號那天去接蘭清，自己能不能認出她來。

到過火車站接送旅客的人都知道。每一到站的火車，下車的人就會立刻都湧在出站口，幾百甚至幾千個人一起往外走，想找一個人，哪有那麼容易。

不過，這已經不是他現在要考慮的問題了。他想緣分讓他與這家人相識，就一定能讓他接到人。

陳敬深不免感慨道，「蘭清這孩子，也夠苦的。和當初自己一樣苦。」想想那個她生活的地方，想想那場鬧劇，想想那個門框裡的女孩，陳敬深不斷的搖著頭。

二

鬧鐘響了起來。陳敬深不情願的把手伸到床頭櫃，把手機拿了過

來。他半睜著眼睛看了看時間，已經是上午的九點半了，他突然一下子坐了起來。依稀記得蘭清的火車是上午十一點多到濱海火車站，而從他住的地方到火車站，要坐一個多小時的公交。他快速的掀開被子，穿著一條內褲，沖到洗水池旁。看到鏡子裡那個刷著牙半裸的自己，陳敬深突然覺得很好笑。

　　稍微收拾一下自己後，他匆忙的趕到公交網站，一看時間，已經過了十點。離蘭清到濱海的時候不到一小時了，陳敬深乾脆放棄了坐公交，攔了一輛出租車，向火車站奔去。雖說他現在衣食無憂，但平時卻很少搭車。窮過的人，懂得節約每一分可以省下來的錢。不過今天，他不能讓自己遲到。他知道，如果到晚了，而蘭清的火車已經到了，不知道這個從北方來的女孩會怎麼手足無措。

　　這幾天，火車站非常熱鬧，又是一年新生入學季。在火車站廣場前，停了許多各個大學的新生接站車。當然，濱海大學的接站車也在此列，一些大二大三的學生，正在忙著幫新到的學生把行李搬到車上。陳敬深遠遠的望過去，本以為會遇到幾個熟人，但看了半天，卻沒有發現一個熟悉的面孔。濱海大學的那麼大，專業那麼多，光教職工就二千多人，陳敬深怎麼可能全部認識得到呢。他索性放棄了尋找，向出站口走去。

　　陳敬深來到出站口，發現從青松開到濱海的那輛 K521 次列車後

面，醒目的幾個大字提示著人們，列車晚點約一個半小時，而廣播裡的聲音也一次次重複著這句話：「工作人員，候車旅客，接親友同志你們好：由青松開往濱海方向的 K521 次列車今天晚點，大約晚點一個小時三十分鐘，請候車旅客與接親友的同志不要遠離車站，聽候廣播的通知。」

「火車又晚點。唉，現在的火車啊，哪個不晚點的呢。」陳敬深想到。

陳敬深緊張的心一下子就放了下來。他向左右看了看，發現在背後廣場的右邊，有一排石柵欄，於是挪步過去坐了下來。一個小時，說長不長，可是對於接送的人來說，也確實不短。

火車站的廣播終於又響了起來.

「由青松開往濱海的 K521 次列車馬上就要到站了，請車站工作人員做好接車準備。列車停靠在 2 月臺 3 道。請接親友的同志做好準備。……」廣播的再一次響起，將那些分散在各處休息的人再次引到出站口，出站口頓時又熙熙攘攘起來。陳敬深默默的站在人群的最後面，他正在用他的直覺，去接那個他印象恍惚的人。

出站口通道裡不遠處慢慢的出現了下車的人，向出站口走來。張望、尋找、匆忙、興奮，成了出站口的一道風景。

在陳敬深前面站著的那個穿西服的，明顯是已經接到了他想要接的人，正在寒暄中。

「哦，老張，您好，您好。」

「您好，您好。不好意思，火車晚點了，讓您久等了。」

「這是哪裡的話啊，現在的火車幾個不晚點。車已經在那邊，張經理還一直囑咐我，要我一定把您接到。」

「張經理還好吧，我們好久沒見。來來來，您請您請。」

「不不不，您先走。」

「不都一樣吧，您們還真客氣。哈哈……」。

一群在陳敬深旁接站的人吵吵鬧鬧的向廣場東面走去。看到出站口陸續走出來的人，陳敬深不停的向裡面張望。但哪個是他要接的人呢？那個叫蘭清的女孩的，會不會也認不出他了呢。他看了看自己的衣服，確定現在和去青松時所穿的是一樣的。

於是，他想著，「就像自己認出蘭清，她也一定會認出自己。」他堅定的這樣想著，身體向後挪了挪。

「陳大哥。」一個操著北方口音，穿著樸素的女孩出現在他面前。

「蘭清，是吧？」陳敬深試探著問了一下。

「嗯。火車有點晚點。」女孩有點靦腆的回答著。

陳敬深接過蘭清手中那個大大的手拎包，並背上那個重重的書包，對著蘭清說：「走吧。」便向火車站東邊走去，那是濱海火車站計程車的停靠地。蘭清默默的跟在他的旁邊。

「坐了很久的車了吧。」陳敬深邊走邊說。

「嗯，坐了兩天兩夜。挺久的。」蘭清答道。

「餓了吧，一會兒我帶你去吃東西。你想吃什麼？」陳敬深問道。

「我不餓，下車前，我在車上吃了餡餅。」蘭清回答說。

「那好吧，我先帶你去學校。」陳敬深說完，伸手攔下了一輛計程車，他將大包小包放在車廂中，並示意蘭清先上車，但蘭清還是呆呆的站在原地不動。他突然明白了，蘭清可能是第一次坐計程車，她之所以不動，是因為不知道如何打開車門而擔心自己出醜。想到了這一點，陳敬深連忙關上計程車的後車廂，打開了蘭清旁邊的車門。

「來，左腿先跨上去，右腳跟著就可以了。小心頭。」陳敬深細心的說道。

陳敬深知道，在青松那個地方，計程車是很少見的。像蘭清這樣的家庭，沒有什麼非常重大的事情，怎麼捨得花錢去坐計程車呢。青松的計程車，多半是給那些有錢有勢的人坐著。在那樣一個貧困的北方小縣城，人與人之間的等級差距是很大的。

蘭清確實是第一次坐計程車。在她的記憶中，對車的概念是很模糊的。記得小時候去姥姥家，她坐過送糞的牛車，當時她還興奮的跳來跳去。上初中後，同班有一個男同學有一次坐三輪摩托車，讓她十分羨慕。而她，是沒有錢去做這個「電驢子」摩托車。家裡的貧窮，常常使她連輔導書都買不起，哪裡還有錢在路上這麼「奢侈」呢。她記得，從上初中起，就一直和同桌共用一本輔導書。雖然是這樣，她在班裡還是永遠的第一，讓老師對她額外照顧，如有輟學的學生，老師就幫忙說動那個學生把輔導資料留給她。她的初中，貧窮與努力就是她生活的主題。

上高中後，家裡的日子更難了。姥姥姥爺相繼過世，使本來可以

幫助她家的親人消失了。舅舅心腸還算好，有時還會買給她一些學習用品，可是舅母那個人對她們家卻不太友善，平時冷言冷語的。蘭清從小就從母親口中得到這麼一條真理：富在深山有遠親，窮在大街無人問。

懂事的蘭清，從那時候起，就已經明白做人要自立的道理。所以，她比其他同學都要努力，平時既要少花錢，又要考出最好的成績。所以，她一直是班上的第一名。這讓學校的老師們總是明裡暗裡給了她不少的幫助，在她心裡，她要感激的人太多了。

三

陳敬深帶著這個名叫蘭清的女孩，行駛在去濱海大學馬路上。濱海的繁華，讓坐在車後排的蘭清，目不暇接的望著窗外。

陳敬深從女孩的眼神中，看得出她對眼前這個城市很好奇。相對於青松來講，這裡已經是人間天堂了。

第一次來濱海，這個對她來說既興奮，又害怕。畢竟自己從小到大，都沒有離開過青松那個小縣城。聽鄰居說，濱海是一個很大的城市，很繁華。今天算是真的見到了。映入眼簾的一切都讓她感到興奮，她一時不知道用什麼語言來表達自己現在的感受。透過車窗，那一排排的高樓大廈，讓她彷彿置身夢境。整齊而又乾淨的街道，就是她夢裡的天堂。這座大都市，與青松有太多的不一樣了。她興奮不已，卻不知道為什麼，心裡有一點點小害怕。這裡，只有她一個人。因為路費的原因，蘭清母親並沒有跟著一起來。

蘭清突然想起了臨行前母親的囑咐，她說：「到那裡，你要學會照顧好自己。娘沒啥錢，只能你一個人過去了。」母親邊說邊流下了眼淚。「到那邊，你有事就去找找咱家的恩人，娘看出來了，他是一個好人，心不壞。你要是缺錢，就打隔壁張奶奶家電話，我想辦法給你郵。」這種場景，在蘭清面前上演了一次又一次。而每一次，都是淚水與囑咐的結合。不知道為什麼，一想到這裡，她臉上的興奮就一下子消失得無影無蹤了。

　　從下車到坐進計程車，蘭清一直默默的待在陳敬深旁邊，出於女孩特有的害羞，她不知道如何和陳敬深拉話。當初他來自己家的時候，她由於害羞，沒敢待在屋裡，就在門框上看著屋裡而發生的一切。

　　這個來接自己的男人，她依稀記得好像只比自己大幾歲，因為從他的臉上看不出蒼老的感覺。不過，她記得這個男人和母親聊天時，一直叫自己孩子孩子的，讓她多少有點不太舒服。她心想：「我都這麼大了，怎麼還叫我孩子孩子的。」後來，她發現這個男人從兜裡拿出三千塊錢給母親，說是給自己上學用的錢，她那時好感動。她認真的打量著這個對她有恩的男人，希望能將他的樣子深深的烙印在自己的腦海裡。

　　現在，這個恩人就坐在他身邊，她心裡突然七上八下的。她想和他說說話，可是，看到他那沉悶的臉，又不知道要說什麼。女孩天生的羞澀，讓她無法主動的打開話題，可是，她真的很想和身旁的人說說話。畢竟，他是她在這個陌生地方，唯一的「親人」了。

計程車在濱海大學圖書館前面停了下來。陳敬深付完錢，將後車廂裡的東西再次背到了自己的肩上。

　　「我先帶你到新生報到處，先報完名，領取宿舍的鑰匙，再帶你去吃飯。」陳敬深說道，就帶著蘭清向前走去。

　　蘭清答應著，在陳敬深後面不緊不慢的跟著。

　　陳敬深帶著蘭清，先去註冊處報到，再去學生宿舍管理中心拿了鑰匙。不知道為什麼，陳敬深突然覺得眼前的場景似曾相識。四年前他幫周蘭欣入學，不就是這樣一步步做的嘛。他突然愣在那裡。

　　蘭清不知道陳敬深的故事，看見他靜靜的站在宿管中心門口發呆，她輕輕的叫了一聲：「陳大哥？」

　　陳敬深從回憶中回過神來，對蘭清講，「走，我帶你先去宿舍。」便直直的走了出去。

　　蘭清並不知道陳敬深的真實身分，也不知道他的過去往事。在她眼裡，陳敬深就是一個有錢的大善人。他可能是一個電視裡演的那種年輕老闆，或者是有錢的富二代，也可能還是一個有錢的大學生。從他那稜角分明的臉上，他應該不是很大。她一直不好意思問陳敬深的職業，而陳敬深也一直沒有說明。

　　陳敬深不知道蘭清現在在想些什麼，在這個學校裡到處都有她的影子，尤其是新生入學的場景有太多的似曾相識，這不能不讓他的大腦開始煩亂。一年的時間，他本以為已經將周蘭欣忘得一乾二淨，而實際上，她從未在他的記憶裡移除過。

　　煩亂的心情油然而生，讓他只想把蘭清早些安頓下，好回到自己

的宿舍裡療傷。蘭清，和周蘭欣有太多相像的地方了。就是名字的發音也很相像。他開始不知道自己對蘭清為什麼有說不出來的親切，現在他終於明白了。也許，他能在她身上，發現太多周蘭欣的影子吧。這也是他這些日子為什麼很期待蘭清到來的原因吧。

　　蘭清的宿舍被分到琴湖公寓 6 棟 216 室。陳敬深帶著蘭清找到地方，將蘭清的包裹放在她的床上，又下樓領了被褥，接著帶她去買一些大學生的生活用品。壺啊、飯盒、水桶、牙刷牙膏、包括洗衣粉、曬衣架，陳敬深都按照當年給周蘭欣準備的那樣，又給蘭清備了一份。當然，他沒讓蘭清出一分錢。

　　當他們從超市裡拿著一大堆的東西再次來到蘭清宿舍的時候，宿舍裡的女孩都羨慕的看了看蘭清。

　　其中，一個女孩過來幫蘭清整理東西，然後隨口說了一句：「你男朋友吧，真帥。」

　　蘭清的臉一下子紅到了脖子。不過，羞澀的她也沒有做什麼辯白。

　　陳敬深幫著蘭清收拾好一切，便帶著她出去吃東西。被剛才那同學一說，蘭清紅著臉，一直沒敢再抬頭看陳敬深。

　　「帶你去吃肯德基吧，怎麼樣？」陳敬深問道。

　　「聽你的吧。」蘭清答道。

　　兩個人一前一後到了校園裡的肯德基店，陳敬深拿過菜單讓蘭清

選吃的東西。蘭清哪裡下過這種洋餐館，推托著說：「你來吧。隨便點兩個就行了。」

看到蘭清那局促的樣子，陳敬深明白了，蘭清可能從來就沒有吃過這種東西。他示意著蘭清先去找個地方坐下，自己則在吧台處點了漢堡、蛋撻、薯條和可樂。

當服務員將這些城市裡都吃膩了的東西端上來的時候，蘭清傻傻的瞪圓了眼睛。這些曾經在電視裡出現的美味，今天居然真實的出現在她的面前。

陳敬深拿起一個漢堡遞給蘭清，自己也拿了一個，在一邊吃了起來。第一次體味速食的蘭清，這漢堡成了她從來沒有吃過的美味。她想如果母親在這裡該有多好啊，她一定要讓那受苦的母親也嘗嘗這個。

看著蘭清拘謹的樣子，他又把薯條遞過去。蘭清像吃漢堡一樣，將薯條一把放進了嘴裡，讓陳敬深差點笑出聲來。不過，他還是忍住了。他默默的打開一包番茄醬，拿著薯條沾了一下，再入在嘴裡，並沒有對蘭清說什麼。蘭清也意識到自己的窘態，再也不去碰那個薯條了。

漢堡、蛋撻、薯條和可樂，電視裡的生活瞬間都變成了現實，讓蘭清一時不知道自己是不是在夢裡。

陳敬深完全能理解蘭清現在的感受，對於一個長期處於貧苦生活中的孩子來說，富人的殘羹冷炙，都可能是他們最好的晚餐。

陳敬深送蘭清回到宿舍，臨走的時候，往蘭清兜裡塞了五百塊

錢，蘭清推拒一番，但還是被陳敬深硬硬的塞進了口袋。

「拿著，你來這裡，什麼都需要錢。濱海不同於在老家，花錢的地方很多。你這孩子，別太逞強。大不了這錢就算你向我借的，以後你有錢了，再還我就是了。你這孩子啊。」陳敬深半是生氣的說完，轉身就向自己住的地方走去。

蘭清望著陳敬深遠去的背影，心裡是五味雜陳，也說不出那是什麼滋味。不過，她對陳敬深一遍遍叫自己是孩子，心裡還是有點不舒服。那張明顯不是很老的臉龐，頂多算她哥，怎麼從他的口氣中，成了她叔。

蘭清轉身向宿舍走去。

四

陳敬深回到自己的宿舍，不禁思緒萬千。過去的，現在的，種種事情都不能讓他開懷。不過，剛剛教研室王主任打來電話說，他教授的那門課教材又改了，交代他注意更改 PPT 和教案。以至於他沒有太多時間去沉浸在過去的那些破事。下週一就要開學了，一算也只有四、五天的時間了，他現在應該去教研室去領本新的教材回來，為接下來開學的課做準備。

《馬克思主義基本原理概論》這門課，對於非哲學專業的學生來說，確實不簡單。陳敬深還記得去年他第一次教大二學生的時候，有個學生一直圍繞著什麼是否定之否定問了他一遍又一遍，最後弄得他也不知道如何回答了。

以前的自信心爆棚，而現在卻不得不面對現實的殘酷。就否定之否定這個原理來說吧，如果你和他說，否定之否定是兩個否定，「第一個否定」是把先前的肯定給否定掉，「第二個否定」再把「第一個否定」再否定掉，取其精華，去其糟粕，達到一種否定的合題。這種解釋對於大二的學生來說，未免太難了。但，陳敬深還真的不知道如何能再簡單一點做出解答。對於這麼一個簡單的命題，陳敬深實在不能給出滿意的答案，此刻他才明白，隔行如隔山的道理。

　　相對這種思政課來說，陳敬深更喜歡上哲學專業課，特別是西方哲學史。隨便打開一本哲學史學，就夠你上一個學期。而且，在哲學課上，能給學生更多的思考，而這些思考對於一些想要學習的學生來說，是十分有趣的。除此之外，西方哲學裡的思想在授課時還可以加入自己的思想，可以對照不同的版本講解它們之間的區別。而不像思政課，全國統一教材，你不能發揮，不然學生期末一定掛科。

　　但是，他明白，這種專業課是不可能讓他這個新人來教的。系裡那麼多領導，還有一些是哲學的老教授，他們都在搶著那人數可憐的哲學班，他是不可能有機會教這種課的。

　　濱海大學是全國重點大學，主要以理工科學生為主，其中學校的海洋專業全國最強。而人文學院只是學校在擴招的浪潮中誕生的一個小學院，而哲學系由於就業的慘澹，更是學院裡人數最少的一個。人數就意味著它的創收更少，曾有一度學校要取消哲學系，將名額分配給土木工程和海洋資訊這類專業。但一些老教師靠自己的威望和學校談判，最終把哲學系給保留了下來。即使這樣，哲學系因人少，很少

受到學校領導重視，就那麼不死不活的存在著。學校裡流傳這樣一句話，正確的反映了哲學系的現在處境：大家都願意和哲學交朋友，沒人願意和它結婚。

學校領導的重視程度，將學校的老師也分了三六九等。雖然他們在外人眼中都是令人羨慕的大學老師，而學校內部，大家清楚的明白各自的地位。相對那些熱門專業的老師來講，他們的福利和津貼都要少得很多。比如說一年一度的教師考察，哲學系的老師是沒有機會參加的。每當陳敬深聽到藝術系的同事到哪裡出差去了，都讓他感覺自己就是三六九等中最後一等人。

就算在人文學院，老師的待遇也不太一樣。陳敬深有一個叫王蒙的好朋友，同為人文學院的老師，可是由於人家教的是英語系，待遇與福利相對比陳敬深要好很多。除了那些過節時系裡那讓人眼紅的福利，每年他都有一次出國的機會。最近他又兼了國際學院的課，聽說馬上就要派去上海培訓。

陳敬深常笑著對王蒙說：「我們兩個人，你是親娘養的，我是後娘帶的。」

說完，兩個人通常是一陣大笑。兩個人從面試到進入這所大學，雖然彼此性格迥異，但卻成了最好的朋友。他們並不會在意對方的言語。也許這就是朋友，什麼都可以說，顧忌相對少一些。

尤其兩個人都搬進學校宿舍，王蒙更成了陳敬深家的熟客，幾乎在他女朋友去找閨蜜或者去逛街的時候，他都會跑到陳敬深這邊來。他隨性灑脫的性格，讓陳敬深從來沒有把他當外人看，陳敬深家的冰

箱裡有什麼吃的，他拿起來就吃；冰箱裡有什麼喝的，拿起來就喝，從來也不用和陳敬深打什麼招呼。

當然，當冰箱裡空的時候，他下次來，一定是大包小包的買一大堆東西，然後往陳敬深的冰箱裡一塞，弄得陳敬深幾次買菜回來，都不知道該放在哪裡。兩個人的好交情有時都會讓蘭藍吃醋。她知道，只要她離開家後老公不在家，一定是在陳敬深家裡。

既然這麼熟絡，陳敬深也沒有太過在意什麼。面對著王蒙頻繁的光顧，陳敬深有時候開玩笑的對他說，「你經常往我這跑，不怕你『老婆』懷疑我們搞基啊。」

王蒙聽完後立即做出一種嘔吐狀，對陳敬深說：「你別說了，再說我真吐了，我可是剛吃完晚飯。我的性取向很明朗。再說，我那方面也很強的哦。誰給你搞基。」兩個人往往又是一陣爽朗大笑。

王蒙的女朋友，大家都叫她蘭藍，她就是那個面試時借電腦給陳敬深做 PPT 的女孩，現在已經和王蒙搬到了一起住。陳敬深很少叫她的名字，也很少過問她的事。他覺得，朋友之間，如問對方女朋友的事，感覺上總是那麼彆扭。性格上的原因，讓陳敬深在他們夫妻倆之間，都是能保持著分寸。

但對於這兩口子，他們卻從來沒有這麼想。蘭藍簡直把陳敬深當成第二個老公，無論是出門購物還是去旅遊，只要王蒙不跟著，她都是買雙份的。就好像王蒙和陳敬深是她的兩個孩子一樣。她一回到家中，只要王蒙沒在家，她一定打到陳敬深的電話上。弄得陳敬深好幾

次向王蒙抱怨：

「唉，我都成了你們家保姆了。你老婆找你就不能給你打個電話。下次你來的時候，我得關機。」陳敬深笑著說。

「你就受著吧。我老婆對你也挺好的。讓你幫點忙還那麼多話。」王蒙常常一邊玩著陳敬深的電腦，一邊說道。

「你們兩口子，下次來電話，我收通話費。」陳敬深開玩笑的說。這種玩笑，不但沒有削減兩家人的感情，反而兩家人越走越近。

也正是因為王蒙一家的陪伴，陳敬深在濱海大學才沒有那麼想周蘭欣。記得她剛的走那一年，痛苦的回憶每天都占滿了他的腦袋。蘭藍為了把他從痛苦中拉出來，幾乎把自己所有的閨蜜都給他當了預備役老婆，為此還得罪過一兩個人。不過，還是要感謝上天安排的緣分，讓兩家人都幸福的存在著。

對於陳敬深與周蘭欣的事，王蒙是知道的，陳敬深也沒有對他隱瞞這件事。王蒙是一個看似大喇喇，但心思很細的人。幾次和陳敬深的接觸中，他認定了陳敬深這個朋友。看著他一天到晚心事重重，他就經常往陳敬深這裡跑。在情場中混跡多年的他，知道失戀第一年是最可怕的，弄不好自殺都有可能。

陳敬深為周蘭欣付出那麼多，但這女孩子一出國就再也杳無音訊，確實讓人心寒。一年內，她一通電話也沒有打回來。後來，他和教務處的一個同事喝酒的時候才聽說，那個叫周蘭欣的女孩已經和另一個中國男孩在美國結婚，王蒙為此感到氣憤。但事情已經這樣子

了，他一個外人能說什麼呢。

這個時代，人都是現實的。每個人都在尋找著自己身邊的最優資源。那個叫周蘭欣的女孩在國外找到依靠，說明了人家是聰明的。你一個國內的小老師，人家憑什麼等你。再說，一旦回國，你一個普通老師能幫她解決工作問題嗎？種種現實問題擺在面前，陳敬深都必須堅強面對。但，他看得出來，陳敬深並不能完全忘記那個相處四年的女孩。

今年暑假，陳敬深悄無聲息的消失了將近一週，嚇得王蒙差點以為他為愛殉情了。幸好一週後他回來了。王蒙經常勸陳敬深說：

「這年頭，兩條腿的蛤蟆不好找，兩條腿的大活人還不多得是。你別急，有時間讓我們家蘭藍再給你找一個。男人嗎，這點破事別放在心上，要不你還算是個男人嗎？……」

可是每次聽王蒙這麼說，陳敬深卻沒有任何反應，最後弄得王蒙識趣的閉上了嘴巴。

蘭藍這學期還為陳敬深的事操過心，可是不知道為什麼，這半年給陳敬深介紹的對象，都讓陳敬深覺得對方好像來自於另一個星球。

有一次，他實在忍不下去了，開玩笑的對蘭藍說：

「你能不能不給我找動物園裡的？我還沒有那麼饑渴！等你發現了地球人，再告訴我吧。」

蘭藍莫名其妙的看著他，倒也沒說什麼，心裡想：「好你個陳敬深，我好心幫你還不領情。」從那次以後，對陳敬深的女朋友的事，

蘭藍再也沒有上過心，這事就這樣一直耽擱下來了。開學的時候，通常是老師一學期裡最忙碌的一段時間，陳敬深也就沒有心情再想愛情的事。新學期的開始，他不得不忙著備課、開會和一些雜七雜八的事情。

自從蘭清在濱海大學入學以後，陳敬深便沒有了她的消息。由於蘭清是個女孩子，他不方便經常去看她，也只能等蘭清打電話過來，再問她最近的情況，是不是缺錢了之類。但他的電話就那麼安安靜靜的躺在書桌上，始終沒有傳出蘭清的聲音。最近陳敬深的電話似乎顯得格外安靜。

五

蘭清在濱海大學安頓下來之後，正式開始了她的大學生活。這個學校，這個城市，都讓她感到新奇。乾淨的宿舍，漂亮的書桌，還有每個房間附設一個衛生間，裡面居然還有洗手台，這是她在老家從來沒有見到過的。

她記得，在老家洗澡，是一間多麼奢侈的事啊，每年也只有快過年了，母親才帶她到公共的浴室去洗一次。所謂的公共浴室，並不像學校裡是密封的一小間，而是只有一個大的女洗澡室。在那裡，所有的女人都爭相把身上的束縛卸除，光溜溜的一起洗澡，不管老的少的，一覽無餘。在那裡，根本談不上什麼隱私和羞澀的。每個人都這樣，大家都表現得毫不扭捏。

其中有年紀長的人還會開玩笑說：「都是女的嗎，身上的東西都一樣，怕個啥！。」

可是，現在這個宿舍裡不一樣。每個人洗澡的時候，都會從裡面把門鎖住，別人就是想看也看不到你。蘭清第一次在這種封閉的，只有她一個人的地方洗澡，有一種說不出來的感覺。但她知道，那種感覺，是幸福的。

她突然好想把母親接來，讓她也能在這個單獨的洗澡間內沐浴一番。她知道，她要是不在家，她母親可能一年也捨不得洗一次。要知道，在老家，洗一次澡，要六塊錢，如果想讓裡面的人搓一下，就要十六塊，拔罐兒，就要二十六塊。蘭清媽媽哪裡捨得啊。每次都是簡單的用香皂沖沖洗洗，這已經是很奢侈的事了。母女倆，十二塊錢，一年中一次或兩次。

不過，蘭清慢慢的發現，自己的穿搭似乎與這個宿舍其他人不太同調，顯得格格不入。但宿舍裡的人也沒有把她另眼相看。畢竟任何一個成熟的人是不會瞧不起窮人的。何況，她們都已經不是無知的小孩了。

蘭清來到大學後不久，就交了一個好朋友，叫林子豪。她有一個很男性化的名字，當她把這件事說給母親聽的時候，差點沒被母親認為是她新交的男朋友。

林子豪告訴蘭清說，她父親當初就想要一個男孩子，在她出生之前就取好了名字，沒想到她一出生，讓全家大失所望。林子豪的母親

從手術臺下來後，就建議說是不是要給孩子改個名字，結果子豪父親一拍大腿，說：「反正名兒都起了。不改，就叫她子豪吧。沒有兒子，她就是我兒子。」結果，林子豪從小就一直被當成男孩培養，無論是髮式，還是穿著，一身都是男孩子的打扮。只是成年後，那高高隆起的胸部與漂亮的臉龐，絲毫都掩飾不了她是一個美麗少女的形象。

林子豪的家庭條件很好，家裡的估計資產超過了八位數。只是美中不足的是，子豪母親在年輕創業的時候留了了病根，後來的幾個孩子都先後流產，也沒給林家留下一個男的繼承香火。子豪父親出於對妻子的虧欠，也未傳出不倫戀。而是從子豪叔叔那裡過繼一個男孩子給子豪當了哥哥，幫著子豪父親一起經營這龐大的家業。可以說，子豪從小到大，都是衣物食無憂的。正因為如此，她才對這個從北部來的蘭清有一種特別的感覺。

子豪對蘭清很有好感，不知道為什麼。當蘭清一進宿舍的時候，她就覺得面前這個女孩與自己有緣。她下意識的站起來為蘭清拿東西。而蘭清對面前這位「假小子」也不反感，反而覺得她挺特別的，在老家，沒一個女孩敢這麼打扮。兩個人一見如故，很快就成了好朋友。

跟林子豪的接觸，讓蘭清明白，自己與這座城市的差距有多大。子豪很大方，從來沒有看不起蘭清，沒事的時候，就帶她東逛西逛。她的愛好與她的打扮不太一致，好像她也蠻喜歡女孩的東西。

蘭清有一次不解的問她為什麼這麼穿，子豪說：「我父親天生就

想讓我給他做兒子。為了讓他高興，我平時就這麼穿，後來穿習慣了，覺得這麼穿也挺方便的，就一直這樣了。不過，現在我也會偶爾穿穿裙子。畢竟大了嗎，不能總當一輩子假小子，不然以後嫁不出去，我老爸說的。」聽子豪說完，蘭清會意的笑了笑。

有一天，子豪看完一部韓劇，突然轉身對蘭清說：「你做我老婆吧，人家都有老婆了，我還沒有呢。」

蘭清笑著說，「讓我做你老婆啊，好啊，那你準備多少錢娶我啊。」

「你和我還談什麼錢不錢啊，陛下我收了你就不錯了。」林子豪伸手挎著蘭清說。兩個女孩在宿舍裡有說有笑，似乎她們周周圍的人都不存在。

當然，她們兩個這種肆無忌憚的在校園裡走來走去，終會吸引他人眼光，畢竟年輕靚麗的兩個女孩子，讓一些男學生忍不住回頭張望。當她們發現有男孩看她們，往往一陣狂笑，完全不顧忌女孩的形象。用林子豪的話說，大學的女孩子，就是不應該有什麼女孩子樣。再說了，女孩樣是什麼東西呢？什麼是女孩子樣呢？恐怕誰很難給一個定義。

中文系女孩的古樸，外語系女孩的張狂；文科女孩的浪漫，理科女孩的理性；這似乎都是大學女孩應有的特徵，但是，在這些特徵中要找一個所謂的共性，應該不是那麼容易。只要快樂的生活著，什麼的性格，都不為過。

蘭清自從來到濱海後，幾乎每週週日都給母親打個電話。但是，

她的通話時間一般都控制在五分鐘之內。她明白，自己能來這裡上大學，家裡已經想盡了一切辦法，包括母親當初做的那件荒唐事。她的伙食已經降到了最低，每天只打一份青菜和五毛錢的飯。

剛開始的時候林子豪奇怪她為什麼不打肉，她搪塞著說自己要減肥。聰敏的林子豪慢慢的看明白了，所以每一次，她都打很多菜，不停的往她的餐盤裡放，弄得蘭清不知如何是好。不過，蘭清因為有了這樣一個知己，心裡暗自高興。

窮人家的孩子，一生中能遇到這樣一個好朋友，真的是上天給她的福分。蘭清在這種幸福中，慢慢適應了大學的生活。每天上課，下課，吃飯，睡覺。教室，食堂，寢室，三點一線，成了她生活的基本規律。

不知道為什麼，最近在她內心裡，總隱隱有一種感覺，一種說不出來的感覺。這不是想家，不是失落與彷徨，而是一種讓自己說不清，道不明，卻一直存在的感覺，這到底是什麼呢？

第三篇

一

　　一轉眼，一個學期過去了。城市的繁榮，在蘭清眼裡已經不太新鮮。校園的現代化，已經成為生活的一部分。在林子豪的幫助下，蘭清一改剛入學時的土樣子。子豪幾乎是把家裡所有的女裝都拿過來了，一件一件的讓蘭清試穿，稍有合身，這件衣服就記在蘭清名下了。剛開始的時候，蘭清不敢要。可是子豪的熱情，讓她不好拒絕。慢慢的，這種事已經成了自然。蘭清去過子豪家裡幾次，子豪父母對蘭清非常好，也很喜歡這個從農村來的，謹守本分的女孩子。

　　林子豪的父母年輕的時候當過一段很短時間的知青，可是就是那一小段，讓他們對農村有了不一樣的感覺。從蘭清身上，他們看到了自己當初在農村的影子。對於這個常被女兒帶回來的女孩，他們也有說不出來的喜歡。每一次蘭清的到來，他們都要準備好多菜飯，弄得子豪一直和父母撒嬌，說他們偏心，只對她「老婆」好，不對她好。蘭清每次聽到這種話，都笑笑不語。弄得子豪父母對自己的女兒說不得笑不得，一次子豪父親脫口而出，「偏心不也是偏心你老婆。」這句話大家都瞬間定格住了，然後就一場哄堂大笑。

　　蘭清在大學裡生活過得還算幸福。只是她時常忘不了家裡受苦的母親。每一次出來吃到哪些「山珍海味」，她腦子裡都會浮現出母親

一個人在家裡，用鹽巴泡水和著青菜吃。母親的節儉，連豆油都捨不得買。雖然蘭清回家時，母親做這做那，不停的多放油，可蘭清一走，又恢復到以前的樣子。作為母親的親生女兒，怎麼會不知道母親的做法。

記得放寒假，蘭清沒有告訴母親回家的具體日期，一個人偷偷的跑回了青松，眼前母親正在吃飯的樣子，讓她眼淚直流。她抱著母親哭了，說自己不想上大學了，回家幹什麼都能掙點錢，別讓母親那麼苦。

蘭清媽當然不會讓女兒那麼做。她苦苦支撐生活這麼多年，為的就是讓蘭清能出人頭地。女兒好不容易上了大學，她怎麼能讓她回來呢。打工的，哪有幾個是有出息的？還是上大學是正道兒。

蘭清暗自下決定，大二一開學，就出去找兼職。一定要用自己的努力，緩輕家裡的負擔。大一暑假的時候，蘭清母親收到陳敬深寄來的五千元錢。匯款單上只寫是給蘭清大二上學期的學費與生活費。這已經是陳敬深第三次向蘭清家寄錢了。

蘭清將每一筆錢都記在心裡，但卻一時不知道如何對待這個恩人。她知道這個叫陳敬深的好人就在她上學的這個城市，可是除了自己在大一開學的時候見過他一面，她再也沒有見過他，他就像在自己的世界裡人間蒸發了一樣。

雖然過去了將近一年，她仍不知道陳敬深是做什麼的，他家在哪裡。這個好心人也從未主動聯繫過她，只是在每個學期的開學，給自己的母親郵寄一些錢來，寫明是給自己的生活費。蘭清雖然有陳敬深

的電話，但羞澀和膽怯的她卻一直不敢去撥那幾個數字。

曾有一次她鼓足勇氣走到公共電話廳旁，可是只按了幾個數位，就一下子掛掉了電話。不知道為什麼，每次看到這個號碼，她心裡總有一種異樣的感覺。這個母親口中不斷提到的恩人，卻讓她有些感激不起來。她也不知道這是為什麼。

大二的生活是個什麼樣子呢？自己又該如何去過大二的生活呢？這是蘭清即將要面臨的問題。聽師兄師姐說，大學裡應該加入一些協會，那樣對自己以後的發展是很有鍛鍊的。但蘭清對林子豪提起這件事的時候，子豪卻不太同意。她說：

「學校裡那些所謂的破協會都是騙人的。只是學校讓學生做免費的勞動力，傻子才會幹那種事呢。還有，那些被評為學生會主席或什麼協會會長的人，一個個牛得不得了，就好像自己真的成了什麼國家大幹部，說話走路都高人一等。可是在老師和校領導面前，又裝得和孫子一樣。」子豪特別反感加入什麼學生會或社團，這也讓蘭清是否加入社團這件事上，搖擺不定。

蘭清對學生會和社團沒有什麼特別的反感或喜歡，不過她覺得自己應該加入一個，這樣，也算是一種鍛鍊吧。如果真的像子豪說的那樣，就早一些退出來，自己也沒有什麼損失。可是，加入什麼協會呢？這件事一直圍繞著蘭清。

濱海大學作為全國重點大學，學生的日常活動也搞得有聲有色。每年的九月份或十月份，總有那麼一兩週，全校的所有社團都出來招新。面對大一進來的新鮮血液，各社團忙得不亦樂乎。那個場景不亞

於農村的集市，只是人家不賣商品，只招人而矣。

蘭清剛來的時候，覺得這些挺好玩的，索性報了一個吉他協會。後來被林子豪知道後，好說歹說終於讓蘭清放棄了那個社團。

蘭清沒有手機，她在社團裡留的手機號是林子豪的，只是林子豪的反對，讓她與那個協會的淵源也就維持了那麼一天。可是，後來她看到同班同學報了各種社團，大家都忙得不亦樂乎，她又後悔當初聽子豪的話了。可是子豪對她那麼好，自己實在不好說什麼。只是希望到大二的時候，能有一次自己的選擇。

大二快開學的時候，蘭清踏上了回校的 K521 次列車。林子豪早已經等在火車站的出站口，兩個女孩子一見面，就又摟又抱。如果其中有一個是男孩子，火車站一定會引出一些異樣的眼神。

「親愛的，想死我了。」林子豪挽著蘭清的胳膊說。

「我也想你啊，老公。」蘭清笑笑說。

「我父母都一直問我呢，問你什麼時候到。他們啊，喜歡你都超過了喜歡我。老公我都吃醋了。」林子豪邊走邊說。

「老婆也是你老婆，你老爸說的。」蘭清笑笑說。火車站廣場上傳出來個年輕女孩快樂的笑聲。

二

蘭清向子豪說出了自己想參加一個社團的想法。這次林子豪並沒有明確的表示反對。她知道，蘭清今天和她說這個，一定是她心裡想

了很久的。林子豪看起來大大咧咧的事，但內心有時候也很細膩。她就是一般人形容的瘦富美的典型。當然，像她這樣的女孩子，學校裡是不缺男孩子追的。但是她一副假小子打扮，說話似乎又口無遮攔，確實嚇跑了一些只是為找女朋友而找女朋友的男孩子。

她沒有找男朋友，不是她不想找，而是一直沒有找到她想要的那種類型。她對學校裡的小男生沒有什麼興趣，覺得他們都和小孩子似的，沒法給人安全感。她要找的是那種成熟、穩重，就像她父親那樣的男人。因為這樣的男人才會真心的對她好。從她父母的幸福婚姻中，她過早的明白了男人成熟感的重要性。所以，她可能是城市中，唯一一個還沒有談過男朋友的女孩，而且是漂亮，聰敏和能幹的女孩。

她曾經對蘭清說過，「我啊，要不就不找，要找就找一個大我六歲以上的。那些小男生一個個都那麼幼稚，我才不要呢。老婆，你可要陪我啊。」

蘭清笑笑說，「好好好，老公沒有找到男朋友的時候，老婆就一直陪著你，好吧。」

「老婆真好。來讓我親一個。」林子豪說著，做出一副要親蘭清的樣子。

「別別別，讓別人看到說我們是同性戀，那我以後可怎麼嫁人啊。」蘭清笑著躲閃著。

「別人不要你我要你。來嘛，讓老公親親嗎！」林子豪不依不饒。

「去你的。」蘭清說道。兩個女孩又打鬧在一起。

說到找男朋友，蘭清有自己的心事。高中的時候，她暗戀班裡一個外號叫小石頭的學習委員。這可能是她的初戀吧，只要那個男孩離她不足一米，她就心跳得很厲害。每個不眠的夜晚，那個男孩的影子就出現在她的眼前。可是她知道，自己沒有談戀愛的資本，理性一直在告訴她，要把這份情感深埋心底。可是那種相思卻又不能在一起的感覺，讓蘭清一度不知所措。

後來，那個小石頭似乎看出了她的心思，主動湊到她面前來，她卻嚇得四處躲閃，最後在那個男孩子大膽表白和蘭清痛苦的拒絕中，蘭清的初戀就這樣結束。在以後的無數個日夜裡，蘭清多想衝動的對小石頭說，「等我幾年，等我考上大學，等我有工作了，我要一生一世和你在一起。」可是，她不能。家裡的落破讓她必須放棄一切，努力讀書。她明白自己讀書是多麼的不容易，她也明白，為了讓她讀書，母親每天吃的是什麼，而她又吃的是什麼。為了她口中那點吃的，母親又要每天辛苦的在街上賣紅薯，不管天有多麼炎熱與嚴寒，從未歇過一天。愛情，在生活面前，是那麼的微不足道。最後，小石頭不知道什麼原因，輟學不讀，和他爸去外地打工，就一直沒有了消息。

中國的父母都有一種奇怪的想法，就是高中一定不能談戀愛，大學卻可以放開談。這估計是怕女孩過早戀愛會耽誤一生吧。蘭清母親也是這種想法。不過，對於上大一的蘭清，沒有華麗的衣服做裝飾，也沒有化妝品做點綴，她在班級裡就像一隻默默無聞的醜小鴨，從來未遇過什麼男孩子的表白。而到了大一下學期，由於得到了林子豪大量的「捐助」，她的美就慢慢展現了出來。她在林子豪的慈惠下做了頭髮，換了風格，一下子成了班裡的白天鵝。她自己也能明顯感覺到，男孩子們看她的眼神都有點不一樣了。

　　不知道從什麼時候開始，追求的書信一封一封的向她飄來。然則書信裡那些蹩腳的文采，讓她確實對這些男孩沒有什麼好感。於是她對於這些追求往往視而不見。蘭清沒有手機，也沒有電腦，這無疑斷了許多男孩追求她的通道。這個時代，戀愛如果沒有電腦和手機做媒介，很多人是無計可施的。慢慢的，追求她的男孩在久未得青睞的情況下，成了另一個女孩的男朋友。班級裡，慢慢的出現了一對又一對的情侶，而蘭清的世界，也逐漸的平靜下來。

　　雖然追求者的減少讓她的生活少了些許煩惱，但看著別人成雙成對，這不免讓蘭清感到一絲失落。她沒有將自己的這個想法告訴林子豪，因為在她的心裡，她真的很羨慕這個什麼都有的女孩。蘭清有時候真想買一部手機，她覺得手機在生活裡越來越重要了。至少，不用再跑到電話亭給家人電話；至少，晚上在睡不著的時候，可以給朋友發兩條短訊。但，她不能用手機。

　　蘭清並不是不想用手機，而是她實在用不起。林子豪曾經拿一部

舊手機給蘭清，讓她買一張卡用著，說這樣聯繫也方便些。可是蘭清思前想後，還是沒有去辦卡號。在她心裡，省錢永遠是第一位的。如果有了手機，就會不自主的打電話，那每個月就得持續繳電話費。她認為自己平時的聯繫對象就只有母親了，手機用處並沒那麼大。再說，就是有事，也會通過林子豪找到她。她就用這個想法來欺騙自己。

那部手機，最後還是退給了林子豪。聰敏的林子豪明白這其中的緣由，也就沒有說什麼。雖然她拿回了手機，但是她的手機，卻經常放在蘭清的身上。姐妹兩人就一直共用一部手機。大學裡能遇到林子豪這樣的朋友，讓蘭清十分感激上天對她的關愛。林子豪口無遮攔的天天老婆長老婆短的叫著，讓蘭清也沒有感到太多孤單。兩個人就像活寶一樣，活在同學們的周圍。

蘭清的漂亮，林子豪的聰敏，使她們在班裡的人緣很好。蘭清的吃苦耐勞，林子豪的細緻入微，讓人認為，如果她們其中有一個是男的，一定會結成一對很好的夫妻。這對青春靚麗的女孩，時常會挑動其他院系的男孩強烈的荷爾蒙，有幾個人不想讓她們其中的一位做自己的女朋友。可是無論是大膽表白，還是死纏爛打，還是溫情脈脈，還是出眾表現，好像都打動不了這一對天上神仙。

在這個學校裡，很少有人知道蘭清的家庭狀況，也很少有人瞭解子豪對愛情的想法。他們的追求，只是那種小男生式的浪漫愛情，都不是這兩個女孩子想要的。她們想找的伴侶，是能給他們一個堅實臂膀的男人，而非只知道吃飯、上課、壓馬路的小男孩。

愛情何時來，也許在不久的將來，也許還要很久很久。愛情是需要緣分的，而緣分這東西，誰也說不清。也許它就在下一分鐘，也許它一輩子都不會出現。不過，不管它是否會出現，男人、女人總要結婚的。於是很多人把能結婚的就看成是一種緣分。如果這樣說的話，那也許還真的是這樣。但，這並不是人們想要的那種緣分。

三

　　蘭清母親給陳敬深打了一個電話，主要是感謝陳敬深這兩年對蘭清上學的資助。其中，蘭清母親談到蘭清沒有手機，每次打電話，都打給一個叫林子豪的女孩。蘭清母親說蘭清在學校裡挺好的，這多虧了恩人的幫忙。陳敬深對於這種客套的言辭很不習慣，但是他也知道這是老人家出自內心的表達，他也就一直聽著。其實，陳敬深幫助蘭清，並不是為了圖什麼，他只覺得，自己上高中、大學的時候，家裡很窮，自己有多麼苦，現在遇到了一個和自己遭遇相似的孩子，他應該伸出援手。他沒有覺得自己在幫蘭清，而是在幫那個逝去的記憶。

　　聽說蘭清沒有手機，他打電話給王蒙的女朋友蘭藍。

　　「我說王蒙媳婦，請你幫個忙唄？」陳敬深調侃著說道。

　　「去你的，有什麼事，直說。」蘭藍說道。

　　「明天下午有沒有空，你們倆陪我去一下電子城，幫我選一部手機。」陳敬深說道。

　　「明天啊，行啊。怎麼，想換手機了。我記得你那部沒換多久啊。」蘭藍回應著。

「那你就別管了。明天就麻煩你們了。對了，你要不要先給你家濛濛彙報一下。」陳敬深笑著說道。

「去你的，他一天到晚都窩在你那，還用彙報？得了，不和你瞎扯了，明天下午一點，麥當勞門口見吧。」蘭藍說道。

「好吧，明天見。」電話那邊傳來了盲音。

自從陳敬深失戀後，王蒙與蘭藍幾乎就成了他生活中最好的朋友。不過，最近蘭藍的表現有時候會讓陳敬深感到一絲不安，但究竟是什麼呢，陳敬深卻無法說清楚。記得有一次，他們三個人在陳敬深家大醉，王蒙抱著一個枕頭，躺在陳敬深的床上很快就入睡了。而陳敬深也與蘭藍在客廳的沙發上不知不覺睡著了。第二天陳敬深一覺醒來，卻發現蘭藍抱著他的脖子睡得正香，嚇得他驚出一身冷汗，酒意瞬間醒了。他慢慢的搖醒蘭藍，卻發現蘭藍好像極不情願的放開自己的手。而她被搖醒的那一刻，她的行為又是那麼自然。彷彿她抱著的是王蒙一樣。不過幸好當時王蒙還在熟睡中，不知道這一切。

還有一次，讓陳敬深心裡更加不安。一次王蒙出差，而蘭藍剛好來了「大姨媽」，他吩咐陳敬深送一件他在外地郵回來的禮物給蘭藍。而蘭藍看到禮物後，竟自然的親了陳敬深一口，雖然是臉頰，卻讓陳敬深感到了異樣的感覺。他希望是自己想多了，可是，他真的想多了嗎？

王蒙是個心直口快的人，他並未覺察這一切。同樣，他幾乎每天出入陳敬深的住處，仍然像自己家一樣。他也同樣催著蘭藍給陳敬深找個女朋友。所有的一切，似乎都像沒有發生一樣。

陳敬深不想讓自己失去這段友誼，所以當他發覺異樣後，平時他一直盡量避開蘭藍。但是今天不一樣，他準備給蘭清買一部手機，卻不知道該怎麼挑選。他一個男人，萬一買了一款人家不喜歡的，就不好了。所以他想到了蘭藍。

第二天下午一點，陳敬深來到了麥當勞門口，蘭藍早已經等在了那裡。

「你怎麼才來啊？泡美女去了？」蘭藍說道。

「不是說好一點的嗎，這不是剛一點嗎。王蒙呢，他沒有和你一起來。」陳敬深說道。

「不帶他。」蘭蘭笑著說。「他出差了，去開了一個學術報告會。說是什麼系領導沒時間，就抓他去了。」

「噢。」陳敬深知道，這種沒有什麼意思的會，領導一般都會讓一個屬下人去參加。屬下的人也很開心，可以公費旅遊一次，還可以得到領導的重視。王蒙當然明白這其中的道理。雖然他看上去不那麼精明。

「走吧，我在電子城三樓有一個好姐妹。我帶你過去選吧。」蘭蘭說完轉過身，向電子城方向走去。

四

電子城一樓一般賣的是一些電腦配件，像 U 盤，數據線等等。二樓主要經營電腦，三樓是手機專櫃。在陳敬深見過的所有電子城中，似乎都是這個樣子。蘭藍帶陳敬深到了一個櫃檯前。

「嗨，老闆，你這手機怎麼賣啊。」蘭藍裝著很豪邁的口氣說道。

櫃檯裡的女孩一回頭，「怎麼是你啊。什麼風把你老人家給吹來了。……」女孩很明顯認識蘭藍，趕緊從櫃檯後面出來，來到了蘭藍身邊。

「這是？莫非是你家那位？」櫃檯裡的女孩看了陳敬深一眼，問道。

「別瞎說，這是我朋友，陳敬深，和我家那位是一個學院的。我家那位今天出差，沒來，下次讓你見見。」蘭藍回應道。

陳敬深在一旁默默的笑笑，也使自己不顯得那麼尷尬。

「那你們今天來這是？」女孩子不解的看看蘭藍與陳敬深。

「噢，是這樣，我是想買一部手機。」陳敬深答道。

「對啊，你不是賣手機的嗎，你給他選選。」蘭藍說道。

「手機，男孩用的，還是女孩用的？」

「女式的。」

「直板兒的，翻蓋的，還是觸屏的。現在都流行這種觸屏手機，特好賣。對了，你有沒有什麼想要的牌子，比如說諾基亞、摩托羅拉、三星，還有蘋果。……」櫃檯女孩一見生意來了，開始不斷的介紹。

「女式用的，你交女朋友了？」蘭藍插了一句嘴。

「沒有，沒有，給我妹買的。蘭藍，你幫我看看，哪一款女孩子用著比較好。我一個大男人，不懂這個。」陳敬深臉紅著說道。

「好吧。那我看看。」蘭藍和女孩一款又一款的給陳敬深介紹著，經過了半個小時的挑選，最終幫著陳敬深選了一款紅色的 oppo 手機，陳敬深看著也挺喜歡的。就付了錢，準備離開。蘭藍寒暄了幾句，就隨著陳敬深走出電子城。

從電子城出來後，蘭藍問道：「買完了，要去哪？」

「也沒有什麼要去的地方，回家唄。」陳敬深回應說。

「唔，人家陪了你逛了一下午，你都不說請人家喝杯咖啡？」蘭藍的語言有點撒嬌的味道，讓陳敬深有點不太舒服。

「好吧好吧，你說地方吧。」其實陳敬深很想早點送走蘭藍，單獨和蘭藍在一起，他總是覺得有點彆扭。不過蘭藍今天幫了他一個忙，請個客，也是應該的。他們一直在咖啡店坐到晚上六點多，陳敬深藉故說自己家裡有事。站起身來：「我叫個車送你回去吧。」陳敬深說道。

「好吧，謝謝你的咖啡啊。」蘭藍笑道，不情願的站起身來。不久一輛出租車開來，陳敬深把蘭藍送上了車。隨即，他拿起了手機，撥通了王蒙的電話。

「喂，在哪瀟灑呢？」

……

「我今天借了你老婆一天，讓她陪我買了一部手機，不吃醋吧。」

……

「哈哈哈，你哪到那裡瀟灑。唉，人和人真的不一樣啊，我這一

年到頭來也沒有一次出差機會，你小子一年說不定有幾次。什麼時候回來？」

……

「你小子悠著點。別累壞了身子。你把下面那東西弄壞了，回來人家蘭藍不要你了。哈哈。」

……

「我啊，沒你那麼幸運了。好了好了，不和你扯了。我也得回宿舍了。」陳敬深走到公交網站，上了一輛開往濱海大學的公車。

一週後，王蒙回來了。同樣，他不但給蘭藍買了一些東西，同樣也給陳敬深帶回一些土特產。

「這些，給你嘗嘗。蘭藍這些天不舒服，多虧了你幫忙。都是兄弟，就不和你客氣了。」王蒙說道。

「那你還和我客氣什麼？兄弟嗎！」陳敬深說。

緊接著，兩個男人又天南海北的談起來。

在王蒙的話題中，主題永遠是女人。女人的話題總能激起他強烈的成就感。他講了他這次出差，在出差的地方，不到兩個小時，又上了一個女孩。這個女孩的皮膚啊，胸圍啊，臀部啊，凹凸有致啊，相比蘭藍來講，不知道好了多少。整整三天，他都和這個女孩混在一起。

對於王蒙，陳敬深是知道的，他上過的女孩，加起來絕對不是個位數。幾乎每次出差，他都有風流韻事。當然，他一個必要程式，就是每次回來，都會向陳敬深炫耀一番。

對於王蒙的這些「性事」，陳敬深往往只是笑著聽聽，偶爾插一兩句話，讓王蒙把他的成就感秀完。王蒙喜歡來他這，可能也是喜歡陳敬深這一點，他可以想說什麼就說什麼，不擔心陳敬深會把這些事說出去。當然，蘭藍是他固定的性伴侶，他對蘭藍，也是有一定感情的。所以，最重要的，就是不能讓蘭藍知道他是個花心大蘿蔔。而陳敬深，保密工作一直做得不錯。而且在一些關鍵時刻，陳敬深是他最好的掩護，特別是他夜不歸寢的時候。

王蒙這次回來，沒有直接回家。王蒙提出要在陳敬深這裡住幾天。原因是和他雲雨的女孩在他的脖子上留下了一個很重的吻痕。雖然已經過幾天了，可是印記還是那麼明顯。他怕回家後一脫衣服，被蘭藍看到了，就不好解釋。他還是挺在乎與蘭藍的這段感情的。

當然，在陳敬深這裡「避難」，王蒙已經不是第一次。甚至陳敬深的宿舍裡有一張幾乎是專屬於王蒙的床，而王蒙從來沒有把陳敬深當作外人。也許，正是因為如此，他們的友誼才一直保持下來。

五

正式開學了。蘭清發現今天的課表比去年多了一倍，看到課表那一刻，林子豪幾乎跳起來。

「這麼多課啊，我的天啊。」子豪大叫。

「有課你就上唄，叫什麼啊？」蘭清說道。

「親愛的，我給你數數。週一上午兩節，下午兩節；週二上午兩

節，晚上兩節；週三上午兩節；週四還好沒有課，週五下午兩節，週六晚上還有課。我暈了。一、二、四……一共是十四節課，都成高中了。我們又回到了高中時代，親愛的。」林子豪上竄下跳的說道。

「你又不是沒上過高中，怕什麼。」蘭清笑著說。

「我不要啊。」子豪無奈的說道。「還有你看看，週二上午還有什麼《馬克思主義基本原理》，又是馬克思，都煩死這個傢伙了。我高中時就最怕政治了，那個政治老師講的必修四《生活與哲學》，我到現在還是似懂非懂啊。什麼物質決定意識，什麼否定之否定，關我屁事啊。現在又學什麼馬克思什麼原理。我不要上啊。」子豪又在嚎叫著。

蘭清笑看著子豪發瘋。她知道，林子豪雖是這樣說，但一上課，她比誰都認真。無論上什麼課，她幾乎都是搶第一排的。而大多數人，都是搶最後一排的。而且每年的獎學金，幾乎一等都落到了她的名下。而蘭清，只拿過一次三等的獎學金。對於這個品學兼優，又漂亮又聰敏的女孩子，蘭清感到了自己在她面前的不足。但是，苦難的生活造就出她包容的性格，並沒有使她產生太大的妒忌心。而林子豪喜歡和她一起，也多半是出於這個原因。

說實話，蘭清也不喜歡和馬克思有關的東西。高中時，她雖然很努力學習政治，但哲學成績還是提不上去。她曾不只一次問如何區分唯物與唯心。但是每次遇到這些題目，總是是半矇半猜。像什麼存在與思維、主觀能動性、社會存在與社會意識，每次都讓她一頭霧水。

不過，她的高中老師還算好。乾脆就不讓她們理解，發了幾份資

料，讓她們把它們全都背下來。這一招果然管用，蘭清在高考中，政治、歷史與地理幾乎沒丟什麼分。除了數學稍微有一點不理想外，其它的科目都遠超過自己的期望值，成了本校甚至本地的高考狀元。

「唉，既然學校安排了，咱們就好好讀唄。自己與別人不一樣，讀書不容易。」正在蘭清發愣的時候，門外有一個女孩伸出頭來向屋裡喊了一嗓子，「蘭清，樓下保安室有你一個包裹。」

「包裹？誰會給我寄包裹呢？母親沒有說給我寄東西啊。」蘭清狐疑的想著，然後答道：「知道了。謝謝啊。」

她起身向一樓保安室走去。在拿到包裹後，他發現郵單上只寫了「郵：福建省濱海市濱海大學外語學院英語系二班，蘭清（收）。郵編是本地的郵編。」但奇怪的是，並沒有寫寄包裹人的地址，只是在寄件人欄中，寫著陳敬深兩個字。其餘的，就沒有了。蘭清看了看郵章，郵寄地址也是本市的。她突然知道是誰了。

拿著包裹的蘭清一回到宿舍，就被眼尖的林子豪一把搶過來。「我看看，誰給你郵什麼好東西了。」

蘭清也沒有和她搶。「你打開看看不就知道了。」

「那我開了。」林子豪邊說著邊找刀子去劃開那些包裹上的膠帶。似乎這包裹是寄給她的。蘭清看著她把膠帶一層一層的打開。最後，一個手機盒出現在她們面前。林子豪再一次跳了起來。

「好漂亮的手機啊。正是我要買的那一款。我這個三星，實在不

想用了。人家都說這款手機像素高，性價比高。……」林子豪一直在說個不停。蘭清沒有在意她說的話，看到手機盒子上有一封沒有上封的信。她拿過來，打開看了看。信裡寫的是：蘭清，給你買了一部手機，也不知道你喜歡不喜歡。上次打電話給你母親時，她說你沒有電話不方便，這部你先用吧。卡我已經給你買好了，已經開通了，可以直接用。你不要擔心電話費，我每個月給你存一百進去，我想應該夠用了。你好好學習，有什麼需要幫助的，給我電話。我電話你是知道的。陳。

林子豪也湊過來看了看信，「這個叫「陳」的人是誰啊？」

「我們家一個恩人。我能來這裡讀書，多虧了這個人。要不？……」蘭清沒有說下去。母親辦的那件荒唐事，再一次浮現在她的眼前。

子豪也沒有再問什麼。熟練的把 SIM 卡從大卡上掰下來，裝到手機裡去了。「這手機雖然沒有三星貴，但是挺好用的。我一個朋友就用這款，聽說是今年新出的。好像 2800 多，是國產機中比較貴的一款了。」蘭清對她前面所說的東西沒有感覺，但對後面的數字，她心裡跳了一下。「2800 多，2800。」蘭清小聲的說道。她知道 2800 元對她來說是一個什麼樣的概念。

六

開學第一週是所有學生的痛苦週。上完週一一天課的蘭清與林子豪，拖著疲憊的身子衝進食堂，然而又有氣無力的拖回宿舍。林子豪

永遠是那麼精力無限。在床上躺不到半個小時,她馬上又生龍活虎似的。

「蘭清,我要去師姐那走走,你去不去?」

「我就不去了。我有點累了。」蘭清躺在床上,撥弄著那個新手機說。

「好吧。」子豪跑出去,隨手關上了門。

手機,確實是個好東西。蘭清把陳敬深給她買手機的事和母親說了。母親又非常感激的給陳敬深打了電話,內容與前面的差不多,又是感激,又是恩人的。讓陳敬深覺得,下次蘭清母親來電話的時候,是否考慮不要接。但之後,他還是每一次都接了起來。蘭清母親一直想給陳敬深帶一些家裡的土特產,可是陳敬深一直沒告訴她們他的具體住址。問過幾次後,老道的蘭清母親也就沒有多問。可能,她覺得陳敬深有不方便的地方吧,所以,她除了在電話裡不停的感恩戴德,也不知道該如何表達自己的謝意。

這兩年,國家的政策好了起來。政府對於貧苦戶有了補貼。蘭清一家,一個月能拿到三百多塊。加上蘭清母親的努力、陳敬深的幫忙,日子漸漸好過起來。最近一年來,舊房改造和西部大開發的餘波也傳到了青松縣。聽說政府要大改市容市貌,準備拆遷一些舊房危房。相比之下,政府出資以新換舊。而蘭清家正好在舊房改建的範圍之內,聽說能分到一套三室一廳。整個社區的人都開心的天天談論著。

家境的好轉,讓蘭清的心裡好受一點。但她心中永遠忘不了母親

用鹽水和起青菜吃的情景。雖說舊房換新房還沒有正式公布，可是這已經是板上定釘的事了。而蘭清也準備大二的時候做一些兼職，日子越來越好過了。

雖然手機在大學宿舍裡不算是一個稀罕的物件，但是，對於蘭清來說，這是她擁有的第一部手機。裡面的功能讓她每天玩一遍都不覺得煩。以前玩起子豪的三星時，她並不覺得有什麼樂趣可言。可是真的是自己手機，感覺就是不言而喻了。就在蘭清玩得正入神的時候，林子豪從外面回來了。

「你們知道嗎？教我們馬克思的老師，傳說長得好帥的。」林子豪一聲打響宿舍的寧靜。宿舍中的女孩的目光一下子圍了過來，女孩對帥哥還是很少有免疫力。蘭清在床上看著她們你一言我一語的，也不知道說什麼，就趴在床頭聽著。當然，大學裡帥氣的老師一定是有的，這又不是什麼新聞。不過，女孩子嗎，帥氣的男老師總是一個不錯的話題。就如同美女是男人的話題，帥哥也同樣是女孩子不見少的談論對象。

太陽又在極不情願的從地平線爬了了來，將光線照起了這個平常的女生宿舍。女孩們一個個掀開被子，開始了新一天的生活。

開學第一週，為了給老師留下一個好印象，也為了確定以後能否順利蹺課，這些女孩們這一週都起得特別早。刷牙洗臉吃早餐，好像都比以後的幾週，簡直快了一個節奏。本來八點的課，七點半教室裡

已經有一些人了，不過，對於英語系的人來說，永遠是女同學多，男的少。這同大學的規律相符合。

對於外語學院來說，幾乎每間教室，聽課的，多是女孩。而男同學，一部分是陪女朋友的，一部分是打算找女朋友的，聽課的，實在是鳳毛麟角。

上課鈴聲響起來了。教室和市場一樣熱鬧。突然，教室的前門出現了一個身影，慢慢的向講臺走去。下面有的學生在說：「老師來了，老師來了。」匆匆都開始坐好，教室逐漸的靜了下來。

林子豪如花癡般的盯著講臺上的人。他身高一米七五左右，不胖不瘦。上身穿一個短袖襯衫，下面穿著西褲。看上去長得很乾淨，不過好像沒有師姐說的那麼帥氣。但是，卻有幾分男人味兒。這就是她昨天聽到的那個所謂帥氣的男老師。

蘭清向講臺上望去，一下子驚住了。好熟悉的身形，感覺似曾相識。難道他是？蘭清一時愣在那裡。

陳敬深走上講臺，這已經不是他第一次上這種公共課了。所以，談不上什麼緊張。他知道，這種課非專業的學生都是不怎麼愛讀的。可是學校既然開了這門課，他又不得不上。這種課就是老師不愛教，學生不愛學。所以他做的就是盡量把這門枯燥的課，上得有趣些。

可是，這談何容易啊。教材的限制、教務處的要求，自己老師的「指導」（每一個新來的老師，都必須由一個老教師帶著。這是濱海大學的規矩），都讓自己上課少了很多自由。不過，作為一名新人，

這也是應該的。年輕人就是需要鍛鍊嗎。

陳敬深一進門的時候，已經看到坐在第一排的蘭清，這不奇怪。當初蘭清來這所大學的時候，他就料到有一天可能與她在課堂上相見。只是希望自己的出現，不要讓這個孩子太尷尬就好。進門的時候，他看到蘭清一直傻傻的盯著他，他明白了蘭清一定是吃驚不小。但久在講臺上的他故作鎮定，裝作什麼也沒有看到。其實在他的餘光裡，蘭清一直都在恍神中。

「大家好，這學期由我給大家上《馬克思主義基本原理》這門課。這門課大家並不陌生。我們是英語系，大家多數是文科出身，我們在高中學政治必修四的時候，就學過哲學知識。而我們這學期要講的，與我們以前學過的必修四有一定的關係，但是，又有區別。我希望大家在聽這門課的時候，重點去理解其中的區別。大學嗎，不同高中，所以我講的要深一些。在上課期間，有什麼不懂的，大家可以在課後問我。……」陳敬深開始了他的授課過程。

一個熟悉的聲音在一個意外的場合出現，蘭清的心思七上八下，根本就沒有心思聽他講什麼。書本在她手中翻來翻去。

她一直認為這個恩人陳敬深，應該是一個大老闆，或者是一個無所事事的富二代。可是今天，他卻以老師的身分出現在自己面前。這是多麼的不可思議啊。老師，對啊，老師。蘭清再一次陷入沉思之中。看到蘭清的走神，陳敬深沒有走下去糾正她。他發現自己的出現，確實讓這個孩子有點不知所措。這個時候，最好的辦法就是不去

直接理會她。

陳敬深突然想起了周蘭欣。如果當初她大四的時候不離開，也許他會教到她。可是上天跟他開了一個很大的玩笑，並沒有給他這次機會。不知道為什麼，陳敬深總是能在蘭清身上找到周蘭欣的影子。這也是他為什麼對蘭清的資助是那麼的心甘情願。

看到下面坐著的蘭清，就像當年的周蘭欣一樣。陳敬深的大腦一下子亂了起來。不過，教學的習慣還是讓他完成了正常的教學，沒有使下面的學生發現什麼異樣。

下課後，蘭清一直坐在座位上沒有動彈，而陳敬深也只在講臺上慢慢的喝著他的水。蘭清不經意的看了陳敬深一眼，發現陳敬深也正在看她，就迅速的把眼光移開。她不知道如何來面對這個老師，這個知道她一切秘密的男人。

林子豪從教室外面起來，拍了一下蘭清的背：「哎，想什麼呢？」

「沒想什麼。」蘭清不敢再抬頭。

陳敬深看了看手錶，敲了敲桌子。「安靜下來，我們接著上課。剛才我們講到馬克思理論的由來。下面，我們講一下馬克思主義和馬克思理論之間的關係。大家還是把書翻到第五頁。……」

陳敬深繼續在講臺上講著，蘭清卻一個字也沒有聽進去。不知道為什麼，她的心跳得很快，她自己都能聽到這個聲音。她的思緒早就飛出了窗外。

和陳敬深的這次偶遇，是她怎麼也沒有想到的。曾經，在她懵懂

的心裡，陳敬深只是一個和她年紀相仿的有錢男生。而現在，卻是她的老師，一個決定她期末成績的老師。她不知道要如何處理接著來臨的事。她真的害怕陳敬深突然在課堂上把她叫起來。這是她現在最害怕的事了。

第四篇
▀▀▀▀▀▀▀▀▀▀▀▀

一

　　王蒙與蘭藍分手了。因為一次洗澡的時候，她看到了王蒙身上未全消去的吻痕。結果，那次爭吵也成了他們的最後一次。雖然王蒙有很多的風流韻事，可是他從來沒有想過與蘭藍分手，但看到蘭藍那堅決的心，他已經知道事情已經無法挽回。散夥飯吃得很壓抑，準確來說兩個人什麼也沒有吃。但是，他們都做了同一件事，就是第一時間把這個消息告訴了陳敬深，當然，表情和心情都是一樣的。

　　陳敬深也不知道如何規勸這兩口子。從王蒙的歎息聲和蘭藍的哭聲中，他明白了事情已經成定局。晚上，王蒙來到陳敬深的宿舍，他抱了一箱啤酒上來。兩個男人在屋裡對瓶催酒，各自抒發自己心中的不快。王蒙還是和以前一樣，喝醉了，就丟下一地的狼藉，找自己的床，睡去了。陳敬深只得起來收拾這一地的啤酒瓶，又給王蒙蓋了一個薄薄的空調被，便拿起了電話。

　　「蘭藍吧，你現在在哪呢？」陳敬深問道。

　　電話那邊傳來陣陣哭聲，「我在中山公園呢，嗚嗚。」是蘭藍的聲音。

　　「好吧，你在那別走，我現在過去。」陳敬深在洗手枱洗了一把臉，拿著鑰匙就出去了。對於王蒙與蘭藍的分手，陳敬深並不奇怪。

王蒙的所有風流事，幾乎都沒有瞞過他。他也勸過王蒙，既然喜歡蘭藍，就收斂一點，可是，他沒有想到的事，他們分手分得這麼快。

到了中山公園，只見蘭藍坐在一個大樹下的長椅上，正流著眼淚。陳敬深走過去，靜靜的坐在蘭藍的身邊，什麼話也沒有說。他知道，現在他說什麼，都沒有用。時間一分一秒的過去。公園裡的人越來越少，午夜的鐘聲也即將敲響。

「我送你回去吧。明天不是還要上班嗎？」陳敬深說著。

「再陪我坐一會兒吧，就一會兒。」滿臉淚痕的蘭藍說道。就這樣，他們一直坐到太陽出來。

陳敬深看了一下錶，已經是拂曉時分。「都四點多了，回去吧。回頭給院裡打個電話，請個假吧。你這個狀態，也沒法上班。你們的事，冷靜冷靜再說吧。別衝動就好。」陳敬深說著，站了起來。

蘭藍也隨著他站了起來，一起走出了公園。把蘭藍送回家後，陳敬深在早市買了一些早餐，就直接回到了家裡。熟睡的王蒙還在床上躺著。陳敬深找出拖把拖了一下地板。定了一下鬧鐘，也去自己的床上，睡著了。

刺耳的鬧鈴叫醒了兩個熟睡中的男人。陳敬深爬起來，伸直了痠軟的腰。走到王蒙的床前，「你今天有沒有課，要是沒課，你今天就在我家休息吧。」

「有課，上午八點到十點，中文系的課。不能不去。」王蒙說著走到洗臉檯旁，開始洗臉刷牙。

「那行，我早上還要去系裡辦點事，我就不陪你了。早餐在桌子上，你自己吃完再走。兄弟，想開點啊。」陳敬深說著，換了鞋，向門外走去。

「去忙你的吧。我沒事。」王蒙邊看著鏡子中的自己邊說道。其實，王蒙也挺後悔的。他知道自己深愛著蘭藍，也曾想過這件事以後，再也不碰別的女人了。可是，老天並沒有給他機會。蘭藍的事，也算是給他最大的報應吧。

同樣，蘭藍這邊也不太好受，雖然分手的心已定，但畢竟兩人多年的感情，不是說斷就能斷的。以前，她雖然知道王蒙有一些風流韻事，但和她一起之後，明顯少了很多。可是，這次她實在忍不了了。他肩上那深深的吻痕，就像個巴掌一樣，在羞辱著她。她最終決定離開，可是心依舊是疼得要死。

陳敬深在系裡忙的中間空檔，給蘭藍的一個閨蜜打了一通電話，讓她過去看看蘭藍的狀況。一會兒電話回過來，說蘭藍沒事。能吃東西了。對於失戀的人來說，能吃東西就是好事。一夜的眼淚，讓她明白了很多，也把自己心中的委屈與無奈，全部都倒了出來。

今天有一些有關學生檔案的事，需要陳敬深過去幫忙。對於新進來的教師，總是要幹一些雜七雜八的事。不過，他已經習以為常了。「年輕人，多磨練，總沒有什麼壞事。」有時候他也安慰自己說，能者多勞嗎。雖然這種阿Q似的自欺欺人，但有時候還真挺奏效的。

二

　　蘭清自從上完那天的課，心情就一直無法平靜下來。她想不到，資助自己兩年的恩人，竟會是自己的老師。這一切都太讓她感到意外了。不知道為什麼，她突然覺得心裡很失落。就像是丟了一件心愛的禮物的那樣。接下來的幾天，上課的她總是魂不守舍，弄得一邊的林子豪好不詫異。不過，這幾天的林子豪也沒有什麼心情猜想蘭清在想什麼，她有了自己的心事。

　　不知道為什麼，第一次在課堂上見到陳敬深，她就覺得這個男人好像就是她一直要找的男人。他的一舉一動，他的音容笑貌，從那一天起，就再也沒有從她的腦中消失過。這可能就是人們所說的一見鍾情吧。她甚至罵自己不要臉，怎麼會喜歡上自己的老師，可是她就是喜歡。陳敬深上課表現出來的沉著穩重，不快不慢的語速，和那引人入勝的教學，都讓她陷入其中，無法自拔。當青春的少女開始情感萌動的時候，一向心直口快的她，這次卻沒有把這件事告訴蘭清。這畢竟是她的初戀。

　　從古至今，師生戀屢見不鮮。自從女子可以進學校就讀，這種情形就一直發生著。在近代，很多偉大的詩人學者，他們的妻子也曾經是他們的學生。所以，當尊師如父的觀念淡薄之後，這種事更算不了什麼大事。林子豪一直在城市長大，這種事她也不是第一次見到，她的高中同學，就是高中畢業後，嫁給了她的高中老師。兩個人的日子過得還挺美好。不過，子豪沒想過要找一個老師，但是，面前這份情

感真的太強烈，讓她無法控制自己。

對於蘭清這幾天的反常，她覺得很詫異。可是，她的心裡已經沒有餘地考慮這件事了。她決定大膽的去追求自己的愛情。哪怕這是一場錯誤，也在所不惜。可是，如何才能聯繫到這個老師呢，如何能獲得他的一些資料呢？她想到了她的一個師姐。

蘭清發現最近林子豪神神秘秘的。也不知道她在幹什麼，但她不想讓自己知道，而自己又不好去問。只等子豪哪一天願意告訴她的時候再說吧。

不知道什麼時候起，林子豪一改平時的假小子打扮，開始穿起淑女裝，這在二一六室成了不小的新聞。看慣了假小子裝扮的舍友們，一時還真的無法適應她這個突然的改變。包括蘭清也適應不了。不過，林子豪換成女兒裝後，真是一個活脫脫的美人兒。宿舍裡幾個女孩子調侃她說：「子豪，你平時叫這個老婆，那個老婆的，我看現在你做我老婆吧。哈哈。」不過，子豪的樣子是大大改變，但脾氣和語氣仍是老樣子，這與她的衣服實在不相稱。

英語系突然出現一個大美女，讓別的系也轟動不小。當蘭清與子豪一起上下課的時候，回頭率實在很高。甚至因此撞牆的事也曾發生過。兩位年輕靚麗的女孩子，成了校園的一道美麗的風景。

陳敬深每次週二上課都會發現，在蘭清旁邊有一個漂亮的女孩，總是目不轉睛的看著他，讓他有些難為情。年輕男老師受到學生的崇拜是很正常的事，但是有個學生像花癡一樣盯著你瞧的時候，也會讓你不知所措。要不是有幾年的工作經歷，陳敬深真不敢保證在課堂上會不會出錯。無論什麼樣的男人，在美女面前都是一樣脆弱，特別是單身的男人。

林子豪毫不掩飾的表露出她對陳敬深的愛慕，並沒有達到她預期的效果。雖然一下課她就抱著書本跑上講臺問這問哪，上課鈴聲響了也不願下來，但這個教馬克思的老師好像對她沒有感覺。他似乎有一點冷，而且有點拒人於千里之外。於是她在想，是不是自己做得太過張揚，這個男人是不是喜歡靦腆型的女生。於是，她決定改變路線。

通常女孩子喜歡上一個男人，並不會主動表白。她們總會給男人創造各種機會，引誘心理喜歡的男人「主動」的向她們靠攏。這種情節有點像《西遊記》裡的女妖怪，各個都具有魅惑人心的本事，有時還作可憐狀，把她們想要的男人騙到洞中來。

子豪從師姐那裡弄到了陳敬深的 QQ 號，她試著加了一下，發現對方有驗證。於是，她在驗證欄中寫了兩個字：故人。結果，QQ真的被陳敬深加上了。

陳敬深回到家裡，打開電腦後，就開始做別的事，這是他的習慣。可是電腦網絡剛一聯通，就聽到 QQ 的提示聲在響。他掃了一

眼，發現有一個 QQ 資訊。打開一看，是有人加他 QQ，驗證欄裡寫
著故人。他想，這可能是以前的同學吧，大學畢業後，很多同學都沒
有聯繫了，那索性加一下。如果是什麼騙子，再拉到黑名單裡也不
遲。

陳敬深去浴室洗了個澡，又在冰箱裡拿了一瓶飲料，在書桌前坐
了下來。今天系裡的事很多，他上完課又幫忙了一整天。回來又要看
看課題的資料，這個半年，又是輕鬆不了。這時，QQ 再一次響起：

「你好。」署名是假小子。

「你好。我們認識嗎？」陳敬深回道。

「可能認識吧，也可能不認識吧。哈哈。」

「噢，這樣啊。怎麼會加我 QQ？」

「想加就想唄。呵呵。你就當我是你的朋友不就得了。」

「當朋友？怎麼感覺你好像認識我啊。你是哪裡的啊？」陳敬深
有一些疑惑。

「濱海的啊。你呢？」林子豪明知故問。

「我也在濱海。那你做什麼工作呢？」

「我啊，網管。」

「冒昧問一下，你怎麼會有我的 QQ 號？」

「這個啊，你有一次來我這上網，我偷看的。呵呵。」

陳敬深一直在想自己什麼時候去過網吧。不過，他最近確實去過
幾個網吧，但到底是哪一個，他實在想不起來了。

「好吧，認識了，就算緣分。」

……

不知道為什麼，陳敬深對這個突然加他 QQ 號電腦那邊的人，並不是很反感，也覺得很有話聊。不知不覺中時間已經到了晚上十點。他感到有點餓了，可是這麼晚，他又不想做飯。索性關了電話，出來吃東西。

三

走在路上的陳敬深正在想著去哪裡填飽自己的肚子，口袋裡的電話突然響了起來。拿出來一看，是蘭藍打來的。王蒙與蘭藍分手已經快半年了，這期間，王蒙來他家的次數少了，蘭藍與他的聯繫也少了很多。是啊，失戀總會把人的一些習慣給改掉。

「喂，你好。蘭藍，有什麼事嗎？」陳敬深問道。

電話那邊傳來半醉半哭的聲音，「你在哪啊？幹什麼呢？」

「我在馬路上呢，準備找點吃的。你怎麼了，喝酒了？」陳敬深問道。

「你找什麼吃的啊，你來我家，陪我喝酒。」蘭藍說道。

「太晚了，你也別喝了。」陳敬深回答說。

「你是不是男人啊，我跟你說，你今天要是不來，我以後再也不認你這個朋友。」電話那邊傳來了哭聲。

「好吧好吧，我現在過去。你別哭。」陳敬深說完，攔了一輛計

程車，到了蘭藍的新住處。這是蘭藍與王蒙分手後搬的新家。當然，王蒙也是知道這裡的，只是，自從分手後，他覺得自己有虧，從來沒有找過蘭藍。

門鈴聲打破夜晚的寧靜。蘭藍穿著睡衣，右手拿一個啤酒瓶，開了房門讓陳敬深進去。整個屋子裡一片狼藉，就如同被小偷洗劫了一樣。

蘭藍醉醺醺的指著沙發說，「坐，坐那。來，我們喝酒。」蘭藍提起一瓶啤酒。說實在的，陳敬深並不想喝酒，也不想待在這裡。可是看著蘭藍又哭又鬧的樣子，他也確實放心不下。索性接過啤酒，喝了起來。蘭藍一邊喝，一邊講她在學校裡遇到的事：

「你們男人沒一個好東西。媽的，天天就是想那點事，不就是那點破事嗎。我們院那個禿頭院長，去他妹的，想和我上床。他也不看看他那德性，長得和冬瓜似的。老娘我就是再賤，我也不能看上那樣的貨色啊。來，喝酒……」蘭藍邊喝邊說著。

陳敬深坐在一旁，聽蘭藍發牢騷，也沒有說什麼，就一直看著蘭藍。肚子的饑餓感在幾瓶啤酒的作用下，變得沒有什麼感覺了。不過，此時陳敬深頭暈目眩，他知道，這是他被蘭藍急灌酒的後果，坐下休息一會兒閉下眼，就會沒事兒。蘭藍還在那邊說著，喝著。突然間，他發覺身上好像有東西貼著，睜開眼一看，蘭藍已經坐在他身邊，胳膊抱著他的脖子。他剛要掙脫，蘭藍的雙唇已經蓋在了他的嘴上。

「蘭藍，不……」陳敬深的話還沒有說出來，蘭藍吻得更狠了。接著，隨著蘭藍身上睡衣的脫落，陳敬深徹底的失去了抵抗力。是啊，每一個男人在一個裸體女人面前，幾乎都要打敗戰。陳敬深也不例外，他不是什麼聖人，也談不上什麼意識力特別堅強。儘管他覺得這麼做很不妥，可是長久的荷爾蒙的積澱，在蘭藍肆意的引誘下，全部爆發出來。

固定的鬧鐘吵醒了在熟睡的男女。陳敬深把蘭藍放在自己身上的胳膊移開，看了手機，已經是七點多了。他今天上午是有課的，他必須起來了。蘭藍也醒了。兩個赤身裸體的人相互看了一下，已經明白了昨天發生了什麼。蘭藍索性抱著陳敬深的脖子深深的吻了一下，便下床穿上了衣服。陳敬深也穿好衣服，站在門口，心裡的感覺說不上來。蘭藍把陳敬深的手拎包提給他，又抱住他深深的吻了一口說：「敬深，昨天的事，忘了它。」

陳敬深明白她話的含義。點了一下頭，便離開了蘭藍的住處。

這件事以後，蘭藍再也沒有聯繫過陳敬深，他也沒有想過去主動聯繫蘭藍。畢竟他們之間有一座無法越過去的山：王蒙。半年之後，蘭藍的閨蜜說她與市裡一家公司的的部門經理結了婚。不過，王蒙和陳敬深都沒有收到蘭藍寄過來的請柬。陳敬深沒有再多問什麼，畢竟那一晚上的事，讓他覺得，就算是見到蘭藍，自己也會很彆扭。雖

然，在這個時代，這種事不算什麼，但她畢竟是王蒙的前女朋友，三個人曾經一度又是那麼的熟悉。很多友誼，都會在性愛的作用下，消失得無影無蹤。所以，有人說，和自己的紅顏知己，或者和自己最好的女性朋友上床，是人生最大的錯誤。因為你失去的，原比你得到的要多得多。

王蒙半年多來真的改過自新。他再也沒有和陳敬深說過他最近有哪些風流韻事，相反，他每次來，帶得最多的就是酒。兩個人在陳敬深的客廳裡大醉，然後就各回各的床。不過，王蒙總是會半夜醒來，獨自一個人開門離開。蘭藍的結婚給了他不小的打擊，不過這也是在他意料之內的。他每天除了找陳敬深喝酒，剩下的就是備課上課。系裡面出差的時機，他反倒是不那麼爭取，相反的，能推就推。

四

林子豪與陳敬深的網戀開始了。寂寞的人如果在現實中找不到情感的安慰，就會到虛擬的空間裡去尋找心靈寄託。不過，兩個人交往這半年來，誰也沒有提出見面的要求。對於陳敬深，他害怕對方是個見光死的類型，因為這個網名叫假小子的人，從來不和他視頻，只肯給他看一些照片。他一直在想，這些照片是不是對方 PS 過的，不然為什麼不讓看本人呢？可是對方不給看，他又沒有什麼辦法。不過，這個「網管」，對陳敬深的平靜生活，的確帶來不少樂趣。這也是周蘭欣走後，他最開心的一段時間了。

又是一年開學的季節，陳敬深照例給蘭清家寄去五千塊錢。蘭清母親打電話過來說，家裡的日子好多了，政府對他們這樣的家庭也挺照顧的，每個月還有低保（最低保障金）。她們家住的社區馬上就要拆遷了，家裡會分到了一間三室一廳，雖然住得離市中心有點遠，但畢竟還是在市裡，做生意什麼的，也算方便。她又說，蘭清交了一個男朋友，人挺好的，對蘭清也很照顧。陳敬深為這一家的改善的生活，感到高興。

蘭清在大二上學期的時候，加入了學校的勤工儉學協會，自己也兼了幾份家教。忙得不亦樂乎。在兼職家教期間，他們的副會長做勤工儉學的地方，也正好與她同路，兩個人經常一起去上班，一起回學校。久而久之，便產生了感情。

蘭清的漂亮，特別在林子豪的那些漂亮衣服陪襯下，更加明顯。她的這個男朋友叫王石，是數學系的高材生。長得眉清目秀，是那種讓蘭清喜歡的類型。自從林子豪整天忙著自己的網戀，她們在一起的時候比以前少多了。頻繁的勤工儉學，也讓蘭清想要找一個人陪著他。

王石家裡條件不錯，是用不著以勤工儉學的方式來完成學業。別人說他之所以去勤工儉學，主要是為了鍛鍊自己。他不是那種眼中起來誇富炫富的富二代，相反的，他待人誠懇，挺平易近人的，因而吸

引了協會裡的許多女生對他的愛慕。

蘭清與他交往了一段時間，發現他真是一個不錯的男孩。只是，和他在一起總會有一種讓她心裡不是很舒服的感覺。具體是什麼呢？蘭清也說不上來。不過，這也算是她的初戀，她十分享受著愛情的甜蜜。人說愛情的男女是會失去理智的，不過對於農村出來的蘭清，這條定理對她可能不太適用，她更多了一份理智。她從來不允許王石對她做出逾矩的行為。所以，他們交往的半年來，他們甚至連接吻都沒有。有一次，王石想強行親吻她，卻被她一巴掌打開。那件事後，兩個冷淡了很久，不過後來王石又主動找到她，道了歉，說他太衝動，保證以後不會了。

吻，也許是愛情最基本的表現。但是吻，不一定適合所有人。接吻，可能讓你的愛情更加濃烈，也可能讓它瞬間貶值。陳敬深記得他高中時聽到的一則故事。同班的一對男女談起了戀愛，準確來說是所謂的戀愛。男孩提出要吻女孩，女孩同意了。但是，當男孩親吻到女孩那一刹那，他完全體會不到電視裡所形容的那種眩暈感，反而覺得很噁心。因為，他發現女孩那天沒刷牙，而且剛吃完臭豆腐。

大家聽完這個故事，沒有不笑的，但是這也給陳敬深那個高中所有宿舍的人，埋下了「接吻未必甜蜜的」陰影。對於從農村出來的女孩，接吻與性都是人生的大事，如果在這兩件事上把握不好，那麼距離她的愛情被判死刑的時間也就不遠了。

林子豪決定對陳敬深公開自己的身分了，因為她實在不想今天的

情人節，還是自己一個人過。她決定鼓起勇氣，把陳敬深約出來，是死是活，賭一把吧。不過，她不確定陳敬深是否能認得出來是她，或者認出來了，吃驚過大而從此斷了聯繫。她不管了，決定這一步一定要邁出來。不然，她覺得以後會後悔的。

「敬深，我們見面好嗎？」林子豪在 QQ 上說。

「好啊。我一直也想見見你。我們在網上交往這麼久了，你也該讓我見見真人了。呵呵。」陳敬深回覆道。

「那我們在哪裡見呢？」林子豪問。

「麥當勞吧。你覺得呢？」陳敬深反問說。

「那人太多了，要不，我們去中山公園吧。」林子豪說。

「好吧，那就在中山公園。可是，我沒有見過你，我怎麼認得出你呢？」陳敬深說。

「你不是看過我的照片嗎？呵呵，你要用你的直覺啊。你要是認不出我來，我就不見你了。哼哼。」林子豪發了一個偷笑的圖示。

「好吧。我努力。不過，你的電話要開機。我這個人，挺笨的。」陳敬深說道。

「知道啦。呵呵，放心，我會找到你的。哈哈」林子豪開心的敲擊著鍵盤。

「那，什麼時候？」陳敬深問道。

……

他們約在星期天的早上八點，兩個興奮的人都在為即將到來的見面而激動不已。到了這一天，天公作美，不冷不熱，還真是個約會的好日子。兩個人都早早的起來，洗漱完畢，對著鏡子整理著自己，就像要去面試工作一樣。蘭清看著破天荒起這麼早的子豪，疑惑不解。

　　「子豪，你要幹什麼去啊，要相親啊？」蘭清笑著說。

　　「對，老公要去找男人。老婆不要吃醋啊。」林子豪邊笑著邊收拾著自己頭髮。

　　「是哪個系的大帥哥啊，有機會帶給我們見見。」蘭清說著。

　　林子豪沒有理她，繼續打扮著。

　　陳敬深也是一樣，衣服換了一件又一件，卻總覺得不知道穿哪件才好。看到鏡子中的自己，他會意的笑了笑，「自己怎麼和一個年輕小伙子一樣緊張呢。平時那麼穩重，現在卻手忙腳亂。唉，自己真是越活越回去了。」

　　八點左右的中山公園，晨練的人已經慢慢散去。公園顯得那麼安靜與愜意。太陽已經升起來，好高，但光線卻不那麼刺眼。陳敬深帶著飛快跳動的心，享受著這一切。等待是幸福的，但等待又是那麼漫長。一個個年輕的女孩子向陳敬深走來，可是又一個個從她身邊走過去。那個與他在網上長聊半年的人，現在會在哪裡呢？

　　林子豪早就已經到了。她遠遠的看到陳敬深站在公園的門口。本

想直接走過去，但她卻突然猶豫了。林子豪在做著激烈的心理衝突：究竟是要見他，還是不要見他。他畢竟是自己的一位老師啊。如果他看到自己是他的學生，他會怎麼想呢？會不會以為我在耍他，會不會很生氣？一些不好的念頭開始刺激著本來開朗的她。見與不見，這確實很難抉擇。如果不見，是不是會有更不好的影響呢，他以後會不會再也不理我了呢？敏感的女孩在距離陳敬深不到五十米的地方，徘徊不已。

電話突然響了，她拿出來一看，是陳敬深發來的信息。「我已經到了。你到了？」

她回覆道：「我還在車上，等一下。」

「好吧，你不要著急。我就在公園的門口。」陳敬深回道。

「好的。」林子豪回道。

五

她決定去見陳敬深，她不想讓自己後悔。給自己一個機會，也給別人一個機會。她向陳敬深走去。

陳敬深見不遠處有一個女孩向他走來。直覺告訴他，這個就應該是他等的人。遠處的女孩慢慢的走近他。

「來了。」陳敬深對著她說道。

「來了！」林子豪有點失落，她就站在他不遠處那麼久，但陳敬深卻沒有認出她，這讓她多少有點失望。

陳敬深天生的害羞，一直沒有認真打量面前這個女孩。剛才的一見面，他只知道身旁的她，很漂亮。不知道為什麼，他總有一種隱約覺得眼前這個人在哪裡見過，但就是想不起來。他現在怎麼可能想得起來，見面的激動已經把他的記憶打亂，腦袋是一團漿糊。

　　他們一起向公園深處走去，一時間，兩個人都不知道如何引開話題。林子豪發現，這個在網上談笑風生的「老師」，今天怎麼木訥的什麼話都沒有。陳敬深也為自己的木訥而不知所措。畢竟網戀，他是第一次；與網友見面，又是第一次。

　　陳敬深想打破僵局，於是對林子豪說道：「對不起，我怎麼覺得在哪裡見過你啊？」

　　「你當然見過我啊。」林子豪笑著說。

　　陳敬深吃了一驚，「那是在哪裡呢？」

　　「每週的星期二，你想想。」林子豪笑著說。

　　一個清晰影像突然出現在陳敬深的頭腦裡，「難道你是英語系那個……」陳敬深沒有說下去。

　　林子豪笑笑不予否認，而陳敬深又沉默了。

　　看到再次木訥的陳敬深，林子豪有些擔心，但又故作沒事的問了一句，「怎麼，知道我是你學生了，難道你就決定不與我交往了。」

　　「沒。」陳敬深一時不知道說什麼好。他從來都沒有想過談師生戀。雖然在他的周圍，師生戀並不稀奇。濱海大學中很多同事的老婆，就曾經是他們的學生。然而，陳敬深還是覺得這種事落到自己的頭上，有點不可思議。「沒，沒有」

林子豪看了看他，繼續向前走呢。

講臺上那個風度翩翩的陳老師，現在卻像一個學生似的跟在她的旁邊，這讓林子豪多少有點不太自在。不過，她也能理解。這時代，對於老師的評價，大多沒有什麼好的評語。什麼「教授就是禽獸，教師就是教屍。」所以對於這個陳老師能不能接受自己這段大膽的師生戀，她心裡是沒底的。

陳敬深從未想到，有一天他會和一個學生建立戀愛關係。那個在網上成熟穩重的女孩，竟然會是他的學生。最近關於老師的負面消息也一直衝擊著他的耳膜。他不知道如何處理這段不太真實的情感。

可是，緣分既然已經來了，究竟是顧忌別人的說辭，還是活出一個真正的自我？是在乎以後的流言蜚語，還是把握現在的機會？這是陳敬深馬上要做出的選擇。也許他的一個錯誤選擇，就可能成為一個令他後悔一生的舉動。選擇，有的時候，太難了。人的一生中，總要做出很多選擇。選擇之所以難，就是你選擇一些，同時就必須放棄一些。所以，選擇有時候就是一種交換，以失去的，來換取得到的。

飛快旋轉的大腦讓陳敬深有些煩亂，讓他更加沉默寡言。走著走著，突然林子豪被腳下石頭一拌，向前摔去。就在這時，陳敬深果斷的伸出手，拉住了林子豪。待林子豪重新站穩後，笑了笑看著陳敬深，這讓他一時不知所措。

林子豪沒有鬆開陳敬深的手，而陳敬深的手掙了兩下發現身邊的女孩沒有放手之意，索性就那麼牽著林子豪的手向前走。他們手牽著手在公園裡漫走，時而說幾句話，時而就默默的不語。

林子豪感到有些累了，於是便在一棵大樹下面的石凳上坐了下來。她拉著陳敬深坐在自己的身邊，心裡有一種安全感與舒心。她慢慢的把頭靠在陳敬深的右肩上，這是她夢裡一直想做的事。今天，她喜歡的人就坐在她的身邊，突然有種說不出來的甜蜜。而陳敬深伸出右手抱住依偎在他懷裡的林子豪，也有一種無法形容的幸福。

　　他們就這麼靜靜的坐著。也不知道過了多久。公園裡的人慢慢的散去，已經看不到有多少人在走動。可能大部分人的都準備回家吃午飯了。

　　林子豪輕輕的說道：「敬深，想不到我是你的學生吧？「

　　「沒有。你不是說你是網管嗎？」陳敬深說。

　　林子豪笑笑說：「那麼笨，我說是網管，你還真信啊。」

　　「愛情這方面，我是挺笨的。」陳敬深說。

　　「怎麼，和學生談戀愛，有什麼感受？」林子豪壞壞的說。

　　「我想起了『禽獸』，『老牛吃嫩草』。」陳敬深自嘲著說。

　　「那你還敢抱我？」林子豪突然坐起來，看著陳敬深說。

　　陳敬深突然有一種想親吻子豪的衝動，沒有直接回答林子豪的話，反而說道，

　　「我，我可以親你一下嗎？」

　　陳敬深說話的聲音太輕，林子豪一時沒有聽清他說什麼，愣了一下。陳敬深認為這就是林子豪的默認了，將雙唇重重的蓋著旁邊這位美麗的女孩唇上。林子豪被陳敬深這個舉動驚了一下，睜著眼睛，傻

傻的配合著。慢慢的，那種酥麻的感覺讓她也閉上了雙眼，兩個人就這麼忘情的吻著。這一吻，標誌著長達半年的愛情長跑終於落下帷幕。接著，要上演一輪新的愛情悲喜劇。他們兩個人單身生活就此結束了。

六

與林子豪的幸福愛情相比，蘭清的愛情卻並不那麼美好。蘭清來自鄉下，傳統觀念很重，短短的一年大學生活，她還是無法像城市裡的女孩那樣開放，這讓她多少顯得有點不解風情，也讓王石時常感覺痛苦不堪。

如今的大學，最能引起男學生的興奮點的，無疑就是關於如何釋放荷爾蒙的話題。每天晚上熄燈之後，王石和同宿舍的幾個男孩都會就這個問題「討論」到深夜。無疑，他是這個宿舍裡最讓人羨慕的，因為他追到了英語系的系花，這當然指蘭清。

然而，這一點點優越感在談到性的話題時，王石總是沉默不言。同宿舍的男孩都在炫耀自己和女朋友的性愛技巧，而王石卻連一次真正的接吻也沒有。每次的討論都讓他的身體燥熱，卻無法發洩。

有一次，宿舍六個人出去吃夜宵，不知誰提議點了牛鞭。吃完後，強烈的反應讓六個人都沒法老實的躺著。其中四個人，當著王石的面給女朋友打了電話，晚上就再也沒有回來。王石知道他們都去了哪裡。而他，也很想叫蘭清出來。然而電話打通後，蘭清平淡的語氣就讓他放棄了這個念頭。和蘭清交往的這幾個月，王石在身體上倍受

煎熬。

　　在文化多元的濱海大學裡，荷爾蒙往往能比情感更讓人動心。蘭清是漂亮，但是她讓王石感覺她是一個美麗的花瓶，好看而不能用。而艱苦環境生長的蘭清，她的思維不僅不可能跳出那西部地區的傳統，更何況是答應王石在婚前做「過分」的事情呢。兩個不同思維的人，慢慢的在情感上出現了裂痕。

　　王石不只一次和蘭清提出接吻的請求，甚至也經常提出性的話題。這些都讓蘭清無法接受。雖然她一遍一遍的告訴自己，要學會適應這個社會，可是，在性這個問題上，她還是放不開。甚者接吻，她都覺得好可怕，好噁心。每當王石觸碰她的身體時，她彷彿遇到刺一樣渾身不自在。

　　就這樣，她與王石的情感危機終於爆發了。有一天，王石的一個學長回到母校，請他們一起吃完飯。那天，王石喝了很多酒。從飯桌上回來後，打電話叫蘭清出來陪他走走。蘭清見他喝了酒，就收拾好書包，從圖書館出來陪他。

　　當他們走到校園裡一個陰暗的小路時，王石突然要強吻蘭清，讓蘭清一時猝不及防，她慌亂的拚命掙扎，下意識的向王石的「命根子」狠狠的踢了一腳，這是她母親教給她的防身術。

　　王石哪裡有防備，當時就躺在地上打滾，嚇得蘭清打電話叫了120，把王石送進了醫院。

　　她的愛情，也隨著她這一腳，慘烈的結束了。

　　蘭清真的不明白，男人到底是個什麼動物？為什麼一直深愛自己

的男人要傷害自己，就是為了那件齷齪的事嗎？蘭清真的想不明白。

　　蘭清很小就失去了父親，於是和母親相依為命的生活在青松那個窮地方。也由於家裡貧窮，親戚們對她們母女倆敬而遠之，所以她沒有和表兄弟、堂兄弟一起生活的經歷。小學、初中、高中，她被母親死死的管著，就連暗戀都是一種奢侈。高中僅有的一場暗戀，也被她有粗暴的手段給結束了。母親是從來不教她男女之事的，傳統的觀念讓她認為教女兒這些是不要臉的行為，因此造成蘭清真不懂男人，她不知道為什麼他們那麼喜歡親自己，為什麼抱自己，甚至做更過分的事。還有晚上女孩們常常說的性，那個東西，有什麼好。真不瞭解男人。

　　和陳敬深確定關係後，林子豪的直率性格讓她想把這個好消息告訴自己的好朋友蘭清。回到宿舍，看到蘭清悶悶不樂，她就沒說什麼。

　　她湊到蘭清身邊，拍了拍蘭清的肩膀說：「還在想王石的事？」

　　「沒，沒了。」蘭清淡淡的說。

　　「事情過去了，也就過去了。別想了。來，你看看，我這件新衣服怎麼樣？」林子豪站起來，在蘭清面前轉了一圈。

　　「挺好的。」蘭清依舊淡淡的說。

　　「我也給你買了一件，來，你穿給我看看。」林子豪說著拉蘭清起來。

　　「不要了啊。」蘭清不情願的被拉起來。

「試試嗎，穿新衣服，會去晦氣的。來，穿上試試。」林子豪將另一套衣服放在蘭清手上。

蘭清慢慢的將身上的衣服脫下，換了林子豪遞給她的衣服。鏡子中美麗的輪廓慢慢就顯現出來，讓蘭清看著看著，不免有點自我陶醉。

「今天怎麼想起來買衣服了，你不是去約會了嗎？怎麼樣？」蘭清對著鏡子，淡淡的問道。

這下輪到林子豪不好意思了，「就那樣唄！」

蘭清轉過頭來，看了林子豪一眼，說，「聽你這口氣，有情況啊！快，老實交代！」

林子豪不好意思的坐到了蘭清的床上，淡淡的說，「我們在一起了。」

「在一起了？這麼快？快和我講講，哪個系的，是你那個網友嗎？」蘭清湊過來，坐在了林子豪的身邊。

「這人你也認識。」林子豪淡淡的說。

林子豪的話讓蘭清突然有點出乎意料，她們一起認識的，就是自己班裡的那幾個男生。不過，沒感覺出來林子豪對他們有什麼想法了。這讓蘭清感到一頭霧水。

「誰啊？」蘭清繼續問道。

林子豪招手示意蘭清把耳朵湊過來，「我和你說，你可別和別人說啊。」

蘭清點了點頭。

「是上學期教我們馬克思的陳老師。」林子豪輕輕的說道。

「他是你男朋友？」蘭清一激動，一下子脫口而出。

林子豪重重的打了蘭清的腿一下，「小點聲。」她向四周望了一下，幸好宿舍沒有別人。

蘭清壓低聲音說，「他可是老師呀，你怎麼會喜歡上老師？」

「那又有什麼關係，都什麼時代了，誰說學生不能喜歡老師。再說，他也沒比我大幾歲。你要給我保守秘密啊。」林子豪說道。

蘭清愣愣的看著林子豪，她實在無法理解林子豪的想法。不過，一想起陳敬深，她的心裡突然有一種說不出的感覺。在這個城市裡，他是和自己關係最近的人。現在，他成了自己最好朋友的男朋友，一時不知道如何去處理這些關係。

七

自林子豪知道蘭清失戀了，就跟陳敬深商量要多陪蘭清幾天。在她心中，她已經把蘭清當妹妹一樣看待。

陳敬深知道蘭清失戀的事後，便對林子豪說：「老婆，我給你拿幾百塊錢，你帶著蘭清出去散散心。你們這學期課不是很少嗎，你帶她出去逛逛街，給她買點東西。」

「這個，就不要你操心了。她是我的好姐妹。」林子豪沒有接下陳敬深的錢。當然，現在她還不知道陳敬深與蘭清的事。

蘭清母親聽說蘭清分手的事，稍稍安慰了蘭清。她其實挺想女兒能在大學找一個男朋友，這樣以後就可以留在大城市生活了，不用再

回青松過這種艱苦的生活。天下當媽的，有哪幾個不希望自己的孩子好。聽說蘭清交男朋友，小伙子家境不錯，她挺為女兒高興的。本打算蘭清大學一畢業，就讓她結婚，她也好有外孫子抱。但隨著蘭清愛情的破滅，這一切都成了過去。

　　不知不覺中，蘭清已經上大三了，陳敬深一直暗中資助她的學費與生活費。這件事，在濱海大學也只有他們兩人知道。陳敬深從來沒對外人說過，因為他根本就沒有想過要得到什麼回報；蘭清也為了自尊心的緣故，而閉口不提。雖然，她每個學期都會收到陳敬深寄來的錢，在天涼的時候，總會收到一些沒有署名的，像暖手寶之類的小禮物。她的手機也是每個月固定充進一百元的話費。她要不是知道陳敬深就生活在她旁邊，一定會認為這是上天對她的恩賜。而這個給過她許多幫助的恩人，現在就是她最好朋友現任的男朋友。

　　陳敬深並沒有向林子豪挑明她和蘭清的這層關係，林子豪也不知道他和蘭清的事，蘭清更是不會主動提起她母親當年做下的糊塗事。三個人，就圍繞著這個秘密，平靜的相處著。不過，這其中最難受的，就屬於蘭清了。她不知道怎麼和陳敬深相處，是朋友的男朋友，還是自己的恩人。在最初陪陪著子豪去陳敬深家時候，看著子豪在陳敬深身上撒嬌，讓她感到很彆扭。

　　面前這兩個人對她都很好，她又不能拒絕。林子豪每次出來找陳敬深，她就是最好的藉口。這無疑讓這個心事重重的女孩有些難受。最讓她難受的事，她知道林子豪已經和陳敬深同居了。就在他們相處

不到一個月後的每個週六週日，林子豪都是在陳敬深那裡過夜的。面對著週六週日不回家的林子豪，她的父母總是電話不斷。這時，蘭清自然要為林子豪打好掩護。這件事，從大二下學期的時候，她就一直在幫著做。

時間長了，蘭清對這件事也就見怪不怪了。去陳敬深的宿舍也沒有讓她感覺有多少的不好意思。

有一次，陳敬深出差沒有在家。兩個女孩在陳敬深房間裡玩電腦一直到晚上十點鐘。林子豪索性提議說，「我們今天就睡在這裡吧。他今天出差，不會回來。」

蘭清沒有多想，就洗了澡，睡在了以前王蒙常睡的那張床上。半夜十二點左右，外屋的房門突然開了，陳敬深拖著疲憊的身子回來了。

他打開燈，隨手把包丟在沙發上，打開冰箱拿出一瓶可樂。這時，林子豪從裡屋出來。

「你不是說你今天出差嗎？怎麼回來了？」林子豪問。

「飛機今天不飛了，說是內蒙那邊有大雪，飛機落不下去。在機場等了六個多小時。我看沒希望了，就改簽了。對了，你怎麼沒有回宿舍啊？」陳敬深問道。

「今天沒課。我就來做飯了。宿舍也沒有意思。」林子豪說。

「這樣啊，老婆，想死我了，讓我抱抱。」陳敬深張開手要抱子豪。

林子豪推了陳敬深一把，「蘭清也在。」林子豪向內屋扭了扭

嘴，打了陳敬深一下。

陳敬深會意的走向另一間臥室，換掉身上的衣服，進了浴室，洗澡去了。

林子豪回到內屋，推開了蘭清的門，見她沒睡，就對蘭清說：「他回來了。」

「你不是說他今天出差嗎？怎麼？」蘭清問。

「說是飛機不飛了。不管他，你睡你的吧。」林子豪關上了蘭清的房門。

浴室傳來洗澡沖水的聲音。

過了一會兒，浴室裡的水聲漸漸消失了。蘭清聽到了另一間臥室關門的聲音。她明白，現在林子豪一定在陳敬深的床上。敏感的她突然坐起了起來。

過了一會兒，在隔壁間傳來了陣陣聲響，仔細一聽，是林子豪深重的呼吸聲。蘭清慢慢的站起身來，悄悄的走到了房門邊。林子豪的聲音更大了。蘭清心想，這或許就是別人常說的男女之事吧。不知道為什麼，聽著林子豪那有節奏的聲音，她反倒不覺得那種事是多麼噁心了。也許是王石的事讓她成熟了很多。當男孩女孩變成男人女人的時候，是會發生一些小時候無法想像的事。不過，這不正是人的成人禮嗎。

聽了片刻，另一個房間沒有了動靜，蘭清又躡手躡腳的回到了床上，蘭清再一次倒頭睡去。

第五篇

一

　　林子豪與王蒙的第一次見面是在陳敬深家。那天正是星期天的早上，林子豪和陳敬深剛剛起床，就聽到門外有開門的聲音。

　　林子豪嚇了一跳，對陳敬深說：「是不是有賊？」

　　陳敬深笑著對子豪說，「哪有賊大白天撬人家門的。應該是王蒙，他有我家鑰匙。」

　　林子豪百思不解其中道理。想不通為什麼「她家」的鑰匙會在另一個男人手裡。不過，她對王蒙這個名字並不熟悉，只聽陳敬深講過是她們系裡的一個老師。「那他會不會認識我啊？」林子豪吁了一口氣的說。

　　「這個還真不知道。他教過你們系，說不準還真認識。」陳敬深接著笑笑的說。「不會怕了，你都成人了，你有選擇自己愛情的權利。又不是小孩子，幹什麼介意那麼多呢？你說對不對？」陳敬深用手刮了林子豪鼻子一下。

　　王蒙沒有想到陳敬深家裡還有別人。開了門，直接闖進來了。同以前一樣，他從來沒有把陳敬深家當作別人的家，還是把東西往陳敬深的冰箱裡塞了一堆，一邊打開電視，一邊來陳敬深的臥室叫他起來吃早餐。還沒等他走到門口，就發現一個女孩從陳敬深的臥室走出來，嚇了他一跳。接著，陳敬深也跟著出來了。他完全愣住了。

陳敬深對王蒙說：「你可是好久都沒有來了，最近又去哪裡逍遙了？」

王蒙沒有接陳敬深的話，打量了林子豪一眼，對陳敬深笑著說：「兄弟，這幾個意思？」

「什麼幾個意思，叫嫂子唄。」陳敬深笑了笑，過來拉林子豪。

「去你的。」林子豪不好意思的打了陳敬深一下。

「王老師！你好。」林子豪認出面前這個人，正是給她們上《西方經濟學》的王老師。可是，她卻不知道他的名字。在大學裡，沒有幾個學生會真正記住授課老師的名字。有的人，甚至整整一個學期結束，都沒有見過老師一面。這就是中國的大學和大學生。

王蒙也認出了面前這個女孩子。林子豪與蘭清每次上課都極為認真，而且總坐第一排。美麗的容貌和認真的態度，這樣的學生，哪個老師不會注意呢。不過，林子豪出現在這裡，確實讓王蒙十分吃驚，他想不到，陳敬深會跟一個學生在一起了。現在不過早上九點，她應該不是剛剛來，而且她明明是從臥室裡出來的，難道……

久經職場的王蒙並沒有說出什麼。像平常一樣和陳敬深說了兩句，「我不知道你朋友來，所以我只帶了一份早餐。不過冰箱裡有吃的，你們一會兒自己做吧。」

王蒙的尷尬林子豪早就看出來了。其實她何嘗不是這樣呢。可是，當初她選擇師生戀，她就知道她將會面對這一切。她突然覺得大腦空空的。畢竟這個人在陳敬深家認出了自己，也是自己的老師。她

突然覺得好尷尬。

　　站在一旁的陳敬深看到林子豪的尷尬，便湊到子豪的耳邊低聲說：「王蒙是我最好的朋友，所以，你別多想。」林子豪回過頭來，發現陳敬深在自己身邊，她驚奇陳敬深怎麼明白她現在的憂慮。陳敬深拉了她一下，兩人走進了書房。

　　「你自己先看著啊。」陳敬深指了個書房角落道。

　　大約半個小時，客廳裡傳出手機的聲音。王蒙接了一會兒電話，便對陳敬深說：「陳敬深，我有事先走了啊。」

　　陳敬深從書房裡出來，「你不在這吃飯了？」

　　「不了，你還和我外道什麼。」王蒙說著關上了房門。樓道裡傳來下樓的聲音。

　　林子豪也從書房裡出來了，說道：「他怎麼有你家的鑰匙啊？」

　　「他啊，我們兩個是同一年來這個學校的。那時候我們總把鑰匙反鎖到房間了，所以就彼此在對方那裡留了一把。後來，他一無聊，就來我這。他幾乎把我這當他半個家了。」陳敬深指了指冰箱。「他一來，就帶一大堆東西。我這個冰箱，幾乎就是他的。」陳敬深說著去冰箱裡找了兩個蘋果，丟了一顆給子豪。

　　「你們還會這樣啊。」林子豪不解的看著陳敬深。

　　「這不正常嗎？誰沒有幾個好朋友呢，你和蘭清不就是很好嗎？」陳敬深邊說邊要咬下蘋果。

　　林子豪突然一手搶過陳敬深手裡的蘋果。「還沒有洗呢，你就吃

啊，不怕壞肚子啊。」林子豪壞壞的說：「說，你們倆是不是那個？」

「哪個？」陳敬深疑惑道。

「搞基啊！」林子豪笑著說。

「去你的。我要是和他搞基，我還看得上你嗎？你再說，小心我吻你啊。」陳敬深向林子豪撲過來。

「別鬧別鬧。」林子豪打了陳敬深一下。「他有你家鑰匙，那我以後過來，會不會不方便啊？」

「這倒也是啊。那晚上和他說說。讓他以後週六週日不要來。好不好？」陳敬深笑著說。

林子豪去廚房裡洗水果。陳敬深走過來，坐在沙發上。雖然他嘴上沒有說什麼，可是他現在真的不知道王蒙到底是怎麼想的。王蒙，對於現在的他來說，還真是一個矛盾體。王蒙、蘭藍，林子豪，蘭清。陳敬深陷入了沉思。

二

林子豪回到宿舍後，和蘭清講起了在陳敬深家遇到王蒙的事。蘭清對這件事表現的很平常，並沒有表現出什麼驚異。自從那天晚上在陳敬深家，她發現林子豪已經和陳敬深睡在一起之後，很多事情她似乎突然間看開了。

蘭清安慰林子豪說：「沒事。他又不能把你怎麼樣。你啊，盡想些沒用的。別想了，明天還要交一篇影視欣賞的論文，你寫了嗎？」

「哎呀，我給忘了。」林子豪拍了一下自己額頭。

「那你還盡操沒用的心，還不快寫。明天交不了，你想掛科啊。」蘭清說道。

「對對對，」林子豪說著坐到自己的電腦前面，忙她的作業。

蘭清最近心情特別不平靜。前些天母親打電話過來，說陳敬深又給她寄了五千塊錢的學費。不知道為什麼，自從她知道陳敬深與林子豪走在一起之後，她就特別不想再用陳敬深的錢。這幾年，西部大開發的餘波使青松這個貧苦的縣城發展很快，很多工廠都在這個城市的工業園區落戶，日子和以前比，已經是天上地下。舊房拆遷後，她母親靠多餘的拆遷款，在縣裡盤了一個小有規模的商店，算是徹底擺脫貧困。

蘭清在大二後一直勤工儉學，生活費幾乎可以自理。對於現在的她來說，陳敬深的錢似乎有一些燙手。可是，她知道她是不能直接表示出不願意接受他這心意的，這會傷了陳敬深的心。蘭清母親一直讓蘭清打聽陳敬深的住處，好給恩人郵寄一些土特產。但她哪裡知道，陳敬深的家裡，蘭清已經去了無數遍，雖然每次都都是陪著別人去的。但她不想告訴母親。

林子豪與王蒙在陳敬深家見面的次數多了，慢慢兩個人也熟悉起來，沒有了最初的那種尷尬。熟悉到了一定程度後，她就和時常和王蒙開開玩笑，王蒙也會拿她與陳敬深生活的瑣事調侃他們。三個人相處的還算融洽，這是他在剛開始的時候萬萬沒有想到的。不過，對三個人來說，算是最好的結果。

王蒙依舊是陳敬深家的常客，唯一不同的是，他每次來都會帶三個人的早餐，而且不會直接去叫陳敬深起床。而面對王蒙的存在，陳敬深與林子豪也不覺得有什麼外人在場，各種親密動作都在王蒙面前上演，弄得王蒙大叫苦處：

「你們兩個注意點好不好，這裡還有一個喘氣的呢。」

「那你就快點找一個唄。」這是林子豪通常對王蒙的回答。而陳敬深也只是笑笑。在這兩兩交織的愛情與友情的小社會裡，歡樂總是很多。可是，上天卻不是喜歡完美的組合。

由於林子豪的關係，蘭清慢慢的也成了這個小社會中的一員，他們成了一個小小的四人幫。有意思的是，兩個老師，兩個學生。

陳敬深看得出來，林子豪是有意想把蘭清介紹給王蒙。她認為，王蒙詼諧幽默，人又長得精神，他的家境不錯，對蘭清來說，是不錯的選擇。她把這個想法說給陳敬深聽，陳敬深只是笑笑，沒有說什麼。在林子豪看來，陳敬深是默許了她的想法。不過，令她不解的事，蘭清好像對王蒙沒有什麼特別的感覺。四個人在一起的時候，蘭清總是有意無意的與王蒙保持距離，而且從她對王蒙的稱謂中，就能聽出她的冷漠，因為她每次都叫王蒙「王老師」。兩個人將來是否會建立親密關係，從稱謂上就聽得出來，這明顯是給王蒙一個暗示，你我只是師生關係，請別越雷池一步。

久處情場的王蒙怎麼會看不出蘭清的想法，為了不使這四人關係僵化，他也有意無意的與蘭清保持距離，說話做事，不像對林子豪那樣放得開。

林子豪一直為自己的媒人角色的失敗而耿耿於懷，但事實告訴她這已經是一個無法改變的事實。不過，四個人並沒有因為王蒙與蘭清的情感未建立而出現什麼裂痕。仍然是一起逛街，一直爬山，一起K歌，一起喝酒。

　　讓陳敬深留心的事，最近每次K歌，王蒙總是要先唱兩首歌，一首是《單身歌》，一首是《一個人的寂寞兩個人的錯》。陳敬深明白王蒙心中的空虛，一個以前那麼放浪的人，因為蘭藍的事而痛改前非，確實是一件不容易的事。他曾經想著要在學校裡給王蒙介紹一個年輕的女老師，可是後來他知道王蒙對人家沒有那種意思，也不得不為他感到惋惜。他知道，王蒙心裡一直還在想著蘭藍，蘭藍是他心中，永遠過不去的坎。可是他也知道，蘭藍已經結婚了，也許現在都有了小孩子，過去的，過了就不會再回來。他曾試著去勸王蒙，可是看到他在自己面前偽裝得那麼堅強，他不想撕裂這層脆弱的「窗戶紙」。

　　林子豪的紅娘角色還在繼續扮演著。但她發現，除了她自己以外，她的同學沒有人會對師生戀感興趣。在她所認識的同學中，這一條路算是堵死了。於是，她想著把自己的表姐、堂姐介紹給王蒙，不過她又發現她們早已經是名花有主了，倒是讓一直想做紅娘的她傷心不小。

三

　　陳敬深要評副教授了。不過，這兩年濱海大學教師擴招，名額少

而申報的人多。系裡面給出的建議是，他最好能出國學習一年，如果能在國外，申請到一個博士學位，那就更好了，好拿到副教授資格。畢竟國內對海外學習經歷還是比較看重的。而且最近兩年，濱海大學有對出國讀博的政策偏斜，院長私下對他說了不只一次。

對於出國的事，陳敬深倒不擔心，他已經為這一切做好了準備。在公司裡做開發工程師的那段經歷，讓他結識了很多外國的客戶。有一些在工作中已經成了他的朋友。前些天打電話聯繫了一兩個，出國讀博的學校基本上是可以定下來。只是，林子豪讓她放心不下。

這一年，林子豪已經大四了。工作的問題一直是她現在最需要解決的。林子豪的父母想讓她留在濱海本市，這樣離家近些，可以常見面。林子豪雖然不想一輩子待在家中，但懂事的她卻不想讓父母傷心，畢竟他們就只有她這麼一個女兒。可是，濱海的工作，哪裡是那麼容易找得到呢？雖然，林父一直想讓她去自己的公司裡幫忙，但倔強的她不想一出大學還要靠父母的背景，她想到外面闖蕩幾年。

英語專業雖然找一個維持生存的工作不難，可是找一個好一點的工作，卻不那麼容易。林子豪不想像同學們一樣，找一個私立學校或培訓機構，但是像濱海這樣一個大都市，想進事業單位又難如登天，除非她爸幫忙。林子豪這個學期一開學就四處奔波，希望能找一份她滿意的工作。最後的結果是，要麼是她父母喜歡她不喜歡，要麼是她喜歡但離家太遠。林子豪種種的煩心事讓陳敬深放不下心來。他知道，找工作的人是最焦慮的，他能體會那種感受。

在這樣一個關鍵的時刻，陳敬深怎麼能放下心來去國外學習呢？

但是如果他不去，他評副教授可能就要晚個三年或五年，他不知道自己是否還等得起。

對陳敬深評職稱的事，林子豪是從王蒙那裡知道的。她堅持陳敬深一定要出國，她的事她自己會解決好，不要陳敬深操心。可是，林子豪越是這樣，陳敬深出國的心就越淡，最後，林子豪假意的發了一次火，其中有一句話說得挺重的：「敬深，你要是不出國，我就不和你在一起了。我喜歡有事業心的男人，不是天天圍著老婆轉。你懂嗎？」這話最終讓陳敬深下了決心。

聯繫好學習的學校，辦理了一切手續，陳敬深買好了飛往美國的機票，準備為期一年的國外考察生活。可是，他哪裡放心得下林子豪，臨走時將蘭清和王蒙拉到一邊，千叮嚀萬囑咐要他們幫著照顧好子豪。最終，他帶著不捨，告別了林子豪、王蒙和蘭清，踏上了異國他鄉的求學之路。

大四的生活最好的概括就是三個字：找工作。課堂上早已經沒有多少學生安心的坐在那裡了，蹺課成了家常便飯，而不蹺課的卻成了不正常的事。蘭清與林子豪也加入了蹺課大軍，天天往返於招聘會與學校宿舍。雖然，每次都是滿懷希望而去，但總是帶著失望而回。

在這個時代，大學生已經不是社會精英的代名詞，只是普通的高等勞動力。濱海大學雖然在當地影響很大，但是相對於北京、上海的211、985高校，還是略輸一籌。眼看著一個個好工作被那些學校裡的人搶走，林子豪心裡特別不甘心。這段時期她說得最多的一句話就是：「要知道去北京讀大學了，就不受這個氣了。」在林子豪說這話

的時候，蘭清靜靜的陪在她身邊。時代的不公正，已經讓出身於小城市的她們，感到了生活的艱辛。

　　陳敬深走後，林子豪就直接搬進了陳敬深所住的教師公寓。大四上半年的就業失利，她未免有些心灰意冷。陳敬深宿舍的清靜生活，可以讓她感受好受一點。最近爸爸又提起幫忙找工作的事，讓她的自尊心又再次受到了挑戰。她不明白，自己在大學苦學四年，為何最後還是要靠父母才能養活自己，這讓她很煩悶。蘭清晚上會過來陪她，但是她白天會做兼職，因此林子豪白天只能以陳敬深的電話與電腦作伴。

　　陳敬深到美國後，所遇到的困難是他在國內所無法預料得到的。他蹩腳的英語在美國幾乎成了他出國後的最大障礙。為了讓自己的口語與聽力能力增加，他經常跑學校裡的各種公益性組織裡，以參加公益活動的名義來鍛鍊自己的聽說能力。當然，教堂也是他經常要去的場所。他覺得，他在美國半年所學的英語，比他從小學到博士的英語還要多。

　　慢慢的，繁苦的學習任務讓陳敬深的性子變得非常急，慢慢疏遠了遠在國內的林子豪。這些天，他手上要做的事很多，所以每當子豪打電話過來，他總是匆匆說上幾句，就掛斷了電話。有時候知道林子豪心情不好，他就打電話給蘭清、王蒙過去陪她。國外的生活並不像在國內想像的那樣美好，緊張的生活讓他連想家的想法都不敢有。對於每週都要給家裡打電話的他，已經三個月沒有給家裡去一個電話了。倒是王蒙替他撥了幾次電話回家裡，安撫子陳敬深父母的擔心之

情。

　　陳敬深覺得，自己人生之中，最大的幸運就是遇到了王蒙這個好朋友。然而，上天總是喜歡開玩笑，讓他們這份友情，面臨了前所未有的巨大考驗。

四

　　在林子豪找工作最痛苦的這一段時間內，蘭清因為兼職總在外面跑，只有王蒙一直都陪伴著她。林子豪第一次因為面試的失敗流下淚水的時候，王蒙在她身邊；林子豪第一次因勞累而昏倒在公交網站的時候，王蒙在她身邊；林子豪感到孤獨無聊而想出去走走的時候，王蒙在她身邊。總之，自從陳敬深走後，王蒙幾乎成了林子豪的影子，她在哪裡，他就在哪裡。

　　王蒙的風流倜儻，和他時不時冒出的各種笑話，成了林子豪大四最深刻的記憶。慢慢的，她越來越習慣王蒙的存在，而且是更依賴。雖然，她覺得這個念頭，似乎不太妥當。可是，在這個學校裡，除了蘭清，也就只有他這一個朋友了。她慢慢的發現，心裡越想要遠離王蒙，就越希望他能出現在自己的面前。王蒙的樣子，已經在她心裡揮之不去了。

　　替陳敬深照顧林子豪的這段日子，他慢慢的瞭解了這個女孩喜歡吃什麼，喜歡去哪家店，她害怕什麼，她生氣的時候什麼會方法讓她最快的高興起來。這一年來，他深深的走進這個女孩的世界。他會在招聘結束後去接她，帶她去哪裡吃飯，告訴餐廳老闆哪些是忌諱的，

然後再送回陳敬深家，看著她在陳敬深的浴室裡洗去一身的疲憊，和聞著她從浴室走出來一身的清香。這樣的日子過了一天又一天，一月又一月。逐漸的，王蒙也害怕起來。

終於有一天，他決定再也不要見林子豪了，在事情還沒發展到不可挽回的時候，他要及時停住。可是就在他做好決定的那一刻時，陳敬卻深突然打來電話，說林子豪這兩天有些奇怪，要他過去看一下。他本能的從床上跳下來，再一次來到陳敬深的住處。

打開陳敬深的房間，屋裡面一片狼藉。滿地的啤酒瓶已經告訴了王蒙發生了什麼事。林子豪側著身子躺在沙發上，眼睛閉得很緊。王蒙伸手摸了她一下額頭，發現燙得要死。他伸手過來抱林子豪，想把她送進醫院。

林子豪睜開眼睛推開王蒙，半醉半醒的說：「我不去醫院，不去醫院。我，沒事。」

「那好吧，那你上床好好休息一下。」王蒙說著，轉身想要出去。

「你別走好嗎，陪我一下好嗎？」林子豪用半哀求的聲音說道。

想要離開的王蒙，雙腿像灌了鉛水一樣，一動不動了。他不知道自己是怎麼重新坐到沙發上來的，而身旁的林子豪，就抱著他的胳膊，依偎在他的身旁。

這種感覺，讓王蒙感到像打倒了五味瓶，心裡說不出是什麼滋味。林子豪的體香通過濃重的酒味，一次次挑逗著王蒙的嗅覺。就這樣，他們一起坐了一個多小時。其間，陳敬深來過一次電話，王蒙支

支吾吾的回答了一些他也不知道是什麼的話。電話掛掉之後，他覺得空氣好像都凝結了。四周最吵的就是那個吊鐘的秒針在一格一格的走。王蒙，這個曾經風流成性的人，今天卻有過他從未有過的躊躇和尷尬。

林子豪在朦朧中把王蒙的手向自己的懷裡拉了一下，王蒙一個沒注意，自己的嘴唇就蓋在了林子豪的唇上。而林子豪也在驚愕一下之後，同王蒙激烈的熱吻起來。兩個孤獨寂寞的心，在這一刻終於突破一切思想包袱爆發出來。

正當他們熱吻的時候，蘭清兼職回來。當他打開陳敬深那未鎖的房門，她看到了發生在眼前的一切。

五

蘭清被眼前的一切驚呆了。她本想家教回來，來陳敬深家看看一直很憂鬱的林子豪。兩個是那麼多年的好朋友，看到她因工作的事經常不開心，她決定今天過來陪陪她。可是，她沒有想到，自己到門口卻發現門是開著的，推開門，卻見王蒙和林子豪吻到了一起。她的大腦瞬間空白。

林子豪在熱吻中隱隱約約的感覺到門口好像有一個人，猛然睜眼一看，嚇得她趕快推開壓在她身上的王蒙。三個人同時像木頭一樣的愣在那裡，誰也沒有說話。這個時候，屋裡的空氣就像凝結了一樣，一動不動，只有那個吊鐘的秒針在一格一格的向前走。

蘭清有一種說不話的感覺，壓在心裡沉沉的。一個是自己最好的

朋友，一個是自己最大的恩人，一個是經常見面的同伴與老師，現在三個人同時陷入了深深的矛盾，她夾在其中，不知所措。這到底是怎麼回事？林子豪不是陳敬深的女朋友嗎？王蒙不是他最好的朋友嗎？可是他們怎麼會走到一起？真要讓陳敬深知道了，不就是晴天霹靂嗎？蘭清不敢再想下去，她仍立在門口，一動不動。

王蒙開口說話了：「蘭清，進來坐吧。聽我給你解釋吧。」王蒙鼓起很大勇氣說道。在這個時候，他覺得他應該像個男人，承擔起一切責任，無論後果如何。

林子豪也走過來，拉著蘭清的手，把她拉到客廳的沙發上。三個人以凹字型坐著，仍然沒有說話。王蒙的頭深深的低沉著，像一個做錯事的孩子。林子豪也紅著臉，像是等待他人的審判。蘭清如木頭一樣的盯著前面的地板，也不知道說什麼。空氣再次凝結了。

王蒙很想給蘭清找出一兩條解釋，可是，他越想解釋，卻發現自己越張不開口。大腦此時已經是一片空白。在蘭清面前，還有什麼解釋能掩蓋了剛才近似荒唐的舉動嗎？他能對蘭清說，他愛慕林子豪很久了，他喜歡林子豪嗎？不能，因為，她是陳敬深的女朋友，他最好朋友的女朋友。

對於林子豪呢？她又能對蘭清說什麼呢？說她空虛寂寞沒人陪，而王蒙在這個時候占據了她的心靈。要知道，在這個傳統觀念還未完全消失的中國，這種解釋有多麼的不知廉恥。眼前這個人不是別人，是她最好的朋友，也是陳敬深的最好的朋友。而自己和王蒙的那個舉動，似乎正一步步的破壞四個人的關係。林子豪心慌得不知所措。她

的大腦，似乎在高速運轉，但似乎又是一片空白。

正當屋裡的空氣充斥緊張的氣氛時，林子豪的電話響了。她拿出來一看，臉再一次變得更白了。打電話的不是別人，正是陳敬深，他打電話給王蒙後，不知道這邊怎麼樣了。電話裡，他告訴林子豪一個好消息：他出國學習的日期下個月就可以結束了，他馬上就可以回國了。他迫不及待的想問問林子豪喜歡什麼東西，他好從國外帶一些回來。電話那頭興奮的陳敬深和電話這邊三個人的緊張，形成了鮮明的對比。林子豪不知道自己對陳敬深說了什麼，她只是嗯啊的回答了陳敬深的任何問題。面對此時還在國外的陳敬深，她根本不知道何去何從。電話掛掉了。林子豪再次回到沙發上，茫然的坐了下來。

蘭清卻站了起來，她似乎有好多話要說。很多時候，話都撞到嗓子眼了，她又硬硬的把它壓了回去。不過，她現在覺得，她該說點什麼。

「子豪，王老師。」蘭清對王蒙的稱謂永遠是王老師。

「今天的事，我不知道該說什麼。我也沒有什麼資格說你們，你們自己看著辦吧。」蘭清說完看著林子豪說：「我覺得，如果你還想和陳敬深在一起，我希望你自己把這件事告訴他，如果你已經不愛他了，那你就盡早放手吧。別傷害他了，他，受不了的。」蘭清話說得很重。

林子豪聽完蘭清的話，眼淚流了出來。說實話，她還是對陳敬深有感情的。想到當初他們衝破世俗，在公園裡相見，然後相愛到一起生活的兩年，怎麼能說分手就分手呢？可是此時，除了眼淚，她不知

道用什麼方式來面對現在這個場景。

王蒙雖然是情場老手，可是這一次他也覺得，自己做得實在太過分了。可是，他已無法從內心上責怪自己。因為，他感覺到，自己已經深深的愛上了林子豪。哪怕失去友誼，哪怕辭去工作，或離開濱海，他也願意為當下的行為承擔一切責任。

國內發生的這一切，遠在異國他鄉的陳敬深當然不可能知道。他還在憧憬著回來後，他的好朋友們如何來機場接他，還勾畫出自己出了機場後得到林子豪一個深情擁抱的畫面。在國外的這一年來，他太想林子豪了，雖然離回國還有一個月，但他感覺好像有一年之久。林子豪，林子豪，這個在夢中被他喊了無數次的名字，也被他叫了無數次老婆的女孩，總是教他輾轉反側、思緒萬千。

這一個月，他每天往返於各個大小超市、商店，手裡的錢像雪片一樣換成了各種東西。陳敬深此時似乎要花光自己身上每一分錢，為他那國內思念的愛人。

六

陳敬深在美國修完一年的學分就匆匆回國了，機場來接他的，卻不是林子豪、王蒙和蘭清，而是學校的同事。在一場官方的寒暄之後陳敬深不免有一絲失落。他打電話給林子豪，想第一時間告訴她：他回來了。可是，從平淡的電話那邊，也只傳來了「哦」這一個聲音。當陳敬深追問她現在做什麼的時候，子豪卻回答說：「我在忙。」

陳敬深失落的感覺再一次加深了。他不知道發生了什麼事，但他

知道，一定是發生了什麼事，不然，以林子豪的性格，絕不會是這樣。汽車已經在機場高速上飛馳，可是他還感覺它跑得那麼慢，他多想馬上就飛回家裡，去見他那久別的愛人。

林子豪現在在做什麼呢？他不得而知。她，王蒙和蘭清正坐在陳敬深的家裡。三個人正在為陳敬深的回來發愁。林子豪已經決定和陳敬深提出分手，就像當初她決定和陳敬深在一直的那樣堅決。王蒙也做了為愛情付出一切的準備。當他們把自己的想法告訴蘭清的時候，蘭清覺得自己再說什麼也於事無補。只是，三個人都有一個共同的想法：不能傷害陳敬深，他，是無辜的。

那麼，如何面對陳敬深的歸來呢？難道當他一進門的時候，就告訴他，林子豪想和他分手，然後和王蒙在一起，那他怎麼會受得了。陳敬深剛剛電話打過來，說他已經到機場了，而機場到家裡，不過一個小時的車程，怎麼辦？怎麼辦呢？

蘭清說話了。「子豪，陳敬深回來，我覺得你應該還是跟以前一樣，這樣，給他一個精神的適應期。他是我們三個人的好朋友，不能傷害他。王老師，我這麼說，你明白嗎？」蘭清說完，直直的盯著王蒙。

王蒙知道蘭清說的像以前一樣，是什麼意思。那就是說，林子豪還要有一段時間住在陳敬深家裡，在接下來會發生什麼，他也能想像得到。但，這是他必須要做出的犧牲。因為，他已經深深的對不起自己這位相交四、五年的朋友了。

林子豪怎麼不明白蘭清的想法。對於自己現在的愛人，自己卻還

要和以前的愛人同床共枕一段時間，實在讓她感到彆扭、尷尬。況且，她的愛，已經慢慢的轉移到王蒙身上了，怎麼又能和另一個男人在床上翻雲覆雨呢？可是，她真的不想傷害陳敬深，特別是在他剛回國的這幾天，她也別無選擇，因為是她和王蒙對不起陳敬深。蘭清的建議，在凝結的空氣中達成了同識。

細心的蘭清站起來，對林子豪和王蒙說，「我們收拾一下屋子吧，別讓陳敬深看出什麼來。三個人在屋裡子裡面忙了起來。對於這間三個人都熟悉不過的房間，今天大家收拾的心情，卻大不一樣。

門被推開了，陳敬深出現在門口。

蘭清一眼就看到了站在門口的陳敬深，用手掐了林子豪一下。林子豪轉過身來，走到了陳敬深身邊，一把抱住了剛剛回來的陳敬深。陳敬深被這個意外弄得又驚又喜，他下意識的丟掉一切行李，緊緊抱著林子豪，當著王蒙、蘭清的面，吻了起來。此時，林子豪，蘭清，王蒙，肚子裡的五味雜陳，說不上是什麼感覺。這場迎接的開場戲就這樣拉開了帷幕。

陳敬深看到王蒙，蘭清都在他家，心裡有說不上的高興。他慌忙的從包裹裡面拿出一件一件的禮品，邊介紹邊發給大家。

「老婆，這是法國高級的化妝品，我美國的朋友都說這挺好的，你試試；還有，蘭清我也給你帶了一套。還有，……還有……。」

一片歡樂的場面中，隱藏著一個除陳敬深以外，大家都知道的秘密。

中午，陳敬深被領導叫過去吃了一個便飯，喝了很多酒。他早上

的時候還因為林子豪、王蒙和蘭清沒有去接他而沮喪，現在就除了高興，還是高興。

此時，在陳敬深家的王蒙、林子豪和蘭清，正在想下一步該怎麼辦，如何才能讓陳敬深平靜的接受這個事實，大家一籌莫展。最後，蘭清沉沉的說：「林子豪，你今天就留在這裡。王老師，你和我回去。」

「什麼，我要住在這裡？」林子豪看看王蒙，又看了看蘭清。

「今天，你必須住在這裡。」蘭清說得很堅決，同時又直直的看了看王蒙。

王蒙怎麼能不瞭解蘭清講這句話裡面包含的內容。「那子豪，今天，你就住在這裡吧。」王蒙伸過手來，重重得抓了林子豪的手說。空氣再一次凝結。

蘭清站起來說，「走吧，他快回來了。」王蒙跟著走了出來，林子豪一個人，靜靜的沙發上。電視吵鬧的聲音，卻更能影響她內心的寧靜。她突然聽到有人用鑰匙開門的聲音，她知道，他，回來了。

他是被兩個同事攙扶回來的，開門的是他的一個同事。

「呦，弟妹在家啊，陳老師喝多了。」他們邊說著，邊把陳敬深托到沙發上。

「麻煩你們了，來，喝點水吧。」

「不了不了，我們還有事，就先走了。」

「先坐坐再走吧？」

「不了，不了，改日再登門拜訪。」兩個說著就向樓下走去。蹬

蹬的樓梯聲加上汽車報警器的聲音，再次宣告這夜的寧靜。

林子豪去廚房洗了條毛巾，給陳敬深擦了擦臉。要是以前，林子豪一定要大叫起來：

「又喝這麼多酒，起來起來，把衣服換了，趕快去洗澡。不洗澡，你就別進屋睡覺。」陳敬深往往是極不情願的起來，聽著她囑咐的一切，然後乖乖的上床睡覺。

可是今天，林子豪什麼也沒有說，像一個賢妻良母一樣的伺候著陳敬深。

陳敬深的意識稍稍有一點恢復過來，看到陪在自己身邊的林子豪，一下子就把她撲到在沙發上。一年的分隔兩地，陳敬深再也顧不得老師的儀態，他像野獸一樣，把林子豪狠狠的抱在了懷裡。

林子豪默默的接受著陳敬深給她帶來的一切。而這一切，又像她那白天下好的決心，再一次動搖起來。女人，是感情的東西。她無論下了多大的決心，可是當靈與肉的結合再一次產生的時候，她又不得不回想起過去美好的一切。這一夜，兩個久別的曾經情侶，度過了他們人生中最難忘的一夜，但，這成為他們在一起的最後一夜。

第六篇

一

　　林子豪終於向陳敬深提出分手了，這是陳敬深回國後沒有想到的。他怎麼也想不到，自己回國後，遇到的第一個最大驚奇的事竟然是這個。這個讓他在國外魂牽夢縈的女孩，今天卻對自己提出分手。陳敬深抓起電話不斷向林子豪問為什麼，可是，林子豪平靜的只給出一句話：「我們不合適。」

　　「不合適，難道這就是分手的理由。要知道，我們在一起兩年了，不，是三年了。怎麼能說分就分，你到底告訴我一下，我哪裡做得不好，我改還不行嗎？」陳敬深放棄了老師的尊嚴，在向他的愛情苦苦哀求。但哀求並沒有換回林子豪的回心轉意。

　　陳敬深很想找到蘭清，想問問這到底是為什麼。可是不知道為什麼，蘭清總躲著他，電話也時常打不通。打電話給王蒙，他也吞吞吐吐，說不清原因。陳敬深一個人沉浸在巨大的不解與傷痛之中。每天晚上，他總一遍一遍的打電話給林子豪，只是，那個熟悉的電話，再也沒有接通過，直到有一天，電話那邊傳來一句話，讓陳敬深的心涼到了底：

　　「對不起，你撥打的電話已停機。」

　　回國的喜悅早已經消失得無影無蹤，魂不守舍的陳敬深每天遊蕩在校園的各個角落，他多想自己能在無意中看到林子豪的身影出現，可是，每一次都失望而回。

林子豪和蘭清三個月前就已經畢業了。蘭清在濱海找了一份工作，沒有回青松縣。對於陳敬深和林子豪分手的事，林子豪並沒有對她隱瞞，只是，她不想再繼續演戲下去，因為她覺得這麼做，對不起王蒙。他們雖有錯，但事已成定局，就不能再錯上加錯。

如何向陳敬深提出分手，其實讓林子豪和王蒙苦惱了一段時日。最終，他們覺得快刀斬亂麻是最好的解決方式，於是就有了那通電話。林子豪覺得，自己沒有在陳敬深一回國就提出分手，也算是情至義盡了。她不能再讓王蒙承受著心理上的煎熬。

這件事也成了壓在蘭清心裡的一塊石頭，壓得她喘不過氣來。三個人都是自己的好朋友，陳敬深又是自己的恩人，面對另外兩個人的自私，她一個外人能說什麼呢。

陳敬深的遭遇讓她心痛，卻不知道如何和陳敬深解釋這一切。如果陳敬深知道林子豪離開的原因是因為王蒙，他會更瘋的。她不接陳敬深的電話，是不知道電話接通後說什麼，告訴他實情嗎？陳敬深他能承受得住嗎？他會不會因此做出什麼極端的事？蘭清不敢往下想。她每天夜裡，都被有關陳敬深的噩夢驚醒。

幾次她回濱海大學，總能在一個隱蔽的角落看到坐在校園長椅上憔悴的陳敬深，她心裡真不是滋味。本想走上前去安慰他一下，卻又不知道見面後該說什麼。萬一陳敬深問起林子豪為什麼要和他分手，她又該如何回答呢？她卻步了。一個是他最愛的人，一個是他最好的朋友，他們的結合，對於他來說，簡直就是晴天霹靂。

林子豪其實一直住在濱海市，她停掉了自己原來的號碼。心裡的

內疚和悔恨讓她無法再面對陳敬深。她已經和王蒙一起住在市中心，在那裡，他們租了一個店面，準備做一些小生意。林子豪的爸爸並沒有反對林子豪和王蒙的這段感情，相反，他倒是挺喜歡王蒙這個小伙子，在他們開店的時候，林子豪爸爸出了五十萬給他們做啟動資金。兩個人最近也一直在忙著新店的事。

王蒙辭去了濱海大學的教職。對於他來說，一是想下海尋找另一種生活；再者就是他真的不知道如何面對陳敬深。和林子豪的日夜相守中，他更加愛上了這個天天陪著他進貨賣貨、勤勤懇懇、任勞任怨的女孩子。林子豪出身於一個富裕家庭，可是此時在自己的小店裡，她卻從來沒有把自己當成一個「溫室」裡的乖寶寶。她在為她和王蒙的未來而努力。而且，此時的她已經不是她一個人了，她懷了王蒙的孩子。

濱海大學的這個過去的暑假，發生了太多的事情。對於陳敬深來說，這種打擊是他所無法承受的。林子豪、王蒙和蘭清三個好朋友的突然消失，讓他覺得整個世界都空了一樣。他每天定時起床，定時去一個固定的早餐店吃早餐，定時坐在辦公室裡發呆，定時坐在昨天坐過的長椅上等著日落，然後定時的回到宿舍睡覺。這一個月來，他每天就是這樣過過來的。

母親的來電是他一天中最興奮的事了。為了不讓母親覺察到他有什麼不同，他總是帶著撒嬌、可愛和調皮的語氣應付著母親的每一句話，可是心裡流淌的血讓他在電話掛掉的那一剎那，恢復到原來狀態：鐵青的臉、失落的眼神、低垂的頭，和沒有方向的雙腳，構成了

一副校園一景。

　　偶爾學生過來喊的「老師好」，他也只是用苦笑回應著。幸好他今年上的大一新生的課，不然，就現在他這種狀態，一定會得到學生的投訴。他無數次走到林子豪曾經住過的宿舍樓下，望著她曾經住過的房間發呆。這一發呆，就是一兩個小時。陳敬深，已經徹底要崩潰了。

二

　　陳敬深可能不知道，就在她發呆的時候，一直有一雙眼睛在盯著他。這不是別人，正是蘭清。蘭清這一個月來，總是在下班後就匆匆的趕回濱海大學，然後在校園裡尋找陳敬深的蹤跡。她真的怕陳敬深做出什麼傻事。每次她看到陳敬深走到湖邊的時候，她的心就提了起來。幸好，陳敬深每次都是繞著湖邊走了一圈，就向遠處走去。

　　在她曾經住過的樓下，她發現了陳敬深的蹤跡。她怎麼能不明白陳敬深現在的心裡感受呢。她多想走上前去，告訴陳敬深發生的一切，開導他，讓他不那麼傷心。可是，她不敢，因為，她不知道該怎麼說。

　　林子豪兩天前給她送來了喜帖，她和王蒙準備在下個月十五日結婚，地點就定在濱海最豪華的香格里拉大酒店。蘭清不知道該不該把這件事告訴陳敬深。如果她說了，後果是怎麼樣呢？陳敬深會不會去做傻事？蘭清不敢往下想。

　　陳敬深最終還是通過別人知道了這件事。他從同事的口中，得到

了林子豪與王蒙結婚的消息。看到喜帖上赫然印著兩個的名字，有如驚雷擊中他的前額。陳敬深雙腿一軟，一屁股就坐在凳子上，怎麼站也站不起來。那熟悉的五個字「林子豪王蒙」和後面的「結婚」兩個字，讓他的世界徹底崩潰了。

沒有人知道陳敬深為什麼有這麼大的反應，他們嬉笑中討論該包給王蒙多少紅包。

「這小子行啊，竟然把我們系上的校花泡到手了。聽說那個學生家裡還挺有錢的。」

「可不是嗎，她老爸一出手就是五十萬啊。五十萬，夠我們十年的工資了。」

「這回可要好好宰他一回，這小子，撿了這個便宜，竟然我們誰都不知道。陳敬深，你不是和王蒙很熟，他有沒有和你透露一點？」

「……

陳敬深沒有意識的回答著：「熟，熟，熟悉。……」是啊，他怎麼能不熟悉呢。一個自從他來濱海就陪在他身邊的摯友，一個把他家當成自己家，一個和他無話不談的人，他能不熟嗎？不光對他熟，對他即將要娶的老婆，一個曾經和他一起生活過兩年的人，一個曾經讓他魂牽夢縈的人，他怎能不熟嗎？太熟悉了。

陽曆十月十五，這天天氣特別晴朗。陳敬深這一天四點多就已經起來了，他實在是無法再睡下去，準確來說，他一晚上都焦慮到睡不著。當然，這一天沒有睡的，不只他一個人，還有蘭清、林子豪、王蒙，因為各自的原因，他們都無法入睡。

喜慶的鞭炮聲拉開了婚禮的大幕，司儀調侃的話語逗得在場人一陣陣歡笑。林子豪帶著略微顯懷的身子穿著那件寬鬆的婚紗，仍不失當年的美麗。當然，這場婚禮是沒有人給陳敬深下喜帖的。曾經王蒙和林子豪想匆匆辦一桌酒席，把雙方家裡人都請過來，就算結婚了。可是雙方父母都不同意。

林子豪的父母都是有頭有臉的人物，怎麼可能讓自己的女兒不清不白的就嫁出去呢？王蒙的家裡雖不算有什麼地位，但傳統的觀念也不能允許兒子這麼做。這場婚禮，是在林子豪和王蒙極不情願的前提下舉辦的。為了雙方父母，他們不得不冒著再一次可能觸動陳敬深那根脆弱神經的風險而向同事發喜帖。他們最害怕的事，陳敬深會突然出現在婚禮現場，然後做出一些讓大家都無法控制的事。

事情真是越怕什麼，越來什麼。陳敬深果真出現在他們婚禮的現場。不過，不是婚禮正在舉行的時候，而是大家都在吃晚餐的時候。人群中的陳敬深顯得那麼顯眼，他直直的向林子豪和王蒙走來。王蒙下意識的擋在了林子豪前面，準備應付陳敬深的一切過激行為。畢竟林子豪身上，有兩條生命。

陳敬深走到王蒙前面，看了看肚子略拱起來的林子豪，又看了看王蒙。順手從旁邊的桌子上拿起了一杯酒：「恭喜你，恭喜你們。」然後一飲而盡。他看了看在旁邊做伴娘的蘭清，笑了笑，轉過身來，平靜的離開了婚宴現場。虛驚中的王蒙一時還沒有回過神來，但穿著婚紗的林子豪哭著跑了出來，對著遠去的陳敬深喊了一聲：「敬深，對不起。」

陳敬深沒有回頭，眼淚伴著無意識的雙腿，一步一步向前走著。他怎麼可能去鬧好朋友的婚禮呢，何況是曾經的好朋友。他無法像別人那樣大方的說：祝你們幸福。因為他實在說不出口。他的幸福，就在這對新人的幸福中，消失了。他該去哪裡去尋找他的幸福呢？濱海市的夜色很美麗，但是在陳敬深的眼中，一切都已經變成了黑白色。

蘭清跟了出來，她拍了拍林子豪的肩，安慰了幾句，便讓王蒙帶她回去。蘭清一個人默默的跟在陳敬深的後面。她奇怪陳敬深怎麼知道林子豪結婚的事，和他們辦婚禮的地點。她知道這個婚禮對陳敬深相當於什麼。她不知道的是，陳敬深能否承受住這再一次的打擊。

婚禮現場的歡聲笑語，襯托出陳敬深內心的淒涼。他多想找一個地方，借酒消愁一下。可是，他現在這個樣子，喝多少酒也不可能消愁。他多想大哭一場，可是眼淚早已流乾。孤獨的夜，孤獨的街，加一個孤獨的人，構成了一個孤獨的世界。

蘭清一直默默的跟在陳敬深的身後，但並沒有追上前去。她只是怕陳敬深做出什麼傻事。自從他與林子豪分手後，這就是她最擔心的了。她知道自己沒有接陳敬深的電話，他一定恨死了自己，覺得自己也欺騙了他。剛才陳敬深那一笑，讓蘭清直冒冷汗。

三

蘭清母親上個月就已經來到濱海，談起了蘭清的婚事。她從老家看中一個小伙子，外形長得可以，家資也不錯。洋樓，賓士寶馬，家裡一應俱全。而他們全家人都是看著蘭清長大的，又知道蘭清考上了

重點大學，所以，就托媒人找到蘭清的母親。

　　蘭清媽當然一百個願意。先不說他家庭如何，就小伙子本身，也是一個實在的典範。這孩子也是她從小看到大的，從小就本本分分，不招東家，不惹西家的。兩家老人一拍即合，現在，就看看蘭清的想法了。

　　這就是蘭清母親來濱海的主要目的，當然，她更想看看她們的恩人陳敬深。但不知道為什麼，每次她提起這件事，蘭清總是以自己沒空為由，而搪塞過去。她曾主動給陳敬深打過幾次電話，但總是沒有人接。

　　蘭清怎麼敢讓自己的母親去見陳敬深呢。陳敬深現在的樣子，不上課的時候人不人，鬼不鬼的，怎麼能讓母親看見呢？還有，自己在整齣戲裡面扮演的角色，一定讓陳敬深傷透了心。搞不好他恨死自己了。而且，母親並不知道這件事，萬一哪一句話沒說對，不又等於給陳敬深雪上加霜了嗎。

　　想到這些，蘭清只帶著母親在濱海逛了幾天，就沒怎麼出門。不過，帶著目的來的母親對陳敬深的事也沒有太過上心。因為解決女兒的婚姻大事才是此行真正要做的事。

　　終於一天晚上，蘭清母親把蘭清叫到身邊，向蘭清表明來意。

　　「蘭啊，媽這次來，是想和你說個事。」蘭清媽說道。

　　「嗯，說吧。」蘭清回應著。

　　「你還記得你小時候經常和你玩的那個小石頭不？」蘭清媽試著說道。

「小石頭？不太記得了。哦，是不是那個天天臉上掛著鼻涕，天天哭的那個？」蘭清表面陪笑著說。其實，她內心此時咯噔一下，她怎麼會不記得自己高中時暗戀的那個人。

「你這孩子，怎麼說話呢。」蘭清媽說著從包裡拿出一張照片。一個很清秀的男孩子出現在她們面前。「看看，這孩子變化得多大啊。」

蘭清是怎麼也不能把照片裡的人物和她當初的印象聯繫在一起。照片裡清秀的男孩子，和高中時那個向她表白的人相比，多了一份成熟，少了一份稚嫩。不過，母親為什麼給自己看他的相片呢？蘭清很是不解。

「媽實話和你說了吧。媽這次來，就是為你的婚事來的。你看你，已經大學畢業了，也該成個家了。媽也想抱外孫子了。小石頭家人對你的看法不錯，那孩子我也見過，也挺好。況且，這孩子我們知根知底，錯不了。他對你也有那個意思，你看看，如果可以，你們……」

蘭清打斷了母親的談話：「媽，人家才二十四五，還想闖幾年呢。你老人家這就早就想把我嫁出去了，不要我啦。」

「這傻姑娘。男大當婚，女大當嫁，這有什麼不好意思的。再說，你當初不也挺喜歡他的嗎。你啊，也不小了，都二十多歲了。媽像你這麼大的時候，你都快五歲了。你……」蘭清媽說道。

「媽，你那個時候是你那個時候，現在哪有人結那麼早的。我可不想那麼早就天天圍著廚房轉。媽，你讓我再闖幾年，好不好。」蘭

清再一次打斷母親的話。

「這孩子，你早晚不是要嫁人的。現在人家條件不錯，你不抓緊，萬一人家有了別人，我看你咋辦？」蘭清母親略在微怒的說道。

蘭清站起來，在母親面前轉了一個圈，「媽，你看我這樣，還愁我嫁不出去嗎？」

母親被蘭清的舉動逗樂了。剛要再說點什麼，又被蘭清打斷。

「媽，我餓了。你給我做頓飯吧。我好久都沒有吃到你做的飯了。」

「好好好，你個小饞貓。」蘭清母親說著，拿起圍裙進了廚房。

蘭清此時怎麼能有心情去相親呢。陳敬深的事，一直是她心頭的一塊心病。自己的恩人此時生活在水深火熱之中，而自己卻能像個沒事人一樣去談戀愛。她做不到。

她曾經去諮詢過心理醫生，問了好多有關失戀的情況。最後，她認為心理醫生給她最可用的一個方法就是：再給陳敬深找一個女朋友。新歡治舊痛。可是，哪裡有那麼合適的女孩呢？蘭清開始觀察起自己周圍的同事來。

但是，在蘭清所任職的單位，和陳敬深年紀相仿的，幾乎都已經是孩子的媽了。要不就是太小，她們也不可能看上陳敬深這種類型的。她苦苦的思索陳敬深那個未來的「白雪公主」。

蘭清母親對蘭清的這一切想法一無所知。她本來打算好好勸勸蘭清，卻發現蘭清壓根就沒有想過要談這件事。看到女兒沒有這個想法，她也只能惋惜的閉上了嘴巴，並且買好回青松的火車票，準備回

去了。

　　送走母親的蘭清，大腦裡總是閃現出陳敬深那些痛苦的表情和彎曲的身體。她決定，有時間再去看看陳敬深。

四

　　蘭清敲開陳敬深的門，迎接她的是一個衣衫不整、蓬頭垢面的男人。這不是別人，正是陳敬深。他除了上課的時候稍稍收拾一下自己外，平時都是這個樣子。屋子裡亂得像一個垃圾站。看到蘭清的到來，陳敬深先是驚了一下，隨後面無表情的說：「進來吧，屋裡有點亂。」

　　蘭清走進屋子裡，她怎麼也不能把眼前看到的場景和她以前來時的場景聯繫到一起。這地方髒亂的連一個放腳的地方都沒有。衣服、酒瓶、垃圾散落在屋裡的各個角落。蘭清什麼也沒說，把手上的包丟在沙發上，開始幫陳敬深收拾起房間來。

　　「不用，不用弄。我一個人，一個人習慣了。」陳敬深對蘭清說。

　　「你這哪裡還是人住的地方，簡直連豬窩都不如。」蘭清邊收拾邊說道。陳敬深也沒有再說什麼，站在一邊，靜靜的看著蘭清整理他這個髒亂的房間。一年多年來，這個房間還是第一次迎來女人。陳敬深麻木的看著蘭清弄這弄那，一時也不知道說什麼好。自他和林子豪分手後，蘭清已很久沒有來過了。這個他以前太熟悉不過的女孩，今天讓他感覺是那麼的陌生。

蘭清已經不是當年那個躲在門後看他的小女孩，也不是當年那個對大城市充滿好奇的小女生。現在的她，完全是一個成熟都市女性。從她的言談舉止，已證明她完全是一個城市人。如果不知道她的過去，沒人會將眼前這個女孩和青松那個窮縣城聯繫在一起。蘭清的成熟，讓陳敬深越發感覺自己老了許多。

這段日子，陳敬深一直過著委靡的生活。在沒有課的時候，啤酒花生就成了他生活的主要方式。家裡啤酒是按箱來買的，也就是這一箱箱的啤酒，過不了多長時間都變成一個個空瓶。委靡的他有時候就像一個乞丐，蓬頭垢面，哪裡還像一個老師。

兩次感情的失敗，讓他對生活也充滿了絕望。他曾不止一次想到自殺，但想到家裡還有年邁的父母，他放棄了這個不負責任的想法。然而，這熟悉的環境卻每時每刻都在折磨他那顆受傷的心。如果說周蘭欣的離開讓他的心裂開了一道縫，那麼王蒙和林子豪的結婚就是把他的心徹底給擊碎了。他實在不明白上天為什麼要這般對待他。

酒精，是唯一能讓他晚上入睡的方式。但酒醒後大腦劇烈的疼痛，卻又讓他恨不得把自己的大腦挖出來。他身邊連一個說知心話的人也沒有，他又不能和父母談這些事，他突然覺得自己已經掉進了萬丈深淵。

陳敬深一直沒有照鏡子，平時上課前，他只胡亂梳洗就走了出去，那已經是他一天中最乾淨整齊的時刻了。

蘭清看了看陳敬深，沒說什麼，默默的從包裡拿出一面鏡子丟給他。陳敬深打開鏡子一看，鏡中裡面的人，好可怕。他意識到自己現

在的樣子有多邋遢。

「你站在那裡幹什麼，去衛生間洗洗啊。」蘭清對站在一旁的陳敬深說道。

「哦。」陳敬深慢慢的走向衛生間，一股清水讓他的大腦清醒了許多。他擦了擦臉上的水珠，再次回到客廳。

蘭清還在房間裡收拾著。她今天一改平時文靜的形象，變成了碎嘴婆，邊收拾著，邊說著陳敬深的邋遢，宛如一個媽。

過了一會兒，蘭清抱著捲成一大團的髒衣服向陽臺走去，把陳敬深的內衣內褲和襪子挑了出來，其它的全部塞進了洗衣機。她從衛生間找到了一個盆子，將內衣內褲放裡面洗了起來。

陳敬深突然意識到了什麼，趕緊走向衛生間，但看到蘭清正在洗他的內褲，久久的說不出話來，只能呆呆的站在門口。

陳敬深尷尬的想著：一個男人的內衣褲怎麼能讓一個沒有結過婚的女孩洗呢。但是他真真切切的看到它們已經在蘭清的手裡裡搓來搓去，不由得有些難為情。雖然，陳敬深一直把蘭清當成孩子，但是現在的蘭清卻已經不是他印象中的孩子了。陳敬深的臉瞬時紅了起來。

蘭清將衣服用清水涮了幾遍，轉身對陳敬深說道：「你屋裡還有什麼吃的沒？」

「冰箱裡應該有一些吧。」陳敬深說著。

蘭清將手裡的衣服掛好，走到冰箱，打開一看，在裡面除了發現一些泡麵和榨菜，就是一些長毛的蔬菜。一股明顯的霉味撲面而來。蘭清轉過頭來，指著泡麵問，「你天天就吃這個？」

陳敬深沒有正面回答。

蘭清將裡面的東西迅速的全都清空，打了一盆清水，將冰箱裡裡外外洗了個遍。

「放那吧，我平時也不怎麼用，不用管它。」陳敬深在一旁說道。

蘭清並沒有理會陳敬深，繼續洗著。她完全想不到，也沒有多久時間，這個家會變成這樣。人說家裡沒有女人會變成豬窩，但是這陳敬深的家裡沒有女人，就快成了垃圾場。她要是再晚來幾天，陳敬深死在這裡面都有可能。看看那些發霉的食物，讓她有點噁心。

弄好這一切，她將盆裡的水倒掉，問道，「你家的購物籃在哪裡？」

「沒，沒購物籃。平時，就拿一個袋子。」陳敬深指著門旁一個皺巴巴的塑膠袋。蘭清看了一眼，什麼也沒說。一個人從陳敬深家出來，向超市和菜市場走去。

蘭清回來後，將一些吃食放進了乾淨的冰箱，自己又一頭栽進廚房，給陳敬深做了一頓午飯。當她把菜餚放在整潔的桌子上時，對陳敬深說，「快過來吃飯吧。」

陳敬深慢慢的走過來。

蘭清接著說，「我就不陪你一起吃飯了。我下午還有點事兒。你自己慢慢吃。」說著，她拿起包，轉身要走。

陳敬深追出來要給蘭清錢，蘭清卻是白了他一眼，就轉身向樓下走。他愣在門口，進也不是，出也不出。漸漸的看著蘭清向遠處走

去。

　　林子豪和王蒙生了一個男孩，名字取得有點讓人匪夷所思，叫王霖深。王是取王蒙的姓，霖是取林子豪的姓，可是後面的深字，似乎和陳敬深有某些關聯。誰知道呢。不過，在他們夫妻倆之間，陳敬深一直是他們過不去的火焰山。林子豪畢業這一年來，雖然人還是在濱海，卻一直沒有敢去找一次陳敬深。上次蘭清打電話過來說，他現在混得很慘，可是她卻不知道該如何去面對他。很多時候，林子豪趴在王蒙的懷裡若有所思，可是，她又不知道自己在想什麼。不知道為什麼，最近她總是夢到陳敬深，特別是在她婚禮現場時陳敬深的那個樣子。

　　她有把自己的夢講給王蒙聽，王蒙只是緊緊的把她摟在懷裡。緊緊的抱著。陳敬深，這個當初在他們生活中占了重要位置的人，在他們的愛情面前，成了犧牲品。

　　自從那次蘭清從陳敬深家回來，她的工作就忙得不可開交，再也沒有空出時間去探望。不知道為什麼，一到晚上睡覺的時候，她滿腦子都是陳敬深。想想曾經帥氣的老師今天怎會變成邋遢的樣子，她心裡真的不是滋味。不知道什麼時候起，報恩的想法一直圍繞著蘭清。想想自己當初在困境中，是這個人一步一步幫著自己走進了大學。自己能有今天的成就，也是因為這個人無微不至的照顧。報恩，報恩，看到自己的恩人受苦，自己是否應該去解救他嗎？蘭清不敢再想下去。

在接下來的日子裡，蘭清又去了陳敬深那裡兩趟。每一次都跟第一次去時差不多。她也如第一次那樣的收拾一番，給他做了頓飯就直接回公司。她明白，陳敬深現在最需要的，就是有一個人能陪在他身邊。而這個人，不只是朋友那麼簡單。心理醫生說，想要讓人從失戀的泥潭裡走出來，唯有讓他進入另一段感情。而現在，能這麼做的，只有她自己了。

夜晚，蘭清一遍一遍的問自己是否喜歡陳敬深，可是她總得不到清晰的答案。如果不喜歡他，卻要嫁給他，自己能否接受得了。她只知道，她現在很關心他，她不想讓他再這麼委靡下去。她期盼他能振作起來。這種感覺是報恩，還是喜歡，她真的分不清。

每次蘭清從濱海大學回來，她一路上總是心事重重。她在想自己的未來，也在想陳敬深的未來。或者，她和陳敬深的未來。可是無論怎麼樣，似乎都很彆扭，也似乎都很矛盾。她無法想像和陳敬深睡在一張床上的情景，可是又覺得自己慢慢的離不開這個邋遢的人。自己忽然站到了人生的十字路口上，該怎麼辦，誰能給我答案。

五

蘭清終於下定決定，就算自己不喜歡，自己也要和陳敬深生活在一起。他，太可憐了。人世間最悲苦的事，也無非是愛情與友情的同時剝離。她決定走進陳敬深的生活。她知道自己這麼做的後果是什麼，她甚至覺得自己瘋了，可是她還是決定這麼做下去。

自從那天她看到陳敬深從林子豪與王蒙的婚禮上回來的樣子，她

就一直有這個想法。只是，她沒有想到陳敬深的情況會變得這麼糟。陳敬深在林子豪婚禮上看向自己幽怨的眼神，蘭清一直忘不了。這也是她遲遲沒有去找陳敬深的直接原因。

下定決心以後，以後的每個星期六，她都會抽空來到陳敬深的家裡。陳敬深面對這個自己當年救助過的小女孩，似乎明白了一些其中的深意。多年的職場打拚讓他看得出蘭清心裡是怎麼想的。可是，他怎麼可能允許那件事發生呢？他怎麼能讓自己一直當成小孩子的蘭清突然變成自己的女朋友。況且，蘭清也許並不是喜歡他，可能是可憐他，也可能是為了報恩。這種因報恩而在一起的婚姻，會幸福嗎？

陳敬深試著不想讓蘭清再過來，可是拒絕的話到嘴邊又咽了回去。他實在是太寂寞了，寂寞得分不清白天和黑夜。他真的需要一個人在他身邊，雖然他覺得這種想法很自私，他的內心糾結不已。很多時候，他遠遠的看到蘭清出現在樓下，就故意鎖上門而躲在了樓梯裡，故意不接蘭清的電話。但這個倔強的蘭清卻固執的等在門口不肯離去。最後幾個同事一起給他打電話，他才不得不出來。

他告誡他自己，千萬不要對眼前這個女孩產生感情，那樣做，等於害了她。自己已經是三十幾的人了，可她才二十幾歲，正是人生的好年華。這個自己一手從西北救出來的女孩，他不想把她變成第二個周蘭欣。他知道她是怎麼想的，可是他怎麼能允許她為了報恩而走進自己的生活呢。可是，蘭清這不依不饒的性格，讓他著實也沒有了辦法。

這一天終於來了，他越怕什麼，越來什麼。一個星期六的晚上，

覥腆的蘭清果真大膽的向他表白了。

「敬深，我今天想住在這裡，不走了。」蘭清淡淡的說道。

「啊？」陳敬深驚了一下。「不，不，不，不行。你不能住在這。這，這不合適。」

「敬深，我想，你應該明白我的意思。我們，我們在一起吧。」蘭清看著陳敬深的眼睛。

「不，不，蘭清。我們不合適，你不要衝動。婚姻大事，你不要想得那麼草率。」陳敬深躲開她的眼睛，腦袋搖得跟波浪鼓一樣。

「敬深，我明白你的想法。可是，我主意已定。不管你讓我住也好，不讓我住也好，我今天就不走了。」蘭清狠狠的坐了一下沙發。

「蘭清，好孩子，不要任性。聽叔話，回家噢。」陳敬深半哀求的說道。

「你才不是我叔呢，我要你，我要你做我老公。」蘭清突然鼓起勇氣說出這句話，但臉紅得發紫。這是她一生中覺得自己說得最不要臉的話了。這對於她來說，絕對是一種不小的挑戰。

陳敬深被她這一句話給說傻了。在他心中，蘭清是打死也不會說出這句話的。這孩子今天是怎麼了？他不解的抬了抬頭，看了看蘭清。

在他抬頭的那一剎那，蘭清突然往前一步，吻了陳敬深的唇。陳敬深被蘭清這一反常的舉動一下子驚呆了，眼睛直直的盯著蘭清的眼睛。蘭清順勢抱著陳敬深，忘情的吻了起來。陳敬深已經被這溫熱感覺擊混了大腦，迷糊的享受這一切。兩個人，就在沙發上吻了起來。

從那一天起，蘭清正式住進了陳敬深的家裡。

　　和陳敬深在一起後，陳敬深已經從陰沉的心情中走了出來。蘭清每天下班回到家裡，他也不時燒上幾碟小菜。

　　蘭清不知道自己該不該把自己和陳敬深的事告訴她母親，她無法預料她說出這句話的後果。可是，她最近慢慢發現，自己這些天身體總有一些不適，月經也快兩個月沒來了。她去醫院檢查了一下，她懷孕了。

　　面對自己的身孕，蘭清不知道該不該告訴陳敬深，她更不知道自己要不要和母親說。可是，她知道，這種事是瞞不了的。現在她生命裡最重要的兩個人，她不能向他們隱瞞任何事，何況這是一件大事。

　　得知蘭清懷孕的陳敬深欣喜若狂，那種喜悅無法用語言來描述。可是，蘭清從陳敬深的喜悅中，再一次感到自己的兩難處境。醫生說，孩子都快兩個月了，如果不想要，要早點打掉，不然過了兩個月，就比較麻煩。可是，她看到陳敬深那個高興的樣子，她怎麼敢和他說要打掉這個孩子呢。可是，她又怎麼敢生下這個孩子呢，畢竟，她和陳敬深還沒有結婚。這在老家，女人沒有結婚就和別的男人有了孩子，以後還有臉見人嗎？她不知道自己該怎麼辦。當然，更讓她頭疼的是，如何和母親說這件事。

　　陳敬深看出蘭清最近總是心事重重。他想到了一些什麼。一天夜晚，當他和蘭清吃完晚飯，陳敬深突然把蘭清拉到臥室，單膝跪下說道：「蘭清，嫁給我吧。」雙手把一枚婚戒舉過頭頂。蘭清一下子蒙住了，她沒想過陳敬深會這麼做。她一下子抱著了陳敬深的頭，把陳

敬深緊緊的抱在自己的懷裡。陳敬深抱著蘭清的大腿，享受著這一刻的幸福。

蘭清和陳敬深領了結婚證，但一直沒有辦酒席。每次陳敬深提出要把蘭清的母親請來，大辦一場酒席，都被蘭清拒絕了。他們也只把陳敬深單位的同事請來聚了一次，就算結婚的正式完成。

陳敬深的父母一直想見見親家人，可是蘭清總是以各種理由回絕了。陳敬深慢慢的明白了其中的原由，也沒有說什麼。此時的他，也已經是有家有業的人。他的生活似乎有了一種新的期待。這個期待，是未來那個小生命帶來的，也是面前這個女人給他帶來的。

陳敬深的副教授終於評下來了，他是學校裡破格提拔的人選中的一個。這一年，好多喜事都一起到來。愛情事業大豐收。蘭清因陳敬深的「海外學習」的身分，成功應聘到濱海大學圖書館，做了一名圖書管理員，日子過得還算清閒。

回想這一路走來，陳敬深感慨萬千。他突然想起了一個詞：思源。人生的軌跡似乎總是重複上演，而造成這種循環的就是我們內心裡的思源。

思源，從一個點起，最後回到這一點；思源，即是開始，又是結束；思源，一個對自我的追溯。

現實

活在過去影響的當下是痛苦的，而我們卻為之樂此不疲，享受
著痛苦的快樂。

第一篇

一

　　生活，總不如電視劇裡演的那般美好，它平淡的有時候讓
人不知如何是好。陳敬深結婚以後，愛情的幸福逐漸被平淡的
現實擦抹得沒有一絲痕跡。日子就那麼平平常常的過著，時間
也大多消耗在這種日復一日平淡之中，這讓他感覺單調和無
聊。

　　蘭清的身子越來越沉，她最近這段日子的話越來越少。不
知道為什麼，她總是不知道該和陳敬深說些什麼。平日裡，那
幾句簡短的話成了他們之間唯一的交流。上次產檢的時候，醫
生建議她平時要多走動走動，說這樣臨盆的時候容易生。於

是，話少的她每天一吃完晚餐，就一個人在校園裡走來走去。陳敬深幾次要陪她，她都委婉拒絕。兩人的關係看似和諧，但言語之間難免有些疏離和客氣。

他們結婚已經過了四個月了，蘭清與陳敬深都不知道如何來經營這場婚姻。兩次愛情的失敗，陳敬深的心再也蕩不起任何漣漪，每天日復一日單調平靜的生活讓他充滿了窒息感，都有點厭倦自己；而蘭清也不知道自己該如何面對陳敬深，種種的矛盾讓她在內心裡，不得平靜。她有點想念林子豪了。回想大學的四年，兩個人好得就像一個人似的，林子豪是她唯一一個可以說知心話的人，而她，現在又在哪裡呢？

她畢業那年，林子豪和王蒙突然離開濱海去了外地，聽說是幫著經營林子豪父親在外地的一個產業。從此兩人音信皆無。她曾試著撥通林子豪曾經的手機，但總是打不通。

這一天，蘭清再走在校園的林蔭道上，突然一輛賓士停在她的旁邊，隨著車窗緩緩放下，一個熟悉的臉龐出現在蘭清的面前。

「蘭清！」從車裡傳出來一個熟悉的聲音。

「子豪？你怎麼會在這裡？」蘭清循著聲音向車前那邊一看，王蒙正坐在駕駛室內，不過，他好像不太好意思和蘭清說話，一直在那邊笑笑，卻一個字也沒有說出來。

林子豪懷裡抱著一個一歲大一點男孩，此時他睡得正香。

「那是你和王老師的孩子？」蘭清問道。

「是啊。孩子叫王霖深，王蒙起的。」林子豪說道。

「王霖深？挺好的名字啊。」不知道為什麼，蘭清聽到這三個字，心裡有一種說不出來的感覺，但身為人母的她畢竟懂得人情事故，並沒有在臉上表現出來。

「你們在這幹什麼啊？想我了？」蘭清想拉開話題，以免尷尬。

「我爸的公司和我們學校的洪發超市有合作，讓我們來看看。這兩年王蒙的生意不太好做，我爸建議他不如把洪發超市兌過來，看看能不能在這裡搞點事情做。畢竟是大學嘛，學生多，賺錢的風險也小一些。」林子豪說道。

「唔，怎麼才一年不到，你就變得這麼會做生意了？」蘭清打趣道。

「這也不是沒辦法嘛，我總不能靠她爸過日子吧。」王蒙插話道。兩年的商場沉浮，已讓這個昔日的風流公子，少了一份銳氣，多了一些謙虛。

「也是沒辦法啊。王蒙教書還可以，做生意太缺少經驗。這兩年賠了不少錢。對了，不說他了，你怎麼樣，看樣子，你這是有情況啊？」林子豪俏皮的打量了蘭清一下。

「嗯，快生了。年底的事。他的！」蘭清淡淡的說道。

不知道為什麼，當這個「他的」說出來後，空氣中暫時就凝固起來。

「他還好嗎？」林子豪問道。

「還行，還是老樣子，上課，做課題。不是太忙，就是期末忙一

點。還好。」蘭清說道。

「他對你還好嗎？」林子豪弱弱的問。

「挺好的。他，你應該比我更瞭解。」這話一出，蘭清就後悔了。她看到子豪和王蒙的臉一下子變了顏色。

「對了，蘭清，我們有事得先走了。對了，你電話換了沒？換了就給我吧。」

「沒，還是那個。你的呢？」蘭清說道。

「我也沒換。那麼常聯繫啊。」林子豪說道。

「嗯，慢點開。」蘭清看著賓士車慢慢的開走，心頭一時之間五味雜陳。是啊。日子過得真快了。她們畢業快兩年了，早已經不是當初那青澀的小女孩了。

這一路上，熟悉的場景讓蘭清一點一點的回憶起上大學的時光。那時，她和子豪經常手攜著手，有打有鬧的出現在大學裡的每一條街道。而現在，只有她一個人，不，算肚子裡的是兩個人，在慢慢的閒逛。自子豪走後，她在大學裡就沒有遇到其他可以說真心話的人。同事，畢竟只是同事，有時當面寒暄，背後戳你脊樑骨。蘭清也不想和他們多說什麼，畢竟，她的師生戀，在別人眼中總不是一個正常的戀情。她時常感覺很孤獨。

陳敬深對她很好，好到讓她沒有了感覺。其實，自從和他相遇在自己的老家，陳敬深就一直對她很好。不過，以前把她當孩子，現在把她當老婆，她還是覺得自己在陳敬深的眼裡還是一個孩子。這從他平時說話的語氣裡就可以聽得出來。似乎他的話是不容反駁的。有時

候，蘭清就對自己說：「他是當老師當慣了，動不動就出來教育人。」有時候，她也想和他大吵一架，可是，卻一直找不到吵架的理由。

他，對她太好了。他，似乎把他一生所有的愛，都放在了蘭清的身上。聽說受過傷的男人，是懂得愛情的寶貴。但受了傷的男人，卻沒有了愛情的激情。蘭清從來沒有在情人節的日子裡收過他的花，相反的是吃不完的牛排和逛不完的商場。蘭清要的，不只是這些。甚至蘭清會想，他什麼時候能對自己說一句「我愛你」，哪怕是隨便說說也好。但是他從來沒有說過，包括在床上做那種事的時候。有時候，她是想他心裡是不是還想著林子豪，或者，是他以前的記憶。

「也許，是我自己多想了。人家說孕期的女人都愛胡思亂想，看來，我也難以避免。」蘭清對自己說道。

二

陳敬深的母親快要來了。蘭清的生產日期已越來越逼近了，這讓將要初為人父的陳敬深手忙腳亂。加上這段日子又屆臨期末，一大堆的事情等著他來處理，什麼出卷改卷，還有課題結項，都趕到一起來了。陳敬深有時候恨不得自己能分成兩個人，這樣也許能真正幫點忙。蘭清的身子越來越沉，陳敬深感到精疲力竭。

濱海大學和國內的所有大學一樣，位於濱海市的郊區，不管怎麼說，交通都不是太便利。汽車劇增的城市，往往讓小車「一位難求」。基於蘭清的身子隨時有都可能進入「緊急狀態」，陳敬深多多少少有點想搬出去的想法。然而，這幾年的濱海房價高得嚇人，平平

常常一個小地方，均價也在一萬以上。加上前年出國學習，身上的積蓄所剩無幾。不過一想到要應付即將到來全家的吃食開銷，也讓他不得不早做準備。

於是，在市中心醫院租屋的想法出現在陳敬深的心頭。他將這個想法和蘭清商量了一番，蘭清也表示同意。馬上就要休產假了，也不用來學校上班，市中心怎麼說也比這個郊區好一點，萬一小生命提前來臨，也方便很多，至少搭車比較方便些。

陳敬深媽不太同意在外面租房子，原因很簡單，他不想兒子多花錢。但陳敬深這個宿舍也確實不適合三個人住。看著兒媳婦那鼓鼓的肚子，她也覺得多一事不如少一事，就隨孩子們的想法去吧。畢竟，這個時代已經不是他們年輕的那個時代，父母可以完全左右孩子的想法。在這個講究獨立、自由的時代，她也得與時俱進。

在陳敬深同事的幫忙下，很快他們就在市中心找到了一處房子。房子是比較老，但租金不貴，家具齊全，也可以做飯。房子有三個房間，也挺寬敞。陳敬深、蘭清都挺滿意，就是陳敬深媽稍微覺得環境差了點。但想想孩子現在正是用錢的時候，也沒有說什麼。經過陳敬深的幾次折騰，這個「新家」總算溫馨了許多。只不過，從此以後，陳敬深上班就麻煩了許多。市醫院到濱海大學沒有直達車，要轉兩次公車，然而這個班車，都是途徑學校和工廠區，上班的情況不亞於打一場戰役。但是為了老婆孩子，這些都不算什麼苦。不過買輛小車的打算已經提到日程。

交通的不便，最終他在經濟還不寬裕的情況下，買了一輛豐田轎

車。但是，陳敬深在有早課的日子裡，還一個人住在學校裡。蘭清那邊有媽媽在照顧，她們婆媳關係也處得不錯，所以陳敬深覺得自己很安心。但是不知道為什麼，陳敬深的心裡總有一種莫名的感覺。這感覺是什麼呢？他也說不清，總感覺有淡淡的傷感存在。

一日清晨，窗外下起濛濛的小雨。望著空空的單身宿舍，他突然覺得自己該寫點什麼。於是，他打開電腦，寫下了一篇名為〈雨〉的小短文：

雨，還是雨，是這些天我最真實的記憶。一個人關在狹小的臥室內，望著朦朧的窗外，不免有些感傷。

一年一度讓無數人羨慕的暑假就要結束了，回想起這兩個月，似乎很充實，但似乎也很迷茫。尤溪、泰寧、香港、平潭，遊歷了祖國的大好河山，卻忘了讓漂浮的心沉澱下來。日子還是那些浮在空中，感傷還是在夜晚久久不能散去。

面對電視的喧囂，只成為我入眠前的奏曲；電腦鍵盤的擊打，記錄著一次次無聊的印記。未來的生活就像這雨，不知道它什麼時候來，也不知道它什麼時候就突然消逝。儘管偶然的陽光讓我看到了一絲希望，但一陣急雨卻又讓我不知所措。

常常喜歡把自己關在車裡，從玻璃的下面仰望雨滴落下的樣子。看到那一顆顆晶瑩的剔透在眼中化無美麗的碎花，體會那眼與心的震撼。

黃黃的河面已無往日的清藍，但喧囂的馬路仍依舊繁忙。車兒們

都急著趕回家來欣賞那一口熱菜，無人會體會在那高樓後面隱藏的淒涼。

　　雨，這萬物的精靈。它會用獨有的方式在詮釋著另一種世界，也在用它獨有的方式在改變著這個世界。也許，它不知道自己將在落在何方，流向哪裡。也許，它並不能改變自己前行的方向，是河流還是再回到空中。但它知道，這就是它的命運，它的人生，它的路程。對它他來講，也許沒有選擇，也不為過是一種不錯的選擇。

　　有人說雨是無物的洗滌劑，但為什麼它洗不清我心裡的渾濁？有人說雨是情絲的寄託，但為什麼打不開我沉悶的渴望。這連綿的細雨，也如眾人一樣，悄悄的從我身旁略過，不省得那充滿憐惜的回眸。

　　雨。

看著電腦上出現的文字，不知不覺中有一種想哭的衝動。這種衝動，就像他當年一個人獨闖濱海露宿街頭的感覺一樣，和他在感傷《老男孩》的命運一樣。陳敬深知道自己沒有眼淚可流，可是，他真的想大哭一場。也許，這個「榮幸」早在他高中的時候就已經被奪走了。

　　快八點了，陳敬深閤上電腦，拿著教案走出門去。雨，就靜靜的落在急衝衝的雨傘中。

三

　　不知道為什麼，今年的學生學習態度不是很好。每次打開教室的

門，迎接陳敬深的要麼不是空空的教室，要麼就是空空的前排，學生似乎很害怕和他近距離接觸。在這個電腦、手機、互聯網的時代，老師的權威性越來越被降低，而學生與老師的關係，已經從「傳道授業解惑」，變成了老師拿工資，學生拿學分的現實交易。因為對於學生來講，那個四寸螢幕或五寸螢幕，更有吸引力。

現在的大學，學習的重要性已經被做人的重要性所取代。學生在各種網絡媒體的教育下，越來越會做人。他們懂得，只要上課不惹老師生氣，期末求老師劃劃重點，臨考前好好背背，必要時準備一下小抄的紙條，這門課就可以順利過關。所以，儘管上課沒有興趣，但相比以前的學生，他們是比較聽話的。他們會以非常安靜的方式，將自己藏在一個自認為老師看不到的地方玩手機。

每當看到些場景，陳敬深總能想起印度解放時的一個運動：甘地的非暴力不合作運動。面對心不在課堂上的學生們，不管你有多少熱情，都會被這冷漠一遍一遍的澆透，而慢慢的失去應有的那部分激情。陳敬深不明白，自己當初上大學的那種坎坷崎嶇，為什麼在今天的大學生面前看不到一絲的影子。可是，這就是現實。

陳敬深和以前一樣，拿出教案，拿出水杯，拿出他應該拿出的一切。在幾十位學生面無表情的關注下，開始了他一天的工作。

「張恆。」陳敬深開始點名。

「到。」

「王小帥？王小帥？」陳敬深抬頭環顧了一下教室。除了幾個交頭接耳的學生，沒人應答。

「王小帥沒來是吧？」

「老師，他請假，假條下節課給你補上。」人群中傳出一個聲音。

「請假？什麼事請假。」

「老師，他女朋友來了唄。」此話一出，教室裡哄堂大笑。

陳敬深直視著這亂哄哄的教室，重重的說出了兩個字：「安靜！」然而就一言不發。

識趣的學生們發現了老師不對的臉色，慢慢的安靜下來。

「王小帥這次慘了，老師生氣了。」從學生中傳來一個低低的聲音。

「趙彩霞？」

「到」。

……

當點名冊上充斥著各種符號的時候，陳敬深突然感到了一絲悲涼。不知道為什麼，他很想快些逃離這個班級，想逃離這個上課的講臺。因為他還無法忍受教室一片死寂的景象，而自己卻像個不動如山的老教授，口若懸河的講起課。他，還是太年輕了。

可是，無論心裡怎麼難受，課，他還是要上下去的。畢竟，教室裡總是有幾雙眼睛是看著他的。不過，這也讓陳敬深覺得奇怪，為什麼認真聽他課的人，都是女孩呢？有時候，會有一兩個被稱為「學霸」的男孩也認真聽那麼幾節，但絕大多數是不聽課的。有時候，陳敬深思忖著是不是因為異性相吸呢？因為，他的另一名女同事的課堂

上，來聽課的也大多數是男孩。不過，在以後的教學中，學生們給了他一個答案：就是他講課的聲音很好聽，散發著那種濃重的男人味。原來，女學生把他當成了「話劇演員」。

雨，仍然在下，教室除了從擴音器流出來陳敬深的聲音，剩下的就是一大片的睡覺呼呼聲。陳敬深知道，如果他現在下去走一遍，就算叫醒一個學生，其他學生也會像驚弓之鳥一下突然醒來，頓時教室又亂成一鍋粥。在開學的前幾週他就試驗過，更何況現在已經是期末，如果不想給學生留下「惡名」，那他現在必須忍受這一切。因為，他只是一個小老師，在這個時代內，他改變不了大學教育這個環境。

有的時候，陳敬深真的想放棄這份職業，學王蒙一樣去做生意。但他畢竟不是王蒙，也沒有王蒙的魄力和闖勁。加上，他的老婆也不再是林子豪，他是沒有啟動的資金的。不知道為什麼，林子豪慢慢成為他心中隱隱的痛。她，現在一定很幸福吧！

下課鈴聲響起。

「好，我們這節課就上到這裡吧。」說完，陳敬深開始整理自己的東西，奔赴他下一間教室。院裡給他安排的課，就像工業流水線一樣，一個接著一個，這是所有大學對年輕老師的「愛戴」。但在濱海大學的這幾年中，他已經慢慢適應了這一切。有課上，總比沒有課上要好。看著那些因院系改革而沒有課上的老師，即使自己的課堂再混亂，也比他們要好一些。這是陳敬深經常安慰自己的話。

路過隔壁的課堂，是一節英語課。上課情景和自己的課堂相差不

多，如果有非要說出一種區別，就是睡覺的人更多了。

四

蘭清懷孕的事是不能瞞著她母親的，畢竟在那個貧窮的小縣城，蘭母能含辛茹苦的把她拉扯大，讓她上了大學，有了工作。這麼大的事，不對蘭母講，總是說不過去的事。可是，蘭清與陳敬深的這層關係，如何能以最穩妥的方式捅破這層窗戶紙呢？陳敬深一時沒有了主意，蘭清也不知道如何是好。

女人生孩子，彷彿在鬼門關上走一遭，如果真的有什麼意外，見不到自己的母親，這會成為她最大的遺憾。再說，陳敬深也不忍心讓蘭清生產時，就那麼孤孤單單的。婆婆畢竟是婆婆，不管她對你有多好，隔層肚皮就隔層山啊。

晚上，在陳敬深母親收拾廚房的時候，陳敬深把蘭清叫到臥室。

「這事必須讓你媽知道。把她接來吧。」陳敬深說道。

「嗯。」蘭清低著頭。「但，怎麼和她說呢？」

「實話實說唄。」陳敬深沉吟片刻道。「要不，我來說吧。」

「嗯，還是不要了。」蘭清低著頭，儼然一個犯了錯的小女孩。

「都這樣了，還是說了吧。不然，我怕你後悔。其實，上次媽來的時候，我就想對她坦誠，你不讓。現在，你身子都這麼沉了，再不讓她知道，總是不對的。你說呢？」

「還是讓我想想吧。」蘭清抬頭看了看陳敬深。

「今天，媽也和我說了。」這個媽當然指的是陳敬深母親。「她說

她也想見見你的家人。她說咱們倆都結婚快一年了，還沒有見過親家母，也沒有辦酒席，照老理是說不過去的。」

蘭清頓了頓。「媽也有向我提過我不懂事，但她不能不懂事，她想把兩家人叫到一起來，給我補個像樣的婚姻。她說女人這一輩子，不能這麼稀裡糊塗的嫁人了。」蘭清看著陳敬深低聲說道。

「媽說得對。是我考慮不周。是該給你一個像樣的婚禮。不然，太對不起你了。」陳敬深說。

「我不是這個意思。你別多心。我知道媽是對我好，可是我不在乎這些。只要能踏踏實實過日子，不出什麼事，我就挺高興的。要是沒有你，我，哪能有今天呢！」蘭清喃喃的說道。

不知道為什麼，陳敬深心裡突然升起一種酸楚感，特別聽到蘭清說的那句「要是沒有你，我，哪能有今天呢」，陳敬深頭低了下來，一時無語。

屋子裡這就麼靜了下來。

客廳裡的電視突然響了起來，陳敬深媽坐在沙發上看電視。不過，她似乎知道了些什麼，只是不便過來挑明。

陳敬深和蘭清的談話，被客廳裡的陳敬深母親聽得一清二楚。雖然她對兒子這段婚姻存在疑惑，但也沒有想到會是這個樣子。原來，女方家並不知道她女兒結婚了。這件事在過去可是大事，雖然現在已經是很開放了，可是，這樁看不到親家的婚姻，總感覺不踏實。

但，孩子畢竟已經長大了，這麼大的人，當然不需要她這個當媽的來囉嗦。再怎麼說，終究是自己的兒子啊，他怎麼能這麼糊塗呢。

「還是小啊，不懂事。」陳敬深母親自言自語道。她關了電視，向自己的房間內走去。她覺得，在適當的時候，是該和兒子聊聊這件事。但她知道，現在不是時候。

蘭清發現陳敬深的臉色有點不對，知道是自己的某一句話惹了陳敬深不高興。但究竟是哪句話，她不知道。她伸過手來，把陳敬深的頭抱在自己的懷裡。

「敬深，別想太多了。事情總是有解決的時候。」

陳敬深聽著蘭清的心跳，閉上了雙眼。此時此刻，他真想來一場大醉，讓自己失去意識，然後找個理由逃離這一切。可是，他不能。他現在是一個女人的老公，一個女人的兒子，和一個不知能否承認他的一個女人的女婿。他不能活在自由裡，而是要活到責任裡。

他現在甚至不能出去散心，因為他的心，此時此刻也不屬於他。注視著抱著他的女人，她對他到底是愛，還是報恩，還是二者兼而有之，他不知道。事實上，眼前的枕邊人，從來沒有對自己說過一個「不」字，也時常忍受自己的壞脾氣，但這是愛？還是報恩。

有時候陳敬深想，如果當年沒有那件荒唐事，就不會有今天的一切。他的故事因荒唐而起，也就這麼荒唐的進行著。

剛才看到母親在客廳裡的神情，顯然她已經知道了一些事情，只是礙於自己的顏面而沒有點破而已。那麼自己與蘭清的這層關係，能不能對母親道出實情呢。如果她知道了他把這幾年的工資都資助了面前這個抱著自己的女人，母親又會怎麼想呢？太多的言情劇的情節，讓他不敢再想下去。

「陳敬深呀陳敬深，你自己心裡是不是也有一種報恩情節呢？你幫了人家，人家都把自己給了你，你就理所應當的接受了。你，這算什麼呢？」陳敬深想著。

陳敬深慢慢的從蘭清的懷裡坐起來，「你別總這麼坐著了，躺下吧。外面下著雨，不然可以帶你出去走走。」

「躺了一天了，也睡不著。你給我拿件衣服，我們去客廳看會兒電視吧。」

「嗯。」陳敬深拿著衣服給蘭清披上，攙扶著她坐在客廳的沙發上。蘭清拿著遙控器，搜索著她想要看的頻道。

五

上天是很喜歡開玩笑的，往往你怕什麼，就會來什麼。蘭清正在午睡的時候，電話突然響了起來，來電分明顯示著「媽媽」兩個字，她頓時睡意全無。在這個時間，「媽」是一個敏感詞彙。

「喂，媽！」

……

「什麼，您要來濱海？……我不是那個意思，您來看我怎麼會不高興呢？那您什麼時候到？」

……

「什麼，那麼快？……不不不，我不是那個意思。……什麼，他也來。媽，他就別來了，這樣不好……」聽到小石頭要一起來，蘭清額頭上出現了一絲冷汗。

……

　　「媽，都說不要你操心了，我自己的事自己會解決的。……媽，別，千萬別。」

　　……

　　「媽，我有男朋友了，也準備要結婚了。……這不您老人家還沒審查，就沒定日子嗎？……見？見過吧。到時候您不就知道了。」

　　電話那裡還在不停的說話，此時的蘭清卻想立刻掛上電話。

　　「媽，我這裡還忙著呢，就不和您多聊了啊。到上車的時候給我打個電話，到了我去接您。那我先掛了啊。」蘭清沒等蘭清媽同意，就掛斷了電話。

　　「怎麼辦呢？蘭清這麼大的肚子，見到母親後怎麼說呢？在老家，沒結婚就生孩子，對於一個女孩來說，可不是什麼光榮事。再說，自己的男人又是那個他。」蘭清想著，全然沒了主意，此時，她唯一能做的，就是給陳敬深打個電話。

　　「你在哪，趕快回家一趟，我媽要來了，我有事和你商量。」說完就掛了電話，靜靜的坐在床上。

　　在客廳裡的陳敬深母親聽到了一切，可是她一個外人能說些什麼呢？婆婆畢竟是婆婆，屋裡的那個女人能否和自己談心，這個她說不準。都說現在的小年輕，主意正，不聽父母的。很多都不願意和父母住，自己這個外人該不該去管這個閒事？

　　陳敬深媽邊擦桌子邊想著。「這件事還是等孩子想說的時候再說吧，自己就當不知道。唉，我這個當媽的，總有操不完的心啊。」

門開了，陳敬深走了進來。「媽，在家啊。」

「嗯，你媳婦兒在屋裡呢，好像找你有事。媽先出去買個菜，你照顧著點啊。」陳敬深媽說道。

「知道了。」陳敬深走進臥室裡。

「媽要來了，剛給我打個電話，怎麼辦啊？」蘭清說道。

「來就來唄，事情總是要解決的啊，總這麼藏著也不是個事。你過年都二十七了，談婚論嫁也是應該的啊。」

「可畢竟……」蘭清沒有說下去。

陳敬深明白蘭清要說什麼。「但事情已經到這一步了，不該面對也得面對，如果媽對我不滿意，就讓我來承受這一切吧。」

蘭清把陳敬深抱在懷裡。「敬深，我和你一起承擔。」

「敬深，媽，我是說你媽好像知道了我們的事，可是她沒有和我直說，我們和她談談吧。」蘭清說道。

「嗯，是得提前說說，不然兩個老人家一見面，說不定會出什麼事。」

話音剛落，陳敬深母親推開門進來了。胳膊上挽著一籃子菜。

蘭清和陳敬深走出來，對陳敬深媽說：「媽，您先把東西放下，我們有事和您說。」

聽完了他們的講述，陳敬深媽淡淡的說：「其實啊，我早就知道了。你們這其實也不叫個事，現在男女相差十幾歲的，很平常，都什

麼年代了。不過，你們瞞著你媽這就是你的不對了。孩子，你媽養你一回不容易，你們怎麼能背著她就把證領了，也不和她說一聲，這太冒失了。」

「老兒子啊，你啊，還是不懂事。蘭清不明白，你也不懂。現在事情弄成這樣，你啊，還是孩子心。什麼時候你能讓我省省心呢。」

陳敬深媽轉過頭來，手拉著蘭清的手說：「孩子，別怕啊。媽，就把你當親閨女對待。你媽的事，你不好說，讓媽來。我想，她也應該是個識大體的人，不會把你怎麼樣的。你啊，別多想，對孩子不好。凡事有媽呢，天塌下來，媽給你們頂著。」

蘭清的眼睛微微濕潤了。她沒有想過自己的婆婆會這樣對待自己，都說婆媳關係似仇人，但面前這個婆婆是一個多麼識大體的婆婆啊，她不由自主的撲到陳敬深媽的懷裡。陳敬深媽摸著蘭清的頭說，「好孩子，別怕啊。」

六

青松的車緩緩的停在濱海火車站。蘭清母親再次踏上這座城市的時候，突然有一種難以言說的感覺。右眼皮一直在跳。她心中暗暗的想，「這不都來見女兒了，是好事啊，怎麼右眼皮一直跳呢？會有什麼事發生呢？錢包？在啊。手機，也在啊。那是什麼事呢？」

帶著疑惑的蘭清母親隨著人群緩緩的向前移，尋找那個一直在她心中熟悉的身影。只是，這個尋找太漫長了，無論她怎麼看，都沒有看到她想看到的人。

「不是說好在火車站出站口接我嗎？忘了？記錯日子了？要不要給她打個電話呢？」蘭清母親正想著，突然聽到一聲：「媽！」

　　隨著聲音看過去，一個挺著肚子的孕婦出現在自己的眼前，往上一看，不正是自己的女兒，蘭清嗎。她腦中嗡的一下子。她終於知道了，自己的眼皮為什麼一直在跳。往蘭清身後一看，不正是自己的恩人嗎。旁邊還有一個和自己年紀相仿的女人，沒有見過。

　　「蘭清啊，這是怎麼回事？」蘭清母親有了微怒問道。

　　「媽，回家再說吧。」蘭清剛說道，一記響亮的耳光就落在了自己的臉上。

　　「啪！」似乎整個火車站都聽到了這個響聲。眼淚順著蘭清的臉流了下來。

　　「媽，有話咱回家說吧。」蘭清哭著說。

　　「是啊，阿姨，有事回去說吧。」陳敬深忙上前說道。蘭清母親冷冷的看了他一眼，她似乎明白了什麼。

　　陳敬深母親也湊上前去，「大妹子，有什麼事回去再說吧，別在這大街上。老兒子，去開車。」

　　蘭清母親氣得臉色發青，一句話也說不出來。她想不到，僅一年多沒見，女兒，就給自己帶來這麼大的驚喜。

　　「我的女兒啊，我的乖巧的女兒，你怎麼能做出這種事啊呢？我恨啊，要知道，當初就不該讓你來上大學。」蘭清母親心裡想著。眼淚也止不住奪眶而出。

　　一路上，兩個人沉默，兩個人流淚。蘭清母親望著窗外，她的世

界已經開始崩塌。女兒一直是她的希望，自從自己的男人死了之後，她把女兒視為自己的一切，就希望她出人頭地，希望她光宗耀祖，希望她能讓自己在親人面前露張臉，讓那些曾經瞧不起她們的人看看，自己的女兒是什麼樣的。

但，她萬萬沒想到，自己的女兒還沒有結婚，就懷了別人的孩子。看那肚子，至少有七、八個月了。要不是她這次硬要來，說不定孩子都生了，自己還被蒙在鼓裡。自己的女兒怎麼能做出這種事情來呢，這還要不要讓自己活了啊。天啊，為什麼要這麼懲罰我呢！

陳敬深將車開到出租屋下，扶著蘭清，四個人一前一後的走到屋裡去。

「阿姨，您和蘭清先休息，我去買菜做飯。」陳敬深說道。

「不用了，我不餓。」蘭清母親冷冷的說道。

「哦，那您先休息，我先把我媽送我那裡去。」陳敬深看了蘭清一眼，帶著陳敬深媽走了出去。「媽，這幾天你就和我去我學校住吧。看這情形，一時半刻也不能說什麼。她媽來了，蘭清這邊暫時用不著您。」

「行，媽住哪都行，那我自己坐公車過去吧，你回去陪陪她們。」陳敬深母親說。

「媽，我還是送你過去吧。您也沒來多久，學校那邊您哪哪找不上，我不給您說清楚了，我不放心。委屈您了，媽。」

「委屈什麼，媽有什麼委屈的。只要你們好，媽沒什麼。」陳敬深媽說道。「那行吧，咱們先走，晚上呢，你帶你丈母娘去外面吃點

好的，別怕花錢。」

「知道了，媽。」陳敬深開車將他母親送到自己在學校的宿舍，安頓好一切，又將車開了回來。車停穩後，他不知道自己該不該現在上樓去。

七

蘭清和蘭清母親坐在出租屋裡，彼此都沒有說話。

「媽，你渴不渴，我給您倒水。」蘭清說道。

「我不渴。」蘭清母親說道。

「孩子是誰的？是他的嗎？」蘭清母親追問道。

「嗯。」蘭清低著頭，再也說不出一句話。

蘭清母親看看自己眼前的女兒，又看了看留在女兒臉上那五個清晰的手指印，她的心裡像被打翻了五味瓶，什麼滋味都有。這次來，本想讓女兒和小石頭見個面，如果可以的話，年底讓女兒把婚定了，這下好了，婚不用定了，直接結了。女兒啊女兒，你真的是媽的親女兒啊？

「媽，您餓了吧，我去給您做飯。」蘭清說著，慢慢的站起身上。

「你坐下吧，你看你的身子。」蘭清母親說道。「你啊，你啊；你啊，你啊！蘭清啊，你讓媽說你什麼好呢？」

蘭清低著頭不說話。

「你和他，你是被迫的話？」蘭清母親突然問道。

「不，不是。我，我願意。」蘭清低低的說道。

「蘭清，這是為什麼啊？」蘭清母親問道。「你就不能讓我省點心嗎？你這還讓媽有臉見人嗎？你沒結婚，就……」蘭清母親沒有說下去。

「我已經結婚了，只是，沒敢和您說。怕……」蘭清小聲說道。

「怕什麼，你現在就不怕了，你長大了，翅膀硬了，這麼大的事也不和媽說一聲。我，我打死你。」蘭清母親手高高的揚起，卻不忍心再落下了。畢竟，她是自己心裡的一塊肉啊。

陳敬深推門進來了，剛想說話，看到屋內的情形，又把話咽回去了。他靜靜的走到另一個房間，靜靜的關上了門。

蘭清和陳敬深的婚事，蘭清母親是不知道的。這是讓她最生氣的地方。沒想到辛辛苦苦養大的女兒結婚了，自己卻是最後一個知道的。蘭清母親一直想把她嫁給鎮裡的「金龜婿」，但眼前這種情況，她還怎麼回家有臉面對小石頭一家人呢？幸好當初沒把人帶過來，不然，真的丟人都丟到家了。

而且當她知道自己的女兒嫁給自己的恩人的時候，她的內心亂成一團，那種說不出來的感覺，外人是很難想像的。對自己現在這個女婿，她真不知道以什麼樣的姿態來對待。以前，是恩人，現在，是女婿，是兒子，還是別的什麼？

不知道為什麼，一個想法突然出現在她的腦中：「他，以前的恩人，是不是就是為了得到自己的女兒才資助她家的？他那麼做，一定是有目的。人面獸心，居然做出了這種事。看現在這樣子，他至少比

蘭清大十幾歲，他也真的下得了手。」蘭清母親越想越氣憤，真想馬上衝到房間裡去，和陳敬深拼了。

事情發展到這一步，已經不像當初所想的那樣單純，人的想法有時就會改變一個人的世界。通常每一個母親在認為女兒受傷害的時候，她的世界都變成了黑色。

陳敬深給蘭清發了一條短訊：「蘭清，要不要帶阿姨一起出去吃飯。」

「等等吧。」蘭清回道。

這一夜，蘭清，陳敬深，蘭母，陳母，他們都沒有什麼睏意。每個人都沉浸在自己的心事之中，每個人都在揣度著對方的心理世界；同時，每個人都在想明天該怎麼過，也都在思索著未來將會發展成什麼樣子。

蘭清不知道接下來該如何面對母親，如何讓母親接受自己現在的老公；陳母擔心兒子在那邊會受多大的責難，自己的孫子有沒有受到影響，自己的兒媳婦會不會再被她母親打罵；蘭母頭腦也亂成一鍋粥，她不知道以後該如何面對陳敬深這個曾經的恩人，她也不知道自己女兒未來該怎麼過，就這樣和這個比看起來她大十幾歲的男人過一輩子嗎？看現在的情形，生米已經煮成了熟飯，接下來的路該怎麼走呢？陳敬深不知道明天該如何面對這一家人，雖然眼前的一切他都預想過，但現實真的呈現在眼前的時候，還是那麼教人不知所措。

「蘭清一晚上沒怎麼吃東西了，她會不會餓啊？媽在學校那邊也不知道吃飯了沒，她能找到吃飯的地方嗎？我該怎麼辦呢？」陳敬深

盯著天花板發呆。

第二篇
▰▰▰▰▰▰▰

一

　　期末成績出來了，王小帥登錄教學系統，輸入自己的學號和密碼，在一群 81、82 的數字中，赫然出來一個 39 分。「國際政治？39 分，這老師也真他媽的變態。」王小帥這一喊，全宿舍的人都看著他。他沒有理其他人的眼光，氣沖沖的拿起車鑰匙，開出了校門口。

　　王小帥回到家中，將乾癟的書包隨手一丟就順勢坐在了沙發上，一臉的不悅。正在看電視的王副市長還在關注螢幕裡的財經資訊，為樓價的變動而憂心重重，「今年的蘭昌工業區，再賣兩塊地，那 4 個億的虧空就應該能補上，但這房價又在降，開發商越來越少，真是急人啊。」妻子張蘭正在將廚房裡的菜一盤一盤的端到餐桌上，招呼著父子倆過來吃飯。

　　「老王，小帥，洗手吃飯。」妻子張蘭喊著說，又走進廚房，用抹布擦拭做菜時留下的髒水。裝修二十多萬的廚房，在張蘭的精心打掃下，顯得無比的富麗堂皇。當張蘭從廚房裡出來，見爺倆兒沒有動的意思，不免提高了聲調，「我說老王，飯都做好了，你還要讓我叫你幾遍啊？」

　　「來了來了，就看一會兒電視。咳。」王副市長說著，從沙發上站起來，坐到餐桌前。

　　「小帥，快過來吃飯。」

　　「我不吃了，你們吃吧。」王小帥沒有好氣的說道。

「這都幾點了，怎麼能不吃飯呢，過來，聽話。」張蘭邊說邊把王小帥從沙發上拉了過來。

「今天是感恩節，小帥也回來了，我們全家吃個團圓飯。」張蘭高興的說道。

「媽，怎麼又都是肉，煩死了。」王小帥厭煩的說道。

「小帥，你這是怎麼了，見你一進門就不高興，誰惹著你了？你看你媽忙了半天，你也不給個好臉兒。」王副市長略帶官腔的說道。

「王副市長，你兒子被掛科了。這下得了，大四保研的事沒指望了。那個傻 X 老師，課上講得賊難聽，還賊認真。我就是四次沒去嗎，就給我掛了。真他媽倒楣。」王小帥憤憤不平的說道。

「掛科，你平時的學習不是挺好的嗎？去年我看你的成績都是優啊。今年怎麼會掛科呢？掛科，我聽張科長說，掛科了，保研就麻煩了。」張蘭邊說著，邊給王小帥碗裡加菜。

「可不就是嗎，那個傻 X 老師，就知道掛我的科，不就四次沒去嗎，至於嗎？」王小帥還在抱怨中，端著碗，生悶氣。

「你也別怪人家老師，該上課你不去上課，四次不去也說不過去。你說你平時不是表現挺好的嗎，我上次還聽到你們張校長誇你，說你已經是校學生會副主席了，在學校一向表現不錯。他說，你很可能得到今年的國家勵志獎學金。」王副市長說道。

「還勵志獎學金呢，能不能評優都不知道。都被那個教《國際政治學》的選修課老師給毀了。等我以後當教育局長，第一個就把他給開除了。」王小帥還在憤憤不平。

「好了好了，吃飯吃飯。」張蘭出來打圓場。「叫你爸給那個學校領導說說，看能不能通融一下，畢竟不能因為一科，就毀了咱兒子的前程，是吧。」張蘭將菜加到兒子碗裡。「不然我回頭給張校長打個電話，讓他安排一下。看看能不能把成績給改過來。老王，你看這事我這麼辦，行嗎？」

「我看這事啊，你是得先打個電話。但要注意語氣。畢竟咱兒子的事，錯在他。你和人家好好說，不過別提我。下次市裡開會，我有機會和張校長說說保研這個事，應該問題不大。」王副市長說完，站起身來走到臥室裡。

王小帥慍怒的臉上有了一絲晴朗。

王小帥是王副市長的心頭肉，無奈這孩子天生不愛學習，雖然上了最好的小學，最好的初中，最好的高中，但還是只能勉強夠到本地的一所普通二本學校的分數。最後進入濱海大學去的是那種三本的學院，也就是拿錢就可以讀的學院。雖然學費很高，但畢業證還是一樣的，一向不愛學習的他，在大學裡卻遊刃有餘。他那套油滑老道的做人方式，很快就得到了輔導員的賞識。

初嘗權力的滋味使他越加用心，無論是對待同學的事情，還是社團組織，他都是活躍人物。但他實在不喜歡讀書，他喜歡那種周旋於各種人之間，尤其是那種對學弟學妹們呼來喝去的感覺。

在社團工作中，凡是別人拉不來的贊助，對於他來講都是小菜一碟。他顯然成了同學們眼中的「能人」。不過，大家都知道這個能人的背後，有一個更有權勢的老爸和老媽。他們也經常看到，這個能人

每逢節假日，都被有 00 開頭的車接走，那種車，可不是土豪才有資格坐上去的。

在收拾妥當之後，張蘭拿起了電話。

「張校長嗎？是我，張蘭啊。小張啊……你好你好。最近嫂子身體怎麼樣，我上次送過去的那個藥方，還管用吧？……哎呀，謝什麼啊。那是我上次回老家的時候，特意從我們一個土郎中那討的偏方，聽說挺靈的，就給你們帶過來了。……哎呀，沒什麼事。是這樣啊，我們家那個小帥……對對對，就是他。我都不好意思開口了。……這孩子不太懂事，在陳老師的課堂上表現不好，掛了科。你也知道，這孩子表現得一直不錯，可是這一掛科，以後保送可能就有點麻煩。……哎喲，那太感謝你了。你看看，這又給你添麻煩了。改天來家裡坐坐，老王啊，最近買了一包好茶，你過來嘗嘗。……好好好，那我就不打擾你了。你看，你就是客氣。……那再見。」張蘭掛上電話，開始拿拖把拖起地板來。

接到電話的張副校長面色沉了下來。一旁的妻子連忙過問，「怎麼了，張副主任有什麼指示嗎？」

「沒什麼，你別管了。去忙你的吧。我打幾個電話。」

妻子見老公不想說，也沒有多問，便拿著收起的衣物，回臥室去了。

「老李啊，是我是我。……在外喝酒呢？有這麼一件事，你回去落實一下。那個王副市長的兒子不是在咱們學校嗎，被人文學院的陳老師給掛了科，剛才張副主任打來電話來，意思呢，就是我們這邊通

融通融，事不大。我知道這攤歸你管，你抽空落實一下。畢竟，我們今天學校的湘雅樓的那邊地，今年還是靠王副市長幫忙。……什麼？噢，改成績要讓上課老師去辦啊？你那邊不能直接改嗎？……對對對，那按流程走嗎，那待會兒，我給海洋打個電話，那個老師應該是他們學院的。那這事，你也上點心。好好好，就這樣啊。」

「老林啊，是我是我。問你個事啊，你們部門是不是有一個教國際政治的老師，叫陳什麼來著……對對對，就是他……沒什麼，小陳老師啊，把王副市長的孩子給掛了。這不剛才張副主任打電話過來說了此事……對對對，年輕人做事不知道分寸，你這個當領導的要好好**幫襯幫襯**啊……對對對，畢竟張主任說話了嗎，我們多多少少，你看……這樣吧，給個優秀吧。這孩子可能要保研，太低了，不好。……教務處那邊？我剛給老李打了電話，你讓那個小陳改一下，送過去就行了。……好好好，對年輕同志，要多關心，多愛護……嗯嗯嗯，那就這樣。」

張校長放下電話，打開電視機，看到財經頻道裡房價下跌的消息，不禁要擔心自己在北海的那套房，畢竟這是一年中不小的收入。如果房價真的跌了，租金也會少很多。唉，多事之秋啊。

林海洋放下電話，如坐針氈。

對於陳敬深，林院長是有印象的。這個年輕人，自從來到院裡，就踏實肯幹。同事們也挺喜歡他的，前兩年還去美國申請了一個博士，科研能力很強，做事不講條件，對領導分配的工作，往往會提前完成。不過，他怎麼能在這麼小的事情上出問題呢。

「年輕人啊，做事還是沒有分寸。什麼時候做事能細緻點呢。唉，真不讓人省心。張主任也真是的，怎麼就不提前打聲招呼呢。」出這樣的大事，林院長感到壓力很大。一想到事情的嚴重性，就覺得這事拖不得。

第二天，林院長讓自己的辦公室主任給各系主任打電話：「小張啊，通知一下，讓各系主任下午趕到院辦公室來緊急開會。」他知道，這種事情，越拖造成的後果越大，必須盡快解決。伴隨著辦公任主任小張的一個連著一個電話，林院長若有所思起來。面對自己這個還沒轉正的副院長，轉正成為他現在最頭疼的問題。

雖然在院裡主要工作還是林院長一人負責，正式的院長還沒有到任。人事處的張處長曾經給他透了口風，說黨委組織部其實已經內定他來接任。但正式文件沒有公布出來之前，這事還懸在空中。畢竟這個年頭變化太大，隨時來個「空降」也不是沒有可能。

林院長從一個小小的部門老師，一步步升為教研室主任、系主任和副院長，這些艱辛的經歷，只有他自己知道。在組織內的這種升遷，不是光靠努力才能換來的。他為自己的仕途付出了許多。因此，他絕不允許在這個緊要關頭出事情。市領導的決策，從近了說，關係到學校的經費和發展；從遠了說，決定以後自己去市裡辦事情會不會一帆風順。

當這些念頭一一湧上心頭，林院長越發感到事態的重要性。他覺得，有必要讓人和這個小陳老師談一談。「找誰呢？說話重的，對於年輕老師來講，可能適得其反。畢竟現在的老師和他們那個時候不一

樣，都有自己的想法，有自己的主見。說重了，打擊到他的自尊心，以後再讓他為院裡做事情，他可能就沒有那麼積極。說話輕的，他不會放在心上，認識不到錯誤的嚴重性。那以後這種事情再發生，可能就沒有這麼好處理。」林院長想來想去，遲遲下不了決定。

下午 2：30 分。各系主任來到院會議室。林院長藉著期末教學情況和下學期開課事宜委婉的把昨天校長的指示傳達給大家。其中，他重點指出陳敬深所在的系的王主任一定要重點關注成績較低的學生情況，特別是像王小帥這種學生，他指出在不傷害老師自尊心的同時，一定讓小陳老師「認識到錯誤」。同時告誡其它各系，要引以為戒，避免類似事件不能再發生。通知各系主任回到各系，各任課教師交代這一會議精神，但要保密，不能發信息，而只能口頭上說。

從林院長的口氣中，王主任感覺到了事情的嚴重性，王主任臉上火辣辣的。這是今天年他第一次在會上被領導點名批評。這個時候，他可被批評不起。大家都知道林副院長升到正院長那只是一個時間問題，而他騰出來這個副院長的位置，王主任垂憐已久。但，五個系主任中，每一個都不是白丁，都有一定的優勢。如何能在這五個系主任中脫穎而出，一直是困擾王主任心中的難題。

二

這件事，在教學上雖然算不上什麼大事情。讓陳敬深寫一個變更成績申請，由我簽個字，再讓林院長簽個字，報教務處李副處長審批，再放到教務處張幹事變更一下就可以了。由張校長指示，教務處

那邊應該不會太為難人。問題是，這個問題不能在現在這個關頭出現。萬一領導對自己的印象產生了偏差，自己以前的努力就白費了。一想到這，他決定，必須馬上找到這個小陳老師聊一聊。

陳敬深接到王主任急匆匆的電話，一時不知所措。不過從電話裡面的急促聲，他隱約感覺到事情可能有點大。到底是什麼事情，他一頭霧水。他趕快出門，開著車，飛奔至學校。

「小陳啊，來，坐坐坐。」王主任從辦公桌後面走過來，在小陳老師旁的沙發上坐了下來。

「今天找你過來啊，是想瞭解點事情。你上半年教幾個班？」

「五個班。」小陳老師忐忑的揣摩著王主任的意圖。

「哦。是這樣，有一個叫王小帥的學生，你有沒有印象？」王主任邊說邊把茶水倒進陳敬深的茶杯中。

「有。理工學院建築設計二班的。怎麼，主任，有什麼事嗎？」

「哦，是這樣。這孩子上課表現怎麼樣？」

「主任，咳，怎麼說呢，選修課一共六次，他四次沒來。這也就算了。來那兩次，先是玩手機，用耳機聽音樂什麼的；我讓他拿下來，他就和旁邊的人說話；我讓他小聲點，他……」陳敬深感覺到了什麼。

「哦哦哦，」王主任打斷了陳敬深的話。「是這樣。現在的學生不好管，這也是實情。特別是像這種選修課，學生不聽也是正常的嗎，那你是怎麼處理的？」王主任盯著陳敬深。

「不聽課，蹺課，讓他重修了。」陳敬深回應道。

「小陳啊。」王主任站起來，重新給熱水壺加了一些水，放在茶几上加熱。「你啊，太年輕，處理事情太武斷。學生不好好學習，你應該好好教育嘛，怎麼能動不動就給一個重修呢？教育學生的方式有很多種，不能像你這樣只給一個重修就能解決的。」

「但是……但是他從來沒有認真上過課啊，考試也是全從網上抄的。我只簡單查了一下，抄襲率幾乎百分之百，一句自己的話都沒有。」陳敬深解釋道。

「小陳啊，你還是沒有認識到你的問題啊。」王主任不快不慢的說。「學生不聽課，你應該反思一下是不是你自己的問題，是什麼原因導致學生不聽課呢？是不是你講得不夠好，例子不夠生動，才導致學生不聽課呢？」

王主任接著說，「你說他考試全是抄網上的，那你的考試模式是不是有問題？如果你不出以論文方式的考試模式，是不是就不會出現這種問題？小陳啊，有問題，要先從自己的身上找原因。」

「是，是，是……」陳敬深答應著。他突然感覺到有什麼東西堵到心口，說不出來的那種難受。

「小陳啊，聽說你現在是預備黨員，準備轉正了吧。現在，你要尤其注意。你這件事，從小了說，是你自己的肚量不夠，涵養不夠；從大了說，你是沒有遵循一個老師的職責，你這麼做是要犯錯誤的。」王主任突然提高了聲調。

陳敬深坐在那裡，一時不知道說什麼好。心裡想：「給學生重修，違反了教師法規嗎？那主任的意思是我瀆職嗎？那要怎麼做才能

不瀆職呢？我錯了嗎？就算錯了，錯哪了？」

「小陳啊，有錯誤就要改。年輕人嗎，難免犯錯誤。你現在把那個王小帥的卷子，還有你上課的點名冊全都拿來。」

「哦。」陳敬深回到自己的辦公室，將上課年度的國際政治點名表帶過來。

王主任把點名表和考試卷看了看，語重心長的說道：「小陳啊，有些事，要學著靈活處理。像這種情況，」王主任指了指王小帥的卷子，「可以通融的就通融一下。你知道嗎，這孩子表現一直不錯。上次，他們的院長和我張校長一起吃飯，還一直誇他呢。你啊！」他在說「張校長」時故意加深了語氣。

「那……」陳敬深似乎明白點什麼。

「小陳啊，不是我要干預你教學，或是剝奪你當老師的權利，我也沒有想剝奪你給學生上成績的權利。但你啊，做事要細心一點，像這種情況，你應該提前和我打聲招呼，不是一下子就錄到系統（教學系統）裡去。你一提交，誰也改不了，出了問題，我是要替你擔責任的。」王主任說道。

「就拿這個王小帥來說吧，他是王副市長的孩子，學校準備給他一個保研的機會。你看被你這一弄。」王主任指著卷子壓低聲音說。「小陳啊，人要有肚量，要有涵養，不能想怎樣就怎樣。你這樣做，會被學生認為你打擊報復，會投訴你的。」

「我真的沒有想打擊誰，報復誰，我只覺得，我們教思想的老師，如果學生犯錯，不給他一次懲戒，那我們還怎麼教育學生呢？」

陳敬深解釋道。

「懲戒也不是就這麼給重修啊，方法有很多種。比如說他不聽課，你可以停下來和他聊啊，和他談嘛。給學生重修是最壞的一種方式，看來你還是沒有認識到錯誤。」王主任有點氣憤的說道，心想這個小陳老師怎麼就這麼一根筋，怎麼點他，他都理解不了。

「好吧，我會自己好好反思自己。是不是要在教學上和考試模式上做改進。」

「小陳啊，這個事情鬧得很嚴重，連張校長都知道這件事了。得盡快處理好啊。不然，對你的前途會有影響的。你知道嗎，你給人家一個壞印象，你這輩子都改不過來了。」

「那，主任，我該怎麼做？」

「你去辦公室主任小張那裡領張變更成績表，把這個成績改一下。就改 81 吧。」

「可是這卷子？」小陳指著卷子說道。

「重新給個成績，這還用我教你嗎？腦袋靈活點，別讀書讀傻了。」王主任有點生氣的說道。

「好好好，」陳敬深邊說邊退了出來。

三

夜幕已經降臨，校園裡的路燈都亮了起來。陳敬深走到甬道上，感到無比壓抑。遠處的萬家燈火，映襯著陳敬深冰冷的心。

「也許，是應該選擇離開教學崗位，還是再次逃離這座城市。」

陳敬深心中百般無奈的想著。「他，真的不明白他錯在哪裡，可是他知道他如果不改變他的『錯』，那才是『大錯特錯』了。」

教育本來是人間的一塊聖地，我們在這裡釋放夢想，暢想未來。但是在教育產業化的背景下，讓教育成為賺錢的一種工具。於是其中的合理與不合理之間，鑄就了這個時代中教育的矛盾。也許，陳敬深沒明白的，就是這個吧。

當然，讓陳敬深不明白的事，又何止教育問題呢？現在這個社會一切都全亂了。似乎一個個都在改變，也似乎一切都沒有變。改變的是不同的人群，不同的個性，不同的思維方式；不變是仍然是那幾千年來的定性做事方式。在這個時代，法律、道德，都及不上「有人說話」這個幾千年來中國的上下級傳統。

陳敬深也明白了自己「錯」在何處。在體制內混了這麼多年的人，能不明白這個道理嗎？他知道，這件事處理不好，不是他一個人的問題，而是他所在的所有的「體制」都會出問題。他，代表的可遠不是他一個人。雖然也只有這個時候他才代表「其他人。」

現在的陳敬深大腦一片空白，鼻子突然有了一絲酸楚。看來好事成雙，不好的事情，往往也不會單獨來。去哪裡呢？回家？回哪個家呢？陳敬深抬頭看了看天上的月亮，好圓，但，它傳達給陳敬深的，卻並不是什麼浪漫，而是更深一層的無奈。

不知不覺中，陳敬深走到了自己住的宿舍樓下，窗戶裡的燈光還開著，想著媽應該在家。上去看看吧，這兩天事情一件接著一件，也不知道媽這兩天有沒有吃好睡好。我真是個不孝的兒子啊。

「噔，噔，噔……」陳敬深慢慢的走上樓來。伸手向口袋裡摸了摸，才發現鑰匙已經給了媽。他抬起手來，敲了敲門。

門開了。「媽，你在家啊。」陳敬深邊說邊脫鞋。

「今天沒出去。你怎麼過來了，她們娘倆兒呢？」陳敬深媽向外面看了看。

「還在出租屋那呢。我剛下課，回來看看您。吃飯了嗎？」陳敬深向沙發走去。

「吃了，自己下的餃子。你吃了沒，要不媽去給你煮點。」陳敬深媽邊說邊走著要去廚房。

「不用了，媽，我吃過了。我就過來坐會兒。媽，您別忙了。」陳敬深趕忙說道。

陳敬深媽轉過身來，坐在兒子的身邊。「那事兒？」陳敬深媽剛想問。

「媽，我有點累。想進屋躺會兒。」陳敬深說著起身進了臥室。

陳敬深媽看到兒子這個樣子，不知道兒子在哪裡受了多大的委屈。可是，這事又不好多問。兒子不願意說，再問下去更會在兒子心裡添堵。當媽的，怎麼能不瞭解自己身上掉下來的肉呢？她拿起遙控器把電視的聲音調小了許多，但心早已不在電視畫面上。

陳敬深一頭栽到床上，緊閉著雙眼。突然這個世界安靜了。

也不知道睡了多久，陳敬深迷迷糊糊覺得有人進屋來。睜眼一看，媽正拿著水壺向保溫瓶裡裝水。「吵著你了？」陳敬深媽問道。

「沒有。睡醒了。媽，您過來陪我坐會兒。」陳敬深說道。

陳敬深媽放下水壺，坐在陳敬深的身邊。陳敬深將頭埋在了媽的懷裡。

　　「你多大也是媽的孩子啊。別著急啊。事情慢慢來，這事兒，急不得。」陳敬深媽手撫摸著兒子的額頭說道。

　　「我知道。」

　　「回去啊，和蘭清好好說說，也和人家媽道個歉。不管怎麼說，你們做得不對在先，人家媽生氣這是應該啊。女兒是媽的貼心小棉襖，媽懂得你丈母娘的感受。」陳敬深媽說道。

　　「不過，事情已經這樣子了，我想親家也會接受。你回去啊，多說點好話。等你丈母娘氣消了，也就沒事了。畢竟，孩子都快生了。這個節骨眼兒上，不能出問題啊。老兒子啊，你都四十歲的人了，不能再把自己當小孩兒了。……」陳敬深媽繼續說著，陳敬深聽著。不過，到底聽進去了什麼，陳敬深自己也不知道。

　　電話響起來了。陳敬深接了電話。

　　「喂，怎麼了？」

　　「……」

　　「我在學校呢，過一會兒就回去。」

　　「……」

　　「要不，帶阿姨出去吃吧，她來還沒有請她……」

　　「……」

　　「哦，好好好。那我回去的時候帶回去。」

　　「……」

「嗯，那先就這樣了。」陳敬深掛了電話。

「是蘭清吧？」陳敬深媽問道。

陳敬深點了點頭。「媽，那我就先回去了。家裡沒菜了，我一會兒得去一趟超市，晚了就關門了。」

「別總在超市買菜，不新鮮。那個醫院旁邊就有一個菜市場，你有時間去那裡挑挑。」陳敬深媽說。

「知道了，媽。對了，媽，您也別太省了，學校裡有食堂，小吃部也不少，您沒事就下去吃吃。」陳敬深說著從口袋裡拿出二百塊錢。「媽，這個您先拿著，我出來沒帶多少錢。別虧待了自己。」

「不用不用，媽有錢。上次買菜的錢這不還有呢。你快回去了，晚了，人家挑你理。」陳敬深媽邊說著，邊給兒子拿外套。

「知道了，媽，那我先走了。」陳敬深說著，就向樓下走去。

四

陳敬深將車停好，在樓下徬徨好一陣子，望了樓上的方向，糾結著問自己需要一個什麼樣的生活，無論如何，他都必須勇敢的打開那個門。因為，有一個叫「責任」的東西不能讓他逃避這一切。

蘭清母親已經開始收拾這個殘破的家。

「這房子是你們買的，還是租的？」蘭清媽邊擦桌子邊問道。

「租的，我平時和他住在學校那邊的教師公寓。是這幾天，我婆婆說離醫院住近點好，有什麼事方便照應。」蘭清答道。

「婆婆？」蘭清媽低說道，眼角裡明顯流露出一絲不屑。「這段

日子誰照顧你啊？」

「是阿姨。他期末事情很多，有時候忙不過來。」蘭清改口說道。

「媽，您就別忙了。歇會兒吧。」蘭清右手扶著後腰，要站起來。

蘭清母親趕快扔掉手裡的抹布，過來扶蘭清的胳膊。「你這麼沉的身子，慢點慢點兒。」

「沒事，媽，我就是去倒杯水。」蘭清說著要向水壺走去。

「你還是歇著吧。別閃著了。」蘭清母親一把拿過水壺。雖然臉上還是不見喜色，但女兒的身體還是讓她把一切都先放在腦後。

不管是她覺得上輩子做了些什麼錯事，今生才給了她這樣的報應；還是女兒未婚懷孕的痛楚，讓她撕心裂肺，夜不能寐。但這一切，在自己女兒面前，都已經是無關緊要了。重要的是，她還是自己的女兒，她還是自己身上掉下來的肉。她的幸福與她的健康，是她現在最開心的事。

她不知道自己將如何面對突來的一切。但，保護好女兒，是面對未來一切的中心。

「他對你，好嗎？」蘭清母親問道。

「嗯。挺好的。」蘭清答道。

「你們什麼時候領的證？」蘭清母親問。

「上半年。媽，我？」蘭清突然不知道怎麼和媽解釋這個事情。

蘭清母親仍然冷著臉。但這座冰山正在慢慢融化。

陳敬深拎著菜開了房門，走進屋裡來。他將菜放在廚房的地上，慢慢的走過來，坐在蘭清的身邊。蘭清母親完全忽視這個進門來的這個男人。

　　「怎麼樣了？涼不涼？要不要扶你進屋休息一下？」陳敬深問道。

　　「不用了，在這坐著挺好的。醫生不讓躺太久，會不好生。」蘭清答道。

　　「你和阿姨吃飯了嗎？要不我去給你們做點？」陳敬深說著要站起身。

　　「不用了，我和媽吃過了。那桌上還有點剩菜剩飯，你要餓你就吃點兒。」蘭清說道。

　　「我吃過了。那，我帶你去樓下轉轉吧。」陳敬深說道。

　　「你看這都幾點了。」牆上的時鐘已經告訴他們，現在即將進入午夜。

　　蘭清母親關上電視，看也沒看這對小倆口兒，進屋睡覺去了。

　　「媽今天沒為難你吧？」陳敬深向臥室看了看，問道。

　　「我是她親女兒，她能為難我啥？不過我這次真把媽給氣著了。我從來沒見過她發這麼大火。」蘭清說道。

　　「我知道，是我的錯。」陳敬深答道。

　　「你怎麼這麼晚才回來？去哪了？」蘭清問道。

　　「我去媽那了。咱媽來後，一直沒去她那看看。雖然我那也不缺吃不缺穿，但還是有點放心不下。」陳敬深說道。

「是挺對不起阿姨的。你看我媽這一來，阿姨就搬了出來。」蘭清說道。

「別多想了。我媽那沒事。我媽，我瞭解。」陳敬深說道。

「今天單位給你電話，什麼事啊？」蘭清問道。

「沒什麼事，一個學生的成績出了點問題。讓我解決一下。沒事的。」陳敬深這句沒事的，突然讓他心裡重重的一沉。他想著那件事真的能像他說的這樣簡單的沒事了，然而，今天看到院領導的樣子，怎麼會是個沒事的狀態呢，但他哪能和現在正一團糟事情的蘭清講這些？他也只能用男人的方式說「沒事的」，讓她安心。

但，他的臉已經出賣了他。他從來都不是老謀深算的人，也不會偽裝自己的情感。什麼事情，他臉已經告訴你真實的答案。這一點，怎麼能瞞過天天睡在身邊的枕邊人呢。

不過，就算看出這一切的蘭清，她又能說什麼呢？看著自己的老公不願意說，自然是有說不出口的原因，或是怕她擔心，或是別的什麼原因。自己的世界已經一團亂麻，蘭清選擇了沉默。

「我扶你進屋歇著吧。」陳敬深說道。

「嗯。」蘭清慢慢的站起身，和陳敬深一起進了他們原來的房間。

五

王小帥的問題解決不久。陳敬深又接到了幾個類似的電話，也是關於成績有異議的，以至於陳敬深每天都沒有辦法以一個好的心情來

面對學生。不知不覺中，他上課的語氣也生硬了許多。辦公室主任小張看到這一切，經常勸他要放寬心來。

「其實啊，這事也沒有什麼。現在的學生啊，就是這樣。你對他好也不是，對他壞也不是。所以啊，你做事不能太認真。太認真了，傷的還是你不是。」小張老師勸道。

「是啊，是啊，唉，都怪我年輕不懂事。但這一個一個的電話，卻讓人心煩。」陳敬深說。

「大部分電話都讓我給擋回去了。學生鬧到院裡，王書記工作也不好做。只能讓學生來你這問。你啊，就擔待擔待。畢竟一個學生給改了成績，別的沒及格的學生心裡不服氣，這也是正常的。陳敬深啊，我們都是這麼一步一步走過來的，都會遇到這樣的問題。想開了，就好了。」小張勸道。

小張主任雖然年紀不大，卻是濱海大學的元老了。他自本科留校，就一直做學生工作了。最近幾年升至辦公室主任，工作也主要是圍繞教學展開。當然，他對學校內的事情比起陳敬深這個沒來幾年的博士當然更有發言權。學校裡，評判一個好老師，可不只是你能力強，教課好，關鍵還要不惹事。陳敬深這次確實給大家都惹了不少的麻煩。

當然，經過這兩個月來，陳敬深已經清晰的明白了這一點。教育系統裡，是不能存在那種「純淨的環境」，所謂「水至清則無魚」，當老師當得太嚴格了，學生會把你評為「魔鬼老師」，期末測評的時候，想想你的評價，就算給了差評，都難消學生心頭之恨。相反，那

些教學放寬，不與學生發生衝突，期末還能幫學生劃重點的老師，才是真正的好老師。因為，學生要的，而是要在學校裡學到了什麼，而是決定能否畢業的那個學分。所以，流傳已久的「59分流淚，60分萬歲」的口號，才這麼經久不衰。

陳敬深知道小張主任是對他好。他也自己明白。在出事這段日子裡，雖然心裡有太多的不痛快，但，同事們的寬慰、領導的關心，也讓他心裡稍稍有了一絲的暖意。只是，這暖意只是一絲絲，而熱絡的心卻變成越來越冰冷堅硬的冰山。

「我以後該如何教學呢？真的不管了嗎？」陳敬深想道。

「不管？這是絕對不能的。畢竟學生群中還有一些被稱為『學霸』的好學生，你真的不管教學，一樣會受到投訴。弄不好，這還是你的教學事故，輕則停薪留職，重則開除出校。因為前年一個老師沒有管理課堂，被校教學督導組查到，聽說後果相當嚴重。」陳敬深想起似乎有這回事。

「唉，事情都趕到一起了。什麼時候天才能晴一些呢。」陳敬深看了看陰沉的天。

南方的冬天，陽光明媚的日子總是太少，不像自己的老家那樣，只有下雨天才烏雲密布。一個月中，能有兩天出太陽，那已經是很萬幸了。真不明白，為什麼一到冬天，天空就不給一個好一點的臉色。難道，是自己「作孽」太深，讓上天不高興了。

「蘭清，我錯了。」陳敬深自言自語道。

不知道為什麼，陳敬深不想回家。路燈慢慢的亮了起來，又到晚

上了。陳敬深漫無目的在校園裡走著。在眾多青春與朝氣的人群中，凸顯出他更為明顯的深沉。

六

陳敬深走出學校，沿著一個馬路，一直向東走。他不是要去什麼地方。他只是想出來走走。工作了一天的他，在無聊與煩悶中，總是想出來透透氣。在這個陌生又熟悉的地方，他沒有什麼朋友家可以去，也沒有什麼人可以找。因此，消遣的唯一方式，可能也只有出來走走。

陳敬深走到一個路燈下，找了一塊相對乾淨的臺階坐了下來。

車一輛一輛的從他面前駛過，自行車，摩托車，和那些豪華的轎車。只是，沒有一輛車要在他面前停下來。

陳敬深想，他們看到我這樣，是否會想：「哪來個神經病，大半夜的不睡覺，跑到這裡坐著。」

或者，他們會想：「這個人不會是乞丐吧，說不準，還是離他遠一點。」

或者，他們會想：「不會是攔路搶劫的吧，快點騎走。」

或者，他們會想：「可能是碰瓷的，小心點，別訛上我！」

……

陳敬深想，別人會想很多，只是有一樣應該是共同的，那就是「我不正常！」陳敬深想得沒錯，在別人看來，他要不就是精神有些毛病，要不就是心裡受了什麼刺激，要不就是什麼危害源。反正都一

樣，是一個不可親近的人物。而陳敬深也通過自己這種無聊的舉動，看到了這一切。其實，他一直明白這一切。

他對自己說：「換位思考一下，自己也會這樣想。這大晚上，一個不認識的人在路邊蹲著，是有點恐怖。如果稍微有想像力的人，可能把那個人想成鬼也有可能。」陳敬深自己傻笑一下。

「是有一點嚇人！」他自言自語道。

陳敬深還是那麼坐著，他發現，其實坐著也不是一件容易的事。這讓他想起了那些整個跪在街上的乞丐，他們天天在那跪著，那個滋味真的不是很好受。也許，是當成乞丐的人，才真的明白乞丐的痛苦。

「三百六十行，行行出狀元。同樣，三百六十行，每一行都不好做。」陳敬深傻笑的對自己說。

「不過，如果以後再遇到這個要飯的，如果身上有零錢，不管他是真是假，都要給一些。因為，乞丐的日子也真的不好過。」陳敬深認真的自語到。

在這個沒有前途沒有方向的人生路上，其實，每一個都像是一個乞丐。我們總是在乞討著什麼。可能是一碗要吃在嘴裡的飯，可能是要遠行的盤纏，可能是一份真摯的友情，可能是一份期望已久的愛情。只不過，我們都不是很幸運，在乞討中，我們得到的，白眼多餘同情。似乎在這個時代，同情是一種罪過，白眼反而是一種激勵。這正常嗎？誰知道呢。

陳敬深坐得有些累了，索性站起來，後背倚著電線杆，看著往來

的車輛。不乏感慨道：「在這個崛起的海邊小城，認識的被稱為「朋友」的一大群人，然而現在自己想去的地方都沒有。是應該悲哀呢，還是應該怎樣？」

陳敬深想：「是想大哭一場嗎？還是找一個沒人的地方大吼一下。可是要是真的到了那些沒人的地方，自己真的能吼出來嗎？吼也是需要勇氣，吼也是需要能力。自己現在有吼的能力嗎？」

陳敬深想到這裡，張開嘴巴，想試著吼一下，卻發現自己原來沒有那個膽量，或者，沒那個心情。

「看來那種吼的心情對我來說，也是一種奢侈。」陳敬深自語說。

「現在，身邊的一切對於我來說都是一種奢侈了。何止一個吼呢。房子是租來的，想睡個好覺是一個奢侈；無孔不入的公共空間，有一點點私人空間都是一種奢侈；沒有笑臉陪伴的週末，娛樂是一種奢侈。沒有可以去的地方，散心是一種奢侈；沒有知心的朋友，出門是一種奢侈。那麼，什麼不是奢侈呢？還能有什麼不是奢侈的事嗎？」陳敬深想。

陳敬深覺得自己就是一個心理上的「城市乞丐」。對於一個城市乞丐來說，奢侈的事很多。因此，不必期望別人的燈紅酒綠，不必奢望有美味飯食；不必期望有美好前程，不必期望人生的希望。希望，雖然是人生最好的事情，但對「乞丐」來說，也是一件可怕的事情。有希望的人生是美好的，但是美夢泡沫破裂的時候，會更痛，更難以活下去。

記得一部電影，叫《肖生克的救贖》裡面有一句臺詞：「希望，朋友，我告訴你，有希望能把人弄瘋。希望無用，你最好認命。」沒有希望的人生是苦悶的，但是希望破滅的產生的絕望，是可能殺人的。這個，第一個自殺過的人，都會有這種體會。

　　陳敬深想，「自殺的人可能沒有過錯，他在面對無希望的人生時，只能選擇逃避這個現實。當他發現他『只能選擇放棄』的時候，自殺是順理成章的事。那麼，我們還有什麼理由去責怪他呢？」

　　一個社會學家說過這樣一句話：「自殺，唯一的受害者是家庭或是國家，對自殺者本人沒有任何影響。因為，他已經死了，人生的一切對於他來說都沒有了意義。如他欠的錢，他再也不會還；他應該盡的義務，再也不能完成。他的父母，成為國家的負擔。因此，對於他應該承擔的一切，在他死後都成為家庭或國家應該做的事。」社會學家的理性夠嚇人的。不過想一想，我們在勸一個自殺者不要自殺的時候，往往的勸說詞，是不是也就是這些呢？

　　「你不要死，你的家庭需要你。」

　　「你不要死，你今後的路還很長。」

　　「你不能死，你死了，你的孩子怎麼辦？」

　　「孩子他爹，你死了，我和孩子怎麼辦啊？你不為我想，也該為你爸媽和孩子想一想啊！」

　　……

　　數不盡的責任和說不清的義務，讓自殺者堅定了自殺的決心。

　　「其實對於一個跳樓自殺者而言，最好的辦法，就是拿一個西

瓜，當著他的面從樓頂丟下去，讓他親眼看到自殺後的慘狀，讓「自殺」與他本人連結起來，或許他就不會自殺了。」陳敬深想。

「不過，也不一定了，說不定你家就是賣西瓜的呢！」陳敬深笑笑的自語道。

這世界或許就沒有什麼規律，只有一個概率很高的巧合。雖然哲學一味的研究規律，尋找規律，但是，規律是否真的存在呢？這個很難說。哲學家休謨的懷疑論，今天仍然成為人思考知識規律的難處。或許，休謨的問題本身就沒有答案。或許是我們的思維錯了！或許，真的像那些得道的基督徒說的那邊：「人，怎麼能理解上帝的旨意呢？如果你能像上帝那樣思維，那你不就成了上帝。而人，永遠成不了上帝！因此，那些最荒謬的，反正才是確鑿的真理。」

陳敬深站起來，抖抖身上的灰塵。「唉，不該胡思亂想了，該回去了。」

夜晚的星星很多，但被路燈照得看不見幾顆。城市夜晚的天空，總是那樣孤單與單調。陳敬深往回走的背影，很像他的父親。或許，他真的老了！或許，他還不夠成熟。矛盾！

第三篇

一

　　預產期就要到了。蘭清行動越來越不方便。陳敬深這些天忙裡忙外也不得安靜。蘭清母親也沒有剛開始的憤怒。是啊，在愛面前，什麼恨啊，什麼怨啊，都變得不重要了。特別是父母對子女的恨，是建立在對子女未來不幸福上面的。他們所怕的，就是自己從小呵護長大的孩子，會不會被一個陌生人欺負。

　　蘭清母親對蘭清的恨，是建立在蘭清本應該有一個更好的前程，卻因她的一時衝動，讓這一切都沒有了希望。蘭清媽真的窮怕了，沒人有能想到蘭清父親死後那幾十年，她們娘倆兒是怎麼過的。白天不說，一到晚上，總是有那麼一兩個醉漢來敲他們家的門，說一些兒難以入耳的話。

　　有時，一些所謂的好心人，也經常坐在自己家裡不願離去。作為過來人的蘭清母親，知道這些男人心裡想的是什麼。她怕啊，她不怕自己有什麼，卻怕眼前這個如花似玉的女兒會有什麼意外。有男人的家庭，是無法瞭解半夜鎖兩道門的那個苦楚與無奈的。

　　終於，蘭清去讀了大學，心中埋藏多年的石頭總算落了地。她就指望著蘭清能事業有成，然後找一個好歸宿安定下來。這樣，她的苦，才不會在女兒身上重現。她有時候慶幸自己在最苦難的時候，總是有好心人幫忙，可是她怎麼也沒有想到，這些好心人中的一個，竟然奪走了她女兒的幸福。那個男人，大女兒整整十幾歲啊。這讓她無

論如何也接受不了。但是，她又能怎麼辦呢？

面對著懷孕的女兒，她又將何去何從。她恨眼前這個男人，但他是女兒的男人，又是女兒肚子裡孩子的爸爸。她能怎麼樣呢？她想恨，卻又無法恨。沒有這個男人，她和她女兒也許還在那個小縣城了，女兒的大學夢也許就只是個夢了，更不要說在大學裡上班。

現在，親戚朋友中沒有人不羨慕自己有一個好女兒，名牌大學畢業，在大學裡找了一份好工作，多讓人羨慕啊。但是自己心中這份苦水，如何才能咽得下去呢？還有，女兒跟了這麼一個人，她真的能幸福嗎？蘭清母親的腦子裡每天都在想這些事，一刻都沒有休息過。她一直不知道蘭清是因為陳敬深才有機會進入濱海大學工作。這已經超出他的認知了。

蘭清母親的憂慮，作為媽媽貼心小棉襖的蘭清怎麼不明白。自己與母親風風雨雨幾十年就這麼過來的，今天，她讓母親如此的難受，她也心如刀割。可是，又能如何呢？事情都已經這個樣子了，世界上也沒有賣後悔藥的，不過，就算是有，她會願意去吃嗎？

想想當年陳敬深那個頹廢的樣子，她不走進來，那人就要廢了。兩段感情的打擊，就是再堅強的人，也不一定能挺得住。特別是林子豪又嫁給了他最好的朋友，無論是誰也承受不了。如果她不走進來，他又怎麼能走出陰暗的生活呢？她現在的一切都是他給的，她也絕不能對他不管不顧。就算母親會傷心，也總比自己看到陳敬深死去要來得好吧。

即使如此，蘭清還是感覺太痛苦了。每天面對著沒有笑容的母

親，她真的不知道如何是好。母親自從來濱海後，就沒有和她多說一句話，每天不是收拾屋子，就是洗衣做飯，除此之外就一個人在屋裡面坐著。

蘭清注意到母親看陳敬深的眼神，那分明透著恨啊。她的母親怎麼能這麼恨自己的老公？這比母親打自己臉更令人難受。他們倆個，都是自己現在最愛的人啊。一個是給了自己生命的人，一個人是給了自己生活的人，她多麼希望他們能像別人家一樣，有說有笑，和睦相處，但現在看來，這太難了。蘭清時常問自己：「蘭清啊蘭清，你要怎麼做，才能化解這道難題呢？」

陳敬深現在是家裡最尷尬的人了。他每次回來，面對著就是一張冷冷的臉和一張茫然的臉，但他又不能不回來，只能尷尬的坐在房間裡。陳敬深不知道自己在家裡能做什麼，或者自己到底應該不應該回這個家。自從蘭清母親來，整個家就像進入了寒冬季，滲著那種透著骨頭的涼。每當他想和蘭清母親說幾句話的時候，蘭清母親的那個眼神，是他這輩子都忘不了的。陳敬深是一個非常敏感的人，這種敏感讓他不知道如何開口，如何去主動打破這場尷尬，痛苦的感覺再次襲來。

陳敬深不知道接下來的日子該怎麼過？一個是馬上要臨盆的老婆，一個是被自己「發配」到宿舍的媽媽，一個是滿臉冷色的丈母娘，還有一群上課混學分的學生。當這一切都充斥在陳敬深的生活中，他怎麼覺得自己的生活再也沒有什麼希望了。

這幾天，每天都下著雨。也許老天也在沉思著。陳敬深回到臥室

打開電腦，敲著：

　　打開電腦，發現自己好久沒有寫東西了。準確來說，是沒有寫心裡的東西。每天專注於茫無頭緒的沉思中，由厭惡，到疲倦，最後不得不告訴自己要適應。不惑之年，才慢慢覺得人世間的淒涼，看法的幾近悲觀，讓自己高興不起來。

　　愛情、親情和友情，似乎在現實面前都黯然失色。曾經看過太多的「錢情交易」，見過太多的「悲情離合」，突然想起佛家的入世頓悟。

　　為什麼我們會執著於現實紛繁複雜的物欲世界，慢慢的我找到了答案：我們是人。人其實是一個限定詞，只要被稱為人的存在，就一定要被限制。我曾經告訴我的學生，說人生是一種無限束縛的延續。不知道自己什麼時候想起這句話，只是記得清晨起來，就想把它寫進自己的教案。

　　疲乏的我總喜歡駕車出去，但每次都擔心我的小車會開不回來，往往中途放棄。逃避的想法已經在心裡醞釀已久，但在理性的思維面前一次次被壓在心底。不曉得自己什麼時候會衝動一下奪門而出，那樣，或許我會再過幾日痛苦的人生。

　　衝動是魔鬼，可是衝動也讓我受益匪淺。沒有衝動，也許我還是單身一人，也許我現在還是沉迷孤獨，也許我現在已回到了東北老家，但，絕不會有我現在的人生。

　　理性是寶典。沒有理性，我也不可能留在這個南方小城。學生們

說我太理性而找不到愛情，可是理性的我只想找一個久一點的愛情，或者是愛情式的親情。我的奢求很簡單─答應我一直陪著我。我無豪房萬間，卻有一顆不變愛著的心；我無豪車百輛，卻是一個永遠在你身邊的人。但，請告訴我，我這麼做是值得的。

思緒亂飛，毫無章法。非論文式嚴格的論證，無小說式嚴謹的邏輯，而無散文式的洋洋灑灑。但，這是此時我心裡的所想：心裡流出的文字。

放棄，堅持；再放棄，再堅持。累！

陳敬深閤上了電腦，走出門去。

尷尬，還是尷尬。這尷尬的感覺似乎一直凝結在空氣中。讓每一粒水分子都凝固成冰。今年的濱海比哪一年都要冷。電視上報導這是歷史上最冷的冬天。

「又是一個『最』啊？」陳敬深自言自語道。

這一輩子到底有多少個最呢？從自己小時候學的教材，到新聞聯播，到奧運會，到一切的一切，都充滿著一切的「最」。甚至還有人說出那句「沒有最好，只有更好」，也離不開這個「最」字。這個「最」確實讓很多人「醉」了。人生到處充滿著錯別字。

二

陳敬深母親病了，可能是這幾天降溫，也可能是一直為陳敬深的事而著急，她病倒了。陳敬深接到電話，馬上趕到學校宿舍。

「媽，好點了嗎？」

「嗯，好一點了。吃過藥了。你怎麼過來了？」陳敬深母親說著要從床上起來給兒子倒水。

「您快在床上躺著吧。」陳敬深急步來到床頭，把手放在母親的額頭上摸了摸，「挺燙的，要不，去打個點滴吧？」

「打什麼點滴，浪費那錢。再說，現在電視天天報，不讓人隨便去打針，說什麼打多了會有抗藥性。」陳敬深媽說著坐了起來。

「你那邊怎麼樣了？那娘倆兒，沒事吧？」陳敬深媽問。

「沒事，都挺好的。蘭清預產期就是這幾天了，有點忙，所以這幾天我就沒過來。」陳敬深想出一個能讓自己好受一點的解釋，也讓母親也能好舒坦些。

「快生了吧，那哪天我去看看吧。這孩子一直是我伺候的，不知道我沒在的在這些天，這孩子怎麼樣了？」

「人家親媽在那邊，您還不放心啊。你快趕快照顧好您自己吧。」陳敬深搶話說道。

「也是，人家媽在那邊呢。」陳敬深母親說道。「她，沒太為難你吧。」陳敬深母親頓了頓說。

「沒，怎麼會為難我呢。」陳敬深毫不遲疑就直接回了母親。當然，這種成人的謊話怎麼能瞞過久經世事的母親呢。不過，陳敬深母親並沒有說什麼。有什麼好說的呢，說了，也解決不了孩子的問題，最後還是給兒子添堵。

「沒事的，都會過去的。事情既然已經這樣了，你也就別多想

了。工作還順利吧？」陳敬深母親想又開話題。

「挺好的。」很明顯，陳敬深對母親這個新的話題沒有什麼興趣。他不說「挺好的」，他還能說什麼呢？在成人的世界裡，特別是成人男人的世界裡，在親人面前，特別是至親面前，永遠都只有好消息。而那些壞消息，都化作淚水留在了床頭的枕頭上。這是成人世界的規則。

「媽，您還沒吃飯吧，我去給您叫個外賣。」陳敬深說道。

「不用了，也吃不下。那些炒飯啊，太乾了。」

聽了母親這句話，陳敬深越發覺得對不起母親。因為這個「炒飯」就意味著，母親生病這些天吃的就是這個。老人家病了，也不愛下床，廚房已經好幾天沒有開伙了。陳敬深想了想，說：「媽，您先躺著，我一會兒就回來。」

說完，陳敬深去樓下超市買了一些蔬菜，準備給母親做一頓熱乎的飯菜。

蘭清與蘭清母親在房間裡，空氣仍然是那樣凝重。蘭清母親除了每天收拾房間，洗菜做飯，也幾乎沒有什麼笑臉。雖然蘭清知道母親在心裡上早就原諒了她，但是她倔強的性格還是不願放下身段，這讓蘭清心裡多多少少有些難過。

自從母親來了以後，蘭清幾乎每天都在房間裡待著，悶得她覺得全身都快發毛了。但是不知道為什麼，她不太敢向母親提出去樓下走走的願望。經過這件事，她明顯覺得和母親之間的隔閡好像大了很

多。她知道，面前忙碌的這個女人是愛她的，可能是世界上最愛她的人。但要如何化解她們兩人之間的那座冰山，蘭清一時沒有了主意。

「敬深今天怎麼去了那麼久，都快八點半了，怎麼還不回來？」蘭清想。她下意識的向門的方向望了望，希望那道門能早一點打開。至少那個人，還是可以讓自己說出自己的心裡話的。蘭清有時候想不明白，曾經自己最親的人，今天卻變成陌生人一樣；而曾經的陌生人，卻變成自己現在最依賴的人。也許，這就是結婚後女人世界的變化吧。想想這世界也夠奇妙的。

蘭清母親現在逐漸發現，自己的女兒已經不是那個小時候天天圍著她轉要「好吃的」的小女孩了。「孩子真的是大了，大的自己都快不認識了。」蘭清母親想。其實，蘭清母親早已經接受了眼前這個事實，可是拉不下的面子讓她找不到「走下來的臺階」。那種剛來時的怒火，早已經在這些天的「平凡」中被稀釋的了無蹤跡。看到女兒一天天大起來的肚子，也看到她一直在「努力討好著」自己，心裡有一種說不出來的滋味。

這個女婿在自己老家來講，也算是拿得出手。七千多的工資，大學裡穩定的工作，還有正式的編制，在這個工作難找的社會背景下，已經算是很難得了。但就是這心裡過不去的坎，讓她不能像普通岳母那樣善待這個準女婿。看到他和女兒的恩愛，其實心裡有時候也挺滿足的。想想自己這幾十年過來，心裡不就是想讓女兒找一個知冷知熱的人。女人這一輩子，圖什麼，不就是圖一個能在身邊照顧自己的人。女兒找到了這樣一個歸宿，自己這個當媽的，也應該高興才對。

可是，為什麼自己就高興不起來呢？也許，對小石頭的奢望，和小石頭一家的眼神，是她回老家後，最不敢面對的事情吧。她總算是給自己找了一個可以說得過去的理由。

蘭清母親知道，自己這次來，確實給孩子們添了不少的麻煩。自從自己來後，這個女婿天天就像耗子遇到貓一樣，他一直試探著想對自己好一點，卻不敢上前來。這有時或多或少也讓自己彆扭。可是她知道，她不先擺下個姿態，這個女婿是不敢太「熱情的」。

「唉，事情已經這樣了，自己也就別太固執了。」蘭清母親想。

「這都八點半了，這孩子怎麼還沒有回來？」蘭清母親下意識的看了看門，又看了看在沙發上的女兒。

「你冷不？我去給你拿件衣服，別著涼了。」蘭清母親對蘭清說道。

「媽，不我冷。您別忙了。」蘭清說道。蘭清母親沒理她，進屋拿了一件長衣給女兒披上。

「這南方不比我們老家，屋裡也沒有個暖氣，女人懷孕受涼了可不得了。媽當年懷你的時候，就是沒注意，留下這一身的病根兒。……」蘭清母親開始絮絮叨叨的說起來。

蘭清發現今天母親的話明顯比前幾天多了許多。作為媽媽「貼心小棉襖」的她，知道母親終於在心裡原諒她了。不經意間，幾縷笑紋出現在蘭清的眼角上。

三

　　從學校宿舍出來，天已經很晚了。上晚課的學生陸續向自己的宿舍走去。看著這些年輕朝氣的面孔，陳敬深不由得想起自己當年上大學的情景。大約每天也是這個時候，他和一群在圖書館奮戰的學生被圖書館阿姨趕了出來，一個個餘興未了的走回自己的宿舍。但現在，這種情況已經不可能出現在今天這批孩子身上了。

　　現在的學生，給那些挺喜歡學習的學生起了一個不溫不暖的名字——學霸。這個詞很難說它是褒義還是貶義，但在學生中間它多數是以貶義成分多一點。大學是什麼？學習，修身的地方？不，在今天，這更應該說是享受與消費的地方。一個大學，能帶動一個地方的第三產業，這種說法絕不是空穴來風。如果有人願意去查看這些年淘寶與天貓的用戶群體，大學生是絕對的主流。陳敬深每次經過梅花苑廣場快遞站的時候，總是能被鋪天蓋地的包裹與前來取包裹的人帶來的場面而震驚。在陳敬深的眼裡，那是白花花的「銀子」，也是他工作一年了賺不到梅花苑廣場一天的營業額。每次想到這些，陳敬深都有一種說不出來的感歎。

　　汽車緩緩的在人群中穿梭，慢慢的爬向學校的北門。每當陳敬深開車從學校裡出入的時候，他就會不由自主的想到幸福這個詞？什麼是幸福呢？幸福是不是一個哲學的概念呢？他覺得自己從來都沒有那麼高的哲學思維，因此他的幸福與平常人的幸福是一個樣子的，那就是幸福是個「比較級」。自己是否幸福是以別人是否不幸為參照的標準。或者說，是以身邊人，親人的不幸為參照物的。

相比這些川流不息的學生，自己應該是幸福的。為什麼這麼說呢？你看，自己有車開，有房住，有老婆，也馬上有孩子。雙親都在，沒病沒災，這不應該是幸福的嗎？參照網絡上那些不幸的事件，比如什麼疾病，什麼暴恐，什麼子女因為財產與父母對簿公堂，自己應該是很幸福的。可是，為什麼自己現在就沒有幸福感呢？

　　物品的豐盈並沒有給人帶來精神的愉悅，這就是這一代人的悲哀。對於陳敬深這一代八〇後而言，他們沒有經歷過六〇、七〇年出生的那批人的物資匱乏時代，他們一出生就知道幾天吃不到飽飯是什麼滋味。他們是出生在一個相對和平的轉型時期。相比前人，他們是幸福的。但他們又是不幸的，就像網上如說的：

　　當我們讀小學的時候，讀大學不要錢；

　　我們要讀大學的時候，讀小學不要錢；

　　我們還能能力工作的時候，工作是分配的；

　　我們可以工作的時候，撞得頭破血流才勉強找份餓不死人的工作；

　　當我們不能掙錢的時候，房子是分配的；

　　當我們能掙錢的時候，卻發現房子已經買不起了；

　　當我們沒有進入股市的時候，傻瓜都在賺錢；

　　當我們興沖沖的闖進去的時候，才發現自己成了傻瓜；

　　當我們不到結婚的年齡的時候騎單車就能娶媳婦，

　　當我們到了結婚的年齡的時候沒有洋房汽車娶不了媳婦；

當我們沒找對象的時候，姑娘們是講心的；

當我們找對象的時候，姑娘們是講金的；

當我們沒找工作的時候，小學生也能當領導的，

當我們找工作的時候，大學生也只能洗廁所；

當我們沒生娃的時候，別人是可以生一串的；

當我們要生娃的時候，誰都不許生多個的。

類似這樣的段子在網上有許多，也其實無非都是傳達一個信息，就是，我不幸福。記得前些天在網上看電視時，電視臺採訪路人，對一個大叔說：「大爺兒，您覺得您幸福嗎？」大爺回答說，「我不姓福，我姓張。」其實，這種問法本身就暗含著答案，一個大家心中都不承認但口頭上又不能說出來的答案。陳敬深有時候把這種社會調查稱為「自取其辱」式和「自我安慰」式社會調查。這些調查問卷本身就暗含著給出的答案，把被調查著當成傻瓜，可是這個時代，聰明人太多，誰都不可能順著你的心意給你當傻瓜。而那些真的願意當傻瓜的，也一定有利可圖。

在市場經濟的模式下，每個人似乎都以「成本」作為自己行為方式的標準。我要做什麼，我要不要去做，要怎麼去做，都看我的預付成本與既得利益是否能在自己的心理成比例。比如說男女之間，如果目的只為得到「性」，那愛情的成本與金錢的成本，往往後者更節約成本。因此，對於有錢的學生，他們更願意用「錢」去代替「情」以獲得性。這就是現在大學附近賓館裡夜夜笙歌，卻沒有幾對能真正領

取結婚證的原因。

有人說這個時代越來越沒有愛情了。這句話說起來也對。從市場經濟的成本理論來看，愛情在今天這個社會是一個不划算的買賣，它往往適合於比較落後的物質匱乏時代。愛情，就是一種催眠式的「騙」嗎？不過這種「騙」分為主動的與被動的。主動的，就是明知自己的能力不行而實施的騙法，比如給女孩送花，請女孩看電影，實際目的不過是想創造一個兩人獨處，為「性」創造條件；被動的，是沒有理由的被捲入別人感情的「替代」品中，俗稱的「備胎」。當然這個備胎有時候也會有別的名稱，比如說什麼「男閨蜜」，「好朋友」。你無形中就在一個「燈紅酒綠」的朦朧中成為了性的工具。

愛情，通常稱對方為「男朋友」或「女朋友」，可見，「朋友」，是最大的「欺騙關係」。當然，這朋友即可以是異性朋友，也可以是同性朋友。因為在這個時代，戀人又不僅是異性結合的專有詞彙。

「既然愛情都不可信了，幸福就可信嗎？」陳敬深自言自語道。

「幸福是一個什麼概念呢？」陳敬深突然笑了笑，「唉，我什麼時候成哲學家了！」

四

車緩緩的停在出租屋的樓下，這次陳敬深沒有遲疑，沒有以前那種糾結的心情。隨著「噔噔噔」的上樓聲，陳敬深來到了家中。

蘭清與蘭清母親正在聊天，也不知道她們聊些什麼，反正看起來有些開心的樣子。這種場景，讓陳敬深心中不覺得升起一團暖意。蘭

清與蘭清母親看到站在門口的陳敬深，停止了交談，蘭清母親慢慢的站起來，回到自己的房間裡。而蘭清也要站起來，陳敬深快走幾步過來扶她。

「怎麼回得這麼晚？」蘭清問道，但語氣裡沒有責備的意思。

「媽病了，發高燒，幾天沒正常吃東西了。我回家給媽做了頓飯。」陳敬深說。

「媽病了？嚴重不？有沒有去看醫生？」蘭清問。

「醫生看過了，也吃了藥，說過幾天就好了。這幾天變天，染了涼氣。你也小心點。」陳敬深關切的說。

「哦。那你這幾天有時間就多過去一些吧。我這邊有我媽照顧，你別擔心。媽在這邊就一個人，你多過去看看。」蘭清說道。

「知道了。今天身體沒有什麼不舒服吧？」陳敬深問道。

「還好。」蘭清答。

「你和阿姨聊什麼，那麼開心？」陳敬深問道。

「女人家的事，這你也要打聽啊？」蘭清笑笑說道。

「好吧好吧，那我就不問了。那，回屋休息吧，挺晚的了。」陳敬深說道。

「好。」

今天的夜裡好熱，屋裡不開空調都覺得熱。這在北方是無法想像的事。南方的冬天很奇怪，冬天冷的時候比東北還冷，冬天熱的時候就和春天一樣，沒有什麼季節，也沒有什麼三九天。

記得陳敬深第一年來濱海，就被這變化多端的天氣弄得十分尷尬。天氣分明很熱，他仍然像北方那樣穿很厚的衣服，弄得一些同事對他說：「不是北方人都不怕冷嗎，你怎麼穿這麼多。」有時候天氣分明很冷，他卻穿得很少，弄得一些同事對他說：「北方人就是北方人，這麼冷的天也敢穿這麼少。」當然，感冒是在所難免的。

　　陳敬深來南方，第一次明白什麼叫凍瘡，這是他在北方沒有感受到的；他也第一次明白什麼叫沒有「暖氣」的痛，一個人蜷在被窩裡打死也不願意起床。在北方老家，他從來沒有用過電熱毯，而在這裡，這是他冬天離不開的保暖神器。

　　所以有很多人說，南方人去北方其實很好適應，只要你多喝水，多補水，多吃水果就沒有什麼問題，因為北方冬天很乾。相反，北方人來南方，多半不會適應，因為很濕冷。空調的應用永遠也比不上家裡的暖氣。當然，海南那地方是個例外，它的獨特的熱帶位置讓它四季如春，以上所談的一切都不適合它。

　　冬天對於懷孕的人是非常不利的。老人說女人在懷孕期間是不能生病的，就算生病，吃藥要特別注意，或者乾脆就不能吃藥，特別是抗生素之類的藥物。所以，蘭清的健康永遠是陳敬深心中懸著的一把劍。每天晚上，他做得最多的一件事，就是不停的給蘭清蓋被子。現在，她和她肚子裡的孩子，是他現在最大的希望。

　　面對熟睡的蘭清，陳敬深有時候不免瞎想：「男人就是這樣，就是要為一些事情而操心。這似乎就是他天生的命。就像《聖經》裡面說的那樣，亞當夏娃偷吃禁果，亞當在遭受一輩子的勞累之苦。也正

因為是這樣，男人的受苦通常被認為理所當然。這種看法不僅男人自己這樣看，女人們也這樣看。在北方，婚姻觀裡有這樣一句話：『嫁漢嫁漢，穿衣吃飯。』男人天生被規定了為全家穿衣吃飯勞累的命運。」

陳敬深有時候還會想到南方的婚姻中的彩禮，這個在南方很盛行。高額的彩禮讓陳敬深總是倒吸了一口涼氣。有同事說，福建和浙江兩省的部分農村，為了避免娶親中的彩禮，組團去越南去娶越南新娘，說娶一個越南新娘只要人民幣五萬塊，而且這五萬塊是包括一切的，比如說結婚的婚禮，婚紗照，給女方父母的錢等等。說白了，這就是一種自願的買賣人口，這種買賣是就是媒人的介紹下，兩個的現實版買賣婚姻。

為什麼在今天會有這樣的事？陳敬深想大概是婚禮陋習的存在。彩禮這種封建社會的陋習存在，那買賣人口的陋習自然也會死灰復燃。人們嚮往自由平等，而在今天的中國，女方父母就仍然想以封建思維來界定現在的八〇後、九〇後婚姻。當然，離婚率高和剩男剩女就在所難免了。

想到這些，陳敬深看了看睡在自己旁邊的蘭清，突然有一種說不說來的幸福感。

五

第二天早上，陳敬深來到辦公室。這是他一直的習慣，一是看一下辦公平臺上有哪些要緊急處理的事情；二是看看自己投稿出去的文

章命運如何。

在陳敬深看來，今天的大學教師，最重要的不是課上得有多好，而是你的課題作的級別與數量。即使你課堂上所講的你自己也不清楚，邏輯混亂的讓自己也覺得難為情，但這都不要緊，只要你能接到課題，能完成課題，能發表文章。這也就是說，發文章是一個大學教師生死存亡的決定性標準。而誰能決定發文章呢？當然是那些從未曾謀面的編輯與雜誌社。

今天，正因為雜誌社與編輯掛鉤，編輯與文章發表與否掛鉤，文章發表與課題掛鉤，課題與職稱掛鉤，職稱和工資掛鉤，這一隱形產業鏈，成為高校為師者不可避免的噩夢。一個教授的工資是一個助教的三倍多，這種情況讓編輯部決定論成為大學公開的秘密。

而只要細讀那些所謂的「好雜誌」的文章，字裡行間都透著兩個詞：「權力」與「金錢」。發表路上是看人不看文，評選路上是仲介大於作者，真的是馬克思他老人家論述的：資本主義社會，流通大於生產。

陳敬深作為基層的大學老師，他怎麼會不知道這件事情。課題的壓力是他在濱海大學最痛苦的問題。學校每年都給院系一個課題指標，身為博士的他也成為系裡科研的中流砥柱。然而，校科研處一個讓他感到「狗血」的規定，就是只要省市級課題，都必須在濱海大學學報發表一篇文章，這是讓陳敬深苦不堪言的事情。

正常說，一個博士在自己所在單位發表文章，應該是非常容易的事，然而在濱海大學，卻是另一番景象。《濱海大學報》是核心期

刊，編輯部為了提高自己的辦刊品質，得到領導的賞識，自然對來稿文章大肆挑剔。這按理說沒有什麼太大問題，在現在這個隨手拿起電腦就能寫字的時代，在這個催生多產文章的時代，供早已大於求了。然而，當仔細研究濱海大學學報的時候，你又會發現一個非常奇特的現象，就是每一篇文章的作者，就不只是投稿那麼簡單。

比如說，一般學報開篇，總是有一個幾乎不寫文章領導的作品赫然屹立在那個地方，對於其它的文章，各院系領導各占四分之三，其餘的四分之一，不用說也知道它們來源於一個地方：仲介處。校編輯部成為校辦產業最賺錢的部門之一，只不過，它的盈利方式，不是賣雜誌而是收版面費。學校的低版學報，除了贈送，就沒了去處。當然，偶爾會在廢品收購的時候看到它們的身影。在這個反浪費的時代，這些學報被印出的那一刻起，就已經造成了浪費的存在。如果一定要較真說有沒有浪費的用處，那就可能是發給原作者用來評職稱和獎金的那幾本。

陳敬深痛恨了這種發表制度，但是他作為一個入職沒幾年的小老師，他的聲音是沒有任何影響力的。有時候，陳敬深覺得自己的話，還不如學生交上來的教師評價單，也許還會被領導看上幾眼，「約談某個老師，作出重點批示」，而他，因為平常，所以只是一個存在的「無」。

最近這些天，科研處又在催促各單位上報課題完成進度，陳敬深面對校學報的一篇硬性要求，實在是不知所措。硬性的就是指是沒有可以商量的餘地的。

陳敬深剛入職的時候百思不得其解，按說上面情況絕不是濱海大學一家，為什麼在《濱海大學學報》發文章這麼困難呢？如果是自己的水準有限，那為什麼也沒有看到自己院裡的其他教師的名字出現在學報上。當然，正院長除外，他是編委會成員。

　　後來，一個部門的老教師告訴了陳敬深一些隱情。現在校編輯部的主任是原人文學院的一名老師，由於在剛入職期間與當時的院長有種說不清的關係，被院裡人所不恥，於是心懷怨恨。後該院長升至副校長，她自然也水起船高，調至學報編輯部，後神速提拔，成了校內「一方諸侯」。可想而知，除非是有些歷史淵源，否則人文學院的同仁們，想要在學報這一畝三分地裡放開手腳，那比登天還難。

　　陳敬深還記得他剛來時，也如初生牛犢不怕的投了幾篇，結果就是告知資料缺乏權威性，要不就知道用詞用語不當，結果就是告知個人觀點過多等等。陳敬深想了想，如果自己的院長能看到這些「差」的評語，該有多好，這樣的話，因為「差」而不用被強迫去作那些課題：因為「文筆不行」而不用給領導改論文；自己也不用因為「個人觀點」而在各種論壇發表報告。他有時候真的希望自己是「差」的，這樣，他就不會那麼累，就是不會有「年輕人多鍛練」的沒完沒了的事。然而，院領導從來不說「差」，工作還得繼續作；只要學報編輯部永遠說你「差」，文章就得不到仲介，休想有發表的機會。想必這就是所謂的高校中的二律背反。

　　陳敬深看到電腦裡被退回的稿件，一時又陷入迷茫中。自己將何去何從呢？

六

生活就是什麼？歌詞裡說是一團亂麻，哲學說是一團混沌。對於這個很哲學的話題，陳敬深從不想談，卻總也避不開。身處逆境和悲觀陰影下的人，總是會不自覺的思考人生。也許，這也是他們能讓自己聊以自慰的發洩途徑。

陳敬深最近對哲學越來越感興趣，特別是悲觀哲學家，比如說叔本華和維特根斯坦。通過讀他們的書，陳敬深似乎可以找到一個可以說話的人。他也開始研讀被稱為哲學專業都難看得懂的書，海德格爾的《存在與時間》。在那些繞來繞去的文字裡，他看懂了四個字：向死而生。

人只有在不斷遇到問題時，才會去思考自己的人生。

現在對於陳敬深來講，家庭一團亂麻，單位裡也一團糟，前些日子王小帥的事件又弄得沸沸揚揚，期末成績問題讓他解釋的煩不勝煩。如果說以前的倒楣日子是烏雲密布，那他覺得自己現在就是沒有月亮的黑夜。

人總是要輪迴的。前幾年的風生水起，逍遙自在的生活，和國外的讀書的幸福，全在今天的現實中，回到了最初的那個色彩。唯一讓他欣慰的是，蘭清母親現在不再那麼沉默。偶爾的時候，她也會和陳敬深講幾句話。當然，這些話裡是沒有稱謂的。他只是她口中的那個「唉」。

蘭清最近做完了最後一次產檢，一切都正常。不過醫生說孩子可能過大，要做好剖婦產的準備。陳敬深媽這幾天也過來幫忙，一家人

忙來忙去，屋裡的溫度上升了許多。

南方的天氣，是沒有冬天的寒冷。但空氣中仍絲絲透著一股涼意。不過，這幾天太陽總算是賞臉出來幾天，讓這個陰霾的冬天有了溫暖的希望。

期末的時間總算來臨了，校園裡已經沒有往日的喧鬧，每天都能看到學生三五成群的拉著行李箱，奔赴那些他們曾經熟悉的地方。這一點有時候很讓陳敬深羨慕，但今年他和母親注定是回不到他們老家了。

前幾天，陳敬深父親打來電話，說想要來這邊過年。過年嘛，一家人總是要團圓一下，後來被陳敬深母親拒絕。當然，陳敬深母親的說辭是這些地方小，兒媳婦又要生產，來了住不開。實際是蘭清母親的事情還沒有徹底解決，就怕陳敬深父親過來後，「嘴上沒有把住門」，說出幾句讓親家不高興的話來，反倒讓事情弄得更糟。

陳敬深這段時間天天跑醫院預定床位。年關近了，生孩子的人也多，沒有個內部關係，找到一個床位還挺困難。幸好王蒙一個姐姐在婦產科有熟人，才靠關係給弄了一張床位。林子豪最近也總往出租房裡跑，每次來，都帶一些小孩子的衣服。女人就是這個樣子，在孩子的問題上，她們總有說不完的話題。蘭清母親和陳敬深母親最近關係處得不錯，有時候晚了，陳敬深母親就和蘭清母親晚上擠一個床鋪。她們的話最近也多了起來，這讓陳敬深很欣慰。不變的是，蘭清母親還是和他沒有什麼交談，每天見面，就像熟悉的陌生人一樣。不過，她能接受自己的母親，他已經是很欣慰了。

今年的年來得特別晚，大街上絲毫感受不到年的氣氛。這是陳敬深第一次在南方過年，他不知道自己該為這個年準備著什麼；這也是陳敬深第一次和丈母娘一起過年，他也不知道她那邊到底喜歡吃什麼；這也是他和老婆一起過年，也不知道老婆是否會適應；他滿心期待迎接寶寶的出生，不知道他或她是在年前，還是年後來臨。

　　這一年，注定是不平凡的一年。陳敬深已經不只是一個不惑之年的小伙子，他即將正式成為一位丈夫，一個女婿，一個爸爸，和一個真正的兒子。他的肩上，停留著一個充滿希望的家。為了這個家，他必須放棄現實中那無法解開的惆悵，無法理解的困局；他要做的，就是為了這個家，去忍受一切，去承擔一切，去做一個真正的男人。

第四篇

一

　　在北方，如果能聽到喜鵲叫聲，就說明今天是一定有喜事發生。然而，這種生物在這座南方小城很少出現。陳敬深不知道在南方哪種動物是喜慶的代表，或許，自從他來到南方，似乎上天從未給過他幸運。他也從未感覺到幸運在他身上存在過。不過，一個小生命的到來，也許意味著喜事真的眷顧了他。

　　經過四個小時折磨，產房裡終於傳來一陣嬰兒的哭聲。產房外的五個人終於鬆了一口氣。蘭清母親死死的守在門口，等待著醫生傳出自己女兒的安危；陳敬深母親緊隨其後，期待著孩子是男是女；王蒙和林子豪興奮的期待著小生命的出現；而陳敬深卻靜靜的盯著產房的大門，他不知道接下來要面對的是什麼。

　　也許在傳統的觀點看來，他應該因為小生命的出生而高興，也因為基因的傳遞而興高采烈。而實際，他發覺自己是出奇的冷淡，他不知道如何來表達自己的感覺；他不想在岳母面前表現得太高興或不高興，也不想讓蘭清見到他的第一眼就看到冰一樣的眼神。畢竟產房裡這個女人剛在鬼門關裡給他帶來了一個孩子。從傳統的思維中看來，帶來的是「他的孩子」，或者說女人「為他生了一個孩子」。既然女人為他生了一個孩子，他就不能不高興，因為這樣在他人眼中是不道德的表現。

　　手術間的門緩緩的拉開，醫生率先出來。

「36 號蘭清家屬，進來一個人。」

陳敬深慌忙的向手術間裡走去。

陳敬深媽湊上來問道：「是男孩還是女孩啊？」

「是男孩，恭喜恭喜啊。」出來的那個女醫生說道。

陳敬深媽忙遞上一包喜糖，口中忙說：「同喜同喜。」

大家一起向前擁去，看到陳敬深推著蘭清的產床緩緩的走出來。在他身邊，醫生護士一個個出來，陳敬深媽向出來的每一個人分發她心中的喜悅。蘭清母親衝到產床邊，手扶著女兒擦拭她滿頭的汗水，關切的看著。

「老太太，8 斤 6 兩，這孩子挺夠大的。」一個操著北方口聲的醫生抱著孩子出來，交給了陳敬深母親。一個久違的母愛讓陳敬深母親不知道如何面對這個小生命。大家也一起走向休息病房。蘭清太累了，儘管外面很吵，她還是沉沉的睡了過去。

大家按照習俗把準備好的東西給這個小生命用上，忙得不可開交，卻其實也都沒有在做什麼。陳敬深站在一邊，隨時聽著吩咐。

林子豪和陳敬深隔著床一直陪著熟睡的蘭清，當四目偶然的相對時，透露出無限的尷尬。惚忽間似乎從這個時空，又穿越回至曾經的時空。當兩個時空重疊時，四目中再也找不到存在的位置。他們之間靜默無語。這也確實是沒有什麼話說，在這個眾人欣喜的時刻，對於他們來說卻是一種出奇的寧靜。

王蒙從外面跑進來，為大家帶了一些早餐。自蘭清後半夜出現生產徵兆到現在，大家都滴水未進。在緊張的時候大家都沒有感覺，沒

有人有想吃東西的欲望。當大家的心重新回到肚子裡，那些灼熱的胃酸開始攪動大家的「五臟廟」。

「來來來，大家吃點東西。」說著，王蒙把東西從袋子裡帶出來分給大家。當他把包子準備遞給林子豪的時候，卻被一陣酸處感刺激了鼻子。自己和林子豪的孩子都快三歲了，但是現在的林子豪的心似乎不完全在他身上。看著病床兩邊的兩個人，他突然不知道說什麼好，也不知道要說什麼。但他此時此刻又必須說點什麼。

「子豪，來，過來吃東西。」

「哦。」林子豪站起來，慢慢的接過王蒙遞過來的東西，坐到一邊去了。

當王蒙把吃食交到陳敬深手上時，兩個人都沒有說話。此時的他們很尷尬，卻又不能尷尬。兩個人必須裝出比平常人還平常人。特別是在蘭清與林子豪面前，當然還要在其他外人面前。

面前的這兩位老人，是不能讓她們知道僅屬於他們四個人的秘密。對於那段不堪回首的往事，每個人都想忘了，但現實的視覺裡出現的熟悉面容，卻又讓他們不得不回想起那段沉積心底的記憶。是怒，是悔，是哭，還是什麼，都沒有辦法表達陳敬深此時的心情；是羞，是辱，是悔，也描述不了王蒙當時的表情；是愛，是恨，是悔，五味雜陳也道不明林子豪的沉默。

本來料到的尷尬或不想料到的場景，就自然而然的發生了。現實總會讓人以它認為最自然的方式進行，似乎冥冥之中只有一個上帝在擺弄著人間的各個玩偶。但，尷尬也好，自然也罷，不過是時間的遊

戲，都會慢慢的消失在時間之中而尋不著蹤跡。

　　靜止的氣氛被陳敬深母親上的寒暄打破了，她一面招呼著陳敬深快把買早餐的錢還給王蒙，一邊為自己的兒子有這樣的好朋友而高興。

　　「今天真麻煩你們兩口子了，陪了我們大半夜，還破費。這讓我說什麼好。」陳敬深媽說道。

　　「阿姨，沒事的，我和陳敬深是好朋友，這沒什麼的。您別跟我客氣。」王蒙趕緊說道。王蒙這個好朋友說得很自然，自然的忘了一時的尷尬。

　　陳敬深沒有聽他們在講什麼，他此時的大腦已經雲遊海外。至於他在想什麼，沒人知道。或者更確定的說，他自己也說不清自己在想什麼。

　　「敬深，去給我倒點水。」蘭清醒了。

二

　　陳敬深不知道為什麼今天林子豪和王蒙會過來，他是突然接到林子豪的電話，才無意中告訴了蘭清生產的事。他也沒有想到林子豪還是和以前一樣，聽到蘭清生產的事，就立刻和王蒙趕了過來。這種「幫忙」，在別人看來是幸運，但對於他們四個，卻總是有一種無名的尷尬。通常依照林子豪的性格是不會在意這種尷尬。除了剛才與陳敬深隔床相對。因為曾經也是這麼隔床相對，只是在那個時空裡，四目相對後是熱烈的激吻，但在今天這個時空卻是迅速的閃躲。

至於林子豪為什麼會來，其實這也不是她的一時興起。自那次蘭清與林子豪校園相遇後，她們的聯繫就沒有中斷過。這兩個大學裡最好的朋友，在兩年後的再次重逢，讓她們突然多了說不完的話題。

　　大學畢業後，原專業的同學各奔東西，有的回了北方，有的去了國外，留在濱海市的，也真的沒有幾個。而就在留下的這些人中，多數在讀書時常有聯繫。現在在學校裡只是遇到了卻只有打個招呼，生疏的沒有什麼話可聊。

　　一般女人有了自己的閨蜜或男朋友，自然就與其他人有一層隔閡。而大學期間她和林子豪就像一個人似的，對於其他的同學自然也就沒有過多的交往。像所有的大學學生一樣，畢業後不在同一個單位上班，就算單位離得很近，各自也幾乎沒有交往。

　　除了這些，蘭清內心裡也不想和以前班上的同學有什麼交往，因為她在一畢業就嫁給了陳敬深，自己曾經的老師，她更不想和她們有什麼接觸了。對於蘭清來講，她最怕聽到的是：「蘭清，聽說你和那個教國際政治的老師結婚了？」

　　她不知道自己怎麼去面對這樣的問題。她不像林子豪，什麼事都可以裝得像沒事一樣，她本來就是一個內向的女孩。內向的人對外界總是有一種說不上來的恐懼，就像她在單位上班，特別怕別人躲在後面，說一些不讓她聽到的話。畢竟，她是靠陳敬深這層關係才留在學校裡，雖然名義上她也是考取上的。但是在其他同事眼裡，她就是關係戶。

　　在一個沒有同學、沒有朋友、沒有同事可說真心話的世界裡，沒

人能瞭解她心裡的苦悶。她怎麼能不懷念這個在大學裡與自己無話不談的閨蜜呢？那段在大學裡的美好時光，兩個漂亮的女孩一起去喝奶茶，一起討論隔壁班的帥哥，一起暢聊自己暗戀的對象，林子豪，是唯一讓她不用顧忌的人。她多麼希望自己能再回到大學的那段日子，這是她時常在夢裡都會笑醒的美好回憶。

然而，林子豪婚後的突然消失，讓她失去了這個心理依靠。加上與陳敬深這段稀裡糊塗的婚姻，她深感時空轉化得太快而無法馬上適應。肚子裡這個未知的生命的突然來訪，給了她一個措手不及。一個剛剛要學會談戀愛的她，現在卻要準備做別人的母親。她真的不知道怎麼辦，向誰去求教。

對於她與陳敬深這段師生戀與大叔戀，她在母親面前絲毫不敢透露半分。但是懵懂的女孩卻真的不知道要如何面對接下來的一切。陳敬深雖然把自己照顧得很好，可看得出來，這半年來學校單位的煩心事讓他又恢復到沉悶的狀態。她心中有一種莫名的恐懼，卻又不知道如何去化解。她不知道自己當初衝動的選擇是不是正確的，可是就算不正確又如何。上天是不會再給她一次機會的。

眼前的這個男人，她談不上愛，也談不上不愛。雖然和他在一起很舒服、很溫暖，卻沒有韓劇裡的激情和浪漫。她總覺得躺在自己身邊的這個男人心裡有事情，卻一直不肯說出來。她實在看不透這個男人，不知道他每天都在想什麼讓她心裡總不是一個滋味，卻又不知道怎麼表達。

她有時候真的想和面前這個男人大吵一架，但他總是對她無限的

容忍，讓她有火也發不出來。那種內火攻心的感覺，比被被人甩了一巴掌還要難受。她越難受，就越想傾訴，越想傾訴，就越覺得憋屈。

想到自己與陳敬深的相處，心中就覺得無比煩悶，但偏在這時，她的母親又突然來到濱海。生活就像一齣開場了的鬧劇。她一方面要顧忌自己母親的情緒，一方面又要顧慮陳敬深的心情。這種夾縫裡的生活更在她心裡增多了數不盡的苦悶。

在蘭清懷孕的這段日子，蘭清母親的到來讓原本平靜的家庭再起波瀾，以致陳敬深時常不在家裡，蘭清因此更深切的感到數不盡的寂寞。而在這個世上，唯一能讓她吐一下苦水的人，也就只有林子豪電話的日夜陪伴。在這段日子裡，如果沒有林子豪，蘭清真不知道自己將如何挺過來。

對於第一次做母親的蘭清，心中的恐懼是他人所無法體會的。老人們都說女人生孩子是在鬼門關走一遭，蘭清真的不知道自己是不是也會這樣。自己的母親一直在生自己的氣，平時除了做飯收拾房間，和自己的話少得可憐，她也不敢去問母親這些問題。對於陳敬深，學期末的繁忙讓她不忍再給他添多餘麻煩。而且她知道，就算她去問陳敬深，作為一個沒有當過父親的男人來講，給出的答案也是無關痛癢的廢話。而這時，唯一能給她心裡安慰的，就是這個生過孩子的林子豪。

對於蘭清來講，林子豪的話才是她現在的救命稻草。也就是這個原因，蘭清請求林子豪在她生產的時候，一定要來。因為她不知道自己要如何來面對這一切。這就是林子豪與王蒙連夜趕到醫院的原因。

然而，醫生只是讓陳敬深一個人偶而進去產房，而林子豪卻在產房外等了一夜。

三

　　醫生進來給蘭清做了做檢查，囑咐道：「術後注意休息，多吃一些流食。別讓病人情緒太激動，注意保暖。如果沒有什麼意外反應，一週後就可以出院。蘭清家屬，一會兒去樓下交一下費用。」

　　陳敬深在一旁忙說「是，是，是。」

　　陳敬深囑咐陳敬深媽幫著自己照看一下，去樓下了。見到蘭清平安無事，林子豪與王蒙也準備回家了。

　　「阿姨，既然蘭清母子平安，那我和王蒙就先回去了。」林子豪說。

　　「那好，那今天多謝謝你們了。都跟著忙了一晚上了，早點回去休息一下」蘭清媽站起來說道。

　　「沒事的。陳敬深，你等我一下。」林子豪喊住了陳敬深。

　　「這是我給孩子買的銀手鐲，是這邊的風俗，你收著吧。」林子豪說道。

　　「不用不用，真的不用。」陳敬深連忙說道。

　　「還是接著吧。」王蒙湊過來說道。

　　陳敬深沒有看王蒙，就當他不存在一樣，依然在推辭。林子豪有點生氣，「叫你拿著你就拿著，費什麼話。」說完，把手鐲往陳敬深懷裡一放，轉身走了。陳敬深看了看她的背影，一時間不知道說什

麼。

陳敬深回到病房，蘭清還在熟睡中，他伸手撫摸著熟睡的蘭清的額頭。面前這個女人，讓他終於成了爸爸。從此以後，他就是家裡真正的男人，真正的頂樑柱，再也不能用孩子一詞來形容自己。他的生活從現在起展開了一個新的篇章。

大年初一，街上的鞭炮一遍一遍的提醒著人們新年的來臨。漫天的煙花為這個南方小城添加了別樣的喜慶。陳敬深父親一遍一遍的打電話過來，想要看看自己的大孫子，可是這個新來的小生命卻極不配合，每次電話打來他都以熟睡迎之。弄得陳敬深父親好不掃興。他恨不得自己能馬上買著飛機票飛過來，但，農民出身的他，卻從來沒有坐過飛機，或者說，他真的捨不得那張機票錢。畢竟對於一個農民來講，一張機票相當於半年的活白幹了。

新的一年和孩子一起來到了這個熟悉的家庭。讓這個冰凍已久的家庭出現了春的跡象。兩位老人天天為著如何照顧孩子而爭論不休，各自都把老家的方法盡情的揮灑。在照顧孩子這個問題上，老人們都有自己的「獨方」，不時都向自己的孩子訴說另一老人的不對處。當然，這一切，醫生與護士就成了她們對錯的「法官」。孩子已經成為這個家的中心，讓陳敬深和蘭清覺得兩個老人也成了孩子。

蘭清和孩子還要六天才能出院，現在陳敬深、陳敬深母親和蘭清母親三人輪番回出租屋做飯休息，新生命成了全家人聯繫的紐帶，每個人似乎為他的付出都是無怨無悔。在中國，這是每一個家庭最為平常的感情維繫。

孩子是所有恩怨的融化劑，孩子也永遠是親情堅固的紐帶。曾經的不滿與怨恨，在這個小生命面前，都化成了濃濃的的親情。陳敬深現在對這個感受最深。他不知道如果沒有這個小生命的到來，他這個家會以什麼樣的方式繼續下去。也許，還是以冰冷的空間存在於這個世界中。這個小生命就是冬天裡的一把熱火，既溫暖著這個家，也照亮著這個家庭的未來。

　　蘭清出院了，陳敬深媽已經從學校宿舍搬到了出租屋，讓本來就很小的出租屋更增加了人氣。不過，這無形中也給這個小小的家庭帶來一絲麻煩。白天倒是沒有什麼困擾，只是到了晚上睡覺的時候，房間不夠用，五個人不知道怎麼安排。兩個老人各有自己的主見，沒辦法安排到一個屋裡的，誰睡臥室，誰睡客廳，都讓陳敬深和蘭清很為難。

　　陳敬深母親主動提出要睡在客廳的沙發上，卻遭到了陳敬深夫妻的拒絕，但又沒有別的更好的辦法，總不能讓意見有分歧的老人們住一間吧。最後，選了一個折中的辦法。陳敬深去傢俱店買了一個沙發床放在客廳裡，就是那種白天收起來是沙發，晚上放下就是床的那種折疊家具，總算五個人算是住下了。

　　孫子與外孫子都是自己的孫子，在兩位老人看來，這個小生命就是她們生命的延續，也是她們幸福的延續。平時除了蘭清給餵餵奶之外，其它的時候都是這兩位老人在分別照顧。這也許是她們最願意做的苦差事。

　　小生命面對突來的四個人不知道以什麼樣的方式來應付，只以睡

覺與哭鬧來表示他的一切訴求。陳敬深像中國任何一個父親一樣，換尿布，泡奶粉，每天都忙得不可開交。兩位老人時而出去買菜，時而收拾房間，但總不忘在小生命面前轉一轉。

每當這個小生命一醒來，所有的一切瞬間停止，兩個老人就像孩子一樣，做著各種滑稽的動作，來逗自己的孫子一笑。這是中國家庭最平常的事情了。但也是同樣的幸福。

蘭清母親一改以前沉默是金的態度，話也明顯多了起來。這當然包括對蘭清和陳敬深的叮嚀也多了起來。她以過來人的身分，來「囑咐」這對新為父母的小倆口。雖然她的話多數讓人聽起來可笑，比如說她讓陳敬深和蘭清去找「尿戒子」，這讓小倆口苦笑不得。但是小倆口還是感到高興，畢竟蘭清母親已經從陰霾中走了出來，融入了這個新的家庭。她現在真的是有點岳母的樣子了。

四

人這一輩子，有多少事是能說得清楚呢？也許正是因為說不清楚，才讓人感到無奈。所以人常說命定由天，相信命運。可是命運又哪能說得清，如果真能說得清，那麼人不就不會每次去寺廟教堂時都忍不住進去拜一拜。為什麼要拜呢？其實也沒有什麼原因，只是希望自己能過得舒服些。

人生就是一場無限束縛的延續。這是悲觀主義者的論調，可是它卻血淋淋的寫出了人生的真諦。我們不知道現實中的悲劇成分能不能量化，但至少在情感層面，喜劇的成分是不多的。那些天天自稱是樂

觀派的人的，在夜深人靜獨處的時候，也往往也會流下無名的淚水。

陳敬深最近看了一些綜藝節目，講的是幾名著名諧星的真實故事。節目介紹到美國幽默大家馬克‧吐溫和卓別林，以及在春晚上一炮而火的范偉，當他們在面對採訪鏡頭的時候，道出的是無盡感傷。而那些天天以喜劇面孔示人的人們，是不是也在大家面前上演他們的「喜劇」，而在人後默默的為自己感傷。

就像林子豪一樣，她的自由性格讓她敢愛敢恨。她可以大膽的追求自己的幸福而從未在乎世俗的眼光。無論是她對陳敬深的情感，還是和王蒙的婚姻，都是她自由的選擇。在她的世界裡，世界是為她而存在，因此她也希望她的世界因她的存在而精彩。她果斷的放棄曾經擁有的愛情，迎接一份讓自己心安理得的婚姻，然而現實卻讓她一次又一次的面對命運的折磨。

她以為她得到了心理想要的東西，她以為她為自己的再次選擇付出了責任，而實際上，她對另一個男人和另一份情感盡了義務，卻對自己的第一份情感作了不能挽回的背叛。

她想彌補她給過去帶來的創傷，卻讓今天越來越苦悶。她想擺脫過去的陰影，而現實告訴她，她越努力就陷得越深。有時候，她真想把陳敬深從自己的大腦中挖出去，但是她越想這麼做，這個想法就埋得越深。第一個男人給她帶來的回憶，是她萬萬不能靠自己意識就能祛除的。這似乎就像病毒一樣越來越深。

自蘭清生產之後，她每次回到家裡都無法正常的入睡。不知道為什麼，她現在特別反感王蒙碰她，可是他又是自己的丈夫，拒絕太明

顯會讓王蒙心裡多疑和不悅。可是每次當王蒙進入自己身體裡的時候，她感受的不是一種本能的快感，而是一種說不出來的噁心。雖然，這種動作他們在這兩年內重複過無數次。

　　不過，女人就是女人，她不像男人，心理對生理影響的很大。她的不情願除了讓王蒙感受到不太舒服外，卻也沒有什麼太大的不同。王蒙只以為自己的老婆最近心情不好，卻不知道心情不好的原因到底是來自哪裡。作為男人，他不知道能用什麼方式才能打開自己老婆的心房，他想著也許有一天，她會把她心裡的話說給自己聽吧。

　　這個世界就是那麼奇怪，王蒙當年在追女孩子的時候，口若懸河，一般女孩多多少少都會被他逗笑。但是自從他和林子豪結婚之後，那種幽默的感覺卻在不知不覺中消失了。婚姻不同於愛情，婚姻就是現實的柴米油鹽，而不是玫瑰花和牛排。王蒙最怕的是每年去岳父家裡拜年，看到岳父給自己孩子的壓歲錢，他的臉頓時就一陣青一陣紅。他知道，如果當年林子豪沒有懷上他的孩子，這個岳父是不會認他的。他也沒有責怪岳父的意思，事實證明，他一直認為自己是有能力的，然而在商場的幾次博弈下來，他敗得體無完膚。失敗的人是沒有資格要自尊的，這可能就是達爾文的生物進化思想的現實體現吧。

　　王蒙是不敢和林子豪翻臉的。這倒不是他怕老婆，而是他的內心時刻告訴自己，他對不起面前這個女孩。如果不是他當年的一時衝動，也許她會過得比現在幸福。蘭清生產時他看到陳敬深，人家現在過得也不錯。如果當初林子豪和他結了婚，也許現在正過著好日子

呢，畢竟陳敬深現在仍是鐵飯碗，而不是自己這個丟了鐵飯碗的人。自己在心裡上是對不起陳敬深的，當初他只是托自己照顧林子豪，卻沒想自己「照顧」了一輩子。如今事情也只能這麼將錯就錯的發展下去了。

再回到如何面對陳敬深的問題上，他真的不知道該怎麼辦了。在醫院，陳敬深從來就沒有正眼看過他，雖然他跑進跑出幫著忙活，但是他已理解到，面前這個最好的朋友，一直未曾原諒過自己。他和陳敬深之間的這座大山，要想繞過去，沒那麼容易。

他多想帶著子豪去一個遠離濱海的地方，可是自己現在這個條件根本就不允許他這麼做。王蒙父母就是一個簡單的工人家庭，妹妹在濱海上大學，如果自己再像以前瞎胡鬧，這上有老、下有小的日子該怎麼過下去啊。

林子豪父親給他經營的那個小超市，雖然解決了溫飽問題，但這畢竟是拾人牙慧，不是自己的買賣。王蒙現在最怕的就是有一天林子豪突然對他說：「王蒙，你沒有我能有今天嗎？」這是他作為一個男人最聽不得的話，但現實卻真的是他沒有她就沒有今天。

王蒙時常想借酒消愁，可是他又不能。如果他在外面喝得很晚，或一身酒氣，會讓林子豪更傷心。他並不想這個為他生了孩子的女人在生理上和心理上都不順心、不滿意。所以，他現在能做的，就是盡量讓林子豪高興。一個在上大學前從未下過廚房的人，現在也能為全家做上幾頓豐盛的美食。

王蒙已經不是當年的王蒙，不再是那個油嘴滑舌的公子哥，而是

一個沉默寡言的中年男人。婚姻真的會改變一切，這裡面當然包括改變人本身。

五

　　一家的歡樂，帶來的是另一家的憂愁。似乎冥冥之中上帝總是想保持人間的總體平衡，卻不會對人生的幸福總量多吝嗇的施捨一分。陳敬深的幸福與林子豪的不幸福似乎就是上天為他們的特意安排。借中國的老話來講，就是風水輪流轉。當陳敬深一家為著新到來的小生命忙得不可開交時，一個潛在的冰凍期卻悄然在林子豪和王蒙之間展開。

　　然而不幸從來不是一日的閃現，而如大洋底部的暗流。表面上風平浪靜，實際上洶湧澎湃。春節，是考驗所有未成功女婿時刻。大年初一去林子豪家拜年，這似乎成為王蒙和林子豪婚後的定律，而這也是王蒙最害怕面對的時刻。岳父看似平和的「關照」，讓這個有自尊心的他心裡總不是一個滋味。可是，他又不能不去。

　　「該給爸買點什麼好呢？」王蒙問道。

　　「你決定吧。」林子豪淡淡的說。

　　「要不，買兩瓶酒吧。」王蒙建議說。

　　「酒，還是算了吧。咱們就是開超市的，別讓我爸以為我們拿超市裡的東西忽悠他。」林子豪邊收拾回家的東西邊說。

　　「那拿什麼呢？老爺子什麼沒見過，送什麼都難逃他的法眼。」王蒙打趣說道。

「那你就什麼都別送。」林子豪冷冷的說。

一句玩笑話，沒想到林子豪有這麼大的反應，這是王蒙沒有料想到的。突然有一種說不上來的滋味湧上心頭，不過，他還是把它給壓下去了。林子豪當然沒有到發現自己的老公有什麼不一樣，她依然在忙著整理自己手上的衣服，都是孩子要用的一切。雖然林子豪與父母就在一座城市，平時回家的次數也不多。哥哥嫂子和父母住在一起，而林子豪又與嫂子處不來，索性除了節假日，她也不回那個家。她知道，家人對她與王蒙這段感情是看不慣的，特別是那個嫂子，總是陰陽怪氣的說這說那，無非就是想表明林子豪上大學不好好上，只會談戀愛，最後還和比自己大很多的老師結婚了，丟他們林家的面子。

但即便如此，過年是不能不回家的。不然嫂子又得在父母面前說，嫁出去的女兒潑出去的水，都是沒良心的。對於那個家，她是既想回去又不想回去。不過她知道她沒有選擇。就在昨天晚上，母親打電話過來說，讓小倆口初一帶著孩子回家吃個團圓飯，因此她只好一大早就起來，為回家的事做準備。

正常說在同一個城市，白天去，晚上可以趕回來，加上王蒙自己有車，本來是更方便的事。可是父母對他們的外孫喜歡得不得了，怎麼著也要在家裡住幾晚。那個擁有獨棟別墅與保姆的家，是住得下這一家三口人的。

林子豪的哥哥林傳生婚後一直沒有孩子。老倆口為了孫子的事沒少為他們煩心，但，問題出在林傳生自己兒子的身上，老倆口又不能說什麼。對於下一代的愛，就全落在林子豪這小倆口的身上。

本來，當林子豪生產的時候，林父就想讓他們夫妻倆把孩子的名字改為林王深，但林子豪怎麼聽怎麼覺得這名字彆扭，就硬是堅持把名字還叫回王霖深。這有點讓林父失望，但林子豪從小的倔強性格，林父是知道的，所以也就沒有硬逼著這麼做。當然，林子豪也是為了顧慮王蒙的想法。畢竟她看得出來，自從見過父母後，王蒙的自卑是以前從來沒有過的。

當然，林子豪結婚，林父為她辦了風風光光的婚禮，還送了一輛賓士車作為新婚禮物。婚後，他讓王蒙辭職做生意，為王蒙的公司注入了一定資金，並動用自己的關係與人脈為王蒙鋪路。無奈的是，在書堆裡長大的王蒙並沒有創造什麼商業奇蹟。從成立公司的那一天起，營業額就未出現正增長。無論林父多麼提攜，王蒙就是入不了這個門道。兩年的經營落得血本無歸，最後不得不接管林父在濱海大學裡的一個小超市。為此，王蒙在林傳生面前，從來沒有挺起胸膛說話過。

當然，林傳生也從來沒有把這個妹夫放在心上。他從小心愛的妹妹，卻被眼前這個一無是處的老男人給騙了去，他本來就是氣不大一處來。只是有礙於妹妹的面子，久經商海的他在人前沒有表現出什麼。王蒙生意的難做，林傳生的冷落也有一定的關係。

自王蒙入住林家，林傳生與他說的話不超過十句，而他老婆的話倒是很多，不過字裡行間都透著露骨的諷刺。林父對這個沒有出息的女婿也是不冷不熱，這些讓王蒙在林家的每一刻都備受煎熬。

回想自己當年，在大學課堂上，也是談笑風生，讓無數青年學子

羨慕與暗戀的對象。而在工作之餘，自己也是朋友圈裡遊刃有餘的角色。多少女孩對自己暗送秋波，多少女人為他魂牽夢繞；而自己的出租房裡，又留下多少女人愛的結晶。然而，那一切就被定格在歷史的片段中。此時的他，是一個不成功的商人和拾人牙慧的「乞討者」。

儘管如此，他最感到難受的，莫過於每年初一都必須來林家過年，他婚後就沒有一次把老婆孩子帶回自己的老家去。自己的父母是多麼希望能與兒子兒媳過一個團圓年，然則就是這麼再平常不過的請求，在王蒙這裡也是奢侈。他曾不經意間和林子豪提出，都被林子豪的冷落而回絕了。過年了，他真有點想自己的爸媽，還有那個正在上大學的妹妹，即使這個妹妹他平時也經常能見到。

六

王蒙的妹妹王麗對自己這個哥哥很不滿。這哥哥曾經是自己年少時候的偶像，英俊帥氣，風流倜儻，關鍵是自己的哥哥特有本事，能給她找好多「嫂子」。這在老家，是無數為人父母羨慕的對象。就她自己見過的嫂子，也不只十個了。可是她沒有想到，自己這個哥哥竟然結婚後變了一個人，不但不顧家人反對辭了工作，還從來不回老家過年，讓全家人在社區裡多多少少頗受微詞。

當然，王蒙忙不忙，王麗是最清楚不過的。但是她知道自己哥哥不回家的原因，又不好直接對父母講，更增加了她對王蒙的不滿。當然，這個哥哥還是很疼她的，她從哥哥手中拿到的零花錢，是父母的兩倍。可是不知道為什麼，她總是無法原諒哥哥，和哥哥身後的嫂

子。

　　她把失去哥哥的一切怨恨都放在嫂子林子豪身上，就是因為這個女人，才讓自己的哥哥變了一個人。這也是她明明知道自己的哥哥也在濱海，卻一直不願意去他家的原因。每次哥哥打電話過來叫她過去吃飯，她都以各種理由推托了。因為在她心裡，她真的無法接受和自己不喜歡的人共進晚餐。

　　王麗其實是不想來濱海上大學的，她本來想選擇北京一個學校。但父母認為哥哥王蒙在濱海大學教書，多多少少可以照顧，但沒想到通知書下來的那一個月裡，王蒙無聲無息的辭去了工作。對此，王父在電話裡沒少罵自己這個任性的兒子。但又能怎麼樣呢？事情都已經成了事實，只能隨著兒子的意願去做了。

　　父母的抱怨其實就是父母的愛，抱怨越多，就是愛得越深。電視臺又在播送一年一度春運的新聞，讓王蒙心裡很不是滋味。

　　伴隨著來岳父家上門拜年的人群的增加，他內心的孤獨又增進了一分。

　　「來人了，你出去幫著支應一下。」林子豪對王蒙說道。

　　「哦，知道了。」王蒙帶著極不情願的表情去了客廳。

　　「唷，林總，來給您拜年了。」一個拎著禮盒的人中年男子走了進來。

　　「唷，張總，什麼風把您給吹來，來，快坐快坐。張媽，倒兩杯茶。」林父對廚房方向喊了一聲。

　　「唷，這位是？」張總指著王蒙問。

「哦，這是小豪的愛人。」林父說道。

「呦，東床快婿啊，幸會幸會。」張總主動伸過手來。

王蒙趕緊握住張總的手，忙說：「幸會幸會。」

林父在一邊對王蒙說道，「小王啊，你上樓去把傳生叫下來，就說張總來了。」

王蒙趕緊站起身來，「那張總您先做著，我去去就來。」

「好，好，好，你忙你忙。」王蒙向樓上走去。

一會兒，林傳生從樓上走下來，還沒走到底，就大聲說道：「張總，是什麼風把您給吹過來了？」

……

接著，又是一頓電視裡常見的寒暄和問寒問暖，讓王蒙很不自在。不過，他也只能在一旁陪著。用林父的話，這叫積累人脈，但不知道為什麼，王蒙骨子裡對這些商場上的話還是非常反感。他做不到林傳生那樣遊刃有餘，他所能做的，就是在一旁陪著笑，陪著聽，陪著湊湊人氣。

鞭炮聲聲，向人們傳達著新年的喜慶，也傳達著午飯的來臨。張媽過來詢問大約什麼時候可以開飯時，張總起身離開了。林傳生與王蒙一直把張總送出門外，又默默的回到自己的房間。

王蒙進到房間裡，林子豪正哄著孩子睡覺。他索性仰著躺在床上，若有所思其來。

「誰來了？」林子豪問。

「張總。」王蒙答道。

「張總是誰？」林子豪問。

「我也不太清楚，好像是爸生意上的朋友。」王蒙說道。

「那你不出去和爸聊聊天。」林子豪說道。

「有什麼好聊的。」王蒙不以為然的答道，身子側向一邊。

「爛泥扶不上牆。」林子豪冷冷的說道。

這話傳到了王蒙的耳朵裡，但他就像沒有聽見一樣，默默的將這話阻隔在耳朵之外。

鞭炮仍然在響，張媽叫大家去餐廳吃飯了。

第五篇

一

　　新年的氣息漸漸遠去，開學的鐘聲又如期響起。蘭清的母親在開學前就離開濱海回青松去了。算來她離開家已經一個多月了。一年一度的開季又在大家極不情願的狀態下開始了。對於大學而言，開學與期末是一個學期中最繁忙的時刻。各種材料要整理上交，加上各門功課的補考重修，以及校領導的不定期聽課，讓開學前三週都是人心惶惶。陳敬深雖然在這濱海大學教了快六個年頭，仍對這一套系統不是很熟悉。

　　開學最讓身為老師討厭的就是，各種問成績、要求修改成績的信息。就在開學的當天晚上，陳敬深的手機裡就收到這樣幾條短信。

　　「是陳老師嗎？」

　　「是，什麼事？」

　　「哦，陳老師，你有女朋友嗎？」

　　「你問這個幹什麼呢？」

　　「你就說有沒有吧。」

　　「有又怎樣，沒有又怎樣？」

　　「如果沒有 ，我把我姐姐介紹給你吧，那你期末就別掛我科。」陳敬深看到這條短訊苦笑不得，當他拿給蘭清看時，蘭清也被逗笑了。

　　「現在的學生啊，可比我們那個時候瘋狂多了。」蘭清邊吃蘋果

邊說道。

　　陳敬深苦笑了一下，回道：「你師母不同意。再說，成績已經在上學期末錄入教學系統，我現在也改不了。你自己去查一下。謝謝你的好意。」

　　諸如這樣的信息，每年都有幾條，不過，這是大學教學中的調味劑，大家往往會一笑置之。今天的大學已經不是以前的大學，受韓劇大叔戀影視劇的影響，大學中最重要的已經不是好好學習，天天向上，而是關係與愛情。如何處理好與各種利益體的關係，和如何隨心所欲的談一場或幾場戀愛，成為了大學的必修課。於是，大學裡最火爆的產業，除了週六週日校園周邊的小旅館，就剩下情趣用品店。

　　當然，男男女女硬碟深處的影片也是大學的潛在行業。性，已經由一個忌諱的話題，變成了女孩公開討論的秘密。在自認為經歷過幾個男人的女孩的信息中，她們對性的描述都是唯美和比較級的。而男人，已經不只是能用高富帥來形容其吸引力，床上的功夫也成為部分女孩趨之若鶩的對象。

　　當然，這並不是公開的普遍現象，而是隱形的性普遍存在。黃色玩笑也可以成為有性經驗的女孩用來奚落男孩的嘴上常客。陳敬深就見過酒桌上一對男女學生這樣的對白：

　　「紅，怎麼樣，今晚陪哥吧，保準讓你滿意。」

　　「算了，就你那根『牙籤』還是你自己用吧。」接著就是其它同學的哄堂大笑。反觀玩笑雙方均無羞愧之色。

　　這種不痛不癢的玩笑到處充斥了大學的校園。似乎唯有透過這種

語言的表達方式，才能證明我們不再封建和保守，只是不知道為什麼，這隱隱之中總是有一種說不出來的不自在。當大學生像苦力工一樣把「性話題」當作自己消磨無聊時光的時候，那天之驕子的樣子去哪裡了？大學生平民化最終導致大學生平凡化，以至於最後成為一個沒有特色的群體。性，是什麼呢？是情感補償？是自由展現？還是生活必要的調味劑呢？

陳敬深常常不明白為什麼今天的大學會變成這個樣子，就像他不明白為什麼網絡媒體總是在播放老師如何猥褻學生，如何毆打學生，卻從不報導學生的不聽課、不學習，還一直為這些學生偏差行為找到很多正當的理由。傳道授業解惑的老師變得和學生一樣平等，「平等」到老師成了班級裡的弱勢群體，慢慢的為自己的「職業安全」而搪塞每一節他認為可以拿到工資的課。

現在的社會，只要沒攤上責任，月底工資不會少，老師和學生慢慢的達成了一種和諧。那就是學生上課玩手機，老師上課玩「課堂」。期末考試一劃好考試範圍，大家皆大歡喜。只不過辱沒了大學這個神聖的殿堂。

這時候與老師談戀愛已經不是新聞，與老師做交易才成了「師生戀」的主旨。在一些所謂的「時代女性」而言，她眼中的異性都是男人，這個男人是沒有年齡限制的。如果一次床上的歡愉可以抵擋考試前與考試中的緊張，這也是一個划算的成本問題。對於她們而言，誰趴在她們身上做活塞運動其實沒有什麼太大的區別。只不過男朋友是情感的回報，老公是婚姻的回報，其他男人是成本的回報。她們本身

沒有失去什麼或不可失去的，因為他們得到了別人千辛萬苦才能得到的，這是一個合適的買賣。當然，這並不是所有大學女孩的共同想法，總會有一些保守的女孩，比如你吻了她一下她會鬱悶一個月。

二

　　清晨，當鳥的歌唱喚醒沉睡的學子，這預示著新的一天又來到了。不管過往有多少悲哀，新的一天總是給人一種新的希望。我們在這個希望中，為了那沉埋心底的願望而苦苦努力著，在物質並不匱乏的時代體味著精神的空虛和痛苦。

　　有位哲學家說過這樣一句話，在現代化以前，人們生活在一個由「本質主義肆虐而形成的生活不能承受之重」的唯一標準的苦痛中，而今天的我們是生活在一個「沒有標準的生命不能承受之輕」的現實的空虛之中。我們用理性、用成本觀念構建我們的理性大廈，我們不太空談愛情、親情和友情，而將一切都落實到赤裸裸的交換之中。我們的理性讓我們再也無法體味田園般的生活，只能在「紅色鈔票」的作用下尋找自己存在的意義。

　　對於一個教育工作者而言，陳敬深這些年感受最深的，可能就是學生對金錢獲得技巧的感興趣程度要遠遠超過別的方面的學習。所以當一些社會上的企業家來到學校裡「言傳身教」的時候，那個講座的教室與禮堂總是爆滿，甚至很多人寧可站在走廊裡也不肯離去。相比他們有思想政治理論課上的呼呼大睡，真是形成了鮮明的反差。

　　是啊，如果學會了賺錢，自然會得到不一樣的生活，和不一樣的

生活體驗。這成了陳敬深常常思考一個問題，那就是我們真的「缺錢」嗎？我們真的如社會上流傳的那樣一畢業就成為家庭的負擔，社會的寄生蟲嗎？好像不是這樣。如果我們能稍稍放下身段，我們還是可以養活自己的。只不過，如果想成為人有錢人中的龍鳳，那確實是不可能人人都是李嘉誠。

但，那些天天呼籲賺錢有理的現代理性人，是不可能告訴你這樣一個事實，那就是，人在一個固定時空裡，社會上金錢的總量是一定的，這就預示總是有人多，就有人少。你今天看到了那些有錢的企業家站在那裡講課，也就是說在這個時空裡你想成為他那種人。如果有一天你在你的時空裡成為了「所謂的有錢人」，那你也再也不會來聽這種如何讓你癡迷的課。

不過，對美好生活的追求，當然是無可厚非的，誰都想過更好的生活。但是，實際上這是不可能的。更好的生活與適度的生活，後者才是讓我舒服的活在這個世界上的「最理性的存在」。只可惜大學生的「適度」想法總是留在了他們的課堂上，卻從來沒有進到他們心裡。因為在他們看來，這些課不過是些大話，是意識形態的灌輸。現在的人是多麼自大啊，自大到還沒有學習之前就已經給它下了死亡判決書。

陳敬深每天都在面對著這些讓他感到無可奈何的「未來的希望」，但這些「未來的希望」卻讓他看不到他們的希望。他所能看到的，就是期末學生會在圖書館衝刺一個星期，然後通過各種考試，最後將教材賣到廢品收購站，卻換過幾毛錢的網費。而課堂上，對於他

們來說是「浪費生命」的時空，是他們換取期末通過的「成本」，而不是日後能「適度生活」下去的資本。於是，當他們老去的時候，「勸學」就成為他們對子女最大的要求。因為只有沒讀過書的，才知道讀書有多麼重要。而讀過書的，卻最終失去了讀書的心。

昨晚那個女學生的「紅娘」舉動，讓他更清楚的看到了純潔的校園裡出現了另一種新的利益思維的架構。在教書的這些年中，這種「紅娘」舉動還是比較溫和的，而那種赤裸裸的示愛在他的教學生涯中也屢見不鮮。

陳敬深下意識的看了看還在熟睡的蘭清，突然覺得好滿足。雖然他們也算是師生戀，但真的是用心來關心他的，就是這個在床上給他生了娃的女人。他說不上來自己對這個女人有多愛，只是每天都想見到她，哪怕是一天都不說話，就是那麼靜靜的坐著。

他俯下身去，在蘭清的唇上輕吻了一下。

但不知道為什麼，他突然想起了林子豪，那個曾給他帶來快樂和痛苦的女孩如今已是別人的老婆。她現在在做什麼呢？生活得怎麼樣？她和王蒙過得是幸福還是不幸。那天在醫院的相見，讓他沉浸已久的思緒再無法平靜的對待那曾經有過的歷史。他知道蘭清一直有林子豪有聯繫，可是真的四目相對時，心靈還是會泛起陣陣漣漪。他忘不了那半年失戀裡的醉生夢死。

三

林子豪這些天也總是在睜著眼的睡眠中度過。自從蘭清生產之

後，不知道為什麼她的心就再也無法平靜。不知道從什麼時候起，她對旁邊躺著的這個男人開始感到厭惡，而對搖籃床裡的孩子開始漠不關心。她甚至在想，如果沒有他們，她的人生可能就是另一種樣子。自己也許也像蘭清那樣，躺在為自己喜歡的男人生孩子的手術臺上。那兩年的幸福，總是不斷的在她的夢裡一次次重演。

「回不去了，真的回不去。人生看似有很多選擇，但一經選擇後就沒有了選擇。」林子豪現在能深深的體味著這句話。對於王蒙，她不知道自己是不是愛，她只知道，在她人生中最需要男人關愛的時候，王蒙給了她一次。而就是這一次，被蘭清撞見，也就是被撞見，她才不得不選擇離開那兩年的情感。當然，她的倔強給另一個男人帶來了巨大的痛苦，也讓她的心從此受到苦苦的煎熬。

她每天很晚才睡著，卻很早就已經醒來。她不知道什麼時候起，躺在王蒙的床上時，她習慣了穿衣服。也不知道從什麼時候起，當王蒙把手伸進她的內衣裡的時候，她卻把那隻手想像成別人的。而當王蒙翻過她身子進行親密的接觸時，她也只能緊閉著雙眼而不想看那個在她身體上趴著的男人的眼睛。

不知道為什麼，林子豪特別想單獨見陳敬深一面，但是她又不知道如何開這個口，在哪裡見，在什麼時候見？畢竟，她不得不顧及自己床上的人和陳敬深床上的枕邊人。痛苦與煎熬，成為她生活中無所事事的調料。

王蒙每天往返於超市與家裡，他對自己的這個新工作特別上心，他不想再被別人看不起，特別是自己的老婆和老婆的家人。他像一個

小工一樣檢查超市裡的每一斤商品，在外人看來，似乎他就是超市裡的一個營業員。而他，也真的是把這個超市當作改變「別人看法」的再出發的平臺。

林子豪的孩子每天早上和晚上都由保姆帶著，她相對著也不需要做什麼事。找工作的想法一直在她的心裡。不是為了賺那點錢，而是想逃離這鋼筋水泥對心靈的束縛。對於林子豪想做什麼，王蒙是從來也不會過問的。他又能問什麼呢？只要這個女人能踏實的跟他過日子，這已經是他最大的幸福了。要知道他現在的一切，都來自於這個女人。

林子豪漫無目的的在街上走著，不時的關注著路邊的各種招聘廣告。也曾打了幾個電話過去，而電話一接起來，她就知道這個工作並不適合她。於是放下電話繼續慢慢的尋找。不知不覺中，她眼前出現了一個熟悉的身形，讓她的心跳再也不能平靜。眼前的不是別人，正是這些天讓她無法入眠的陳敬深。

他正在自己車旁邊站著，檢查剛才車子異音的來源。突然他聽到有人叫他：「陳敬深！」

陳敬深順著聲音回過頭來，一個熟悉的身影出現在他的後面。「林子豪。」

林子豪慢慢的走來過，站在了陳敬深的身邊。

「你還好嗎？」林子豪問。

「挺好的。你呢？」陳敬深說。

「就那樣吧。」林子豪看了看陳敬深身邊的車。「你買的車？」

「嗯，去年買的。沒幾個錢。你來這邊做什麼啊？」陳敬深問。

「沒什麼事，出來走走，散散心。你呢？」

「這不前幾個月蘭清生孩子，我在這邊租了一個房子，快到期了，我想把裡面的東西收拾收拾，下個月，就把房子退了，搬回學校裡面住。畢竟在那邊上班方便一些。」陳敬深說。

「要不要上去坐坐？」

「哦。」林子豪沒有正面的拒絕，就表明是給了肯定的答覆。他們一前一後走進了出租屋。

門開了，一股沒人住著的黴味撲鼻而來。「你先坐，我去開個窗戶。」陳敬深大步走到窗前。「房子很久沒住了，味道很不好。」

「沒事。」林子豪說。

「你先坐，我去給你燒點水。」陳敬深說著又走進了廚房。林子豪本想問蘭清有沒有在家，不過看屋裡這個樣子，估計她來之前都沒有人。索性就不沒話找話了。

當兩杯冒著熱氣的水杯放了兩人的面前，他們突然不知道該說什麼了。那種熟人之間的寒暄，在他們之間是多麼的不適合。可是，這麼靜靜的坐著，其實是一種更尷尬的事情。風將開著的門重重的關上，「砰」的一聲，兩個人都被驚了一下，卻沒人站起來把門再打開。他們默默的喝著自己杯子裡的水，都想說些什麼，卻又不知道要說些什麼。

陳敬深不知道為什麼自己能在講臺上口若懸河，卻在當下無話可

說。而一向開朗自稱的林子豪，在這種尷尬的時空裡，也不知道該說什麼。兩個下意識的將水中的水杯放在茶几上，兩隻手不經意的摩擦在一起。

突然，他們的世界爆發了。陳敬深丟掉手中的杯子，抱著林子豪的頭深深的吻了下去，而林子豪也在這一吻之後，變成了徹底的配合。那種久違的感覺在一個偶然的機會中再度出現。當兩個人衣服的越來越少，他們的心就越來越輕鬆。心裡的那塊大石頭在靈與肉的交融中，消失得無影無蹤。兩個久違的心靈，在違背世俗的時空裡，交融在一切。

伴隨著陳敬深的那一聲怒吼，他癱軟在林子豪的身上。林子豪雙手撫摸著陳敬深光光的後背，看著陌生的天花板，她突然覺得自己好輕鬆。就像終於還清了所有借款的一樣輕鬆。

當陳敬深的體液慢慢的從自己身體裡流出，她不但不感覺到噁心，反而覺得那是治療她失眠的良藥。她想也許從今天起，她再也會睡不著了。

陳敬深在這場劇烈的運動中，終於把這幾天的苦悶和委屈在那一刻都發射出來。他頓然覺得自己，自由了。老天給了他們一次解決困悶的機會。性，也許就是這個世界上最能解決感情問題的良藥。

陳敬深穿上衣服，下了床去倒了兩杯水，端了過來放在床邊的桌子上。林子豪一件件的穿上內衣，內褲，開始整理自己的頭髮。她拿起放在桌子上的溫水，慢慢的喝了下去。他們之間沒有說話，誰也不知道要說什麼。這和四年前兩個人在「歡愉」後的情景不同，那時候

他們總是可以圍繞對方的器官而發表一下剛才「運動」的感受。而現在，他們實際上在「偷」別人的老婆、別人的老公。他們沒有資格，也沒有膽量，更沒有心情說那些私密話。他們都知道，晚上，他們又各自睡在不同的男人與女人旁邊。

陳敬深很想問問林子豪過得好不好，可是一想到王蒙開的賓士，他就覺得這話問著也是多餘。而林子豪也想問問陳敬深過得怎麼樣，可是這個「怎麼樣」蘭清早就毫無保留的告訴了她。她不想沒話找話，她也不是一個沒話找話的人。兩個人靜靜的坐在客廳的沙發上，空氣裡充滿了說不清的尷尬。

「送我回家吧。」林子豪說。

「好。」陳敬深回答道。兩個人一前一後，走出了出租屋。

四

陳敬深在離林子豪家前兩個路口停下了車，林子豪默默的開了車門走了下去。對陳敬深淡淡的說：「開車小心點。」就慢慢的向家裡走去。沒有什麼下次見面什麼的，沒有什麼寒暄，沒有什麼許諾，有的只是林子豪默默離開的背影，但陳敬深遲遲沒有發動汽車。他知道，他心裡還是愛著她的，畢竟是她真正給了自己人生的第一段感情。

人都說女人有處女情節，就是說女人一輩子都會記得奪走她第一次的那個男人。孰不知男人也有處男情節，不過，對於男人來講有兩次，一次是人生的第一次暗戀，一次是人生第一次成為非處男。而林

子豪給了他第二個第一次，他怎麼能忘了她呢。可是，他什麼也不能做。蘭清為了他，付出了她自己；她不但付出了自己，她的內心也承受了太多痛苦。沒有蘭清，他現在也許還是一個半瘋半正常的人，是蘭清在他人生最低谷的時候，給他帶來了希望。況且，他們已經有一個可愛的寶寶。雖然這個新來到世界上的小生命常常讓他身心疲憊，常常夜不能眠，但看到了這個世界上自己生命的延續，他也是幸福的。

其實他知道，他和林子豪這可能是最後一次單獨見面了。他們是不能再單獨見面了，這樣，會毀了兩個現在還算美好的家庭。陳敬深不知道自己是怎麼樣把車開回學校的宿舍的，不過，熟悉的停車位告訴他是不能再往前行駛了。

他下車，先沒有回家，還是去了一個學校邊上的超市。他覺得自己總得拿著東西回家才不會那麼尷尬。就算拿幾片麵包也好啊。

陳敬深媽看到兒子的車停到樓下，卻沒有看到兒子上來，便打了個電話。不過電話那邊的「無人接聽」讓她放棄了繼續打下去的想法。蘭清抱著孩子走過來，看了看廚房。問道：「媽，咱們今天晚上吃什麼？」

「麵條吧。」陳敬深媽說道，但她馬上又補了一句：「你想吃什麼？媽給你做。」

「今天弄點飯吧。」

「行，你想吃點什麼菜，我去買。」陳敬深媽說著要解下圍裙，準備下樓。

「讓敬深回來的時候帶點吧，您就別下去了。」蘭清說，

「哦，那也行。」

蘭清進屋打起電話，撥通了陳敬深的電話。只是還沒等到電話那邊接聽的時候，她就聽到熟悉的電話鈴聲在門外響起。她知道，陳敬深回來了。

陳敬深開門進屋來，「我到門外了，就沒接。」陳敬深邊說邊脫自己的鞋。

「沒什麼，就是想叫你帶點菜回來，不然媽又得跑下樓一次。」蘭清說。

「我買了點黃瓜和白菜，家裡還有別的嗎，不行的話我再下去買。」陳敬深說。

「不用了，冰箱裡還有一些菜，今天晚上夠吃了。」陳敬深媽插嘴說道。她過來接過陳敬深手裡的菜。

「今天你去哪裡了？你下午不是沒課嗎？」蘭清問道。

「我回了一趟出租屋，把裡面的東西收拾了一下。挺長時間沒住了，我想下個月就把它退了。」陳敬深說完話，便想找點活幹，卻發現了家裡的垃圾桶裡只裝了一半的垃圾。他索性把垃圾袋隨手一提，向門外走去。

「退了就退了吧，也挺貴的。」蘭清說著，拿起杯子喝了一口，走向房間裡。

陳敬深的小孩不像其他人家的孩子，他很少哭，總是笑笑的看著來的所有人。他這種不怕人的模樣，讓很多人都很喜歡他。每當陳敬

深媽帶著他去樓下走走的時候，都會引來很多女學生的圍觀。而他，兩個小眼珠滴溜溜亂轉，和他那迷人的嬰兒笑，讓他總成為所有場合的焦點。

陳敬深對這個小孩不知道是愛，還是有別的什麼感覺。這雖然是他基因的產物，不過對於不喜歡孩子的他也不會對自己的孩子有過多的疼愛。似乎在他看來，這個剛出生不久的兒子，就是他不得不履行的責任。

不知道為什麼，在陳敬深的意識裡，孩子並不是什麼可愛形象的存在，而是自己這一代人潛在的競爭者。而且這種想法在動物界似乎也得到了證實。比如說獅子，當公獅子占領新領地的時候，牠總是把這個領地上其牠母獅子的幼崽全部殺掉，目的是盡可能減少的競爭者。這種現象在蛇的身上更為明顯。比如說毒蛇之王眼鏡蛇，如果公蛇發現雌蛇已經受孕，牠很可能把牠殺死而不是繼續追求成放過牠。可能在大自然的世界裡，這才是真正的理性。而這種來自本性的理性在人的道德世界裡，是會受到譴責的。

然而，男人可以在道德的面具下表現對別人的男人幼小的喜歡，他卻在自己的「密室」為鄰居家男性小孩的苦鬧而情緒大變，甚至表現出十分反感的表情。當然，一種沒有荷爾蒙的年老男人除外。因為他們已經不可能有什麼競爭對手，他們在很多地方已經失去了「競爭的平臺」。在這一點上，男人有女人有天大的區別。

面對眼前這個奪走了老婆關注的小生命，陳敬深感到了他和他之間的競爭已經開始。自從他來到這個世界上，蘭清的注意力全被他吸

走。而當他要表示抗議的時候，蘭清會無意中丟出一句讓他無法反駁的話：「難道他不是你兒子嗎？」

「是啊，他是我自己的兒子。他的到來，本來是給我們帶來歡樂的，然而真實的情況卻不是這樣的。他奪走了年輕漂亮的妻子，無論白天黑夜，從此在這個世界上，再也沒有屬於他和蘭清兩個人的世界了。他的一哭一笑，不但讓蘭清為之心動，而且他也必須裝作十分關心的樣子，不然他就會被別人的說『這是什麼父親啊』，他必須要為別人眼中的好父親活著。」陳敬深想道。

陳敬深想對別人說說他新當父親的苦，不過朋友們都勸他說，「當父親都這樣，當父親就要對孩子有無私的愛，為孩子付出一切是當父親的責任。」

陳敬深常常在想，今天這個社會的我們，父母為我們付出了很多，把我們養大，為了我們，捨不得吃、捨不得喝，給我們買房子，給我們娶媳婦，但，我們給了父母什麼？

有些妻子，她一定要求和父母分開生活。掙了工資，被要求和男方家人分開過。父母給小倆口買的房子，父母卻不能住進去甚至還被限制來的次數。父母的犧牲換來了回家次數的越來越少，孩子要零花錢而沒有感恩，成為這個世界再正常不過的事。當代的孩子越來越非傳統化，為什麼一定要求即將做父母的男女要遵守傳統照料這些「未來的畜生呢？」陳敬深不明白。當然，一些電視裡的所謂的明人，也說出過，孩子會給你帶來快樂，可是仔細調查一下生養孩子的父母，孩子從一歲到三歲，帶來的真的有那麼多幸福嗎？是不是都是別人眼

中的幸福呢？

　　當然，如果悲觀的想下去，事情還不止這麼簡單。對於男人來講，一個更為重要的問題現實的擺在了他的面前，就是那個難以啟齒的「性的需求」。孩子奪走了妻子，「性」的問題如何解決，這恐怕在中國的家庭裡是最難兩全的東西了。孩子的不懂事，讓夫妻雙方常常因為孩子弄出了問題。而陳敬深自從蘭清生產後，這是他不得不面對和忍受的問題。女人是無法理解男人對性的需要，所以她們實在不明白自己都把愛和身體給了他的兒子，他為什麼還不高興。男人和女人在性的問題，永遠不可能有共同的想法，這也是女人們不明白為什麼男人會找一個比自己醜很多的第三者一樣。而且這種做法的原因只是因為那個簡單的活塞運動。

五

　　東北的農忙就要開始了，陳敬深爸打電話來讓陳敬深媽趕快回去忙農活。在東北總是有這樣一句話，叫做人誤天一天，天誤人一年。因此，這幾天陳敬深爸電話打得頻繁，一是為種子化肥的事讓陳敬深媽做決定，另一個事是為了今年要不要種地帶徵求陳敬深媽的意見。陳敬深媽思前想後，實在捨不得那地中每年創造出來的幾萬塊錢，她決定動身回去忙幾天。可是，這個學期陳敬深的教學任務很重，加上初為人父母，她不知道她走後這個家會變成什麼樣子。當陳敬深媽將這個件事與陳敬深商量，陳敬深並沒有說什麼。他知道媽的離開意味著什麼。

蘭清聽到母子倆的談話，悄悄的把陳敬深叫到一邊說：「讓媽回去吧。家裡的地是老人家一年的收成，別因為我們誤了農時。你別擔心我，我能自己照顧好自己。」

「可是，你一個人在家裡，我不放心啊。這個學期我事情特別多，下個月聽說還要和系裡一起出差，你一個人在家裡，我怎麼放心？」陳敬深說道。

「那這樣吧，你看我反正也請了半年的產假，我乾脆回我媽家住一段時間。這樣，孩子又有人帶，我也可以陪陪她。咱們結婚的事，我總覺得對不起她。你看呢？」蘭清說道。

「這個，和媽說說吧。不過，你回去一趟也行。畢竟你也好幾年沒回去了。不過，我送不了你啊，你一個人和孩子走我不放心。」陳敬深說。

「沒事啊，你這邊把我送上火車，那邊我讓媽接我。反正不是有直達車吧，買一張軟臥，問題應該不大。」蘭清說。

當蘭清和陳敬深將想法告訴陳敬深媽的時候，她並沒有說什麼。她又能說什麼呢？畢竟是她先提出來要回老家去的。

「要不，兒子，你陪你媳婦回青松一趟，請一週假嘛。」

「媽，不用。他事情多，請假很麻煩。回來還得補這補那，不方便。」蘭清搶著說道。「再說，我都這麼大的人，應該沒事的。您就別擔心了。」

「我還是擔心。」陳敬深媽淡淡的說。她實在擔心自己的小孫子，畢竟他還那麼小。

「沒事的媽，你就踏實的回去。我這個送上火車，那邊蘭清母親接，沒有什麼問題的。」陳敬深插嘴道。

陳敬深母親沒有再說什麼，逕直向廚房走去。她得準備今天晚上的晚餐了。

陳敬深母親走了。沒過兩天，蘭清和孩子也踏上了北上的火車。一時間，空空的房間頓時讓陳敬深不適應起來。突然覺得自己家裡空了，內心的失落就像突然一無所有一樣。他靜靜的坐在沙發上，沒有開燈，也沒有打開電視和電腦，就那麼靜靜的坐著。不知道為什麼，一種無名的淒涼浮上心頭。

校園裡的燈光已經亮了起來。蘭清打電話過來說已經安全到了老家。媽也打電話說家裡一切安好。只是這個坐落在南方小城的家裡冷清了很多。陳敬深突然覺得屋裡好壓抑，他幾乎一刻也不想待在屋子裡。對，不能在屋裡待著，他也得走出那扇門。那扇門外，也許有他解決當下壓抑的良藥。

校園裡夜晚被路燈照耀的像白天一樣，到處都是來往的青年男女。陳敬深走到串流的人群中，思緒卻飛出了千里之外。不過，你要問他現在在想什麼，他還真的說不出來。只是大腦在不停的運轉。

「馬老師？」陳敬深突然覺得有人在叫他。

「馬老師？」陳敬深眼前出現一個穿著白色連衣裙的女孩，正在看著他。

「哦，你是？」陳敬深一時想不起面前這個人是誰。

「你一定不認識我，我上過你的課，那是大上週，你給王老師代課，給我們上《馬克思主義基本原理概論》的那個班。我就坐在下面。」女生說道。

「哦。」陳敬深想起來了。前一週，同事王海玲腳受傷，他給她代了一週的課。不過，那天他心情不好，根本就沒有向課堂下多看，而只顧把腦子裡的教案說完。不過，好像效果還可以。他隱約記得臺下好像有這樣一個女孩，但實在想不起她叫什麼。實際上，給別人代課，基本上是不會記別人班上學生的名字。這是老師的通病。

「不好意思，這看我這記性，你叫什麼來著？」陳敬深問道。

「沒事，您一學期上那麼多課，記不住我很正常啊。我叫王麗，藝術設計系的。」女孩說道。

「你好。王麗。」不知道為什麼，陳敬深總覺得這個名字好像似曾相識，卻想不起來在哪裡聽過。

「馬老師，你能把你的電話和 QQ 給我嗎？」王麗說道。

「我不叫馬老師。」陳敬深笑著說道。「我姓陳，叫我陳老師吧。」

「哦，這樣啊。」王麗笑了笑。「我們課餘時都叫你馬老師。」

「是不是因為我講馬克思啊？」陳敬深笑著問道。

「嗯，我們開始不知道您姓什麼，就叫您馬老師了。」

「好吧。」陳敬深無奈的說道。「可以求你一件事嗎？」

「您別用求，有事您說。」王麗說道。

「你能不能別稱呼我為『您』，我有那麼老嗎？」陳敬深苦笑的說道。

「好吧。那，我以後可以給你打電話或發信息吧？」王麗說道。

「當然可以了。」

「那，你把 QQ 號給我吧。」

「好吧，那你記下。我的 QQ 號是……」

六

自那次校園邂逅後，王麗每天晚上一看到陳敬深上線，就會發條信息過來。話題天南海北，似乎她每天都有好多事情要瞭解。而在蘭清走後，家中的空虛也讓陳敬深期待有人能讓他這空虛的生活有一點色彩。雖然，他也不知道和這個女學生聊些什麼，甚至每次回信都是由「嗯，啊，這樣啊，好吧」組成，但是，這個求知欲很強的女孩好像總有說不完的話。

這樣的日子過了一個月，突然有一天，王麗遲遲沒有上線，這讓陳敬深產生了一絲擔憂。他很想電話打過去問過究竟，可是他又不知道應該不應該打這個電話。正在猶豫不決中，王麗的 QQ 圖示由灰色變成了彩色。

「今天很晚上線啊？」陳敬深第一次主動發信息過去。

「不高興。」王麗回覆中。

「不高興？怎麼了？什麼事讓你不高興。」陳敬深發了一個笑臉過去。

「就是不高興。」王麗回覆說。

「好吧。那，怎麼才能讓你高興呢？」陳敬深發了一個笑臉過去。

「要不，要不，你出來陪走走吧。」王麗回覆道。

「走？去哪裡啊，都這麼晚了，快十一點了。」

「在房間裡好悶，想出去透透氣。你不方便嗎？不方便就當我沒說好了。」

「哦，那好吧。你想去哪裡走走呢？」這些天，陳敬深也沉悶的透不過氣來。

「去二田吧。」

「好吧。那，什麼時候見呢？」

「十分鐘後，你在二田南大門口等我。」

「好吧。」陳敬深不知道自己為什麼要答應。也許，這一個月的聊天，讓他對這個陌生而熟悉的女孩有一種說不出來的感覺。或許，空空的房間透出他的寂寞。

十一點的二田上，沒有幾個人。在這個時間，有課的同學早就躺在了床上，而沒有課的同學和那些夜貓子家族的人，正在電腦前奮戰。這是大學校園裡最正常的風景。見面後的陳敬深與王麗，除了一句來了，再也沒有說什麼。他們一圈一圈的圍著操場走著。默默的看前前方黑黑的跑道，不快不慢的向前走著。不知道什麼時候，他們發現整個二田就剩下她們兩個人了。

「沒人了。」陳敬深對王麗說道。

「哦。」王麗看了看四周。

「那我們……？」陳敬深想說那我們回去吧，沒想到王麗接著說道，「再陪我走走吧。」

「好吧。」陳敬深也沒有堅持自己的想法。

時鐘一分一秒的過去，已到了午夜一點。

「誒呀，都這麼晚了。一點了。」陳敬深說道。

「哦。」王麗沒有抬頭。

「我們回去吧。」陳敬深提議道。

「好吧。」他們一起向二田南出口走去。可是，不知道什麼時候，南出口的大門不知道什麼原因，今天被鎖上了。高高的大門，阻擋了他們回去的出路。

「真糟糕，門都鎖上了。這下怎麼出去啊？」陳敬深自言自語道。

「出不去就出不去唄。」王麗淡淡的說道。

陳敬深看看王麗，也沒有再說什麼。「那，我們找個地方坐坐吧。」

「去那邊吧。」王麗指著遠處的觀眾席。

「好吧」。兩個人一前一後向觀眾席走去，王麗在陳敬深旁邊坐下。

風起來了，後半夜的校園還有一股清冷。王麗雙手緊緊的抱著前胸，陳敬深看著出來她很冷。他決定把自己身上的衣服脫下來給王麗披上。可是正當他要脫衣服的時候，王麗突然說道：「你能抱抱我

嗎？」

「這，合適嗎？」陳敬深問道。

「不願意就算了。」王麗淡淡的說道。

「好吧。」陳敬深猶豫了一下，輕輕的抱著王麗，王麗向陳敬深的懷裡靠了靠，一股淡淡的女人的清香闖進陳敬深的鼻子，那是這世界上最好的香料也發不出的味道。

王麗緊緊的抱著陳敬深，這讓陳敬深多少有點彆扭。可是，在這種情況下，他又能說什麼。他除了靜等天亮，也沒有別的選擇了。雖然，身下的荷爾蒙已經讓他下面有敏感的腫脹，可是理智告訴他，他不能再和「他的學生」發生什麼了。

突然，王麗向他的雙唇吻來。那樣的突然，是他沒有料到的。這種感覺，就是當年他吻林子豪一樣。他從來沒想過一個女孩會主動的來親吻他。他來不及去體味那種吻的感覺，理智告訴他必須馬上結束這一切。

他猛的鬆開了王麗。「不，王麗，我已經結婚了。不能這樣。」

「我又不想跟你結婚，你緊張什麼？」王麗淡淡的說。「我就是想找個人吻一下，不會讓你負責的。」

「不，不是這樣。我們還是回去吧。」陳敬深站起來說。

「怎麼回去？翻牆嗎？」王麗說。

「翻牆？」陳敬深看著王麗。「對了，北門那邊有一個矮牆，是可以翻過去的。我們過去吧」。

「好吧。」王麗無奈的站起身。

當兩個翻過矮牆，陳敬深把王麗送到宿舍的時候，宿舍大門早已緊鎖。

　　「看來，就算翻牆出來，我也回不去了。」王麗有點壞笑的看著陳敬深說道。

　　「那，你怎麼辦？」陳敬深問。

　　「能怎麼辦，要不睡大街，要不出去找個賓館，你覺得呢？」王麗冷冷的看著陳敬深。

　　「這麼晚了，你一個人出去也不安全。那這樣吧，你今晚先去我家睡一晚，明天再回宿舍吧。走吧。」陳敬深說完，向前走去。王麗默默的跟著後面。

七

　　陳敬深打開房門，打開了房燈。映入王麗眼簾的是亂糟糟一個單身公寓，有兩個房間。在客廳的沙發上，丟著一大堆小孩子的玩具。在隱約可見右邊的臥室裡，一張嬰兒床隱約可見。

　　「隨便坐吧，屋裡比較亂。」陳敬深說道。

　　王麗不停的打量這個亂糟糟的房子，突然有一種想法閃現出來，「單身男人的生活就是團糟。」

　　「陳老師，這房子就你一個人住嗎？」王麗問道。

　　「嗯，你師母回娘家去了。得兩個月才能回來。你先喝點水。」陳敬深將一個盛滿熱水的杯子放在王麗的前面。

　　「今天你睡這。」陳敬深說。

「那你睡哪？」王麗問。

「我就在這個沙發上將就一晚上。你別管了我。對了，你要不要洗澡，要洗的話，櫃子裡有一套衣服，新的，你先換上。」陳敬深說著。

「那個櫃嗎？」王麗這她前面的櫃子。

陳敬深站起身來，走到櫃子前，把一個男式睡衣從櫃子裡拿出來，放在王麗前的茶几上。王麗拿著衣服，轉身進了衛生間。不一會兒，衛生間傳來水流的聲音。陳敬深不知道在什麼時候，他的下體悄悄有了反應。他似乎和蘭清幾個月沒有進行房事了。

王麗出來了，也帶出來了女人才有的淡淡清香。她在陳敬深面前慢慢的擦著自己的頭髮，讓清香一絲一絲的侵向屋裡的每一個角落。陳敬深瞬間覺得時空在此時此刻已經靜止了。他用意志力控制自己不要多想，可是大腦仍像高速運轉的發動機，一刻也停不下來。

「陳老師，那我去睡了。」王麗突然說道。

「哦，去吧。」

王麗慢慢的走進房間，將門輕輕的關上，並隨手關了裡面的燈。陳敬深告訴自己不要多想，趕快睡著，一覺醒來，就什麼都過去了。他站起來，將沙發上的東西隨便的推到沙發的一邊，騰出一塊空地，鋪上毯子，並隨手將客廳的燈也關掉。可是，他怎麼睡得著。

「如何才能讓自己睡著呢？」陳敬深知道讓他難以入眠的原因是因為下體的腫脹，如果能消除這種腫脹，那什麼問題都沒有了。怎麼辦呢？陳敬深想到了自慰。這也許是他現在最能解決問題，又不會出

現問題的解決方式了。不過,這不能被裡屋睡覺的女人看到,不然,那種說不出來的尷尬,會讓他們以後再也無法見面了。

正當陳敬深準備自慰的紙的時候,裡屋的門突然開了。

「你要不要進來睡啊?」王麗突然問道。

「不,不用了。」陳敬深心裡一直在狂跳。

「真的?」王麗故意將後一個字提得很高。

「真的,真的不用⋯⋯」當陳敬深低著頭,話說到一半的時候,王麗突然走過來吻在了他的嘴上。他突然感覺胸前被兩塊軟軟的東西摩擦著。那種無法阻擋的清香再次侵入了他的鼻子。他的雙手再也不受控制,伸進了王麗的內衣裡。

隨著身上的衣服一件一件的減少,他也迫不急待的將套在王麗身上的新睡衣褪掉。現在的王麗,除了一條內褲,身上什麼也沒有了。陳敬深彎腰將王麗全身抱起,向裡屋走去。

當王麗身上最後一塊布從身上褪下的時候,陳敬深再也挺不住內心的煎熬。他匆匆脫掉自己的襯衫,將褲子、內褲與襪子一起推到了腳踝。當這三個多餘物卡在腳踝上的時候,那種說不出的心急出現在陳敬深的臉上。

當兩張唇緊緊的傳達性的訊息,陳敬深的欲望也像擱淺的魚游回大海一樣,終於體會那一樣又不一樣的感覺。王麗由呼吸低沉,再到呼吸沉重,終於大聲的表達出性的真實。而這種聲音,讓壓在王麗身上勞動的陳敬深不停的耕耘。當一次次體液沖出陳敬深的體內,又一股體液在短短的一個小時內又蓄集待發。似乎這一年裡沉睡的生命都

想在這一晚上找到生的希望。王麗是一次次被弄醒，又一次沉睡下去，再一次次醒來。身上這個男人好像是戰鬥力無限，雖然已經很睏，很累，可能是她不想讓他掃興，一次次的滿足他。

而陳敬深，他感覺自己的身體已經被掏空了，可是下體的腫脹還是讓他一次一次的發起進攻。身邊這個女人的清香讓他真的無法用意志來控制自己。不過，他也知道，他也許這輩子就有這麼一次機會。他不會輕易放棄這次機會。儘管最後一次衝擊，沖出身體的好像已經只是空氣，他還是樂此不疲。性，可能是俗理道德的最大敵人。

天開始濛濛亮了。陳敬深將手放在王麗的胸上沉沉的睡去。而王麗卻再也睡不著了。她慢慢的轉過身上，在陳敬深的嘴上輕輕的吻了吻，將陳敬深放在她乳房上的手慢慢的移開，下了床來。

她慢慢的穿上自己的內衣內褲，又在牆角處找到自己的褲子和外衣。又悄悄的來到床邊。她輕輕的吻了陳敬深的額頭，轉身走出裡屋來到客廳。她從陳敬深的書堆裡找出一張紙，寫道：「謝謝你。昨晚的事，忘了它吧。」她將紙放在茶几上壓好，轉身開開門走了出去。

清晨的陽光照到這亂糟糟的房間裡，陳敬深的鬧鐘突然響了。……

第六篇

一

蘭清回到青松後，她沒想到，開車來接她的竟然是母親和那個叫小石頭的男人。雖然，她認不出駕駛座裡這個男人，畢竟他們只有童年和高中是重合的，後來，蘭清一直在上學，幾乎很少時間回老家。就是回到老家，也是待在屋裡不會出來。至於為什麼她不願意出來，我想很多在城市裡上學的學子都有一個共同原因，就是他們再也無法融進那個曾經生活過的農村了。

蘭清和許多學子一樣，小學讀完，就去鎮裡讀初中，由於蘭清父親走得早，蘭清母親一直就跟著陪讀，這三年幾乎就沒有回過老家。到了高中，蘭清母親也搬到青松縣上，和老家的人更斷了聯繫。現在偶爾回到老家，很多孩子已經認不得了。只是在母親的提醒下，她才能在模糊的印象中把眼前這個孩子定義為曾經孩子的孩子。

小石頭原名叫王世仁，原來在農村的時候家裡窮得要死。記得小時候，全村唯一兩個靠低保過活的，除了蘭清家，就是這個王世仁家。由於家窮，這兩家在農村是不太被人看得起的，她記得他小時候經常躲著人走，因為只要他出現在孩子們的面前，他就被叫成「黃世仁」，這可是舊社會地主惡霸的典型。

然而，世事總是難料，誰也沒有想到，王世仁爸爸被一個遠方的親戚找到。來的人拿出一個家譜，解釋王世仁的爸爸是被拐賣到村裡的孩子。後來，村裡的一些老人也出來證實，這樁認親事算是認下

了。於是，這家人卻突然在人們的視野裡消失了，後來又搬到了縣城。想想這已經是十幾年前的事了，沒想到這幾年，這個王世仁和他爸爸發了點橫財，「衣錦還鄉」。這下子成為全村的新聞。

雖然這些年，青松在國家政策的扶持下，已經有了很大的改觀。城市裡的高樓大廈越來越多，地皮也越來越值錢。那些曾經無人問津的偏僻小鎮，現在都成了什麼旅遊度假村了；那些又小又破的鄉路，現在也被水泥鋪得沒有一點灰塵；農村裡的年輕人越來越少，只有過年的時候才能見到一些拿著大包小包過節的人。最近聽說，在青松縣裡要修一個動車站，似乎這個曾經沉睡的西北小城一下子迎來了它人生的第二春。

小石頭不再像當年那麼沉默寡言，相反，他看到蘭清和她的孩子，一臉健談的樣子。從車站到蘭清家的路上，他一直問東問西，使蘭清都不知道如何和面前這個「陌生的熟悉人」拉話。「嗯，啊」成了她回家這一切「提問」的所有回答。蘭清母親一邊抱著自己的小外孫，一邊接著蘭清接不上的話，以免車上的氣氛太過尷尬。

蘭清不知道母親為什麼會讓這個小石頭來接他們母子，這也是她回青松最怕見到的人。想想就是幾個月前，蘭清母親跑到濱海來，不就是為了給蘭清說這個小石頭的媒，這才過了幾天，蘭清就帶著一個孩子回來，她以為小石頭也會感到尷尬吧。不過，看今天這個情況，小石頭一直是神情自若的樣子。想不到歲月的磨礪，已經讓眼前這個男人不再是當年那個膽小怕事的小男孩了。

到了家裡，房子已經不在當年的位置，也不是當初破舊的土房。

「到家了。看看，這是去年政府補貼的集資房。」看到蘭清一臉陌生的神情，蘭清媽說道。

小石頭從後車廂將蘭清的行李一包一包的搬下來，放到了客廳了。轉身說道：「嬸兒，你們先忙，我先回去了。」

「再坐坐吧，喝口水。」蘭清媽拿出農村的客氣。

「不用了，改天我再來看你。」說著，小石頭發動汽車，向前駛去。

「挺好的孩子，唉！就是離了婚。」蘭清母親淡淡的說道。

「孩子睡了？」蘭清母親看蘭清抱著孩子坐在椅子上，小傢伙閉著小眼在享受他的睡眠。「將孩子放在裡屋吧。你和孩子住這個屋。」蘭清母親指著右手邊的房間說道。

蘭清將孩子輕輕的放在床上，給孩子整理了小被。轉身走了出來。

「唉，當初你就這麼大，現在你孩子都這麼大了。」蘭清母親在後面淡淡的說道。

新房是兩室一廳，一衛一廚房，位置在一樓。對於蘭清母親一個人住，這相當不錯了。房間外面的環境也不錯。房子所在的社區是政府惠民工程的一個示範社區，各個方面都做得比較到位。蘭清再也想不起以前那個髒亂奇差的棚戶區。現在日子真的是好過了。家裡的生活和濱海這種城市也差不了多少了。自來水、電話、有線電視都已經裝上了。只是，蘭清家裡的家電還是比較老舊，和這個新房子不太配套。

「媽，什麼時候搬過來的啊？」蘭清問道。

「去年九月份，我打電話和你說過。多虧人家小石頭，叫了幾個人來幫忙，不然，我一個人怎麼弄。唉，這人啊，遠親不如親鄰。」蘭清媽說道。

「媽，你怪我了？」蘭清說道。

蘭清媽沒有接她的話，向廚房走去。「你餓了吧，你自己看會兒電視，我去炒幾個菜。」

蘭清靜靜的坐在沙發上。不知道為什麼，突然覺得這個新家好陌生。是啊，怎麼可能不陌生呢？

二

沒有人知道為什麼王麗昨天晚上會那麼做，也許，這也只有她自己知道為什麼要那麼做的原因。當然，已經不是處女的她，對「性」這個問題並不怎麼敏感，也不是像少數民族女孩那樣必須等到婚後才能給予自己的丈夫。可是這主動的給出，卻不是一般女孩都能做到的，更何況還是一個不能給自己未來的成熟男人。

在這個時代，男人總是說女人現實，這現實的隱層含義就是說，女孩的一切都是用來交換的資本，這當然也包括性與婚姻。可是，這世界上總是還存在著一種女孩，她們付出的身體，並不是為了男人兜裡的錢或那句聽起來很美的承諾。她們知道，這個世界上除了這兩樣東西，還有一樣就是自己可以選擇「任性」一次的機會。性，有時候也是「任性」的代名詞。

這些日子對王麗來說，是苦痛中的痛苦。所以苦痛，是因為這些日子以來，對於她來講，幾乎沒有一件高興的事。前些日子去哥哥家，嫂子冷漠的態度讓她發誓不想再去一次，而父母一遍遍的嘮叨又讓王蒙總是管東管西。其實，現在她最不想見的，就是這個叫王蒙的哥哥。她不明白，曾經那麼不可一世的哥哥，今天怎麼會變成這個樣子。她忘不了在哥哥家吃飯些，哥哥的忙裡忙外，嫂子的冷漠無情；她也忘不了，哥哥一開口不是問她學習的情況，就是談自己生意上的事情。這已經不是當年那個年輕浪漫讓女孩著迷的哥哥了。

曾經一段時間，她都恨自己為什麼是哥哥的妹妹，不然她都想嫁給自己的哥哥。可是看到哥哥今天變成這個樣子，她有一種說不出來的感覺。他變得像父親一樣只知道關心自己在學校裡的學習情形，再也不會和自己促膝談心。哥哥變了，變得讓自己越來越不認識他了。她不明白，生活日子的好過，是以犧牲哥哥的本性為代價的。她想，如果當初哥哥不來濱海，是不是就不會變成這樣？或者，哥哥不娶這個女人，也不會變成這樣？不過，事後諸葛亮有什麼意義呢，事情已經這樣了，她已經失去了這個哥哥。

四級成績下來了，不出意料，她再次與及格線失之交臂。雖然她對這種考試並不是太過在意，但畢竟自己上半年也在圖書館裡努力了一段時間。雖然努力，終究沒有換來應有的回報，這讓她更加相信成功與努力的關係並不大。也許老師說的那句「成功是百分之九十九的汗水加上百分之一的靈感」，是漏了後半句，那就是因人而異。她本來就不是讀書的料，是家裡人一定要她來上個大學才算圓滿。說什麼

哥哥都當了大學老師，自己怎麼也得弄個本科畢業。唉，為家裡人來讀大學，痛苦只有自己知。

男朋友，不，應該說前任，最近的電話越來越少，後來在一次不經意的偶遇中，她看到了前任與自己的閨蜜從電影院出來。她頓時明白了那句「防火防盜防閨蜜」那句話的意義。不過，她倒是不覺得有什麼憤怒，而是覺得自己終於有一個理由離開這個「曾經追求過自己的男人。」

當然，分手的場景並沒有什麼那麼淒涼與依依不捨的哀求。她冷靜的約那個前任走到操場上，說了幾句淡淡的話：「既然你已經找到了你新喜歡的人，那你就滾吧。」那個前任似乎要說些什麼，被她一句擋住：「你不用解釋，你覺得這樣有意思嗎？別問我是怎麼知道的，那樣我會感到再次噁心。你安靜的從我的視野裡消失，這對你我都好。滾！」那個前任看了看他，捽了捽手，說道：「好吧，這樣也好。」轉身離開了。

王麗不知道自己怎麼來面對這兩個月發生的一切。分手的那個晚上，尋找電腦那邊有個靜靜的陪自己聊天的人。傾聽她所講的一切。在他面前她感覺可以毫無保留的向這個述說自己的一切。而理性的她卻從來沒有把自己的痛苦向這個電腦那邊的男人說出一句。在陳敬深看來，她是樂觀的，向上的，而不是一個哭泣的受傷者。

可是，女人畢竟是女人。眼淚總是在燈光熄滅那一刻從眼角不經意的流了出來。她不知道該向誰來訴說自己內心的一切。哥哥失去了，男朋友失去了，閨蜜失去了，學業，失去與否都意義不大。面對

這一切到來的事，她一個二十多歲的女孩，確實不知道該如何面對。但，她不會傻到去自殺。那是用別人的錯誤來懲罰自己，也沒有必要那麼做啊。看哥哥現在的樣子，以後父母的養老問題恐怕要落在自己的身上了，哥哥那個家庭，爸媽能待上一天嗎？

白天她可以故作堅強，夜晚卻依舊流淚。這似乎成了她這一個月裡每天的必修課。她多想用一個方式來放縱自己，可是，她不是男生，不能去狂飲，不能去抽菸，不能去做男人看來最平常的事情。這個世界，給女人太多的限制。不知道為什麼，她想到了那個天天陪他聊天的陳敬深，也許，他能給自己一個放縱的機會。性，有時候是一種報復的手段，有時候是一種放縱的手段。

這也就是她為什麼那麼晚約陳敬深出來，那麼晚故意拖到二田關門，故意來到陳敬深家。她從來沒有想過要做陳敬深的老婆、情人或小三，她只想要一次放縱，一次心與身的放縱。這也是為什麼她留了那張紙條。因為她不想給任何人任何負擔。

在很多人看來，王麗是傻的。她這種放縱方式是不明智的。可是，這世上有什麼事情是明智的呢？明智的做事就一定能換來想要的結果嗎？不見得吧。不然，圖書館裡那些努力學習的學生，都考上研究生，找到好工作了，而實際上，在社會這個舞臺上，誰笑到最後，和那些現在的努力關聯好像不大。

三

王蒙的超市作得的不錯，自己又在岳父的資助下在濱海盤了一家

小公司，從這刻起，他終於算是看到了希望。日子似乎是一天一天的好了起來。這每天從早忙到晚，讓他覺得自己現在過得特別踏實。男人，就是應該為事業而貢獻出自己的時間，也只有這樣，才能在生活中找到自己的價值。

與林子豪的關係似乎也改善了許多。林子豪不再像以前那樣抑鬱，最近一段日子以來，她心情好了很多。偶爾無聊的時候，她也會幫著保姆收拾一下房間，這是王蒙怎麼也想不到的。自他們結婚以來，林子豪就從來沒有動過家裡的一草一木。

家庭氛圍的改善，讓王蒙覺得越來越有幹勁。看著自己嬰兒床上的孩子，他似乎覺得一切都努力都是值得的。一個男人，除了家庭和睦，沒有爭吵，事業順利，還需要別的奢求嗎？王蒙現在最大的心願，就是給父母和妹妹在濱海買一套房子，這樣就可以方便的照顧他們。想想自己在外面闖蕩這幾年，虧欠父母的真的是太多了。

一想到妹妹，王蒙有一絲絲說不出來的感傷。這個小丫頭大了，有自己獨立的想法了。不再是小時候，什麼事情都和自己說。相反，上次讓她來家裡吃飯，她是那麼的不自然。他其實很希望妹妹與老婆能和平相處。可是一想到上次吃飯餐桌上兩個女人冷冷的樣子，他就覺得渾身不自在。

他不知道是哪裡出了問題，妹妹來濱海兩年多了，來自己家的次數屈指可數。要不是自己強著讓她來家裡，這丫頭是不會主動過來拜訪的。妹妹大了，很多事不是他這個當哥哥的能問的，可是不問，就又覺得自己和妹妹之間的距離越來越遠，這確實是他的一塊心病。

這個世界上從來就沒有十全十美的事情。幾年的社會磨礪，王蒙深知這一點。你不能要求什麼好事都沾在你身上，你也不能讓所有的倒楣事都圍著你走。生活中總是有讓你高興又讓你苦惱的日子發生。你想得到你未曾得到過的，你就得付出你未曾付出過的，這就是人生。用現在比較流行的經濟學原理來說，這就是成本互換。

與陳敬深的關係是他這一生的隱痛。他現在打不出一個什麼理由來緩解和陳敬深之間的隔閡。他知道，自己傷陳敬深太深了，可是自己當初真的是沒有想到後來發生的一切。他也從來沒有想過去奪走陳敬深的女朋友。可是，命運就是這麼安排了，而他作為命運擺布的一個小石子，也只能順著命運向前走。

不過，自那事以後，他的生活裡就再也沒有可以說真心話的朋友。商場上的呼兄喚弟，只不過是逢場作戲。他無數次回想當時自己到陳敬深家裡的那種無拘無束，那種兩個人好的穿一條褲子的時候。似乎陳敬深家就是他的臨時倉庫。而現在，那個熟悉的地方自己再也沒有臉進去。

他有時候想如果陳敬深打他一頓會讓陳敬深消除心中的怒火，他寧願這麼去做。或者用他現在所有的財富去換回當年的友情，他也會義無反顧。然而，上天永遠不會給人再來一次的機會。得到了就是得到了，失去了就是失去了。現在身為商人的他，失去友情是他走向成功的必經之路。

人的成功是需要代價的，這似乎就是上天給每一個要成功的人許下的詛咒。我們經常看到電視裡有這樣的宣傳，比如說，雷鋒把本來

屬於他的錢送成了貧苦的老大媽，解放軍為救一條狗而失去了性命，最後被追封為烈士；人民的好幹部為了照顧老百姓卻讓老婆與孩子無依無靠。這些在主流媒體被連續播報的優秀事件，其實都暗自在述說著一件事：你要想成功，當然這個成功也包括出名，就必須要犧牲一些，比如說愛情、親情或者友情。沒有犧牲的成功是不是值得一提的。這似乎就是這個世界最現實的事情。

如果當年王蒙不與林子豪結婚，他現在也許還是一個大學裡的風流老師，仍然是那個在學生面前風流倜儻，在同事面前左右逢源。他的生活應該還是那麼充滿正能量的。當然，他還會有許多女朋友陪他夜夜笙歌，有許多地方陪他消遣一切假期。然而，對於今天的他來說，那些都是他「美好」的回憶。現在的他，是一點出軌都不能有的已婚人士。他知道，只要他有一點的污點被林子豪抓到，他現在擁有的一切，瞬間就可能化為無有。

所以，他看起來表面很風光，實際上他內心的壓抑和糾結，是他人無法體會的。這也是他為什麼常常一個人開車跑到山裡大喊大叫，來發洩自己心中的煩悶。他知道，只有沒有人的地方，他才能真正的屬於他自己的，而不是別人的丈夫，別人的女婿，別人的父親，別人的老闆。他就是他，一個狂野，怒吼，本真的將近四十歲的男人。

生活給了你未曾有過的東西，它就一定會拿走一個你不想失去的東西。只不過，在新得到的喜悅中，他忽視對已有東西的留戀。然而，新的，總有一天也會成為舊的。而曾經舊的東西，也許在這裡時候，會成為你最想追回的東西。這在感情上，是真實的體現。不然，

為什麼那些已經結婚有了新的家庭的人，總在懷念以前的男女朋友，為什麼同學會成為出軌的溫床。曾經的不以為然，成為今天的奢望。這就是時間的魅力。王蒙現在能深深的體會到這一點。

四

林子豪自那次與陳敬深邂逅之後，她覺得自己已經用行動還清了欠陳敬深的感情債。人這一輩子什麼債都好還，就是感情債最難還清的。在剛開始離開陳敬深的那一段日子裡，她幾乎每天都能夢到陳敬深憔悴的樣子站在她的面前。她也不只一次夢到陳敬深問她為什麼要背叛他。她也不只一次萌生離開王蒙而回到陳敬深身旁的衝動。但，她那時已經懷孕了。

女人不是為自己活著的。特別是她們有了孩子之後，她們有時候就是上天派來為未來的孩子而活著的，林子豪也不例外。她對上天送給她的這個小生命有一種說不出來的期待。雖然，她對孩子的父親充滿糾結，但孩子本身是沒有錯的。為了自己肚子裡的孩子，錯，也就將錯就錯吧。

從小個性就是活潑開朗的林子豪，對小孩子總有一種說不出的喜愛。小的時候，她是家裡的孩子王，所以她從來就沒有想打掉她與王蒙孩子的想法。加之王蒙的浪漫情懷，讓她有了一定要將孩子生下來的決心。當然，下好了決心，事情卻是一波三折。

林子豪的父母是不太同意女兒這麼早嫁人的，更何況這個男人大上女兒七、八歲。他們感覺他們的女兒被這個「老男人」的花言巧語

給騙了。林子豪的哥哥也不能理解自己的妹妹為什麼要找一個比自己還大的男人做老公。這個男的要錢沒錢，要人脈沒有人脈。他想不通自己的妹妹到底是看上了他什麼。可是，就算大家再反對，他們也明白只要是林子豪決定下來的事，是不可能改變的。這丫頭從小就是這個脾氣。

雖然大家都不同意，但林子豪的肚子逼得大家不得不給她和王蒙辦一場風風光光的婚禮。只是這婚禮裡大家歡笑的背後，各有各自的悲涼。

婚後林家為了自己的女兒能過上好一點兒的生活，他們讓王蒙辭去濱海大學教書的工作，和林父一起經營公司，磨練了一段時間後，林父又將王蒙派到外地去管理一家子公司。可是，沒想到的事，沒有公司管理經驗的王蒙在幾個最重要的訂單上出現了紕漏，使公司一個月內虧了幾千萬。幸虧林傳生及時趕到解決，使公司不至於血本無歸。這一件事觸怒了林父，他在電話裡大罵王蒙的無能，也就是從這一天起，王蒙離開了林父的公司，重新回到濱海創業。

面對著家人不看好的丈夫，和自己剛出生不久的孩子，林子豪常常問自己當初是不是選錯了路。可是她也知道，就算她選錯了路，她現在也沒有機會重來一次。每次回到家裡，看到天天裝著笑臉的老公，她心裡很不是滋味。她明白男人事業上的不成功，是不會有真正的快樂的。但，父親給了他的機會，卻讓他變成那個樣子，她也真的不好意思開口讓父親再把他招回公司。再說，他的自尊心也受不了啊。她聽說了林父罵他的事情。

如何面對接下來的一攤子事，曾經讓林子豪一時間對生活失去了希望。但，路是自己選的，她又能做什麼呢？她只是覺得，這也許就是上天對她背叛的懲罰。但，錯在大人，幹嘛要懲罰孩子呢，他畢竟是無辜的。沒有工作的王蒙，開始為奶粉錢而整天發愁。林子豪看在眼裡，心裡不是個滋味。

　　不過幸好林父不是一個絕情之人。他讓林傳生盤了一間濱海大學裡面的超市，這東西風險性小，於是交到了王蒙手上。總算王蒙的創業之路有了好的開始。也就是在第一次去超市的時候，她遇到了蘭清。雖然，她已經聽說蘭清與陳敬深結婚了，但是沒想到，蘭清會懷孕。看著蘭清隆起的肚子，她突然想起了曾經的自己。

　　在接下來的日子裡，她與蘭清頻繁通話，卻很少見面。兩個大學時最好的朋友，今天卻以另一種身分在一起，話題裡總是充滿了許多禁忌。不過，她從蘭清的話語中可以聽得出來，蘭清過得好像不是那麼幸福。她一直沒有問蘭清為什麼要嫁給陳敬深，這個話，她實在是問不出口。

　　後來的通話中，她知道蘭清母親其實不知道她與陳敬深的婚事，之間有發生過那麼多的事，讓林子豪多多少少同情起蘭清來。於是，在那段日子，無論蘭清什麼時候來電話，她總是接起來。即使有時候王蒙臉有不悅，她也不會因此而放下電話。

　　她不知道自己為什麼要這麼做，也許，就是為了一個「還恩」吧。至於還誰的恩，她也說不上來。不過最難的，就是和蘭清見面，因為她不知道，是否會在一個場合，見到那個她想見又不太敢見的

人。

　　不過，在這一點，上天還是很眷顧她的。陳敬深從未出現在她的面前。而與陳敬深的第一次見面，就是蘭清生產的那個晚上。當產房病床上四眼的第一次對望，她才從真正的看了看眼前這個曾經的戀人。只不過，此時的他，已經多了一份穩重，他的心，也不在自己的身上，而是在產房病床上躺著的這個女人。

　　人，似乎還是曾經的人；情，卻變得讓人琢磨不清；愛，成了曾經的回憶，心，卻依舊交融。

五

　　陳敬深是幸福的，但他也是不幸的。他的幸福來自上天的眷顧，讓每次的危難中，都有一個把他拉出來的人。比如說林子豪，比如說蘭清。他的不幸是生活的諸多變故，讓他來不及準備就已經結束。比如出國的周蘭欣，比如說林子豪的突然離開。他每次都是在享受一份幸運的同時，也失去了自己最美好的另一份幸運。這也許就是人們常說的，上天是公平的。

　　身為一個從山裡走出來的北方男孩，能到這個南方的濱海落腳，實為不易。在眾多的競爭中，他由一個初出校門的懵懂青年，到後來的研究生和出國深造，這一切的幸運都讓他成為許多人羨慕的對象。然而，也因為這些幸運，讓他一度失去幸福，墮入到痛苦的深淵。

　　沒人知道，陳敬深在國外遇到了那個曾經愛戀的女孩周蘭欣，不過她卻已經和她一起出國的那個男孩結了婚。也有一個小孩子，兩個

人都沒有回國，在外面的生活也過得相對安逸。當陳敬深看到如此幸福的「曾經的愛戀」，他所能說的只有「希望你們能幸福」，他當時能想的那個就是心中的夢將永遠失去。他的心裡再也不能有她的影子。

　　國內的林子豪的電話越來越少，就是打也只是短短幾句話。開始時他以為是因為國際長途不易打通，而他打過去的電話也常常是無人接聽。就算是有人接聽，接聽的也常常是蘭清。博一繁重的學業讓他顧不得猜測林子豪發生了什麼，他想他最好的朋友王蒙會幫助她照顧好一切。就算有什麼問題，王蒙也會打電話告訴他。而事實上，什麼都沒有。

　　也就是在這什麼都沒有的一年中，他回國後遇到的第一件事，就是林子豪的離開。他曾一度想問清楚林子豪離開的原因，然而他得到卻是一句非常模糊的「我不愛你了」。痛苦像黑夜一樣的襲來，讓他在措手不及的情況下又陷入了人生的低谷。常常夢醒了而不知何處，常常的午夜難眠，常常的有苦難言，常常的想流淚卻無淚可流。這樣的日子足足過了半年之久。

　　曾幾何時，他生起出家的念頭。去廟裡當個和尚，忘掉這塵世上所有的感情困擾。然而家裡的幾通電話，才讓他明白他並不是為他自己而活。痛是一個人的痛，但活著，卻是為全家人活著。白髮人送黑髮人的結果是現實世界的老無所依。他不能太自私。出生在八十年代以後的人，骨子裡的孝的觀念還是比較濃厚的。

　　在陳敬深這段頹廢期中，蘭清以女人的溫暖把他從痛苦的深淵裡

再度拉回到現實之中。他再度體味了人間的溫情。然而，他慢慢的感覺到，這種「報恩式」的愛情是一個沒有靈魂的愛情。蘭清對於他，永遠是把他當成一個恩人，而不是當成一個丈夫。正常的夫妻在生活中總會出現意見相左的時候，一旦問題雙方都無法認同，則必然會吵起來。總之，吵架是婚姻中不可缺少的融合劑。它在婚姻中多不得，在也缺不了。

　　然而，自從蘭清嫁給他，就從未和他吵過架。不但如此，陳敬深的要求，蘭清是無條件服從的。即使在稍後陳敬深也覺得自己做的那件事不對，但，蘭清從不提出異議。在別人眼中，蘭清就是人們心中理想的好老婆，美貌、端莊、賢慧、沒脾氣。但是陳敬深知道，只要是人，就不可能是完美的人的。上面所有的褒義詞，正常人只會表現在外人的面前，而蘭清卻在他的面前展露無疑，似乎在討好他，這多多少少有些不正常。

　　人不可能一味的容忍，特別是自己的老公，這個自己枕邊人。人都有兩面性，對外的一面和對內的一面。正因為如此，人才成為真正的人。而對於蘭清，她只有一面，那就是把陳敬深當成外人一樣對待。除了夜晚的床上之事，陳敬深就像是她的同事，朋友或者路人。蘭清從來不會和陳敬深談心，也不會給機會讓陳敬深和她談心。她那單一的表情，你永遠不知道那後面是什麼。即使她在單位受到了委屈，她也從來不會和陳敬深多說一句，很多事是陳敬深從同事口中得知的。

　　她的一切，她只會和電話那邊的林子豪說。她只要拿起電話，她

就像從古墓裡出來，變成了一個真的人。而一放下電話，她又是一個冰霜美人。不知道為什麼，陳敬深總覺得有一天，蘭清會不知不覺的離開，就像電視劇裡演的那樣，在桌子上留下一個紙條，寫著：「我走了，你別試著找我，祝你幸福。」可能人世間，最可怕的就是你在最乎的人說「祝你幸福。」這四個字就意味著說這句話的人，不可能再給你「幸福」的機會。

陳敬深是一個內心敏感程度很高的人。枕邊人的微妙變化，是不可能逃脫他的敏銳的觀察和多思的大腦。

「這次蘭清回老家，陳敬深不知道她還能不能回來。也許，她可能回來。但，回來，也許就意味著下次更加決絕的離開。」這種想法每天都裝滿在陳敬深的腦袋。悲觀的他總告訴自己這種悲觀的想法一定會實現，而樂觀的事卻不會。他既然能這麼想，也許，事情真的就會發生。

蘭清已經走了三個月了，這段期間，她主動打過來的電話一共加起來不到三次。陳敬深也曾打了幾個電話過去詢問孩子的情況，對方卻總是不冷不熱的說了一些什麼。在沒有話題可聊中，兩個人都默默的掛上了電話。

六

人生，什麼是人生？用悲觀的想法來看，人生就是無盡束縛的延續。我們在這種延續中，尋找著我們衝破牢籠的束縛，來追求一個超越現實的自我。人生，這個形而上的問題，被古人研究了千百萬年，

可是對於今天的人，它仍然沒有什麼啟示意義。每個現實的人總是有屬於自己，卻毫無複製之意的人生。

幸福是什麼？痛苦是什麼？得到的時候就是失去；失去也許就是下一次得到的開始。成功是什麼，失敗是什麼？這種人生存在的辯證法，讓人們不得不換個角度來看到我們眼中的問題。失敗有時候不再是成功之母，而在另一種角度下，它其實就是另一種成功。只是，我們被過去的期望蒙蔽了雙眼。

一個男孩苦苦追求一個女孩四年，始終未獲得女孩的芳心。然而，他的努力卻感動了女孩最好的閨密，兩人終成眷屬。這是成功，還是失敗？有幾個真的能說得清呢？人生本來就是一種混沌，我們的存在就在於以自己獨特的方式給我們存在的世界立法，劃出屬於自己的周圍世界，並在自己的周圍世界裡構建起自己生存的人間大廈。人之為人，不過就是這麼回事。

人生說簡單了，無非是悲喜的交替結合。我們在喜悅中逐漸平淡，在不經意中迎來了悲慘的經歷；又在痛苦的時間裡將悲傷從心裡磨平，再次回到平淡，再接受前的喜悅。這似乎成為人生路上的固定公式。當然，這說是簡單，但上帝喜歡用他喜歡的方式規定著喜劇和悲劇的時間長短，而讓當事人永遠不可知下一秒到底會發生什麼。

愛與恨，就在這悲劇與喜劇中充當了調和劑。它讓喜悅更為開心，它讓悲劇更為劇烈。在愛愛恨恨中，我們重新界定著以往的歷史。在這些重新界定中，我們為今天失去而曾經擁有的東西而後悔，我們為今天擁有而曾經不以為然的東西而悔恨。我們慶幸自己並沒有

失去一切，同時我們也懊惱自己為何不懂得珍惜，而沒有把自己最好的年華奉獻給眼前這個人。

我們就是在不斷的後悔與不斷的怨恨中，體味著今天的幸福；我們也在不斷的抱怨與無斷的無聊中，結束了今天的幸福。失去的，是不是最好的？得不到，是不是最好的？這些最為平常的哲學命題，讓人苦苦的為其思索。但永遠也得不到一個理想的答案。

我們的人生，總是從最美好的時候開始，並深存於我們的記憶中；經過塵世的喧囂，我們對過去淡忘，卻總能在不經意之間，開始了我們的思源之旅。我們祈求能回到那美好的源頭，重新再體味一下那來自源頭的美；然而現實終究以一個你想不到的方式存在著，你對這個似懂非懂的現實不知道如何把握，你需要不斷的在現實面前做出選擇，然而你的選擇永遠都在當下現實消失後才會給你一個結果。而這個結果不管你想要不想要，你都必須接受它。

現實也許是美妙的，也許是苦澀的，但，它是真實的。

（完）

文化生活叢書・藝文采風　1306041

思源

作　　者　陳永寶
責任編輯　楊佳穎
特約校對　林秋芬

發 行 人　林慶彰
總 經 理　梁錦興
總 編 輯　張晏瑞
編 輯 所　萬卷樓圖書股份有限公司
　　　　　臺北市羅斯福路二段 41 號 6 樓之 3
　　　　　電話 (02)23216565
　　　　　傳真 (02)23218698

發　　行　萬卷樓圖書股份有限公司
　　　　　臺北市羅斯福路二段 41 號 6 樓之 3
　　　　　電話 (02)23216565
　　　　　傳真 (02)23218698
　　　　　電郵 SERVICE@WANJUAN.COM.TW
香港經銷　香港聯合書刊物流有限公司
　　　　　電話 (852)21502100
　　　　　傳真 (852)23560735

ISBN 978-986-478-814-9
2023 年 3 月初版
定價：新臺幣 620 元

全書字數　222625 字

如何購買本書：

1. 劃撥購書，請透過以下郵政劃撥帳號：
　　帳號：15624015
　　戶名：萬卷樓圖書股份有限公司
2. 轉帳購書，請透過以下帳戶
　　合作金庫銀行 古亭分行
　　戶名：萬卷樓圖書股份有限公司
　　帳號：0877717092596
3. 網路購書，請透過萬卷樓網站
　　網址 WWW.WANJUAN.COM.TW

大量購書，請直接聯繫我們，將有專人為您
服務。客服：(02)23216565 分機 610

國家圖書館出版品預行編目資料

思源 / 陳永寶著. -- 初版. -- 臺北市：萬卷樓
圖書股份有限公司, 2023.03
　　面；　公分. -- (文化生活叢書. 藝文采風；
1306041)
ISBN 978-986-478-814-9(平裝)

857.7　　　　　　　　　　　　112000027